러시아 시작법 강의

| 홍기순 엮음 |

보고사

머리말

러시아어를 공부하거나 러시아 문학에 관심을 가진 일반 독자들은 '러시아 시'에 대한 지적 호기심과 함께, 원어 텍스트를 통해서 러시아 시를 이해하고 음미해 보고자하는 생각이나 시도(試圖) 그 자체에 대한 어떤 막연한 두려움을 느끼고 있다. 이 책의 집필에 대한 필요성과 구상이 이런 이유에서 제기되었고, 국내외에서 출판된 연구서들을 바탕으로 각 연구자의 독창적인 이론이나 주장 등을 종합적으로 고찰하고 조합하여 엮은 결과의 산물이다.

『러시아 시작법 강의』는 대학에서 '러시아 시'를 강의하는 시간에 주로 다루는 러시아 '시작법(詩作法)' 혹은 '작시법(作詩法)'에 관한 내용과 러시아 시인들의 연보(年譜)와 그 시인들의 시(2-3편)에 대한 고찰과 창작 의도에 대한 해설을 중심으로 구성되었다. '러시아 시 짓는 방법, 혹은 원칙(Стихосложение)'이라는 하나의 내용에 대해서 연구자에 따라서 '시작법' 혹은 '작시법'이라는 명칭으로 번역하여 사용하고 있는 국내의 현실적인 상황에 준하여, 필자도 일반적인 독자의 이해에 도움을 주고자 책의 제목에서는 '시작법'이라는 명칭을 사용하였고, 책의 내용에서는 주제의 부각이나 문맥의 흐름에 보다 적합한 표현으로서 '작시법'이라는 명칭을 사용하고 있다. 이처럼 두 가지 용어의 사용으로 인해 책을 읽는 분들에게 혼란을 주었다면 너그러운 마음으로 해량(海量)하여 주기를 당부하는 바이다.

또한 한 권의 책으로 러시아 시작법과 수많은 시인들과 관련된 방대한 자료와 심도 있는 모든 연구들을 체계적으로 종합 정리하겠다는 어설픈 생각이나, 러시아 시에 관심을 가지고 있는 모든 독자들의 다양한 요구를 충족시켜 보겠다는 과욕은 연구자의 치기(稚氣)에 불과할 것이다. 필자는 본서(本書)의 집필 초기부터 이러한 구조적인 한계성을 절감하면서도, 러시아 시를 공부하는 학생들에게 러시아 시작법과 시에 대한 기본적인 지식과 정보를 제공하기 위해 무모한 작업을 시작하였다.

본서의 주된 내용은 러시아 시작법의 기원과 유형, 러시아 시의 구조와 자주 사용되는 용어 및 표현법, 그리고 러시아의 대표적인 시인들의 전기(傳記)를 겸한 연보(年譜)와 그들의 시를 통해서 시작법의 활용의 예와 시인의 창작 의도 등을 개괄적으로 소개·정리하고 있다. 따라서 제 I부에서는 국내·외에서 출판된 연구서들에서 기술하고 있는 러시아 시작법 기원과 유형의 전반적인 내용을 간략하게 다루었다. 제 II부에서는 러시아 시의 구조에 대한 것으로 시를 구성하고 있는 형식적인 요소들과 함께 자주 사용하고 있는 용어와 표현법에 관한 사항들을 일괄적으로 요약 정리하였다. 또한 러시아 시의 종류와 구성 그리고 시의 용어 및 표현법과 관련된 러시아 시의 풍부한 예시들을 함께 제시하였다. 제 III부에서는 18세기부터 20세기까지 활동한 러시아 시인들 중에서 32명을 선별하여 그들의 개괄적인 전기(傳記) 및 연보(年譜)와 함께 작품 중에서 2-3편을 선택하여 분석한 예들을 제시하였다. 여기에 선택된 시인들은 러시아는 물론 뿌쉬낀처럼 국내에 이미 잘 알려진 시인도 있고, 루브쪼프처럼 거의 알려지지 않은 시인도 있다. 이 책에서 고찰하고 있는 러시아 시인의 선별 기준으로는 서구의 다양한 문학사적 흐름과 사조의 전통을 계승 발전시켜온 러시아 시를 이해하는데 있어서 반드시 언급해야만 하는 시인들을 중심으로 다루려고 노력하였다. 그러나 이러한 원칙이나 기준은 각 연구자의 지적 성향에 따라 다르기 때문에 필자 개인의 전공과 선호도가 이 선택 과정에 어느 정도 작용하였음을 고백한다.

이 책은 러시아어를 알고 있는 독자들이 러시아 시를 보다 쉽게 이해하고, 한 번에 모든 자료를 접할 수 있게 하려는 의도에 따라 구성된 것이다. 따라서 이 책에서 예시된 러시아 시는 원어로만 제공되고 있기 때문에 러시아 문학, 특히 러시아 시에 관심을 가지고 있는 일반 독자들에게는 시의 번역이 없다는 사실로 인해 이해하기가 쉽지 않을 것이다. 물론 집필을 하는 과정에서 러시아 문학에 관심이 많은 일반 독자들에게 러시아 시인들의 작품을 다양한 방법으로 감상할 수 있는 기회를 부여하기 위해서 본서에서 인용한 시의 번역을 실으려고도 하였으나, 너무나 많은 자료와 한정된 지면 관계상 어쩔 수 없이 생략하였다. 러시아 문학을 전공하고 있는 선·후배 동료 및 독자 제위의 애정 어린 질책과 조언을 통해서 부족하고 미진한 부분을 앞으로 기회가 주어진다면 보완해 나갈 것이다. 또한 필자는 여건이 허락하는 대로 본서에서 다루지 못한 다른 러시아의 훌륭한 시인들과 작품들에 대해서 원어 텍스트와 함께 번역된 내용을 담은 책을 준비하여, 일반 독자들도 러시아 시를 함께 이해하고 접근할 수 있는 기회를 만들도록 노력할 것을 다짐한다. 이 책에서 언급하고 있는 러시아 시작법과 시의 용어에 대한 설명 부분은 국내에서 아직까지 확실하게 정립된 것이 없기 때문에, 독자들에게 연구자마다 다른 용어의 사용으로 인한 혼란을 주지 않기 위해서 이미 국내에 출판 소개된 책의 내용을 참고하여 대부분 그대로 수용하였다. 또한 대학의 '러시아 시 강의'에서 사용되고 있는 다양한 자료들과 인터넷 카페에서 공개하고 있는 자료들도 요긴하게 이용하였다는 점을 이 지면을 통해서 밝혀둔다. 본서에서 인용하고 있는 러시아 시 텍스트에서 발견되는 밑줄, 이탤릭체, 볼드체 등은 필자가 표현 및 용어의 설명과 예시를 분명하게 보여주기 위해서 임의적으로 사용하였다.

끝으로 이 책이 나오기까지 어려운 여건 속에서도 기꺼이 이 책의 출판을 맡아 주신 보고사 김 흥국 사장님과 병술년(丙戌年) 새해부터 몰아친 폭설과 혹한의 겨울 밤 늦은 시간까지도 원고 편집과 교정 작업에 열과 성을 다해준 편집부의 박 은민, 황 효은 양, 그리고 러시아 인터넷 자료들을 찾는 수고를 해 준 선문대학교 통역대학원 백 송이에게 진심으로 고마움을 표한다.

차 례

I
러시아 작시법의 기원과 유형

1. 작시법의 기원

1) 러시아 운문의 기원

러시아 문학사에서 17세기 이전 기록 문학에 존재했던 유일한 시의 흔적을 찾아 볼 수 있는 것은 끼예프 루시 시대에 비잔틴식의 그리스 시나 찬송가와 전례문을 기록한 종교 텍스트이며, 이것은 교회 슬라브어로 기술되어 있다. 17세기 초 러시아에서는 운문의 개념이 처음으로 태동하였고, 비르쉬(вирши)라는 이름으로 언급되었다. 이 명칭은 폴란드어로 '시'를 의미하는 것이며, 그 형식에서도 폴란드 작시법을 모방하여 쓴 음절시를 지칭한 것이다. 이때 씌어진 초기 비르쉬는 서한이나 기도문의 형식을 취했으며 성직자나 귀족들에 의해서 씌어진 것으로 시행에 나타나는 음절수나 강세의 수에 있어서 일정한 규칙이 없었고, 단지 산문과 다른 점은 각각의 매 2행마다 행말에 같은 소리가 반복되는 현상인 압운(рифма)을 꼽을 수 있다. 17세기 초에 러시아에서 씌어진 비르쉬의 문학사적 의의는 원시적인 형태라 할지라도 시가 씌어지기 시작했다는 사실과 그 당시에 작시법의 이론을 공식화하려는 시도가 있었다는 점이다.

2) 러시아 음절시의 기원

17세기 중반부터 비로소 '음절수 동일 원칙'과 2행을 기준으로 여성운의 압운 형식을 보여주는 음절시 이론에 따라 씌어진 시가 러시아 문학에 등장하였다. 러시아 음절시가 발달하는데 있어서 하나의 시행이 13음절로 이루어지며 반드시 여성운으로 끝나고, 일곱 번째 음절 뒤에 중간휴지가 오는 폴란드 영웅시행의 영향을 받은 형식이 매우 중요한 역할을 하였다. 이러한 음절시 이론은 수도승 시메온 뽈로쯔끼(Симеон Полоцкий, 1629-1680)에게 전수되었는데, 그는 이 당시 대표적인 시인이었고 황실의 가정교사로 근무하면서도 매우 왕성한 창작 활동을 하였다. 일반적으로 음절시는 11음절이나 13음절로 구성되지만, 뽈로쯔끼는 13음절의 폴란드 영웅시 형태의 음절시 뿐만 아니라, 폴란드 시행에서는 보기 어려운 시작형태인 행말이 남성운으로 끝나는 음절시를 쓰기도 하였으며, 6음절에서 14음절에 이르는 다양한 시행으로 이루어진 음절시를 처음으로 창작하기도 했다.

러시아 작시법의 역사에서 18세기 초에 활동한 페오판 쁘로꼬뽀비치(Феофан Прокопович, 1681-1736)는 기존의 음절시를 한 단계 더 발전시키는 몇 가지 새로운 가능성을 제시하였는데, 그는 각 시행에서 강약의 규칙적인 반복을 포함시키는 방법을 통해서 음절 강세시에 가까운 음절시를 창작하였다. 그는 또한 음절시의 경직성을 타파하기 위해 하나의 시에서 음절수가 다른 시행을 교대로 사용하였으며, 압운도 기존의 방식으로 인접한 행에서만 형성한 것이 아니라 홀수 시행과 짝수 시행의 교차를 통한 교차운의 형식을 도입하기도 하였다. 이렇게 러시아 음절시는 음절수의 엄격한 제한에서 벗어나려는 성향을 보이면서 18세기 중반까지 발전해 왔으나, 이후부터는 점차적으로 음절 강세시로 대체되어 갔다. 18세기 중반에 안찌오흐 드리뜨리예비치 깐쩨미르(Антиох Дмитриевич Кантемир, 1708-1744)가 성문화시킨 작시법 이론에는 전통적인 폴란드 영웅시 형태의 음절시 이론에서 벗어나는 특징들이 분명하게 나타나고 있다.

러시아 작시법의 역사에서 음절시는 17세기 중반부터 18세기 중반까지 한 세기 동안 러시아 작시법을 지배했던 동일한 음절수를 갖춘 시행으로 씌어진 시들을 지칭하는 말이었으며, 이 당시에 활동했던 음절 시인으로는 뽈로쯔끼, 쁘로꼬뽀비치, 깐쩨미르 등을 꼽을 수 있다.

3) 러시아 음절 강세시의 기원

18세기 중반부터 오늘날까지 러시아 작시법의 원칙을 총괄적으로 주도하고 있는 것은 음절 강세시이다. 시행에서 음절수와 강세의 규칙적인 반복을 모두 고려하는 음절 강세시는 시행을 구성하는 단위를 음절의 수가 아닌 음보(стопа)에 의거한다. '음보(音步)'라는 용어는 원래 그리스 고전주의 시에서 장음절과 단음절로 이루어진 운율의 단위를 의미했지만, 러시아 시에서는 강세 음절과 무강세 음절로 이루어진 단위를 말한다. 음절 강세시가 러시아 시에 도입되어 발전하게 된 데에는 바실리 끼릴로비치 뜨레지아꼽스끼(Василий Кириллович Тредиаковский, 1703-1768)와 미하일 바실리예비치 로모노소프(Михаил Васильевич Ломоносов, 1711-1765)가 주도적인 역할을 하였다. 이 두 사람은 러시아 작시법의 규칙을 이론적으로 정립시켰고, 이렇게 성문화된 작시법은 음절 강세시에 곧바로 적용되어 효력을 발휘하였으며, 그들에 의해서 규정되어진 작시법의 규칙들은 시간의 흐름에 따라 여러 차례 수정과 변화를 거쳤지만 대부분의 핵심적인 기본 규칙들은 오늘날까지도 지켜지고 있다.

뜨레지아꼽스끼의 작시 이론인 〈러시아시의 창작을 위한 새롭고 간결한 방법〉은 다음과 같이 간략하게 요약할 수 있다. 첫째, 그는 고대 그리스와 로마의 시에서 사용되는 작시법 용어들을 나름대로 러시아어로 각색하거나 대체하여 수용하였고 체계화시켰다. 이를테면 그리스와 로마의 고전시의 장·단 개념을 러시아 시의 강세·무강세의 개념으로 대체하였다. 둘째, 러시아 시에 리듬의 개념을 도입하였다. 러시아 시에서 리듬이 반영된 것은 러시아어의 강세와 무강세에 대한 고려를 한 것이며, 당시 러시아 시에서의 단어강세의 사용은 새로운 예술적 기능을 수행할 수 있을 정도로 이미 성숙한 상태였다. 셋째, 뜨레지아꼽스끼의 작시법에서 중요한 특징은, 시행의 단위가 음절이 아닌 음보이며, 러시아 시에서 가장 적절한 리듬은 강약격이고, 중간 휴지는 강세를 갖는 제 7음절 뒤에 온다는 것이다.

로모노소프는 뜨레지아꼽스끼의 작시법 규칙을 일정부분 따르고 있는 면도 있지만, 그 자신이 개진한 이론이나 창작에 반영한 작시법으로 살펴볼 때, 뜨레지아꼽스끼 이론을 반박하여 수정하고 개선한 것이 아니라 완전히 개혁한 것이라고 이야기할 수 있을 정도이다. 로모노소프는 강약격 뿐만 아니라 약강격의 자유로운 사용을 주장했으며, 3음절 운각의 사용을 허용하였고, 3음절 운각의 사용에 따라 행말의 압운도 여성운, 남성운, 강약약운 등을 다채롭게 사용하는 것을 주장하면서 시 창작의 가능성을 최대한으로 확장시켜 주었다. 따라서 로모노소프의 작시법 이론은 뜨레지아꼽스끼의 작시법 규칙들의 제한성에서 벗어나 오늘날 사용하고 있는 것처럼 창작의 가능성을 대폭적으로 확대시켜주었기 때문에, 그가 러시아 작시법의 진정한 창시자라고 부를 수 있다. 이러한 과정을 통해서 18세기에 완성된 음절 강세시의 규칙은 이후 약 1세기 반 동안 러시아 시의 지배적인 작시법 이론으로 확실하게 토대를 구축했다. 러시아 문학사에서 18세기 시인은 물론 20세기까지도 전통적인 시작(詩作) 방법으로 인정받았던 음절 강세시가 주도하던 시의 황금기에 활동했던 대표적인 시인으로는 뿌쉬낀, 레르몬또프, 쥬꼬프스끼 등등의 수많은 시인들을 열거할 수 있다.

4) 러시아 강세시의 기원

음절 강세시는 러시아 작시법의 지배적인 규범으로 자리를 확립한 지 얼마 지나지 않아 운각의 정형성이 자유로운 강세시의 발달을 수반하기 시작했다. 일반적으로 러시아 시문학사에서 강세시가 정착하게 된 것은 20세기 초 상징주의 시인 블록을 비롯한 일군의 시인들이 새로운 작시(作詩) 형식을 모색하면서부터라고 알려져 있지만, 강세시의 기원은 훨씬 이전으로 거슬러 올라가야만 한다. 이를테면 뜨레지아꼽스끼나 로모노소프가 음절 강세시의 규칙들을 성문화 하는 과정에서 자신들은 전혀 의식하지 못한 채 강세시의 가능성을 처음으로 언급하였던 것이다. 또한 음절 강세시에서 탈피하려는 시도가 19세기 전반(全般)에 걸쳐 진행되었는데, 러시아 시인들은 서구의 낭만주의 시를 번역하거나 그리스의 고전시를 번역하면서 자주 음절 강세시의 정형성에서 벗어난 운각을 사용하였다. 이런 결과에 따라 19세기 중반부터는 번역시나 민요풍의 구전시 외에, 당시에 활동하던 쮸쩨프, 페뜨, 알렉세이 똘스또이 등의 창작 시에서도 직관적이고 우발적인 강세시의 시도가 나타나게 되었으며, 이러한 예들을 가끔씩 발견할 수 있다. 그러나 이러한 시도들은 음절 강세시에 대한 일종의 일탈에 머물렀기 때문에 이런 시도들을 통해서 개별적인 텍스트에 사용된 강세시의 체계를 확립시키기에는 아직 많이 부족하였으며, 시인들이 무의식적으로 새로운 운각의 형태를 추구하고 있음을 반영해 주는 정도에 불과했다.

19세기 말부터 활동한 상징주의 시인들은 강세시의 체계적인 발달을 더욱 촉진시켰는데, 기뻬우스, 브류소프, 발몬뜨, 이바노프 등의 시에서 시도되었던 실험단계를 거쳐 마침내 블록의 시집 ≪아름다운 귀부인에 대한 시(Стихи о Прекрасной даме)≫를 기점으로 음절 강세시에 필적하는 작시법의 규칙으로 자리 잡게 하였다. 강세시는 강세 음절 사이에 다양한 수의 무강세 음절이 올 수 있는 작시 이론이다. 즉 강세시의 규칙에서는 각 시행마다 일정한 수의 강세 음절만이 요구될 뿐 강세와 무강세 음절의 규칙적인 분포는 요구되지 않는다. 따라서 한 편의 시를 지배하는 작시법을 파악하기 위해서는 시의 전체적인 리듬 형태를 면밀하게 고찰해야만 한다. 왜냐하면 우리가 한 편의 시를 놓고 살펴볼 때, 운율이 완벽한 규칙성에 의거하여 씌어진 것 보다는 예외적인 상황이나 일탈의 변수가 많이 발견되기 때문에 음절 강세시로 씌어졌는가 아니면 강세시로 씌어졌는가를 가늠하기가 어려운 경우도 종종 있다. 이런 이유로 해서 강세시는 강세 음절과 무강세 음절사이에 몇 개의 음절을 갖느냐에 따라서 분류하는 방법이 있고, 그 시의 원천 형성 과정이나 파생 혹은 모방에 따라 분류하는 방법이 있다.

2. 작시법의 유형

러시아 시에서 작시법(просодия)은 일반적으로 운율법(версифи-кация или стихосложение)에 관한 시문학 이론으로 운율과 압운 그리고 연의 구성과 형태를 체계적으로 연구하는 학문이다. 여기에서는 두운, 모음운, 활음조, 의성어 등과 같은 시어에 의한 음향 효과도 함께 연구 고찰한다.

운문(поэзия)에서 운율과 압운을 구성하는 운각은 그 행(строчка)을 구성하고 있는 음절(слог)들 속에 나타나는 음의 강약에 의해서 결정된다. 모든 러시아어 단어가 한 개의 강세를 갖는다는 전제하에 각 시행에서는 단어의 강세가 어디에 떨어지는가를 결정하는 세 가지 중요한 요소가 있다. 첫째로 러시아어 단어마다 가지고 있는 하나의 고유한 강세의 표기에 따른다. 따라서 무엇보다 중요한 것은 다음절어 고유의 단어강세이다. 둘째로 강조되는 단어에 떨어지는 강세로서 단음절어인 경우 어느 단어에 강세가 떨어지는가는 일반적으로 그 단음절어의 문법적 기능에 의해서 결정된다. 즉 명사, 동사, 형용사가 대명사나 전치사 보다는 더 강한 강세를 갖는다. 또한 이 경우에는 시행의 의미 혹은 시행의 전개상에서 나타나는 수사학적 강세, 즉 시인이 어떤 말을 더 강조하느냐 하는 것도 매우 중요하다. 셋째로 전체 시행에서 나타나는 지배적인 운각(размер)의 강세로, 이것은 선행하는 행 또는 구절에서 이미 확립된 강세의 패턴에 따라 기대되는 악센트이다.

러시아 시에서 운각을 분류하는 가장 일반적인 방식은 음절을 강세 음절과 무강세 음절로 구분하고 있으며, 이 음절들의 강약 배열에 따라 음보(стопа)를 구성하는데, 이 반복되는 음보들의 총합이 운각의 단위가 된다. 음보는 하나의 강세 음절과 결합하는 하나의 무강세 음절 또는 하나 이상의 무강세 음절들로 한 행의 반복되는 운각의 단위가 된다.

1) 음절시 (Силлабический стих)

음절시는 16-17세기부터 18세기 초까지 러시아 시에 존재했던 형식으로 각 시행에 일정한 수의 음절(слог)을 갖는 시이다. 즉 음절시는 각 시행마다 고정된 수의 음절을 가지고 있으며, 각 시행의 중간에 휴지부(цезура)가 나타나고, 각 시행의 행말은 여성운을 형성하는 특징이 있다. 16-17세기 당시에 씌어진 모든 시는 일반적으로 비르쉬(вирши)라고 불려졌는데, 연속하는 2행이 항상 압운을 형성하고 있다. 이처럼 폴란드어의 단어 강세의 특성을 살려서 시작(詩作)을 하는 음절시는, 러시아어의 단어강세 특성에 적합하지 않아서 1740년경에는 완전히 자취를 감추게 되었다. 이 시기에 음절시를 창작했던 비르쉬 시인들은 성직자들이 대부분이었으며, 교회-슬라브어로 시편이나 성가를 썼다. 이 시기에 음절시를 쓴 대표적인 시인으로는 시메온 뽈로쯔끼와 안찌오흐 깐쩨미르 등을 꼽을 수 있다. 다음은 시메온 뽈로쯔끼의 13음절 시의 일부이다.

Хамелео́нту вражда́ ‖ естество́мъ всади́ся
1 2 3 4 5   6 7‖8˙ 9 10   11 12 13
  къ живо́тнымъ, ихъ же жало ‖ я́да испо́лнися.
    1 2   3   4   5   6 7‖8 9 10 11 12 13
Ви́дя у́бо онъ зми́я, ‖ на дре́во всхожда́етъ
1 2 3 4 5   6 7‖ 8 9 10 11 12 13
  и изъ устъ нить на него́ ‖ не́кую пуща́етъ;
  1 2   3   4   5 6 7‖8 9 10 11 12 13

2) 강세시 (Тонический стих)

강세시는 독일시의 영향을 받은 작시법의 한 형태로 이 용어는 뜨레지아꼽스끼의 작시(作詩) 이론에서 처음으로 사용되었으며, 19세기 중엽 페뜨의 시에서 음절 강세시의 일탈의 한 형태로 러시아 시에서 최초로 출현하게 되었고, 기뻬우스와 브류소프 등과 같은 상징주의 시인들의 실험적 시작(詩作) 과정을 통해서 러시아 시작법에 본격적으로 도입되어 블록에 의해서 완성되었다. 강세시는 각 시행에 나타나는 음절수와는 관계없이 일정한 수의 강세음절을 갖는 시를 일컫는다. 강세시의 운각을 이용하여 시를 쓴 대표적인 시인으로는 블록, 아흐마또바, 구밀료프, 마야꼬프스끼, 예세닌 등을 꼽을 수 있다. 다음은 안나 아흐마또바의 강세시의 일부이다.

Настоя́щую не́жность не спу́таешь
⌣ ⌣ ⌣́ ⌣ ⌣́ ⌣ ⌣ ⌣́ ⌣
Не с че́м, но она́ тиха́.
⌣ ⌣ ⌣́ ⌣ ⌣ ⌣́ ⌣́

Ты напра́сно бере́жно ку́таешь

˘ — ˘ — ˘ — ˘ —˘˘

Мне пле́чи и гру́дь в меха́...

˘ — ˘ ˘ ˘ — ˘ — ˘

3) 음절 강세시 (Силлаботонический стих)

음절 강세시는 18세기 중엽 뜨레지아꼽스끼와 로모노소프의 개혁에 따라 도입된 러시아 고전시 체계의 한 형태로 문자 그대로 음절 강세의 작시(作詩)형식이다. 이 명칭은 1910년대에 나제즈지인(H.На-деждин)에 의해서 처음으로 언급되었는데 러시아 작시법에서 그대로 인증되었다. 음절 강세시는 고대 그리스 작시법의 장·단음절을 활용한 운각체계를 차용한 것으로 각 시행에 일정한 수의 강세와 일정한 수의 음절을 조합하여 이루어지며, 러시아 음절 강세시에서는 2음절 운각과 3음절 운각으로 구성된 다섯 가지의 운율 체계가 있다.

A. 2음절 운각 (Двухсложный размер)

러시아 시에서 2음절 율격은 강약격과 약강격 두 가지 형태가 주종을 이룬다. 음절 강세시의 시작은 강약격에 대한 선호로 특징되었는데, 음절 강세시의 창시자인 뜨레지아꼽스끼가 작시법 이론을 규정할 당시까지는 아직 음절시의 영향력에서 완전히 벗어나지 못했기 때문에 강약격은 거의 유일한 보격이었다. 그러나 로모노소프가 이론에서뿐만 아니라 시 창작의 실제 예에서 약강격의 아름다움을 입증한 이후, 강약격은 점차 약강격에게 자리를 내주기 시작했다. 그리하여 뿌쉬낀의 시대에 이르면 강약격의 비율은 현저하게 떨어지고 대신 약강격이 절대적인 우위를 차지하게 되었다. 진지한 서정시나 송시 등의 장르에서 약강격에게 우위를 내준 강약격은 대신 가벼운 노래, 운문 설화 등에 사용되었고, 특히 구전시를 모방한 시들에서는 거의 필수적인 요소처럼 사용되었다. 오늘날 러시아 시에서 강약격은 일반적으로 장르의 우열에 관계없이 사용되고 있다. 강약격은 시행의 맨 첫 음절에 강세가 오기 때문에 강렬한 정서와 빠른 속도감을 특징으로 하는 시에서 사용되는 경향이 있고, 약강격은 보다 장중하고 여유 있는 템포의 시에 더 잘 어울린다는 차이가 있다. 강세 누락에 대한 규칙에서 강약격은 약강격에 적용되고 있는 원칙과 동일한 법칙을 따른다. 그러나 이 둘 사이의 다른 점은 행머리와 관련한 원칙에서 발견된다. 러시아 작시법 전통에서는 시행의 맨 첫 음절에 강세가 떨어지는 것을 기피하는 경향이 있는데 이것을 '행머리 강세 기피의 원칙'이라고 부른다. 약강격의 경우는 그러한 원칙에 부합하므로 전혀 문제가 되지 않는다. 그렇지만 약강격에서도 강세누락은 강세의 정도와 관련이 있다. 강세의 정도는 약강격에 한정해서만 해당되는 사항이 아니고 모든 율격에 해당되는 문제이다. 리듬이 운율과 다를 수밖에 없는 이유 중의 하나는 강세 음절이라고 해서 모두 동일한 정도로 강하게 발음되는 것은 아니기 때문이다. 그러나 러시아 시에서 시행이 어떤 운각이나 율격을 취하던지 간에 마지막 강세는 필수적이며, 가장 강하게 발음된다. 이런 이유로 끝에서 두 번째 강세는 자연스럽게 약화되며, 마지막 강세로부터 처음의 강세로 거슬러 올라가면서 강세는 파도형으로 점차 약화되는 억양 도식을 취한다. 시행에서 어떤 강세를 누락시킬 것인가는 시에 따라, 시인과 스타일에 따라 달라질 수 있다. 이런 이유 때문에 시행에서의 리듬적인 변주도 가능하다. 그러나 어떤 경우에서든 마지막 강세만은 자의로 누락시킬 수 없다.

① 강약격(Хорей)

하나의 강세음 뒤에 하나의 무강세음이 반복되는 강약격 운각의 시행에서는 모든 홀수 음절은 강세음이고, 짝수 음절은 무강세음이다. 시행의 행말 음보를 제외한 나머지 음보에서는 시의 리듬 패턴에 따라 강세가 생략될 수도 있다. 강약격은 19세기 초 낭만주의 시에서 가장 즐겨 사용하는 운각이었다. 'Хорей(하레이)'는 그리스어로 번역하면 '쾌활한' 또는 '춤'이라는 의미를 가지고 있다. 따라서 이 용어 자체에 ≪шаг(걸음걸이, 보행)≫라는 운율적인 성격이 포함되어 있다. 이것의 템포는 약강격에서 보다 더 빠르고 더 맹렬하다. 가곡이나 속요는 자주 이 운각으로 씌어졌다. 가장 널리 애용된 형태는 강약 4음보 운각이다. 강약격 운각에는 다른 운율들처럼 2, 3, 4, 5, 6음보 운각이 존재한다. 가볍고 음악적인 느낌이 이 강약격 운각에는 남아있다. 이러한 이유로 해서 러시아 작곡가들이 강약격 운각으로 씌어진 러시아 시를 토대로 하여 로망스나 가곡으로 작곡을 했다. 강약격 운각으로 씌어진 대부분의 시는 논리적이면서 정서적이다. 다음의 시는 뿌쉬낀이 쓴 4음보 강약격 시의 예이다.

Сквозь вол|ни́сты|е ту|ма́ны
Проби|ра́ет|ся лу|на́,
На пе|ча́льны|е по|ля́ны
льет пе|ча́льно| свет он|а́.

아래의 시는 볼로쉰(М.Волошин)과 브류소프(В.Брюсов)가 쓴 시이다. 각각의 시가 어떤 운율로 씌어졌으며, 몇 음보의 시인지 확인해 보라.

＊　　＊　　＊

Ветер, снежный ветер
Давный друг вы мне!
Подари ты веер
Молодой жене!

Улица была - как буря. Толпы проходили,
Словно их преследовал неотвратимый Рок.
Мчались омнибусы, кэбы и автомобили,
Был неисчерпаем яростный людской поток.

② 약강격(Ямб)

하나의 무강세음 다음에 강세음이 오는 약강격 시행에서는 모든 홀수 음절은 무강세음이고, 짝수 음절은 강세음이 되는 것이 원칙이지만, 시행의 행말 음보를 제외한 나머지 음보에서는 시의 리듬 패턴에 따라 강세가 생략되는 경우도 있다. 러시아 시에서 이 운각으로 씌어진 시는 대단히 많다. 영웅시, 서정시, 희곡시, 철학시, 많은 비극, 희극, 드라마, 뿌쉬낀의 『예브게닌 오네긴』과 소설 작품들, 레르몬또프의 시들 그리고 네끄라소프의 대부분의 시들도 이 약강격으로 씌어졌다.

약강격의 특성은 힘이 있다는 것이다. 약강격에서는 매번 두 번째 음절에 역점이 찍힌다. 이 때문에 약강격의 시어들은 힘이 넘치고 장엄하며 위엄이 있다. 이러한 특징은 강세 음절과 무강세 음절이 연속적으로 교체되는 순수한 약강격에 있어서는 합법적이다. 로모노소프는 장엄하고 감동적인 송시를 쓸 때 주로 약강격을 사용했다. 운각의 특성은 시인이 작품 속에서 말하고자 하는 내용과 거의 일치하는데, 시행에서의 음보의 길이에 따라 운각의 성격은 다양하게 반영된다. 예를 들어, 약강 2음보 운각은 쉽게 발음되지만 거의 무의미하다. 반면에 약강 3음보 운각은 우아하게 발음된다. 약강 4음보 운각은 가장 다양하고 표현적이다. 이런 이유로 18세기 러시아 시의 80-85%가 약강 4음보 운각으로 씌어졌다. 약강 5음보 운각은 낭만적인 시작품에서 가장 많이 애용되었다. 러시아 시에서 약강 6음보 운각도 만날 수 있다. 다음의 시는 약강격으로 씌어진 로모노소프의 시의 일부이다.

Лице́| свое́| скрыва́|ет де́нь;
Поля́| покры́|ла мра́|чна но́чь;
Взошла́| на го́|ры че́|рна те́нь;
Лучи́| от на́с| склони́|лись про́чь;
Откры́|лась бе́|здна зве́|зд полна́;
Звезда́м| числа́| нет, бе́з|дне дна́.

다음의 시는 브로드스끼(И. Бродский)와 쮸쩨프(Ф. Тютчев)의 시의 일부이다. 각각의 시가 어떤 운율로 씌어졌으며, 몇 음보의 시인지 확인해 보라.

*   *   *

Приходит время сожалений.
При полусвете фонарей,
При полумраке озарений
Не узнавать учителей.

РУССКОЙ ЖЕНЩИНЕ
Вдали от солнца и природы,
Вдали от света и искусства,
Вдали от жизни и любви
Мелькнут твои младые годы,
Живые помертвеют чувства,
Мечты развеются твои...

러시아어에서 한 단어는 원칙적으로 하나의 강세만을 보유할 수 있다. 러시아어에는 한 개나 두 개의 음절로 이루어진 일군의 부수적인 단어가 존재하는데, 그것들은 일반적으로 강세를 보유하지 않는다. 이런 단어들로는 접속사, 전치사, 그 밖의 불변화사 등이 있다. 이 것들은 자체 내에 강세를 포함하고 있지는 않지만, 운율상의 강세 위치에 따라 강세를 갖는다. 따라서 일부 단어들은 운율상의 상황에 따라 강세로 간주되기도 하고 무강세로 간주되기도 한다. 주로 인칭 대명사와 소유 대명사 및 그들의 격 변화형, 의문사, 부사 등이 모호한 강세의 단어군(單語群)에 속한다.

러시아 시에서 운율이 기계적인 강약의 교체 패턴이라면, 리듬은 주어진 운율 형식이 각각의 시인에 따라 그리고 시 텍스트에 따라 달리 실현되는 것이다. 따라서 운율의 전개상으로는 강세가 올 것으로 기대되는 음절에 무강세 음절이 올 수도 있다. 그러나 이러한 강세누락은 자의적인 것이 아니라 일종의 규칙을 따르는 것이다.

러시아 작시법 이론에 따르는 2음절 율격의 완전한 규칙성은 시의 리듬의 패턴을 단조롭게 하기 때문에, 2음절 율격의 변형으로 이따금 약약격과 강강격이 나타나게 되었다.

③ 약약격(Пиррихий)

시행에서 연속된 두 음절이 무강세 음절로 나타나는 운각이다. 이러한 현상은 2음절 운각(약강격, 강약격)에서 독특함이나 자연스러움으로 시 언어를 접근시키려는 시도에 의해서 나타난다. 만약 시인들이 약약격을 피하려고 한다면, 그들은 자신들의 시어를 러시아어의 다양함을 매우 빈약하게 만드는 짧은 2음절로 된 단어들로만 선별해야 할 것이다. 약약격은 시의 리듬을 파괴하지 않고, 운율을 깨뜨리지도 않는다. 반대로 시의 운율을 다양하게 하고, 시에 억양의 섬세한 뉘앙스를 주며 단조로움을 없애 준다.

> На воз|ду́шном| оке|а́не,
> Без ру|ля́ и| без вет|ри́л...
>
> (М.Лермонтов)

④ 강강격(Спондей)

연속된 두 음절이 무강세 음절로 나타나는 운각과는 달리 시행에

이 아니라 음절 및 음보 단위를 기초로 한 엄격한 체계를 가진 소리의 반복이라는 사실에 유의해야 한다. 율격은 소리의 변별적 단위인 강세 음절과 무강세 음절이 규칙적으로 반복되는 것이다.

3. 리듬과 행과 연을 구성하는 음성 반복

시의 리듬(ритм)이란 언어를 음악적 효과가 나도록 소리를 유형화한 것이다. 즉 소리와 의미의 결합체인 단어의 의미를 수식하고 변형시키면서 또한 그 의미를 확충하도록 소리를 작품 속에 조직하는 것이다. 시의 리듬은 두 가지 측면에서 살펴볼 수 있는데, 하나는 음성반복(звуковые повторы)의 측면이고, 다른 하나는 운율(метр)의 측면이다. 리듬은 본질적으로 청각적인 개념이다. 즉 '소리'의 개념이 없다면 리듬이란 존재할 수 없으며, 반드시 '반복'의 개념이 포함 되어야 한다. 소리가 일정한 패턴을 이루며 반복될 때 음악적인 리듬감이 형성되기 때문이다. 음성반복과 운율은 이러한 소리 개념과 반복 개념을 근간으로 한다. 음성반복은 질적인 의미에서의 특정한 소리(모음과 자음)가 특정한 위치에서 반복되는 현상이 핵심이라면, 운율은 소리의 양적인 요소, 즉 강세와 무강세의 규칙적인 반복이 핵심이다.

음성반복을 고찰하는 데 있어서 항상 혼돈과 논란을 불러일으키는 것은 분류의 문제이다. 다양하게 나타나는 음성반복의 현상들을 어떤 기준에 의해 분류하는 것이 가장 논리적으로 타당하고, 독자들의 혼돈을 최소화 할 수 있는 것인가? 지르문스끼(В.М.Жирмунский)의 정의에 따르면, 압운이란 "상응하는 리듬 그룹(시행, 반행, 구절)의 끝에서 일어나는 음성반복"이며, 운율의 영역에 속해 있는 연의 구성과도 긴밀한 관계를 갖는다. 지르문스끼의 정의는 모든 음성적 현상을 압운으로 언급하는 것이지만, 시행의 마지막 강세음절 이후의 동음 반복만을 압운으로 칭하는 것보다 훨씬 논리적이다. 압운의 영역에 단순한 동음반복까지도 포함시킨다면 이것은 분명한 오류이다. 반면에 시의 행말에 나타나는 동음반복만을 압운이라 하는 것은 행 중간의 동음반복이 운율과 관련되는 현상을 설명하지 못하므로 이것 역시 완전하지 못한 정의이다.

1) 자음반복

시에서 동일한 혹은 유사한 자음이 반복적으로 나타나는 현상을 '두운'이라 부른다. 즉 단어의 '머리'나 중간 모두에 포함되는 자음반복이 두운의 정확한 정의이다. 러시아 시에서 말하는 두운은 시행에서 "인접한 단어들의 맨 첫 자음, 혹은 역점이 떨어지는 모음 바로 앞의 자음이 일치하는 현상"을 의미한다. 넓은 의미에서 자음반복은 두운(аллитерация), 각운(рифма), 협음(ассонанс), 불협화음(диссонанс)과 관련을 맺고 있다. 두운과 관련하여 고찰할 수 있는 자음반복의 또 다른 현상으로는 '자음운(консонанс)'이 있다. 압운의 한 종류에 속하는 자음운은, 시어에서 모음은 일치하지 않고 자음만 일치하는 압운을 뜻한다. 이런 이유로 두운과 자음운은 똑같이 자음의 반복을 토대로 하지만, 시어의 분류학적 관점에서는 상호 구분되는 개념이다.

러시아 시에서 두운의 본격적인 사용은 상징주의 시인들의 시를 통해서 확산되었다. 상징주의 시인들은 시의 음악성 고양의 한 수단으로 자음반복을 활용한 두운을 도입하였다. 특히 발몬뜨에 의해 씌어진 다음의 시는 반복되는 자음(в, б, ч, р, л)의 끊임없는 반복을 통해서 뛰어난 음성효과의 창출과 청각적인 최면 효과를 보여주고 있는 대표적인 시이다.

ЧЕЛН ТОМЛЕНЬЯ

Князю А.И.Урусову

Вечер. Взморье. Вздохи ветра.
Величавый возглас волн.
Близко буря. В берег бьется
Чуждый чарам черный челн.

Чуждый чистым чарам счастья,
Челн томленья, челн тревог
Бросил берег, бьется с бурей,
Ищет светлых снов чертог.

Мчится взморьем, мчится морем,
Отдаваясь воле волн.
Месяц матовый взирает,
Месяц горькой грусти полн.

Умер вечер. Ночь чернеет.
Ропщет море. Мрак растет.
Челн томленья тьмой охвачен.
Буря воет в бездне вод.

음성반복이 일정한 패턴을 이룰 경우, 반복되는 자음의 위치에 따라 몇 가지 유형으로 분류 될 수 있다.

a) 시행의 서두에 나오는 반복 자음이 시행의 끝에서 반복될 때 '고리형(кольцо)'이라 한다.

> Тише едешь - дальше будешь.

b) 시행의 끝에 나오는 단어의 어근 및 소리 그룹이 그 다음 시행의 첫머리에 이어지면서 반복될 때 '연쇄형(стык)'이라 한다.

> Но когда коварны *очи*
> *Очаруют* вдруг тебя...
>
> (А. Пушкин)

c) 한 시행의 서두에 나오는 음이나 소리 그룹이 다음 시행의 첫머

리에 다시 반복될 때 '꺽쇠형(скреп)'이라 한다.

> *Мне стыдно ваших* поздравленний,
> *Мне страшно ваших* гордых слов!
> Довольно было унижений
> Пред ликом будущих веков!
>
> (В. Брюсов)

d) 인접한 두 시행의 끝에서 동일한 음들이 반복될 때 '마무리형 (концовка)'이라 한다.

> Одеты темные *поляны*
> Широкой белой *пеленой*.
>
> (М. Лермонтов)

2) 모음반복 (Ассонанс)

프랑스어 'assonance'에서 유래된 용어로 강세가 오는 음절의 모음이 일치하는 경우를 말한다. 여기에서 우리가 주의해야 할 사항은 '모음반복'이 두 가지 현상을 지칭하는 개념이라는 사실이다. 이것은 첫째로 인접한 일련의 단어에서 발견되는 동일한 강세모음의 반복을 의미하고, 둘째로 압운의 한 종류로서 자음은 일치하지 않고 모음만이 일치하는 압운 형식, 즉 자음운에 대립하는 개념으로서의 모음운을 의미한다. 전자의 경우 '모음두운'이라는 보다 구체적인 용어로 대체되며, 후자는 압운의 영역에 속하는 것으로서 '모음운'이라 불리기도 한다. 여기서는 먼저 불완전운의 일종인 모음운을 보여주는 것으로 『이고리 원정기(Слово о полку Игореве)』와 뿌쉬낀의 작품 ≪오네긴의 여행(Путешествие Онегина)≫에 나타나는 모음운의 예를 살펴보자.

> ...рища в тропу Трояню,
> чрес поля на *горы*, -
> пети было песнь *Игореви*...

...Коли Игорь соколом *полете*, -
тогда Влур влъком *потече*...

*　　*　　*

Но уж дробит каменья *молот*,
И скоро звонкой мостовой
Покроется спасенный *город*,
Как будто кованой броней.

《Путешествие Онегина》

다음은 러시아 시에서 발견되는 모음반복의 패턴이다. 뿌쉬낀의 시
에서는 공명음 〈y〉와 〈ю〉의 반복이 두드러지고, 레르몬또프의 시
《Бородино》에서는 〈y〉와 〈a〉의 반복이 돋보인다.

Брож*у* ли я вдоль *у*лиц шумных,
Вхож*у* ль во многол*ю*дный храм,
Сиж*у* ль меж *ю*ношей без*у*мных,
Я преда*ю*сь моим мечтам.

(А. С. Пушкин)

*　　*　　*

У н*а*ших *у*шки н*а* м*а*кушке!
Чуть *у*тро осветило п*у*шки
И лес*а* синие верхушки -
　Франц*у*зы тут к*а*к т*у*т.

З*а*бил з*а*ряд я в п*у*шку т*у*го
И думал: угощ*у* я друг*а*!..

...Вот з*а*трещ*а*ли бараб*а*ны -
И отступили бус*у*рманы.
Тогд*а* счит*а*ть мы ст*а*ли р*а*ны,
　Тов*а*рищей счит*а*ть.

(Ю. Лермонтов)

러시아 시에서 모음반복은 상징주의 시인들의 주된 기교 중의 하나이다. 모음반복은 상징주의 시의 전반적인 분위기, 즉 불투명하고 모호한 분위기 창출과 직접적으로 관련이 있다. 블록의 시 ≪미지의 여인(Незнакомка)≫의 첫 번째 행을 살펴보면, 동일하게 발음되는 모음 〈а〉의 반복을 통해서 현실과 환상이 겹치는 몽상적인 도시의 이미지를 강조해 주고 있음을 확인할 수 있다.

> По вечерам над ресторанами
> Горячий воздух дик и глух,
> И правит окриками пьяными
> Весенний и тлетворный дух.
> (А. Блок)

즉 이 행에서 사용된 전치사 'по'와 'над', 그리고 'ресторанами'에 존재하는 무강세 음절 'о'는 〈а〉로 발음되는 음성학적 분류를 따르고, 이 격변화된 단어의 마지막의 무강세 음절까지 발음 〈а〉로 포함시킨다면 총 여섯 개의 〈а〉소리가 첫 행에서 보여지고 있다.

3) 의성어 (Ономатопея)

Хохотать(하~하~하고 큰소리로 웃다), Мяукать(고양이가 야옹하고 울다), Чирикать(새가 지저귀다), Кукарекать(꼬끼오하고 울다), Кудахтать(꼬꼬댁거리다), Куковать(뻐꾹뻐꾹 울다), Гавкать(개가 멍멍하고 짖다) 등과 같이 소리의 연쇄가 자연의 소리와 유사할 경우 그것을 '의성어(ономатопея)', 혹은 '음성모사(звукоподражание)'라고 부른다. 의성어는 소리에 의해서 단어의 의미나 시행 전체의 의미를 암시하는 일종의 음성 상징이다. 의성어는 구체적인 소리나 행위, 그리고 상태 등을 모사하는 자음반복이나 모음반복의 특수한 경우로 분류된다. 시인들이 어떤 의도를 가지고 적절히 사용한 의성어는 단어

의 의미와 교묘하게 결합되어 내용의 시적 이미지 창출에 기여한다. 의성어로 쓰이는 단어들은 대부분이 그 자체 내에 소리와 의미의 일치를 포함하는데 새나 짐승의 울음소리, 물이 흐르는 소리 등을 표현하는 단어들은 어느 나라의 언어이든 실제의 소리와 유사한 발음을 가진다. 시에서 의성어는 단순히 자연의 소리를 흉내 내는 단어를 통해서 뿐만 아니라 시인이 인위적으로 도입한 일련의 자음, 모음의 결합을 통해서 달성된다. 발몬뜨의 다음 시에서 여러 차례 사용되고 있는 'ш'는 뱀이 혀를 날름거리면서 움직이는 묘사를 소리로 전달하는 듯 하다.

> Где Демон Ночи, притаив*ш*ись, рад
> Заслышать, как *шурш*ат в лианах змеи,
> И чуют задремав*ш*ие аллеи
> Всех запахов ликую*щ*ий набат.
> (К. Бальмонт)

러시아 시에 나타난 의성어의 예들은 다음과 같은 것들이 있다.

> *Тинтидликал*
> 　　　　мандолиной,
> *дундудел* виолончелью.
> (В. Маяковский)

> Буду *акать,* буде *окать,*
> Катю-степь возьму под локоть,
> Конь пойдет подковой *цокать,*
> *Ёкать* селезенкою.
> (А. Тарковский)

> Волны скачут *лата - тах!*
> Волны скачут *а - ца - ца!*
> (В. Хлебников)

Витовочка *тук - тук,*
А красные *тут - тут,*
Пулеметы *тра - та - та,*
А белые *ла - та - та.*

(Народная частушка)

의성어는 시의 맥락에서 적절하게 사용된다면 시적 효과를 훨씬 고양시켜 줄 수 있다. 자연의 소리를 모사하는 일차적 의성어가 현대의 시어로 사용되는 경우는 드물지만, 보다 복잡한 의성어, 즉 기계의 작동 소리, 대포나 총소리 등에 해당하는 시어는 자주 발견된다. 특히 모음의 반복에 의해 시의 분위기나 감정, 정서를 묘사하는 의성어는 현대시에서도 중요한 시적 장치로 사용되고 있다.

4) 동어반복

시에서는 시어로 사용되는 단어의 소리뿐 아니라 단어 그 자체, 혹은 단어의 일부 어근이나 어미가 그대로 반복되는 경우가 종종 있다. 동어반복은 시의 의미론과 압운 사이에 위치하는 것으로 그 범주를 정하기가 상당히 모호하다. 그러나 동어반복의 경우 그 위치가 반드시 리듬 그룹의 끝에만 오는 것은 아니다. 따라서 엄밀히 말해 압운이라 하기는 어렵다. 또한 동어반복에서 파생되는 효과가 수사적 효과가 아닌 리듬 효과일 경우도 있다.

① 수구반복(Анафора)

인접한 시행이나 연에서 동일한 단어가 시행의 첫머리에서 반복될 때 그것을 '수구반복', 혹은 다른 용어로 '꺽쇠형(Скреп)'이라고 부른다. 단어 전체가 아닌 일부만이 반복되는 경우에도 수구반복에 해당한다. 단어의 일부가 시행의 첫머리에서 반복될 경우, 특히 압운과 유사할 경우는 따로 분류하여 '행머리운'이라 부르기도 한다.

Грозой снесенные мосты,
Гроба с размытого кладбища.

(А. Пушкин)

Я ль несся к бездне полуночной,
Иль сонмы звезд ко мне неслись?

(А. Фет)

Только ветер да звонкая пена,
Только чаек тревожный полет,
Только кровь, что наполнила вены,
Закипающим гулом поет.

(Э. Багрицкий)

접속사가 시행 첫머리에서 반복될 때는 따로 분류하여 '접사첩용
(полисиндетон)'이라 부르기도 한다.

И что потом у них видают
И семь голов и семь рогов,
И семь иль более хвостов.

(Богданович)

수구반복은 다양한 형태로 나타나는 데, 두 개 이상의 인접한 시행
뿐 아니라 인접한 반행들, 혹은 간격을 둔 시행들과 두 개 이상의 연
들을 연결시켜 주기도 한다. 다음의 시들은 이러한 수구 반복의 예들
이다.

Хочу быть дерзким, *хочу* быть смелым.

(К. Бальмонт)

Земля!..
От влаги снеговой
Она еще свежа.

...
Земля!..
Она бежит, бежит
На тыщи верст вперед.

...

Земля!..
Все краше и видней
Она вокруг лежит.

...

(А. Твардовский)

Жди меня, и я вернусь.
Только очень жди.
Жди, когда наводят грусть
Желтые дожди,
Жди, когда снега метут,
Жди, когда жара,
Жди, когда других не ждут,
Позабыв вчера.

(К. Симонов)

② 행말동어반복(Эпифора)

　시행의 끝, 혹은 인접한 리듬 그룹의 끝에서 동일한 단어가 반복되는 경우를 '행말동어반복', 혹은 다른 용어로는 '마무리형(Концовка)'이라 부른다. 행말동어반복은 압운의 일종으로 간주하는데 '중복운(Тавтологическая рифма)'은 행말동어반복과 같은 현상을 부르는 용어이다. 다음은 행말동어반복이 나타나는 시의 예이다.

Милый друг, и в этом *тихом доме*
　Лихорадка бьет меня.
Не найти мне места в *тихом доме*
　Возле мирного огня!

(А. Блок)

                    А я и тут.
        Там жених с невестой ждут, -
              Нет попа.
                    А я и тут.
        Там младенца берегут, -
              Нет попа.
                    А я и тут.

                              (А. Твардовский, <Страна Муравия>)

③ 전사반복(Анадиплосис)

시행의 행말과 다음 행의 첫머리에 동일한 단어가 반복될 때, '전사
반복(前辭反復)', 혹은 다른 용어로는 '연쇄형(Стык)'이라 부른다.

        Сидел я под кленом *и думал,*
        И думал о прежних годах.
                              (А. К. Толстой)

        Одна была доля - *бесплодное поле,*
        Бесплодное поле да тощая рожь.
                              (М. Исаковский)

4. 압운(Рифма)

고대 러시아 문학작품(『이고리 원정기』, 『자돈쉬나(Задонщина)』)
에서 압운이 관찰되고 있지만, 러시아 시에서 압운과 운문과의 관계
를 고찰하기 시작한 것은 비교적 최근의 현상이다. 압운은 넓은 의미
에서의 음성반복의 한 종류로 연의 형식 구성에 개입하고, 시의 의미
론과도 직접적으로 관련된다는 점에서 압운은 다른 음성반복에 비해
훨씬 복잡하면서도 중요한 시의 요소이다. 러시아 시에서 보여지는
압운은 음성적, 운율적, 의미론적 조직과 밀접하게 관련되어 있기 때

문에, 시에 나타나는 모든 리듬 요소 중에서 가장 복잡한 현상 중의 하나인 것이다.

압운은 시행 혹은 리듬 그룹의 말미에서 동일한 소리가 반복되는 현상을 일괄적으로 지칭하는 것이지만, 실제에 있어서 압운을 개별적인 텍스트에서 고찰하는 방법은 학자와 저술에 따라서 매우 복잡하고 다양하게 기술되고 있다. 여기에서 우리는 압운의 기본형태 및 압운과 다른 언어 영역간의 관계를 몇 가지 기준에 준해서 개괄적으로 살펴보도록 하자.

1) 압운의 종류

러시아 시의 압운은 시행을 마무리하는 마지막 단어, 즉 행말(Кла-узула)의 강세의 위치에 따라 세 가지 기본적인 형태 - 남성운, 여성운, 강약약운 - 로 분류된다. 시행의 끝에 자리한 단어의 맨 마지막 음절에 강세가 떨어질 때, 이러한 압운은 '남성운(Мужская рифма)' 이라 부르고, 일반적으로 알파벳의 소문자로 표기한다. 예를 들면 첫 번째 행에 나오는 압운을 'a'로 표기하고 그 다음에 오는 압운은 순서에 따라 'b', 'c' 등으로 표기한다. 시행에 나타나는 압운을 알파벳 문자로 그 종류를 도식화한 것을 '압운도식(Рифмовка)'이라 부른다. 다음은 남성운을 형성하는 시의 예이다.

Немного лет тому назад,   a
Там, где, сливаяся, шумят,   a
Обнявшись, будто две сестры,   b
Струи Арагвы и Куры,   b
Был монастырь...   b

(М. Лермонтов)

이 연의 압운도식은 'aabbb'가 될 것이다. 남성운이라고 부르는 이유로는 행의 마지막 음절에 강세가 올 때는 다른 경우에 비해 단호하고 강한 느낌이 창조되기 때문이다.

강세가 시행의 끝에서 두 번째 음절에 올 때는 '여성운(Женская рифма)'이라고 부른다. 여성운은 알파벳의 대문자(A, B, C ...)로 표기된다. 따라서 아래에 인용된 페뜨의 시는 여성운을 형성하면서 시행들은 'ABAB'의 압운도식을 갖추고 있음을 확인할 수 있다.

Я пришел к тебе с приве́том	A
Рассказать, что солнце вста́ло,	B
Что оно горячим све́том	A
По листам затрепета́ло;...	B

(А. Фет)

위에서 인용된 시처럼 모든 시행이 여성운으로 끝나는 것은 일종의 폴란드 작시법의 관례에 따른 것이다. 즉 폴란드어의 강세는 항상 단어의 끝에서 두 번째 음절에 오기 때문에 폴란드 시에서 행말에 여성운이 오는 것은 불가피한 현상이다.

강세가 시행의 끝에서 세 번째 음절에 올 때는 '강약약운(Дактилическая рифма)'이라 불린다. 러시아 시에서 강약약운의 사용은 여성운과 남성운에 비해 상대적으로 그 전통이나 실제 사용의 예가 많지 않다. 물론 18세기 전반기에 러시아 작시 이론에 대한 개혁의 주역이었던 뜨레지아꼽스끼와 로모노소프 등은 작시법의 개념과 용어의 대부분을 그리스 로마의 고전 작시법 및 다른 서구 유럽의 작시법에서 차용해 왔다. 이런 이유로 서구 유럽의 작시법에서 이례적인 강약약운은 자연히 러시아 시에서도 그다지 발달하지 못했다. 그러나 로모노소프가 자신의 작시법 이론을 개진하면서 이미 정확하게 파악하였듯이 러시아어는 언어의 특성상 강약약운의 활용가능성을 충분히 내포하고 있다.

18세기 러시아 시에서 강약약운은 일반적으로 희극적인 효과를 목적으로 하는 경우에 사용되었다. 러시아 시에서 강약약운이 본격적으로 사용되기 시작한 것은 19세기 초에 낭만주의가 절정에 달하면서부터이다. 쥬꼬프스끼, 바라띤스끼, 야겨꼬프 등의 시인들은 일련의 서정시를 통해 강약약운을 '일반적인' 압운으로 정착시켰다. 19세기 중반에는 민중시의 영향을 받은 네끄라소프의 시 덕분에 강약약운이 대폭 활성화되었으며, 20세기 초에는 상징주의 시인들은 강약약운의 활성화에 크게 기여하였다. 강약약운은 알파벳 대문자와 어포스트러피로 표시하므로 이 시의 압운도식은 〈A'B'A'B'〉가 될 것이다. 다음의 시는 강약약운으로 씌어진 시의 예이다.

Чуть живые, в ночь осéннюю   A'
Мы с дороги возвращáемся,   B'
До ночлега прошлогóднего,   C'
Слава Богу, добирáемся.   B'

(Н. Некрасов)

러시아 시에서 자주 사용되는 이 세 가지 형태의 압운 외에도 간혹 강세가 시행의 끝에서 네 번째 음절에 떨어지는 압운을 발견할 수 있다. 이러한 압운은 '강약약약운(Гипердактилическая рифма)'이라 부른다.

Уж и знать, что мне по сеничкам не хáживати,
Мне мила дружка за рученьку не вáживати.

(Русская народная песня)

기뻬우스, 브류소프와 같은 상징주의 시인들은 시행의 끝에서 다섯 번째, 여섯 번째의 음절에도 역점이 떨어지는 압운을 실험적으로 사용한 사례가 있는 것으로 알려져 있으나, 실제로는 거의 발견할 수 없는 압운의 형식이다.

그렇다면 상징주의 시인들은 왜 강약약운, 혹은 그 이상의 음절로 이루어진 압운에 특별한 관심을 기울였을까? 주지하다시피 상징주의 시인들은 시에서의 음성적 표현이나 효과에 특히 관심을 기울였다. 그들은 여러 각도에서 시어의 음성적 가능성을 실험함으로써 모든 예술 형태 중에서 가장 추상적인 음악에 시를 최대한 접근시키려고 노력하였다. 벨르이를 중심으로 사용한 '기악편성(инструментовка)'이니 '관현악 편성(оркестровка)'이니 하는 상징주의 시인들의 신조어가 분명하게 음악적 색채를 가지고 있는 것만 보아도 그들의 음악지향성이 얼마나 강력했는가를 짐작할 수 있다. 압운에 대한 상징주의 시인들의 태도 역시 음악성의 고양과 관계가 있는데, 그들은 반복되는 소리가 많을수록, 즉 압운에 포함된 음절의 수가 많을수록 시의 음악적 표현력이 상승한다고 보았던 것이다. 특히 발몬뜨는 시의 음성반복의 영역에서 가장 뛰어난 재능을 발휘하였으며, 또한 시작(詩作)에서의 다음절 압운의 실험으로도 유명하다.

2) 압운과 연

러시아 시에서 압운은 다른 음성반복과는 달리 연의 형식 구성에 직접적으로 관여한다. 두 개 이상의 시행으로 구성되는 '연(Строфа)'은 시의 리듬적·의미론적·구문론적 단위이고, 압운은 두 개 이상의 시행이 구성하는 연에서의 관계를 설명해 주는 요소이다.

앞에서 이미 살펴본 압운의 기본 형태, 즉 남성운·여성운·강약약운이 어떤 시의 연 전체에 걸쳐 단독으로 쓰이는 경우는 매우 드문 편이다. 남성운과 여성운이 번갈아 나타나거나, 혹은 그 둘 중의 하나와 강약약운이 교대로 나타나면서 연을 형성하는 것이 일반적이다. 다음에 예로 든 쮸쩨프의 시는 여성운과 남성운 그리고 강약약운이 모두 교호하는 경우이다.

Слёзы людские, о, слёзы людск*ие*,　　　A

Льётесь вы ранней и поздней пор*ой*,　　b

Льётесь безвестные, льётесь незр*имые*,　C'

Неистощимые, неисчисл*имые*,　　　　C'

Льётесь, как льются струны дождев*ые*　A

В осень глухую, порою ночн*ой*.　　　　b

(Ф. Тютчев)

세 가지 형태의 압운 중에서 한 가지 형태의 압운만을 사용하는 경우를 일관된 압운이라 하며, 이렇게 한 가지 형태의 압운만을 사용하는 것은 시인이 특별한 효과를 위해 의도적으로 창작을 한 경우이다. 낭만주의 시인들은 서정시의 음악적 선율을 중요하게 여겼기 때문에 리듬의 단조로움을 위한 장치로서 일관된 압운을 사용했다. 또한 20세기의 상징주의 시인 발몬뜨 역시 비슷한 의도에서 이러한 압운을 사용했다. 쥬꼬프스끼와 레르몬또프가 쓴 바이런풍의 낭만주의적 초기 시들에서는 일관된 압운이 자주 나타나고 있다. 다음의 시는 일관된 압운의 전형적인 예로서 레르몬또프가 남성운을 사용하여 쓴 시이다.

Русалка плыла по реке голуб*ой*,　　a

Озаряема полной лун*ой*:　　　　　a

И старалась она доплеснуть до лун*ы*　b

Серебристую пену волн*ы*...　　　　b

(М. Лермонтов)

압운은 일반적으로 두 개의 시행을 연결해 주는 기능을 하며, 압운으로 연결 되는 두 개의 시행 다음에 오는 또 다른 두 개의 시행은 다른 압운에 의해서 연결된다. 이런 압운을 '이중운(Двойная рифма)'이라 부른다. 따라서 이중운이란 통상적인 압운의 대명사라 할 수 있다. 이와 같이 하나의 동일한 압운에 의해 세 개의 시행이 연결되어 사용된다면 - 이것은 '3중운(Тройная рифма)', 네 개의 시행이 연결되

어 사용된다면 '4중운(Четвертная рифма)'이라 부른다. 이런 식으로 5
중운, 6중운 등의 명칭을 붙이는 것이 가능하다.

러시아 시에서 가장 자주 사용되는 압운의 연 형식은 다음과 같은
세 가지 형태가 있다.

① '교차운(Перекрёстная рифма)'은 가장 일반적인 패턴이라 할 수
있다. 이를 테면, 4행으로 이루어진 연을 하나의 단위로 칠 때 1행과
3행, 2행과 4행이 같은 압운을 밟는 경우를 말한다. 아래에 주어진 시
는 연이 4행으로 이루어진 교차운의 시로 압운도식은 'aBaB'가 된다.

Близился сизый зака́т.	a
Воздух был нежен и хме́лен,	B
И отуманенный са́д	a
Как-то особенно зе́лен.	B

(Ин. Анненский)

② '포옹운/환상운/(Опоясанная рифма, кольцовая рифма, охват-
ная рифма)'은 시의 1행과 4행, 그리고 2행과 3행이 압운을 이루는 경
우를 말한다. 다음의 시는 4행으로 연을 구성한 포옹운으로 압운도식
은 'AbbA'가 된다.

В ауле, на своих поро́гах	A
Черкесы праздные сидя́т.	b
Сыны Кавказа говоря́т	b
О бранных, гибельных трево́гах.	A

(А. Пушкин)

③ '인접운(Смежная рифма, парная рифма)'은 시의 1행과 2행, 그
리고 3행과 4행이 각각 압운을 이루는 경우를 말한다. 다음의 시는
인접운의 예이며 압운도식은 'aaBB'가 된다.

Казнили. Голова отпрянула как мя́ч!
Стёр полотенцем кровь с руки пала́ч,
И эшафот поспешно разобра́ли;
Пришли пожарные и площадь полива́ли.

(Случевский)

지금까지 우리가 고찰한 것은 러시아 시의 연에서 각각의 시행으로 구성되는 연의 기본적인 압운 형식이며, 여기에서 언급된 세 가지 외에도 다른 형식의 압운도 가능하다.

3) 내부운 (Внутренная рифма)

러시아 시에서 내부운이란 압운으로 연결되는 리듬 그룹 내에서 최소한 하나의 리듬 그룹의 내부에, 즉 시 행의 중간에 압운이 존재하는 것을 일컫는다. 그러나 내부운은 행말의 동음 반복을 지칭하는 '행말운(Конечная рифма)'이나 두운의 일종인 '행머리운(Начальная рифма)'과는 구분되는 개념이다. 두운이 음성반복으로 간주될 경우에는 '두운'이라고 부르고, 압운의 일종으로 간주될 때는 '행머리운'이라고 부른다. 보통 행 중간의 단어가 같은 행의 끝 단어와 유사한 혹은 동일한 소리를 낼 때 '내부운'이 형성되었다고 한다.

Нет, вам наскучили нивы *беспло́дные...*
Чужды вам страсти и чужды страдания.
Вечно *холо́дные*, вечно *свобо́дные*,
Нет у вас родины, нет вам изгнания.

(М. Лермонтов)

내부운에서 반드시 고찰해야 하는 것으로는 '반행(Полустишие)'이 있다. 반행이란 문자 그대로 시행의 반을 의미한다. 하나의 시행 중간에 휴지부가 있을 때, 그 휴지부에 의해 양분되는 두 개의 작은 행을 반행이라 한다. 반행은 그 자체로서 하나의 리듬그룹으로 간주된다. 내부운은 일반적으로 반행을 단위로 하여 두 개의 반행 말미에 같은 소리가 오는 것을 말한다.

내부운은 두 가지로 분류할 수 있는데, 우선 일정한 구성원칙에 따라 나타나는 경우를 고정적인 내부운이라 하고, 다음으로 아무런 법칙이 없이 임의로 나타나는 경우를 우발적인 내부운이라고 한다. 고정적인 내부운은 일반적인 압운과 마찬가지로 인접, 교체, 포옹 등의 기본적인 형식을 비롯하여 다양한 변이형을 취할 수 있다. 시행에서 내부운이 나타나는 행은 일반적으로 홀수 시행(1행과 3행 모두, 혹은 그 중의 하나)이며, 내부운이 나타나는 홀수 시행들은 압운이 일치할 수도 있고 그렇지 않을 수도 있다. 연의 차원에서 고찰해 보면 내부운이 반드시 모든 연에서 사용된다는 규칙은 없다.

아래에서 내부운을 형성하는 예로 인용된 발몬뜨의 시에서 압운은 '교차'형(A-B, A-B)을 이루고 있음을 알 수 있다.

Если, ре́я, пропада́я,	A - B
Цепене́я, и блиста́я,	A - B
Вьются хлопья снежные, ...	

우발적인 내부운은 순수한 음성반복의 일종으로 연형식이나 운율구성에 포함되지 않는다. 그것은 '운'이라는 명칭을 붙이기가 어려울 정도로 음성반복과 유사하기 때문이다. 이런 이유로 해서 학자에 따라서는 우발적인 내부운을 따로 분류하지 않고 음성반복에 귀속시키기도 한다. 상징주의 시인들은 내부운의 사용에 매우 많은 관심을 기울였다.

Блесте́ли и пе́ли капе́ли,

Златился покров ледяной...
Сестрицы *сиде*ли *и* мл*ели*
В окошке вес*ной* под лу*ной*.

(А. Белый)

이 시에서 일종의 운을 형성하는 내부운의 기능은 전적으로 음악적인 효과를 창출하기 위한 것이다. 이것을 음성반복의 범주에 넣지 않고 운의 범주에 포함시키는 것은 압운의 경우처럼 강세가 오는 음절 이하의 모든 자모가 일치한다는 점 때문이다. 이런 이유로 우발적인 내부운은 모음반복이나 자음반복 중 어느 한 범주에 포함시킬 수가 없기 때문에 분류의 편의상 내부운의 변종으로 간주한다. 다른 음성반복이 그러하듯이 내부운의 경우도 시의 음악성을 중요시하는 낭만주의, 상징주의 시인들의 시에서 특히 많이 찾아볼 수 있다. 시에서의 음악성을 강조한 대표적인 상징주의 시인 발몬뜨 외에도 블록, 솔로구쁘, 벨르이, 브류소프 등이 자음반복이나 모음반복과 병행하여 우발적인 내부운을 자주 사용하였다. 내부운은 고정적이건 우발적이건 모두 음악적인 효과를 위한 장치이다. 또한 내부운은 종종 리듬, 구문, 의미론상의 '평행' 구조와 관련이 있다. 즉, 내부운에 의해 나란히 제시되는 단어들, 구절들 혹은 반행들은 구문이나 의미에서도 대비를 이루는 경우가 많다.

4) 완전운(Точная рифма)과 불완전운(Неточная рифма)

'완전운(Достаточная рифма, точная рифма, полная рифма)'은 강세가 있는 모음부터 시작해서 나머지 모든 소리가 음향적으로 정확하게 일치하는 운을 말하며, 이와는 달리 강세가 있는 모음 이후부터 완전히 일치하지 않는 소리로 이루어진 운을 '불완전운(Недостаточная рифма, неточная рифма, неполная рифма)'이라 한다. 강세가 있는 모음 바로 앞의 자음까지도 일치하는 압운을 '풍요운(Богатая рифма)'이라 부르며, 풍요운의 반대되는 운은 '빈곤운(Бедная рифма)'이라 한다. 빈곤운에서는 일치하는 자음 및 모음의 수가 최소로 된다. 빈곤운이라는 용어는 진부한 운이라는 의미로도 사용되는데, 기존의 시에서 너무 자주 사용하였기 때문에 참신성을 상실한 ≪кровь - любовь≫와 같은 단어로 이루어진 압운을 지칭한다. 강세가 오는 바로 앞의 자음과 그 앞의 모음까지도 일치할 때는 '심층운(Глубокая рифма)'이라고 하는데, 이런 운을 풍요운에 포함시키기도 한다.

불완전운은 일치하지 않는 소리의 종류에 따라 네 가지로 구분한다. 역점이 떨어지는 모음만 일치하고 나머지 소리는 일치하지 않는 불완전운을 '모음운(Ассонанс)'이라 하고, 자음은 일치하되 역점이 떨어지는 모음이 일치하지 않는 압운은 '자음운(Консонанс)'이라고 부른다. 압운에 포함된 음절의 수가 다를 때는 '이음절음(異音節音, Не-равносложная рифма)'이라 하고 역점의 배치가 일치하지 않을 때는 '이강세운(Неравноударная рифма)'이라고 부른다. 이강세운(異强勢韻)은 철자가 동일하기 때문에 시각적으로는 큰 차이를 감지하기 어렵지만, 이 단어를 낭송할 경우 그 음향적 차이를 분명히 느낄 수 있다. 이강세운은 대부분이 두 개의 단어로 구성되는 압운에서 발견되는데, 그 이유는 두 단어 중 한 단어가 여린 강세를 가짐으로 해서 역점의 차이가 느껴지기 때문이다. 이강세운은 강세의 중요성이 강조되지 않는 음절시에서 특히 많이 발견된다.

5) 압운의 철자와 발음

러시아 시에서 압운은 연을 구성하는 시행들의 관계를 보여주는 청각적인 개념이다. 두 개의 시행 혹은 리듬그룹의 끝에 오는 단어가 같거나 유사한 소리를 보유함으로써 압운이 형성된다. 이를테면 각각

의 행말에 위치한 두 개의 단어가 압운을 형성 하는가 혹은 하지 않
는가의 여부는 철자상의 일치가 아니라 발음상의 일치 여부에 따라
결정된다. 러시아어에서 발음은 항상 철자와 일치하는 것은 아니다.
동일한 자음 모음이라 할지라도 단어 내에서 자리하고 있는 위치에
따라 그리고 강세의 유무에 따라 실질적인 소리는 다르게 발음된다.
이런 이유로 소리와 철자가 모두 같은 경우의 압운이 있는가 하면,
철자는 다르지만 소리가 동일하게 발음되기 때문에 압운으로 간주하
는 경우도 있다. 그러나 철자와 발음의 상관성을 토대로 압운의 가능
성 여부를 규정하는 것은 작시법 연구자에 따라 조금씩 다른 양상을
보여주고 있다. 일반적으로 러시아 작시법에서 소리가 비슷하거나 동
일하되 철자가 다른 단어를 압운으로 인정할 것인가 혹은 배제할 것
인가는 시대와 시대의 지배적인 문체에 따라 결정되었다. 즉 엄격한
철자법의 원칙을 고수한 18세기에는 아무리 소리가 비슷해도 압운으
로 인정될 수 없었던 단어의 쌍이, 19세기나 20세기에는 일반적이고
정상적인 압운으로 인정 되었으며, 아주 훌륭하고 참신한 압운으로
간주되기도 했다.

압운의 철자와 발음의 상관성은 구체적이고 자세한 음성학적 고찰
을 요구하는 복잡한 문제이다. 이제 철자는 다르지만 발음이 같기 때
문에 러시아 시에서 압운으로 허용되어 온 단어의 쌍들을 발음규칙과
함께 살펴보자.

① 단어의 끝에서 유성음은 대응하는 무성음으로 발음된다. 그리고
무성음 바로 앞에 위치한 유성음은 무성음으로 동화되어 발음된다.
따라서 철자가 다르지만 주어진 단어의 쌍은 음향적으로 압운을 형성
한다. ≪Пруд - Идýт, Лáска - Скáзка, Рéдко - Мéтко≫
② 경모음과 연모음은 동일한 소리로 간주한다. 즉 정자법상으로는

다른 모음으로 취급되는 'a'와 'я', 'у'와 'ю', 'о'와 'ё', 'э'와 'е'는 선행하는 자음의 연음성과 경음성을 나타내주기 때문에 음성학적으로는 같은 모음으로 취급한다. 따라서 이러한 단어들은 압운을 형성한다. ≪Яма - Дáма, Пруд - Пьют, Рёв - Здорóв, Эта - Свéта≫

③ 자음은 그 다음에 어떤 모음이 오느냐에 따라, 혹은 경음부호나 연음부호 중 어느 것이 오느냐에 따라 경음성과 연음성이 결정된다. 연음과 경음은 각각 다른 소리로 간주된다. 따라서 같은 자음이라 할지라도 연음부호를 수반한 경우와 그렇지 않은 경우는 압운을 형성할 수 없다.

④ 강세가 없는 'о'는 ⟨a⟩로 발음되기 때문에 무강세의 'о'와 'a'는 동일한 소리로 취급한다. 그러나 이러한 발음 규칙은 18세기에는 거의 인정이 되지 않았으며, 19세기에도 일반화되지 않았다. 오늘날에도 모든 경우의 비강세 'о'와 'a'가 항상 압운을 형성하는 것은 아니다. 가령 시어로 주어진 단어가 음성학적으로는 동일한 소리를 포함하고 있지만 두 단어의 문법적 범주가 다른 경우 양자의 등치를 방해하는 요인이 되고 있다.

⑤ 강세가 오지 않는 'е'와 'я'는 'и'와 같은 음으로 취급한다. 그러나 이러한 발음 현상도 항상 적용되는 것은 아니다. 이러한 압운은 주로 동사의 변화형이나 형용사 어미에서 많이 발견된다. 문법적 범주가 다른 단어들이 압운을 형성하는 경우는 주로 희극적인 효과를 위해 의도된 것이다.

⑥ 세 개 이상의 자음이 겹친 경우, 즉 'стн'과 'здн'과 같은 자음 그룹이 있는 경우 'т'와 'д'는 발음되지 않는다. 따라서 다음의 단어들은 철자가 다르지만 동일한 발음으로 간주하기 때문에 압운을 형성한다 ≪Стрáстный - Прекрáсный, Прáздный - Рáзный≫. 러시아 시에서 이런 형태의 압운은 18세기 때부터 인정되었는데, 시인들은 시각적인

일치를 보여주기 위해서 일부러 철자를 바꾸기도 하였다. 예를 들면 《Страстно》를 《Страсно》로 고쳐 쓰는 경우도 있었다.

⑦ 강세 뒤에 오는 'а'와 'o', 'ы'는 격변화 어미일 경우 같은 소리로 취급되기 때문에, 《Росѝстым - Свѝстом》의 예처럼 강세 뒤의 모음이 전혀 다름에도 불구하고 압운을 형성한다.

⑧ 강세가 오지 않는 'и'와 'ий'는 같은 소리로 간주된다. 이런 이유로 《Высокий - Пороки, Летучий - Тучи》 등의 단어 쌍들이 압운을 형성하기도 한다.

현대 러시아 시에 나타나는 압운의 가장 큰 특징은 자음의 생략 혹은 불일치이다. 즉 '불완전운'의 일종인 모음운이 일반적으로 널리 사용되고 있으며, 마야꼬프스끼에 의해 자주 애용된 이음절운은 현대시에서 나타나는 압운의 일탈 현상을 말해 주고 있다. 마야꼬프스끼는 새로운 압운을 모색하는 방법 중의 하나로 자신의 시 《아침(Утро)》에서 강세가 오지 않는 전치사나 접속사에 강세를 찍는 방식을 취하기도 하였다.

УТРО

Угрюмый дождь скосил глазá.
А зá
решеткой
четкой
железной мысли проводов -
перѝна.
И на
нее
встающих звезд
легко оперлись ноги.

러시아 시에 나타나는 압운의 변화 과정을 살펴 볼 때 분명한 것은 일반적으로 자음의 음성일치는 완화된 반면, 강세모음의 일치는 오늘날까지도 지켜지고 있으며, 이와는 반대로 자음의 일치는 준수하되 강세모음은 약간씩 달리하는 압운을 시도한 경우도 찾아 볼 수 있다. 또한 유머감을 불러일으키거나 참신성을 부여하기 위해서 합성운을 사용한 시들도 발견할 수 있다.

5. 운율(Метр)

시에서 운율 또는 리듬이라는 것은 시에 나타나는 말소리 및 말뜻, 특히 언어가 가진 소리의 자질을 배열하는 양식이다. 그리고 이 배열 양식은 기계적인 것이 아니라 유기적인 것이다. 리듬을 사전적으로 정의하면, 시의 음성적 형식, 주기적인 악센트나 가락의 지속과 관련된 음악적 구문이 된다. 이 음악적 구문은 주기성 곧 반복성을 보여준다. 주기성과 반복성은 심리적 기대감을 갖게 한다. 이 기대감과 함께 진행되는 어떤 소리패턴의 규칙적 순환을 리듬이라 할 수 있다. 규칙적 순환이란 시간적 질서 속에서 빚어지는 것으로 리듬의 형식은 시간적인 지속성을 선행조건으로 삼는다. 리듬이라는 것은 말소리의 모든 자질은 물론 휴지(休止)와 의미, 분행(分行), 구두점의 종류 및 유무와 불가분의 관계를 가지고 있다.

따라서 러시아 작시법에서 음절 강세시의 근저를 이루는 것은 운율이며, 강세와 무강세 모음의 발음에 따른 소리의 리듬적인 교체라 할 수 있다. 따라서 운율론은 시의 음성구조 전반을 다루는 것이며, 강세와 무강세의 규칙적인 반복을 다루는 연구 분야이다. 현재 운율론에서 가장 폭넓게 논의되어 온 문제는 운율과 리듬의 차이이다. 모든 언어에는 다양한 길이와 강도 및 높이의 소리들이 있다. 운문에서는 강한 소리 다음에 일정한 수의 약한 소리가 이어지고 다시 강한 소리가 반복되는데, 강한 소리와 약한 소리의 교체법칙은 추상적인 이론의 형태로 도식화 할 수 있다. 이렇게 도식화된 강세와 무강세의 교체법칙을 운문에서는 운율이라 한다. 리듬은 이 언어재료들의 자연적인 특질과 운율이 충돌함으로써 생성된다. 다시 말해 운율이 이상적이고 추상적인 규범이라면, 리듬은 그 규범이 실제로 개별적인 텍스트에서 실현되어 나타나고 있는 양상이다. 따라서 운율은 시인의 의식 속에 하나의 도식으로만 존재할 뿐이며 실제의 시에 존재하는 것은 리듬이다.

시의 운율법칙은 무강세와 강세의 교호로 정의 된다. 즉 어떤 시가 대부분의 홀수 음절은 무강세이고, 짝수 음절은 강세이다. 이 경우 이 시의 운율도식은 약강격이 될 것이다. 그러나 약강의 규범이 언제나 실현되는 것은 아니다. 개별적인 시행들을 살펴보면 규범으로부터의 이탈이 종종 발견되기도 한다.

◎ **운율의 효과**

(1) 소리의 규칙적 질서에 따라 쾌감을 주고, 인상을 크게 해 준다.
(2) 우리의 평상시 언어에 대한 습관적인 무감각에서 우리를 일깨우는 한편, 일정한 요소의 반복에 의해 우리의 의식 상태를 진정시키기도 한다.
(3) 한편의 글이 생경한 말의 한 토막이 아니라 재정리된 것, 즉 예술이라는 각성을 일으켜 시와 생활을 구분하게 한다.
(4) 작품의 주제와 연결되면서 독특한 어조를 이룬다.

6. 행(Строчка)

러시아 시에서 운각이 운율의 최소단위라면 리듬의 최소단위는 시행이다. 시에서 운율은 이론적인 규범이고, 이 규범의 단위가 운각이다. 그러나 리듬은 운각이 시 텍스트에서 실현된 결과로 창출된 효과이고, 리듬의 단위는 몇 개의 운각이 결합함으로써 이루어지는 시의 행(行)이다. 시행은 두 개 이상의 운각이 결합될 때 형성된다. 따라서 시행은 포함된 운각의 종류와 수에 따라 결정된다. 운각이란 시의 분석을 위해 고안된 다분히 기계적인 개념이므로, 한 시행을 강약격의 운각 네 개로 이루어진 시행이라고 해서 독립된 강약격의 운각 네 개가 반드시 그 시행에 포함되어야 하는 것은 아니다. 단지 그 시행에 포함된 음절의 수가 일곱 내지 여덟 개이며, 기본적으로 강세와 무강세의 교체에 따라 강약의 패턴을 이룬다는 의미이다.

이와 관련하여 고찰할 것은 소위 '운율분석(Скандирование, скандовка)'의 문제이다. 운율분석은 시행을 운각 단위로 구분하는 것을 말한다. 시행의 일반적인 율격을 결정하기 위해 구분하는 운율분석은, 시의 실질적인 낭송과는 매우 다른 경우가 있는데, 이것은 운각간의 경계와 단어간의 경계가 반드시 일치하지는 않기 때문이다. 어떤 경우에는 단어간의 경계와 운각간의 경계가 일치할 때도 있고 그렇지 않을 때도 있다.

러시아 작시법 연구가인 홀쉐브니꼬프(В.Е.Холшевников)는 러시아인들의 귀에 운각간의 경계는 감지되지 않으므로 작시법 학자들이 운각을 기준으로 강약격이니 약강격이니를 분류하는 것은 순전히 관례 때문이라고 말하고 있지만, 우리가 운각을 구분하고 그것에 입각하여 시의 율격을 정하는 것은 편의와 관례에 따른 것만은 아니다. 러시아 시에서 운율분석은 리듬의 감각을 위한 하나의 배경으로 작용하고 있다. 운각 또한 율격의 단위라는 점에서 그 특징 및 정서적 효과에 따라 분류하는 것이 필요하다.

운율 결정에는 시인의 의도나 그 시대의 작시법상의 흐름 등도 고려될 수도 있다. 또한 시의 율격이 의미를 좌우할 수 있는 중요한 요인이지만 언제나 분명하게 의미를 결정해주는 것은 아니다. 따라서 우리가 운율론을 통해서 할 수 있는 것은 어떤 해석이 이론적으로 타당한가를 결정하는 데 그치는 정도이다. 운율론의 영역에서 시행은 기본적으로 운각의 성격, 운각의 수, 마지막 운각의 음절수 등 세 가지 기준에 의해 구분될 수 있다. 마지막 운각의 음절수가 시행 분류의 기준이 되고 있는 것은, 이 마지막 운각이 시행의 율격으로부터 자유롭기 때문이다. 즉 마지막 운각은 동일 시행에 나오는 다른 운각보다 음절수가 훨씬 유동적일 수 있다.

1) 운각의 성격과 수에 따른 시행의 종류

러시아 시에서 시행은 두 개 이상의 운각으로 구성된다. 그리고 그 운각의 성격과 수에 따라 시행의 명칭이 결정된다. 러시아 작시법에서는 운각의 수가 먼저 오고 그 다음에 운각의 명칭이 뒤따른다. 즉 운각의 수와 음보라는 단어 'Стопа'가 결합하여 만들어진 합성 형용사 다음에 운각의 성격, 즉 '강약격(Хорей)'이니 '약강격(Ямб)'이니 하는 명칭이 오게 된다. 이를 테면 약강격 운각이 다섯 개인 시행으로 씌어진 시는 '약강 5보격(Пятистопный ямб)'의 시라고 말하고, 운각이 여섯 개인 시행의 시는 '약강 6보격(Шестистопный ямб)'으로 쓰였다고 말한다. 이러한 시들의 예를 살펴보자.

① 강약 5보격(Пятистопный хорей)
　 Выхожу́ оди́н я на доро́гу,　　　　　－ ◡ ◡ ́ ◡ ́ ◡ ◡ ◡ ◡
　 Сквозь тума́н кремни́стый пу́ть блести́т,　－ ◡ ◡ ́ ◡ ́ ◡ ◡ ́ ◡ ◡
　 Но́чь тиха́, пусты́ня вне́млет Бо́гу,　 ◡ ◡ ◡ ́ ◡ ́ ◡ ◡ ◡ ◡ ◡
　 И звезда́ с звездо́ю говори́т.　　　　－ ◡ ◡ ́ ◡ ́ ◡ ◡ ◡ ◡ ◡

　　　　　　　　　　　　　　(М.Лермонтов)

② 약강 4보격(Четырёхстопный ямб)

Подстилку в корчах распоров,　⌣´⌣´⌣—⌣´

он навсегда прощался с нами　⌣—⌣´⌣´⌣´⌣

под стон подопытных коров　⌣´⌣´⌣—⌣´

в ветеринарном грязном храме.　⌣—⌣´⌣´⌣´⌣

(Ев. Евтушенко)

③ 강약약 3보격(Трёхстопный дактиль)

"Мне бы хоть десять копеечек　´⌣⌣´⌣⌣´⌣

С пренумеранта извлечь:　—⌣⌣´⌣⌣´

Ведь даровых-то статеечек　—⌣⌣´⌣⌣´⌣

Много... куда их беречь?　´⌣⌣´⌣⌣´

Нужно во всём беспристрастие:　´⌣⌣´⌣⌣´⌣⌣

Вы их смешайте, друзья,　´⌣⌣´⌣⌣´

Да и берите на счастие...　—⌣⌣´⌣⌣´⌣⌣

(Жуковский)

④ 약강약 3보격(Трёхстопный амфибрахий)

История. Время. Пространство.　⌣´⌣⌣´⌣⌣´⌣

Людские слова и дела.　⌣´⌣⌣´⌣⌣´

Полвека войны. Христианства　⌣´⌣⌣´⌣⌣´⌣

Двухтысячелетняя мгла.　⌣´⌣⌣´⌣⌣´

(Г. Иванов)

⑤ 약약강 4보격(Четырёхстопный анапест)

Целый день над водой, словно стая стрекоз,　⌣⌣´⌣⌣´⌣⌣´⌣⌣´

Золотые летучие рыбы видны,　⌣⌣´⌣⌣´⌣⌣´⌣⌣´

У песчаных, серпами изогнутых кос,　⌣⌣´⌣⌣´⌣⌣´⌣⌣´

Мели, точно цветы, зелены и красны.　⌣⌣´⌣⌣´⌣⌣´⌣⌣´

(Н. Гумилев)

2) 마지막 운각의 음절수에 따른 시행의 종류

러시아 시에서 행말의 운각은 두 가지 측면에서 살펴볼 수 있다.
첫째, 시행에서 행말의 운각 마지막 강세 뒤에 몇 개의 음절이 오는

가에 따라 행말의 종류를 분류하는 것은 압운의 영역에 속한다. 둘째, 시행에서 행의 마지막 운각과 나머지 운각과의 관계에 따라 시행의 종류를 구분하는데, 이것은 행말의 운각이 나머지 운각과 동일하지 않아도 되기 때문이다. 행말의 운각이 시행의 나머지 다른 운각들과 음절수가 동일한 시행은 '완전 행말 시행(Акаталектический стих)'이라 부른다. 반면에 행말의 운각이 시행의 나머지 운각에 비해 짧을 때, 즉 음절수가 부족할 때 '불완전행말 시행(Каталектический стих)'이라 부른다. 부족한 음절의 수는 한 개일 수도 있고, 두 개일 수도 있다. 이와는 달리 행말의 운각이 시행의 다른 운각보다 길 때, 즉 음절의 수가 더 많을 때 '확대 행말 시행(Гиперкаталектический стих)'이라고 부른다. 여분의 음절은 한 개에서 여러 개에 이르기까지 다양하다. 이러한 시행의 분류는 순전히 운각의 종류와 수에 입각한 분류이다. 이 밖에도 다른 여러 기준을 적용해서 시행의 종류를 분류할 수 있다.

7. 연(Строфа)

연(Строфа)이란 이탈리아어 'Stanza(멈추는 곳, 서는 곳)'에서 유래한 용어로, 시 텍스트가 본문의 행간에 의해 구분되는 시행의 집합체를 말한다. 연은 일반적으로 일정한 수(두개 이상)의 시행이 결합하여 이루는 단일한 리듬적·억양적·의미론적 전체를 말한다. 한편의 시는 한개 이상의 연으로 이루어진다. 그러나 1행으로 구성되어 완성된 시가 창작된 예외적인 경우들도 발견할 수 있다.

러시아 시에서 연의 개념은 음절 강세시의 정착과 함께 발전하기 시작했다. 연 형성에 필요한 작시법상의 요소는 연을 이루는 시행의 수, 압운, 행을 이루는 운각의 수이다. 강세시에서는 세 번째 요소인 운각의 수가 배제되므로 연의 의미 또한 상대적으로 축소된다. 러시아 시의 연은 일반적으로 다른 유럽 작시법의 연과 거의 동일하다. 따라서 연의 구성이나 명칭은 근본적으로 유럽시의 원형을 따르기 때문에 특별한 형태의 러시아적인 연 형식은 많지 않다.

연을 구성하는 시행의 수는 이론적으로는 2행 이상이지만, 실제로 대부분의 연은 일반적으로 4행의 시행으로 구성되어 있다. 시행의 수는 연의 명칭을 결정하는 가장 기본적인 요소이다. 2개의 행으로 이루어지는 연은 '2행시', 3개의 시행으로 이루어지는 연은 '3행시', 4개로 이루어지는 연은 '4행시' 등등의 용어로 언급된다. 연을 구성하는 시행 수와 시행의 최대치가 특별하게 정해져 있는 것은 아니지만 보통 15행 이상은 넘지 않는다. 만일 한 편의 시가 20행으로 구성되어 있다면, 이 시를 '20행시'라고 부르지 않고, 단지 연의 일반적인 형식을 무시한 20개의 행으로 이루어진 시라고 말한다.

연을 구성하는 압운도식은 전적으로 시인의 선택에 달려 있다. 그러나 4행시의 경우 가장 일반적인 유형은 '교차운'이 지배적이다. 연은 운각의 수가 행마다 일정할 수도 있고, 그렇지 않을 수도 있다. 그러나 모든 행이 같은 수의 운각으로 이루어진다고 해도 음절의 수는 행마다 다른 경우가 있다. 각각의 행에서 여분의 음절이 첨가 혹은 누락될 수 있고, 또한 음절수에 입각한 압운의 종류에 따라 행의 전체 음절수가 달라질 수도 있기 때문이다.

우선 먼저 1행으로 씌어진 시(Моностих)들의 예를 살펴보고, 이어서 2행 이상으로 완성된 시를 살펴보자[1].

---

1) 러시아 시에는 1행부터 14행시에 이르기까지 다양한 길이의 시가 존재한다. 따라서 6(секстина), 7(септина), 9(нона), 11행시(одиннадцатистишие) 등으로 씌어진 시도 있으나, 이들 시행은 매우 희소하기 때문에 여기서는 자세한 설명과 그 예는 생략하기로 한다.

Твои глаза просят мои мечты.

(В. Брюсов)

Мерещится мне всюду драма.

(Н. Некрасов)

Русь, ты вся - поцелуй на мороз!

(В. Хлебников)

Я научился вам, блаженные слова.

(О. Мандельштам)

① 2행시

2행시(Дистих)는 두 개의 행으로 이루어진 연을 말하며, 한 쌍의 각운을 밟는다. 즉 2개의 시행은 같은 율격과 압운에 의해 결합된다. 2행시 중에서 시행이 약강 6보격의 시행으로 되어 있는 형태를 특히 '알렉산드르 2행시(Александрийский стих)'라고 부른다. 그리고 6보격 시행과 5보격 시행이 결합하여 이루어진 2행시를 '엘레지 2행시 (Элегический дистих)'라고 부른다. 이 명칭은 그리스 고전 라틴시의 비가(悲歌)에 사용된 형식에서 유래한 것으로, 고전시 이 외의 다른 시에서 엘레지 시행은 단순한 형식을 의미할 뿐 엘레지라는 장르를 항상 시사하는 것은 아니다.

Юноша! скромно пируй, и шумную Вакхову влагу
    С трезвой струею воды, с мудрой беседой мешай.

(А. Пушкин)

② 3행시

3행시(Терцет)는 동일한 압운을 가진 3개 시행으로 된 연을 말한다. 러시아 시에서 3행시는 2행시만큼이나 아주 드물다.

Анна пита мя я мати панна.

Анна дар и мне сень мира данна.

Анна ми мати и та ми манна.

(Иван Величковский)

③ 4행시

4행시(Катрен)는 가장 기본적인 연형식으로, 러시아 운율법에서 가장 보편적인 시행의 연이다. 4행시는 모든 행이 같은 수의 운각으로 이루어지고, 시행의 종류는 약강 4보격으로 구성되는 연이 러시아 시에서 가장 보편적인 형태를 보여주고 있다. 대개의 경우 압운도식은 'abab'의 교차형이다. 행마다 운각의 수가 다른 4행시는 대개 짝수행과 홀수행의 운각수가 다른 구조를 유지한다. 즉 1행과 3행의 운각수가 같고, 2행과 4행의 운각수가 같은 구성이 일반적이다.

'발라드 연(Балладная строфа)'이라고 불리는 4행시가 있다. 이것은 넓은 의미로는 발라드에 사용되는 연으로, 운각의 수가 다른 시행으로 구성되는 연 형식을 전체적으로 지칭하며, 좁은 의미로는 약약강 4보격과 3보격이 교체하는 연 형식을 의미한다. 그렇지만 발라드가 형식에 있어서 모두 다 '발라드 연'을 반드시 사용하는 것은 아니다. 특히 현대시의 발라드는 매우 다양한 형식을 보여 주고 있다.

Я разуму уму заря

Я иду с мечем судия;

С начала та ж я и с конца

И всеми чтуся за Отца.

(Г. Державин)

④ 5행시

러시아 시에서 5행시(Квитет)는 4행시보다 훨씬 희소한 연형식이며, 가장 일반적인 압운도식은 'abaab'이거나 'ababa'이다. 물론 다른 유형의 압운도식도 러시아 시에서 발견된다.

Громоздя на стены стены,
Рушишь ты за валом вал.
Но всегда страшась измены,
Покрывалом белой пены
Кроешь плечи смуглых скал.

(В. Брюсов)

⑤ 8행시

8행시(Октава)는 연을 구성하는 행의 수가 많기 때문에 압운도식의 종류도 매우 다양하다. 이런 이유 때문에 러시아 시에는 행마다 운각의 수가 각각 다른 8행시도 있다. 일반적으로 각 행의 율격이 다른 연 형식은 매우 드물지만, 8행시처럼 행수가 많은 연에서는 간혹 다양한 율격이 존재하기도 한다.

ОКТАВА

Гармонии стиха божественные тайны
Не думай разгадать по книгам мудрецов!
У брега сонных вод, один бродя, случайно,
Прислушайся душой к шептанью тростников,
Дубравы говору; их звук необычайный
Прочувствуй и пойми... В созвучии стихов
Невольно с уст твоих размерные октавы
Польются, звучные, как музыка дубравы.

(А. Майков)

⑥ 10행시

러시아 시에서 10행시(Децима)로 씌어진 시 중에서 가장 중요한 것은 '송시연(Одическя строфа)'이다. 주제가 진지하며 문체가 장중하고, 그 연의 구조가 정교한 송시에 사용되는 연형식의 압운도식은 일반적으로 'ababccdeed'의 형태이다. 오드(Ода - 송시)는 크게 두 가지 형식, 즉 핀다로스풍 오드와 호라티우스풍 오드로 구분한다. 모든 10행시가 다 '송시연'이라 할 수 없으며, 또한 송시라고 해서 반드시 '송시연'만을 사용하는 것은 아니다.

*   *   *

> Богоподобная царевна,
> Киргиз-Кайсацкия Орды!
> Которой мудрость несравненна
> Открыла верные следы
> Царевичу младому Хлору
> Взойти на ту высоку гору,
> Где роза без шипов растет,
> Где добродетель обитает, -
> Она мой дух и ум пленяет,
> Подай найти ее совет!
>
> (Г. Державин)

⑦ 14행시

러시아 시에서 14행시가 사용된 예는 '소네트(Сонет)'를 제외하면 거의 없다. 그러나 뿌쉬낀의 시로 쓴 소설 『예브게니 오네긴』을 구성하는 5541행의 거의 모든 연이 14행시로 구성되어 있다. 소위 이 14행시의 형태를 '오네긴 연(Онегинская строфа)'이라 부르는데, 작품의 모든 행이 약강 4보격이며 압운도식은 'ababccddeffegg'이다. 서구의 소네트 형식에서 차용하여 뿌쉬낀은 이러한 독자적인 연의 형식을 창조하였지만, 압운도식에서는 약간의 차이를 보인다. '오네긴 연'은 유일하게 러시아 시에서만 발견되는 연형식이다. 이 '오네긴 연'의 특징은 3개의 4행시와 1개의 2행시로 구성되는데, 첫 번째 4행시에서는 주제가 제시되고, 두 번째 4행에서는 발전되며, 세 번째 4행에서는 절정에 이른다. 마지막의 2행시는 유머감에 넘치는 경구적 성격이나 혹은 이 연을 마무리하는 결론을 보여주며 다음 연으로의 전환을 도와주는 기능을 한다. 『예브게니 오네긴』의 한 예를 살펴보기로 하자. (『예브게니 오네긴』1장 10)

Как он умел казаться новым,	A
Шутя невинность изумлять,	b
Пугать отчаяньем готовым,	A
Приятной лестью забавлять,	b
Ловить минуту умиленья,	C
Невинных лет предубежденья	C
Умом и страстью побеждать,	d
Невольной ласки ожидать,	d
Молить и требовать признанья,	E
Подслушать сердца первый звук,	f
Преследовать любовь, и вдруг	f
Добиться тайного свиданья...	E
И после ей наедине	g
Давать уроки в тишине!	g

(대문자는 여성운, 소문자는 남성운)

◎ 소네트(Сонет)는 14행시 하나로 서구의 정형시 중에서 가장 잘 다듬어진 형식이다. 'Sonnet'이라는 용어는 이탈리아어 'Sonetto'에서 유래한 말로 '작은 소리' 또는 '노래'를 의미한다. 소네트는 일반적으로 14행이 1연으로 구성되어 있다. 이 1연을 구성하는 14행은 두 부분 8행과 6행 또는 12행과 2행으로 크게 구분한다. 8행과 6행으로 구분되는 경우 앞의 8행을 옥따바(октава - 8행 연구)라고 하며, 뒤의 6행을 섹스찌나(секстина - 6행 연구)라고 한다. 12행과 2행으로 구분되는 경우 앞의 12행은 세 개의 4행으로 구분된다. 이 각각의 4행을 까뜨렌(катрен - 4행 연구)이라고 하고, 뒤의 2행을 지스찌흐(дистих

- 2행 연구)라고 한다. 소네트는 크게 세 가지가 있다. 첫째는 페뜨라르카풍(風) 소네트라고 한다. 이 소네트는 이탈리아 시인 페뜨라르카가 선호하였던 형식을 일컫는 것으로 페뜨라르카풍 소네트(Petrarchan sonnet)라고 부르는데, 이 형식은 'abba abba'의 옥타브와 'cde dce' 또는 'cdc dcd'의 각운을 가지고 있다. 이 소네트에서 섹스찌나 부분에서 다른 각운의 조합도 가능하지만, 인접 각운은 허용되지 않는다. 둘째는 영국식 소네트를 토대로 스펜서가 창조하여 선호하였던 형식을 스펜서풍(風) 소네트(Spenserian sonnet)라고 한다. 이 소네트는 12행과 2행으로 구분되는데, 각운은 'abab bcbc cdcd'와 'ee'의 형식을 지닌다. 스펜서풍 소네트는 그 후의 시인들에 의해 활성화 되지는 못했다. 세 번째는 셰익스피어풍(風) 소네트(Shakespearean sonnet)이다. 영국식 소네트로 셰익스피어가 선호하였던 방법으로 3개의 4행연구와 하나의 2행연구로 구성되어 있다. 이 소네트의 각운은 'abab cdcd efef'와 'gg'의 형식을 띤다. 일반적으로 소네트의 형식은 내용과도 아주 밀접한 관계를 가지고 있다. 옥따바(октава)에서는 하나의 사상을 발전시키고, 섹스찌나(секстина)에서는 그 사상을 다양하게도 전개하면서 결론을 짓는다. 다른 형식에서는 각 4행 연구(катрен)는 앞의 것에서 표현된 사상을 각기 다른 형태로 표현하며 논쟁, 구체적인 내용을 포함할 수도 있으며, 결론은 마지막 2행 연구(дистих)가 완성한다. 소네트의 각운이 형성하는 압운도식을 표기하는데 있어서 모두 소문자를 사용하고 있는 것은 표기의 임의성에 따른 것이다. 즉 소네트의 각운은 시인에 따라 남성운이나 여성운을 자유롭게 사용할 수 있다. 시인들은 이 외에도 여러 가지 소네트의 변종을 창조하였다.

8. 그 밖의 시 분석 용어

1) 아나끄루자 (Анакруза)

러시아 시에서 시행의 발단인 행머리는 운율패턴의 엄격한 요구로부터 어느 정도 자유로울 수 있다. 이런 이유로 약강격에서는 맨 첫 음절에 강세가 올 수도 있으며, 첫 번째 운각이 강약격으로 대체 될 수도 있다. 강약격에서는 첫 번째 운각이 약강격으로 대체되기도 한다. 3음절 율격 중 약강약격과 약약강격은 첫 번째 음절에 여분의 강세를 가질 수도 있고, 강약약격은 첫 번째 강세가 누락되기도 한다. 강약격과 강약약격의 첫 번째 강세가 누락되는 것은 일반적인 행머리 강세 기피현상으로 볼 수 있다.

따라서 약강격, 강약격, 강약약격의 첫 번째 강세는 리듬 패턴으로부터 자유로운 반면에, 두 번째 강세부터 마지막 강세는 리듬 패턴의 엄격한 규칙의 지배를 받는다고 할 수 있다. 약강약격이나 약약강격에서도 첫 번째 강세 앞에 율격 외의 강세가 올 수 있다. 이 경우에 첫 번째 강세는 율격의 지배에서 벗어난다. 러시아 시의 행머리 강세의 이러한 특성은 항상 고정된 강세를 갖는 행말, 특히 압운의 규칙성과 분명한 대조를 이룬다.

행머리 운율 패턴의 변이성은 강약격 혹은 강약약격에서 행머리 강세 기피현상을 초래하는데, 1-2개의 약음절이 첫 번째 강세 음절 앞에 올 수 있다. 이와 같은 행머리의 운율패턴 이외의, 여분의 약음절을 가리켜 "아나끄루자"라고 부른다. 아나끄루자는 2음절과 3음절 율격들 사이의 동일한 관계를 드러내 줄 수 있다는 점에서 운율학의 중요한 개념이다. 이를테면, 약강격은 한 음절의 아나끄루자를 갖는 강약격에, 약강약격은 한 음절의 아나끄루자를 갖는 강약약격에, 그리고 약약강격은 두 음절의 아나끄루자를 갖는 강약약격에 각각 상응한다.

러시아 음절 강세시에서 불변의 아나끄루자를 갖는 2음절 율격, 즉 약강격은 아나끄루자가 없는 율격, 즉 강약격과는 다른 하나의 특수한 율격으로 발전해 왔다. 따라서 우리는 두 율격간의 동계성(同系性)을 느끼기 보다는 첨예한 대립성을 느낀다. 이는 3음절 율격에서도 마찬가지로 강약약격과 약약강격은 이것들이 창출하는 리듬감에 있어서 확실히 구분된다.

러시아 시에서 아나끄루자의 사용은 음절 원칙에 대한 다양한 실험을 통해서 자유로운 강세시로의 발전을 시도한 시인들의 작품에서 보다 자주 발견된다. 페프의 시들이 이런 경향을 잘 보여주고 있다. 또한 상징주의 시인들 역시 아나끄루자를 훨씬 다양하게 사용하였다. 특히 발몬뜨는 아나끄루자의 사용에 있어서 매우 왕성한 실험정신을 보여주었다.

2) 아끄로스찌흐 (Акростих)

삼행시처럼 각 행의 첫 글자를 맞추면 단어나 어구가 되는 시로 어떤 특정한 글자들을 순서에 따라 선택할 때 이름, 단어, 어구 또는 문장이 구성될 수 있도록 배열한 시를 말한다. 이러한 아나끄로스찌흐의 예를 살펴보자.

*　　　*　　　*

Довольно именем известна я своим;
Равно клянется плут и непорочный им,
Утехой в бедствиях всего бываю боле,
Жизнь сладостней при мне и в самой лучшей доле.
Блаженству чистых душ могу служить одна,
А меж злодеями - не быть я создана.

(Ю.Нелединский-Мелецкий)

*   *   *

Ангел лег у края небосклона.

Наклоняясь, удивлялся безднам.

Новый мир был темным и беззвездным.

Ад молчал. Не слышалось ни стона.

Алой крови робкое биенье,

Хрупких рук испуг и содроганье,

Миру снов досталось в обладанье

Ангела святое отраженье.

Тесно в мире! Пусть живет, мечтая

О любви, о грусти и о тени,

В сумраке предвечном открывая

Азбуку своих же откровений.

(Н.Гумилев)

3) 휴지부/중간휴지 (Цезура)

휴지부는 긴 시행을 일정한 위치에서 양분시키는 곳으로, 운율상의
숨쉬기가 요구되는 행 중간의 일단정지 부분을 가리킨다. 휴지부에
의해 나누어지는 시행의 두 부분을 반행이라 부른다. 휴지부는 단어
간의 경계와 반드시 일치하여야 하며, 휴지부 바로 앞에 오는 음절의
강·약에 따라 세 가지 종류로 구분된다. 압운의 명칭에서처럼 강세
음절 바로 뒤에 오는 휴지부는 '남성 휴지부(мужская цезура)', 강세
와 무강세음절 뒤에 오는 휴지부는 '여성 휴지부(женская цезура)' 그
리고 강세와 두 개의 무강세음절 뒤에 오는 휴지부는 '강약약 휴지부
(дактилическая цезура)'라고 부른다. 시의 운율분석 도식에서 휴지
부의 표기는 거의 대부분의 경우 보통 두개의 선(‖)으로 표시한다.

휴지부는 행 중간의 자의적인 숨쉬기와는 차이가 있다. 이것은 시
행의 구문론적인 단절이나 논리적인 단절과는 무관하다. 휴지부는 전

적으로 운율학적인 개념이며, 이것에 의해 파생되는 두 개의 반행은 질(質)과 양(量)면에서 대등하지도 않다. 휴지부는 다음과 같은 몇 가지 사항이 고려되는데, 첫째 휴지부는 반드시 한 단어가 끝나는 곳에 와야 한다. 그러나 운각의 끝에 꼭 와야 할 필요는 없다. 이것은 3음절 운각의 경우 운각은 두 개의 단어에 걸쳐서 존재할 수도 있기 때문이다. 둘째, 시 작법에서 휴지부는 휴지부 바로 앞 강세의 고정된 위치를 요구한다. 셋째, 휴지부는 종종 행말의 운율처럼 독립된 구문 그룹, 혹은 문장의 경계와 일치하기도 한다. 넷째, 휴지부는 시행의 머리나 말미에서처럼 특수한 형태의 머리나 말미를 가질 수 있다. 이런 이유 때문에 '휴지부 아나끄루자', '휴지부 행말' 등의 개념이 가능하게 된다. 마지막으로, 반행이 끝나는 부분은 시행의 끝에서와 마찬가지로 동음반복현상이 나타날 수도 있다. 즉, 반행도 시행처럼 압운을 가질 수 있는데, 이 경우의 운을 가리켜 '휴지부운(цезурная рифма)', 혹은 내부운이라 부른다.

러시아 음절시에서도 휴지부의 기능은 강조되었다. 원래 음절시에서는 남성 휴지부와 여성 휴지부만이 인정되었는데, 그 이유는 강약약 휴지부는 남성휴지부의 변종으로 간주되었기 때문이다. 그러나 음절시가 발달함에 따라 여성휴지부는 점차 자취를 감추게 되었다. 뽈로쯔끼의 음절시에서는 여성 휴지부와 남성 휴지부가 거의 같은 비율로 사용되었지만, 최후의 음절시인으로 알려진 깐쩨미르의 시에서는 여성 휴지부의 사용이 급격히 감소되다가 후에 완전히 폐기되었다.

음절 강세시는 음절시로부터 휴지부의 개념을 물려받았다. 그러나 음절 강세시는 운율을 분명히 나타내주는 규칙적인 강세가 있기 때문에 음절시에서보다 휴지부의 역할은 상대적으로 감소되었다. 시인의 특별한 의도가 없는 한 짧은 시행에서 휴지부는 사용되지 않는다. 음절 강세시에서 휴지부가 반드시 강세 바로 뒤에 와야 할 필요는 없다.

휴지부에 의해 형성되는 두 개의 반행은 몇 가지 점에서 독립적인 시행처럼 기능한다. 첫 번째 반행의 말미는 행말처럼 음절이 첨가되거나 생략될 수 있고, 두 번째 반행의 시작도 행머리처럼 아나끄루자가 첨가되거나 음절이 생략될 수 있다. 반행의 말미와 반행의 머리에서 허용되는 이러한 음절수의 가변성은 결과적으로 시행 전체의 규칙적인 율격을 파괴한다. 가령, 강약 6보격 시행의 중간에 휴지부가 오고, 두 번째 반행의 머리에 아나끄루자가 첨가된다면, 이 시행은 처음부터 중간까지는 강약격이지만, 휴지부 다음부터는 약강격처럼 느껴진다. 이러한 것은 작시법의 한 기교로 간주되고 있는데 그 효과는 휴지부를 강화시켜 주는 데 있다. 또한 첫 번째 반행의 말미에서 음절이 생략되는 현상을 가리켜 '휴지부의 음절 생략', 혹은 '음절 생략형 휴지부'라고 부른다. 이러한 현상은 18세기 말부터 나타나기 시작하였는데, 이는 곧 음절원칙에 대한 강력한 거부 성향을 반영한 것이다. 반대로 첫 번째 반행 말미에 음절이 첨가되는 수도 있는데, 이 경우의 휴지부는 '음절 첨가형 휴지부'라고 부른다.

간혹 내부운은 '휴지부운'이라 불리기도 하는데, 이러한 명칭은 내부운이 반드시 휴지부에서 형성되고 있다는 사실을 기억하면 쉽게 이해할 수 있다. 휴지부의 효과는 내부운이 사용되는 시행에서 절정에 이른다. 내부운은 두 개의 반행이 완전히 독자적인 시행임을 말해주는 가장 강력한 표지이기 때문이다. 솔로비요프의 다음 시를 예로 들어보자.

> В былые *годы* ‖ любви невз*годы*
> Соединяли нас,
> Но пламя стр*асти* ‖ не в нашей вл*асти*,
> И мой огонь угас.

여기서 홀수 시행의 두 반행이 이루는 대칭적 성격은 내부운에 의해서 한층 강조된다. 반행들을 하나의 완전한 시행으로 인정하고 분리시켜도 시의 낭독에는 조금의 변화도 생기지 않을 것이다.

4) 넘김/앙장브망 (Перенос/Анжанбеман)

시각적인 차원에서 시를 산문과 구분지어 주는 것은 무엇보다도 행 나누기이다. 시는 시행이라고 하는 리듬 단위로 이루어져 있다. 휴지부가 행 중간에 있을 경우는 반행이 리듬의 최소단위가 된다. 그러나 시는 단지 리듬을 전달하는 구조일 뿐 아니라 의미를 전달하는 구조이기 때문에 문장, 절 등의 구문론적인 단위에 관한 고려를 배제할 수 없다. 러시아 시에서 구문론적 단위의 끝은 리듬 단위의 끝, 즉 행말이나 반행의 말미와 일치하지 않을 수도 있다. 리듬 단위의 끝과 구문론적 단위의 끝이 완전히 일치하지 않는 경우에도 행 중간에 나타나는 구문론적인 단위의 끝은 행말보다 미약하게 느껴지므로 전체적인 리듬 단위간의 구분은 파괴되지 않는다.

그러나 모든 시행에 같은 수의 운각이 사용된 시에서 리듬 단위와 구문론적인 단위가 항상 일치한다면, 그 결과는 매우 단조로운 리듬감이 파생될 것이다. 이러한 단조로움을 피하기 위해 구문론적인 단위의 끝을 행말에서 다음 행의 중간으로 이전시키는 장치를 '넘김'이라 부른다.

넘김의 시적 효과를 한두 마디로 간략하게 요약하기란 불가능하다. 시인에 따라, 그리고 개별적인 시 텍스트에 따라 넘김에서 유발되는 효과는 천차만별이다. 그러나 일반적으로 넘김은 두 가지 시각, 즉 리듬적인 시각과 의미론적인 시각에서 살펴보는 것이 보통이다. 넘김이 자주 등장하는 시는 리듬 단위와 구문론적 단위간의 충돌로 말미암아 갑작스럽고 변덕스러운 리듬을 주게 된다. 그러나 기대하지 않는 곳에서 일어나는 리듬의 파열은 넘김 주변의 단어를 의미론적으로 강조하게 한다. 그리하여 시인들은 핵심적인 단어를 넘김 주위에 배치하여 주제를 강조하기도 한다. 아래 인용한 시는 뿌쉬낀이 『예브게니 오네긴』의 3장에서 사용한 넘김의 예이다. 오네긴과의 만남에 앞서 따찌야나가 느끼는 감정적인 흥분 상태와 그 후의 행동들을 표현하는 장면을 묘사한 부분이다.

XXXVIII

... Мигом обежала
Куртины, мостики, лужок,
Аллею к озеру, лесок,
Кусты сирен переломала,
По цветникам летя к ручью
И задыхаясь на скамью

XXXIX

Упала...
≪Здесь он! здесь Евгений!
О Боже! что подумал он!≫...

넘김은 구문론적 정지와 운율적 정지 간의 불일치라는 점에서 전통으로부터의 일탈을 의미한다. 운율과 구문의 일치라고 하는 전통의 배경에서 살펴 볼 때, 양자간의 불일치는 시적인 자유를 향한 움직임과 보다 개인적인 형식의 추구, 그리고 관례에 대한 낭만적인 저항을 반영한 것이다. 다른 한편으로 이것은 운율적으로 엄격한 구성형식과 서정적인 노래시의 정형성이 강조된 연 형식을 거부하는 예술적 표현으로 기능하기도 한다. 무운시로 씌어진 드라마나 서술적 장르에서 넘김이 다수 발견되는 것도 바로 이런 이유 때문이다. 일반적으로 말해서 넘김은 구어체 시의 특징이며, 음악으로부터 시를 해방시키고자

하는 시대에 발전된 작시법의 한 현상이다.

5) 두운 (Аллитерация)

시행의 인접한 단어들에서 유사하거나 동일한 자음이 반복되는 현상을 일컫는다. 반복되는 자음은 주로 단어의 첫 글자이거나 강세 모음 바로 앞에 오는 경우가 대부분이다. 시행에서 자음의 반복이 두드러지는 것을 '자음 두운(консонантическая аллитерация)'이라 하고, 인접한 단어에 포함된 모음의 반복이 주종을 이루는 경우를 '모음 두운(вокалическая аллитерация или ассонанс)'이라고 부른다. 이러한 예의 시들을 살펴보자.

> Нева *вздувалась* и *ревела*
> *Котлом клокоча* и *клубясь.*
>
> Ши*пе*нье *пе*нистых бокалов
> И *пунша пламень* голубой.
>
> *Кто к тор*гу *страст*ному *приступит?*
> Свою любовь я *продаю...*
>
> (А.Пушкин)
>
> Унылая *пора! Очей очарованье!*
> *Приятн*а мне *твоя* про*щ*альная *кра*са...
>
> (А.Пушкин)

6) 경구 (Афоризм)

금언 및 격언 형태의 핵심과 정곡을 찌르는 간결한 어구이며, 독자적인 소(小)장르로 존재하기도 하지만, 소설이나 시 등의 텍스트에 삽입되는 것이 보통이다. 러시아 시인들의 시 작품에서 경구적인 시행들을 발견하는 것은 어려운 일이 아니다. 특히 끄릴로프, 그리보예도

프, 뿌쉬낀 등이 경구의 대가들이다. 다음에 인용된 시들은 러시아 시
인들이 사용한 경구의 예이다.

Привычка свыше нам дана:
Замена счастию она.

(А. Пушкин)

Поэтом можешь ты не быть,
Но гражданином быть обязан.

(Н.Некрасов)

Мысль изреченная есть ложь.

(Ф. Тютчев)

Ненавижу
        всяческую мертвечину!
Обожаю
        всяческую жизнь!

(В. Маяковский)

...Счастливые часы не наблюдают.
...Служить бы рад, прислуживаться тошно.
...Блажен кто верует, тепло ему на свете.

(А. Грибоедов, ≪Горе от ума≫)

7) 무운시 (Белый стих)

무운시는 율격은 갖추고 있지만 압운을 형성하지 않는 시로 주로
약강 5보격의 율격 형식을 갖추고 있다. 러시아 시에서 무운시는 18세
기 깐쩨미르와 수마르꼬프가 시도한 이후로 오늘날까지 전해져 오고
있다. 쥬꼬프스끼가 번역한 쉴러의 『오를레앙의 처녀』, 뿌쉬낀의 시로
씌어진 희곡 『보리스 고두노프』 등에서 무운시의 예를 찾을 수 있다.
또한 무운시의 형태는 구전시에서 찾아 볼 수 있는데, 이는 구전시가

압운을 밟지 않기 때문이다. 무운시는 약강 5보격 이외에도 다른 율격의 형식을 갖출 수도 있지만 흔한 경우는 아니다. 다음에 인용된 시는 4보격 약강격과 5보격 강약격으로 씌어진 무운시의 예이다.

В еврейской хижине лампада
В одном углу бледна горит,
Перед лампадою старик
Читает Библию. Седые
На книгу падают власы...
(А. Пушкин)

Восемь лет в Венеции я не был...
Мука Бреннер! Вымотало душу
По мостам, ущельям и туннелям,
Но зато какой глубокий отдых!..
(И.Бунин)

8) 화관연 (Венок сонетов)

불특정 수의 연이 고리형 구조로 이루어진 시를 '화관연'이라 한다. '화관연'은 러시아 시 고유의 명칭으로 두 번째 연의 제 1 행과 마지막 행이 첫 번째 연의 제 2 행과 동일하며, 세 번째 연의 제 1 행과 마지막 행은 첫 번째 연의 제 3행과 동일한 형태를 취한다. 이러한 원칙에서 네 번째 연의 제 1행과 마지막 행은 첫 번째 연의 제 4 행과 동일하게 된다. 화관연에서는 율격이나 압운도식은 고려되지 않는다는 것이 특징이다. 예세닌이 쓴 다음의 시는 모두 다섯 개의 5행시로 이루어져 있으며 화관연의 원칙을 완전하게 보여주고 있다.

*   *   *

Шаганэ ты моя, Шаганэ!
Потому, что я с севера, что ли,

Я готов рассказать тебе поле,
Про волнистую рожь при луне.
Шаганэ. ты моя, Шаганэ.

Потому, что я с севера, что ли
Что луна там огромней в сто раз,
Как бы ни был красив Шираз,
Он не лучше рязанских раздолий,
Потому, что я с севера, что ли

Я готов рассказать тебе поле,
Эти волосы взял я у ржи,
Если хочешь, на палец вяжи -
Я нисколько не чувствую боли.
Я готов рассказать тебе поле.

Про волнистую рожь при луне
По кудрям ты моим догадайся,
Дорогая, шути, улыбайся,
Не буди только память во мне
Про волнистую рожь при луне.

Шаганэ ты моя, Шаганэ!
Там, на севере, девушка тоже,
На тебя она страшно похожа,
Может, думает обо мне...
Шаганэ ты моя, Шаганэ.

(С. Есенин)

9) 자음운 (Диссонанс/косонанс)

불완전운의 일종으로 강세가 떨어지는 모음은 일치하지 않으나, 그 강세 모음 주변의 자음은 일치하는 압운을 말한다. 자음운은 『이고리 원정기(Слово о полку Игореве)』에서 아주 많이 발견된다. 자음운의 예들을 시에서 살펴보자.

Седлай, брате, свои бързыя *комони,*
а мои ти готови, *оседлани...*

『Слово о полку Игореве』

Было:
    социализм -
        восторженное *слово!*
С флагом,
    с песней
        становились *слева,*
и сама
    на головы
        спускалась *слава.*
Сквозь огонь прошли,
        сквозь пушечные *дула.*
Вместо гор восторга
        горе *дола.*
Стало:
    коммунизм -
        обычнейшее *дело.*
(В. Маяковский)

10) 돌니끼 (Дольник)

강세시의 일종으로 각 시행마다 강세의 수는 일정하지만, 강세 음절 사이의 무강세 음절의 수는 1-2개로 유동적인 율격을 갖는 시행이나 시를 일컫는다. 강세시의 율격 중에서 가장 보편적인 형태이며, 20세기에 들어오면서 음절 강세시에 버금가게 규범화 되었다. 강세시로서 정형성의 정도는 음절 강세시와 강세시의 중간 정도이며, 연구자에 따라서는 과도기적 율격이라고 말하기도 한다. 러시아 시에서 돌니끼는 19세기에 쥬꼬프스끼, 쮸쩨프, 페뜨 등에 의해서 시도 되었으나, 그 당시에는 음절 강세시의 일탈로 간주되었을 뿐이다. 20세기 초 블록에 이르러서야 독자적인 율격으로서 자리매김이 되었지만, 여전히 많은 경우에 있어서 음절 강세시의 3음절 율격과 유사하다.

Вхожу́ я в тёмные хра́мы,
Соверша́ю бе́дный обря́д.
Та́м жду́ я Прекра́сной Да́мы
В мерца́ньи кра́сных лампа́д.

В тени́ у высо́кой коло́нны
Дрожу́ от скри́па двере́й.
А в лицо́ мне гляди́т, озарённый,
То́лько о́браз, лишь со́н о Не́й.

(А. Блок)

11) 초이성어 (Заумь или заумный язык)

미래주의자 끄루쵸닉이(А. Кручёный)에 의해서 도입된 용어로 대상을 지시하는 언어의 상징적 기능을 없애고, 소리 자체만으로 의미를 전달한다는 새로운 시어(詩語)를 일컫는다. 시인에 의해서 창조된 초이성어는 새롭게 만들어진 신조어의 단음절 단어들로 구성되며, 단어들이 표현하는 개별적인 소리들의 연상(聯想)작용 또는 어원(語源)에 의한 암시 등이 초이성어의 의미파악을 위한 중요한 단서가 된다. 흘레브니꼬프(В. Хлебников)가 14개의 접두사를 이용하여 창조한 초이성어를 사용하여 쓴 시 ≪웃음의 맹세(Заклятие смехом)≫를 살펴보자.

О, рассмейтесь, смехачи!
О, засмейтесь, смехачи!
Что смеются смехами, что смеянствуют смеяльно,
О, засмейтесь усмеяльно!
О рассмешищ надсмеяльных - смех усмейных смехачей!
О, иссмейся рассмеяльно смех надсмейных смеячей!
Смейво, смейво,

Усмей, осмей, смешики, смешики,
Смеюнчики, смеюнчики.
О, рассмейтесь, смехачи!
О, засмейтесь, смехачи!

12) 말장난 (Игра слов)

시인 및 작가들이 즐겨 사용하는 문학적 기법으로서 언어유희에는
다양한 말장난의 기법이 있다. 특히 시어에서는 이런 말장난이 많이
나타나는데 다음의 세 가지로 구분할 수 있다.

① 자모음 전환(Анаграмма) : 이것은 글자 수수께끼로서 같은 자
모의 낱말을 재배치하여 결과적으로 새로운 의미를 만든다. 예를 들
면, ≪сон - нос≫처럼 같은 철자를 재배치하여 다른 의미를 만드는
것을 말한다. 마야꼬프스끼의 시 제목인 ≪Схема смеха≫는 두 단어
의 철자의 재배치를 통해서 구성된 것이다.

② 언어유희(Каламбур) : 음이 동일하거나 유사하지만 뜻이 전혀
다른 단어를 가지고서 희극적인 효과를 위해서 말장난하는 것으로 고
골이 즐겨 사용하는 기법이다. 이 명칭에서 연유한 것으로 시에서는
'언어유희적 압운(Каламбурная рифма)'이라 불리는 율격이 존재한
다. 이러한 언어유희적 압운의 예를 살펴보자.

Область рифм - моя *стихия*,
И легко пишу *стихи я*;
Без раздумья, без отсрочки
Я бегу к строке от строчки,
Даже к финским **скалам бурым**
Обращаясь **с каламбуром**.

(Д. Минаев)

③ 유음법/동음반복 익살(Парономасия) : 음은 비슷하지만 뜻이 다른 말을 사용하여 익살스럽게 하는 말장난을 일컫는다. 유음법은 어원적 연계성을 고려하지 않고 유사한 음을 가진 단어들을 대치시켜 익살스러운 효과를 기대하는 것으로, 우리의 일상적인 언어생활에서 중요한 역할을 한다. ≪Он не глух, а глуп.(그는 귀머거리가 아니라, 멍청한 사람이다)≫와 같은 말장난이 유음법의 좋은 예이다.

13) 모순 표현/말의 오용(Катахреза) : 단어의 사용이 부정확하거나 의미가 서로 모순 되는 두 개 이상의 단어가 결합한 표현 및 어구이다. 단어의 결합에서 서로 의미상 대척되는 모순어법(Оксиморон, 예를 들면 - '산 송장(Живой труп)'과 같은 표현)과는 차이가 있음에 유의해야 한다. 모순 표현의 예로는 ≪Путешествовать по морям(바다를 따라 여행하다)≫ - 그러나 ≪Путешествовать≫라는 단어의 표현은 '걸어서 다니다(идти пешком)'의 의미를 담고 있어서 의미가 정확하지 않다), ≪Красные чернила≫('잉크'의 일반적인 색은 '검정색'인데, 검정색이 '붉은색'으로 대체되었다) 등과 같은 표현을 꼽을 수 있다. 이러한 모순 표현의 예를 러시아 시에서 살펴보자.

> Там камни, как вода, кипят,
> *Горящи там дожди шумят.*
> (М.Лермонтов)

> Я витаю *в черном свете,*
> *Черным пламенем горю.*
> (В.Бенедиктов)

14) 이(異)음절운(Неравносложная рифма) : 강세를 갖는 모음 후의 음절의 수가 다르거나 철자가 다른 압운을 말한다. 러시아 시에서

이(異)음절운을 처음으로 사용한 시인은 다양한 시작법을 시도한 발레리 브류소프(В.Брюсов)이지만, 이 압운을 확실하게 체계화 시킨 시인은 블라지미르 마야꼬프스끼(В.Маяковский)이다. 마야꼬프스끼 이후로 소비에트 시인들에 의해서 이 압운을 자주 사용되었다. 마야꼬프스끼가 쓴 이음절운 시의 예를 살펴보자.

> И вновь импера́тор
> стоит без ски́петра.
> Змей.
> Унынье у лошади *на мо́рде*,
> и никто не поймет тоски́ Петра,
> узника,
> закованного в собственном *го́роде*.

15) 모순어법(Оксиморон) : 그리스어 '아주 재치 있거나 어리석은'의 뜻에서 유래한 어구로, 새로운 관념이나 이해를 창조하는 단어의 의미론적 단위가 직접적으로 대척되는 두 개 이상의 단어들이 결합한 표현의 예를 일컫고 있다. 예를 들면 ≪честный вор(정직한 도둑)≫, ≪свободные рабы(자유로운 노예들)≫, ≪Живой труп(산 송장)≫, ≪Оптимистическая трагедия(낙관적인 비극)≫과 같은 표현들을 꼽을 수 있다. 이러한 모순어법의 표현을 사용한 러시아 시들은 매우 많은데, 이러한 시들의 대표적인 몇몇 예를 살펴보자.

> Жить, храня *веселье го́ря*,
> Помня радость прошлых весен...
>   (В. Брюсов)

> Смотри, ей *весело грустить*,
> Такой *нарядно обнаженной*.
>   (А. Ахматова)

Люблю я *пышное* природы *увяданье.*
(А. Пушкин)

О как *мучительно* тобою *счастлив* я!
(А. Пушкин)

И день настал. Встает с одра
Мазепа, сей страдалец хилый,
Сей *труп живой*, ещё вчера
Стонавший слабо над могилой.
(А. Пушкин)

16) 동음이의운(同音異義韻, Ононимическая рифма) : 동일한 음
가이지만 의미상의 차이를 가지고 있는 음절로 구성된 압운이다. 주
로 희극적 효과나 유희적인 목적으로 사용되며 가끔씩은 진지한 시에
서도 쓰이고 있다. 동음이의운은 음성적으로 유사하지만 의미가 다른
단어를 병치시켜 재치와 익살을 보여주는 언어유희의 일종인 "유음법
(Парономазия или Парономасия)"과 유사한 것으로, "유음법"이 단어
및 어구 자체만을 의미하는 반면에, 동음이의운은 반드시 압운에 대
해서만 언급한다는 점이 다를 뿐이다. 이러한 동음이의운으로 씌어진
러시아 시의 예들을 살펴보자.

Сидит, молчит, ни ест, ни пьет,
    И током слезы *точит,*
А старший брат свой нож берет,
    Присвистывая *точит.*
(А. Пушкин)

Это кто стрелой из *лука*
Прострелил головку *лука*?!
Я ни слова, как *немой,*
Словно выстрел был *не мой.*
(Я. Козловский)

17) 회문(回文, Палиндром) : 주어진 단어, 어구, 문장을 왼쪽에서부터 읽거나 오른쪽에서부터 읽거나 동일한 형태를 구성하는 시행을 일컫는다. 회문은 유희적 언어 예술의 형태로 ≪топот≫, ≪казак≫, ≪шалаш≫ 등과 같은 단어의 형태로 고대로부터 잘 알려져 왔다. 진지한 의미나 사상을 함유하는 회문(回文)을 구성하는 것은 매우 힘든 작업이다. 17-18세기 러시아 시에서는 언어 유희적이거나 말장난 성격을 가진 회문의 시를 자주 발견할 수 있으며, 20세기에 들어서는 흘레브니꼬프의 실험시에서 많이 발견된다. 러시아 시들 중에서 대표적인 회문의 몇몇 예와 마지막에 예로든 아발리아니(Д. Авалиани)의 시에서처럼 새로운 유형의 회문에 대해서도 살펴보자.

Я иду с мечем судия.
(Г. Державин)

А роза упала на лапу Азора.
(А. Фет)

Кони, топот, инок,
Но не речь, а черен он.
Идем молод, долом меди.
Чин зван мечем навзничь.
(В. Хлебников)

Ум - ад Адаму.

Ах, у печали мерило, но лире мила чепуха!

Тише, разум,
Муза решит.
(Д. Авалианин)

18) 중복어법(Плеоназм) : 강조하기 위한 문체적 수단의 일종으로 '역전(驛前) 앞', '꿈을 꾸었다'처럼 동일한 어구에서 같은 의미의 말을 두 번 이상 사용하는 것을 일컫는다. 이러한 표현이 담긴 러시아 시들을 살펴보자.

> Небесный свод, горящий славой звездной,
> Таинственно глядит из глубины, -
> И мы плывем, пылающею бездной
> *Со всех сторон окружены.*
>
> (Ф. Тютчев)

> Перенестись *теперь* прошу *сейчас*
> За мною в спальню...
>
> (М. Лермонтов)

19) 접사 첩용/접서법(接敍法, Полисиндетон или многосоюзие) : 시행을 이루는 문장에서 일련의 동일한 구성을 보여주기 위해서 같거나 유사한 접속사를 반복해서 사용하는 표현을 일컫는다. 이들 접속사는 시행의 첫 머리나 중간에 자유롭게 올 수 있는데, 동일한 접속사가 시행의 첫 머리에 반복되는 경우를 '수구 반복(Анафора)'이라고 부른다.

> И земля, и огонь, и любая река, и гора,
> Ангара, и Арагва, и Днепр, и Двина, и Непрядва,
> Арарат, и Урал, и Алтай, и река Волга-Ра
> В нашу песню войдут, как трикраты священная клятва.
>
> (П. Антокольский)

> Коль любить, так без рассудку,
> Коль грозить, так не на шутку,
> Коль ругнуть, так сгоряча,

Коль рубнуть, так уж сплеча!
Коли спорить, так уж смело,
Коль карать, так уж за дело,
Коль простить, так всей душой,
Коли пир, так пир горой!
                                    (А. Толстой)

Хоть не являла книга эта
Ни сладких вымыслов поэта,
Ни мудрых истин, ни картин;
Но ни Вергилий, ни Расин,
Ни Скотт, ни Байрон, ни Сенека
Ни даже Дамских Мод Журнал
Так никого не занимал:
То был, друзья, Мартын Задека,
Глава халдейских мудрецов,
Гадатель, толкователь снов.
                                    (А. Пушкин)

20) 후렴(Рефрен) : 시를 구성하는 각 연의 끝이나 시의 끝에서 일정하게 반복되는 시행이나 시행 그룹을 말한다. 민요에 자주 나타나는 후렴처럼 통일성, 균형성, 음악성을 고양시켜 주는 시의 구성적인 수단이다. 노래 텍스트의 후렴구가 시인의 시에서 후렴(Рефрен)으로 사용되는 경우도 있다.

21) 상징(Символ) : '상징'이라는 말은 그리스어 '조립하다, 짜 맞추다'라는 의미를 가진 동사 'symballein'에서 파생된 명사, '증표', '표시'에서 유래한 단어이다. 원래는 헤어지는 두 사람이 서약의 증표로 나누어 가졌던 반쪽의 동전을 가리켰다. 따라서 상징은 근원적으로 한 가지 사물과 다른 한 개 이상의 사물간의 결합 혹은 연결의 함축적 관계를 수반하는 것을 뜻한다. 상징은 구체적인 대상을 사용하여 관

련된 사물이나 상황, 생각이나 감정 그리고 추상적인 개념 등을 암시하는 포괄적인 의미를 갖는다. 따라서 문학 용어의 의미에서 '상징'은 이미지와 관념 혹은 개념을 구체적으로 연결시켜 주는 것이다. 이 경우 관념이나 개념은 이미지가 암시하거나 불러일으킨 것이다. 이런 이유 때문에 넓은 의미에서 상징은 자기 이외의 것을 가리키는 모든 것을 다 일컬을 수 있다. 상징은 '전통적, 자연적 상징'과 '개인적, 임의적 상징'으로 구분할 수 있다. 전통적 상징은 자연의 본래 속성을 보다 은유적인 맥락으로 사용하는 것으로 '태양'은 '계몽'의 상징이고, '비둘기'는 '평화'를 상징하는 것을 말하며, 개인적 상징은 감정, 추상 작용 혹은 아무런 내재적 공통점이 없는 다른 사물과의 자의적, 관례적 연상 관계를 갖는 대상의 비유를 의미한다. 이러한 예로는 '공작'이 '오만'을, '떠오르는 태양'은 새로운 '생명의 탄생'을, '저무는 해'는 '죽음'을 의미하는 것 등을 꼽을 수 있다. 또한 '십자가'가 '기독교'를 상징한다면, 이것은 십자가가 내재하고 있는 속성에 따른 것이 아니라 역사적인 연상에 기인한 것이다. 상징은 상징하는 대상 사이의 정확한 상응(相應)이 존재하지 않는다는 점에서 알레고리와 구별된다.

시에서 상징이 수행하는 역할은 구체적이고 일상적인 대상이나 이미지로부터 광범위하고 복잡한 연상이나 관념을 불러일으키는 것이다. 그러나 상징은 암시일 뿐 명명 자체가 아니다. 이러한 상징의 속성은 양향성과 애매성을 본질로 하며, 다양한 암시적 성격은 풍부한 상징을 창조하게 한다. 이런 이유로 러시아 상징주의 시인들이 상징을 통하여 세계의 본질을 파악하려는 노력을 경주하였다. 상징주의 시인들은 상징을 예술 표현의 본질로 간주하고서 새로운 상징의 창조를 지향하였으며, 그들이 창조한 상징의 이미지들은 아주 애매모호한 성향을 보여주고 있다. 이러한 상징주의 성향의 최초의 시는 기삐우스의 ≪바느질하는 여인(Швея)≫을 꼽을 수 있는데, 선홍색 비단이

불꽃과 피에 비유되고, 마지막 단계에서 사랑으로 귀착되는 과정을
살펴보자.

ШВЕЯ

Уж третий день ни с кем не говорю...
А мысли - жадные и злые.
Болит спина; куда ни посмотрю -
Повсюду пятна голубые.

Церковный колокол гудел; умолк;
Я все наедине с собою.
Скрипит и гнется жарко-*алый шелк*
Под неумелою иглою.

На всех явлениях лежит печать.
Одно с другим как будто слито.
Приняв одно - стараюсь угадать
За ним другое, - то, что скрыто.

И *этот шелк* мне кажется - *Огнем*.
И вот уж не *огнем* - а *Кровью*.
А *кровь* - лишь знак того, что мы зовем
На бедном языке - *Любовью*.

Любовь - лишь звук... Но в этот поздний час
Того, что дальше - не открою.
Нет, не огонь, не кровь... а лишь атлас
Скрипит под робкою иглою.

(З. Гиппиус)

22) 운율분석법/율독법(Скандирование или Скандировка) : 시행
이나 연을 리듬적인 구성을 강조하거나 주목하면서 소리를 내어서,
혹은 마음속에서 운율적으로 시를 낭송하는 것을 일컫는다. 고전시

(이를테면, 호머(Гомер)의 6보격(Гекзаметр) 시), 러시아 음절시, 몇몇 민중 브일리나(былина), 차스뚜쉬까(частушка), 그리고 운율적인 원칙에 따라 씌어진 민중시들을 운율분석법에 따라 낭송하는 것이 필수적이다. 일반적으로 러시아에서는 학생들이 음절 강세시로 씌어진 시를 운각으로 나누어 정확하고 분명하게 낭송하는 연습을 한다.

Éхал | Грéка | чéрез | рéку.
Вѝдит | Грéка | в рéке | рáк.
Сýнул | Грéка | рýку | в рéку -
Рáк за | рýку | Грéку | - цáп.

Туча
Послéдня | я тýча | рассéян | ной бýри!
Однá ты | несёшься | по ясной | лазýри,
Однá ты | навóдишь | унѝлу | ю тéнь,
Однá ты | печáлишь | ликýю | щий дéнь.
(А. Пушкин)

23) 돌려 말하기/전의(轉義)의 표현(Троп) : 비유적으로 돌려 말하는 표현 및 전의된 의미의 단어나 이미지에 대한 총체적인 명칭을 말한다. 이 명칭과 관련되는 수사적 표현으로는 직유법(сравнение), 은유법(метафора), 제유법(синекдоха), 환유법(метонимия), 과장법(гипербола), 곡언법(литота), 아이러니(ирония), 알레고리(аллегория), 우회어법(перифраз), 의인화(олицетворение) 등이 여기에 속한다.

24) 형용어구/수식어(Эпитет) : 어떤 인물의 성격을 묘사하거나, 사물이나 행위에 대한 묘사, 설명, 정의 등을 표현하는 모든 말을 가리키는 개념 혹은 비유(троп)를 일컫는다. 예술적인 대상으로서 형용어구는 특정한 형용사들과 혼합되어 사용되어서는 안 된다. 예를 들

면, "하얀 눈(белый снег)" 혹은 "부드러운 눈(мягкий снег)"에서 수식하는 형용사는 매우 대상적이고 논리적인 수식이지만, 표현 면에서는 "설탕 같은 눈(сахарный снег)"이나 "백조 같은 눈(лебяжий снег)"의 표현을 수식하는 형용어구의 사용에는 비할 바가 못 된다. 즉 "설탕 같은 눈"은 '설탕처럼 작고 빛나는 하얀 눈'을 묘사하고 있으며, "백조 같은 눈"은 '백조의 털처럼 부드럽고 가벼우며 하얀 눈'을 의미하고 있다. 형용어구는 기능에 따라 구분하는데, 첫째로 '장식적 형용어구'로 실제적인 상태와 관계없이 언제나 일정한 대상과 함께 사용하는 '아름다운 처녀' 혹은 '황금의 옥좌' 등과 같은 표현이 그것이다. 둘째로 '묘사적 형용어구'로 사물의 상태, 질감, 색조 등을 묘사하는 '초록의 잔디' 혹은 '석조 건물' 등과 같은 것이 있다. 셋째로 '심리적 형용어구'로 인식 주체의 심리가 인식의 대상에 전이된 '슬픈 가을' 혹은 '희망찬 아침' 등의 표현이 그것이다. 넷째로 '공감각적 형용어구'로 수식 대상과 다른 감각 영역에 속하는 '향기로운 노란색' 혹은 '동그란 미소' 등이 있고, 다섯째로 일반적인 대상을 정반대로 비하하여 묘사하는 형용어구로 '썩어빠진 달' 혹은 '뺙뺙거리는 나이팅게일'이 있으며, 마지막으로 '살아있는 죽음' 혹은 '시끄러운 정적'과 같은 '모순 어법적 형용어구'가 있다.

25) 절단 압운(Усечённая рифма) : '강약'운이나 '강약약'운으로 씌어진 시에서, 시행의 행말 압운을 형성하는 무강세 음절이 생략된 운각을 일컫는다. 이러한 운각의 압운이 형성된 경우를 "불완전 행말 시행(Каталектический стих)"이라고 부른다. 러시아의 고전시에서는 절단 압운을 절단음인 "й"를 가진 압운으로 간주하였다. 절단 압운으로 씌어진 시의 예를 살펴보자.

И что ж? Поверил бог *унылый;*
Амур от радости прыгнул,
И на глаза со всей он *силы*
Обнову брату затянул.

(А. Пушкин)

Светильник дня *прекрасный,*
Ложись и ты; - *почий;*
С зарею новой *ясны*
Ты вновь прострешь *лучи.*

(В. Капнист)

9. 시의 유형

시(詩)는 자신의 정신생활이나 자연, 사회의 여러 현상에서 느낀 감동 및 생각을 운율을 지닌 간결한 언어로 나타낸 문학형태이다. 보통 시(стих)[2]라고 할 때에는 그 형식적 측면을 주로 가리켜 문학의 한 장르로서의 시작품(стихотворение)을 말하는 경우와, 그 작품이 주는 예술적 감동의 내실이라고 할 수 있는 서정성 내지 시적요소(поэзия)를 말하는 경우가 있다.

일반적으로 시는 내용과 형식 및 주제 등에 따라 구분되는데, 우선 내용에 의한 분류로는 크게 서정시, 서사시, 극시의 세 가지로 구별되고, 형식에 따라서는 자유시, 정형시, 산문시, 발라드(баллада), 시각시, 비가(Элегия) 등 다양하게 구별된다.

① 서정시(Лирика)는 개인의 내적 감정을 토로하는 것으로 근대시의 주류를 이루고 있으며, 원래 'lyre(칠현금)'에 맞추어 노래 불렀던

---

2) 러시아어에서 ≪стих≫라는 단어는 개별적인 시행을 칭하는 ≪строчка≫를 의미하기도 하고, 시 자체를 칭하는 ≪стихотворение≫를 의미하기도 한다.

데서 유래한 호칭이다. 현재 이 용어는 시인의 감정의 추이나 정신 상태를 드러내주면서 단일 화자가 등장하는 짧은 시를 지칭하고 있다. 서정시의 화자는 주로 1인칭으로 묘사되지만, 시에 등장하는 서정적 자아인 〈나〉를 시인 자신과 동일시해서는 안 된다. 장르에 대한 시간적인 해석에서는 서정시를 '표상'을 제시하는 '현재'에 주로 비유하고 있으며, 인간의 성장과정과 비교하여서는 〈나〉가 주체가 되는 유년 시대에 해당하는 것으로 보는 견해가 지배적이다.

② 서사시(Поэма)는 민족이나 국가의 역사나 영웅 및 공적과 사건 등에 대해 소설적으로 기술하는 것인데, 그리스의 『일리아드』와 『오디세이』, 프랑스의 『롤랑의 노래』 등이 여기에 해당한다. 서사시는 한 국가나 민족, 전 인류의 운명을 결정할 수 있는 영웅이나 준신적인 인물이 등장인물로 나오고, 위대하고 장엄한 주제를 다루며 고양된 문체로 서술하는 긴 설화체의 시를 일컫는다. 따라서 서사시에 대한 일반적인 정의는 다음과 같다. 첫째, 서사시는 국가나 민족의 역사적 혹은 전설적으로 중요한 의의를 갖는 사건을 다루기 때문에, 개인의 감정이나 자유로운 생각의 표출을 허용하지 않는다. 둘째, 서사시의 주인공은 국가적으로 인류적으로 매우 중요한 인물이며, 공명심과 용감성의 화신이자 명예를 추구하는 인물로 죽음을 두려워하지 않는다. 또한 서사시의 주인공은 초인간적인 업적과 공훈을 보여주면서도 인간의 존엄성과 가치를 수호한다는 점에서, 신(神)을 중심으로 살았던 세계관에서 인간 중심의 관점으로의 이동을 보여주고 있다. 셋째, 서사시의 무대가 되는 공간은 세계 전체일 수도 있고 전 우주일 수도 있다. 이러한 예로 『실락원』의 무대 공간은 지하, 지상, 천상의 세계를 두루 섭렵하고 있다. 넷째, 서사시에서 다루고 있는 시간은 과거 역사의 한 흐름에서 어느 한 시대를 절단해서 기술하는 시간이다. 따라서

서사시의 과거는 현재로 이어지는 시간의 흐름과는 분리되어 존재하고 있다. 현재에 근접한 중대한 사건이 서사시의 소재가 되었을 때도, 서사시의 시간과 세계는 현실의 세계와는 단절된 먼 옛날의 세계처럼 묘사된다. 따라서 서사시는 현재에 대한 시가 아니라, 미래의 세대를 위해 쓴 과거에 대한 시이다. 다섯째, 서사시는 인위적인 창조 작업이므로 의식적으로 일상 언어와 거리를 두며 영웅적 주제와 서사적 구성에 알맞은 장중함과 웅대함을 묘사하는 의식적인 문체로 서술된다. 장르에 대한 시간적인 해석에서 서사시는 '과거'에 비유되며, 인간의 성장 과정과 비교하여서는 〈그〉가 주체가 되는 청년기에 해당한다.

③ 극시(Драматический стих)는 극형식을 취한 운문 내지 운문에 의한 드라마를 말하는데 셰익스피어, 코르네유, 라신, 괴테 등의 희곡이 여기에 속한다. 극시는 시의 목적을 달성하는 수단으로 극적 형식이나 극적 기교의 요소들을 사용하는 시로, 희곡의 내용을 운문의 형식으로 표현한 시를 지칭한다. 장르에 대한 시간적인 해석에서 극시는 '긴장'과 '팽팽함'을 함유하는 '미래'에 비유되며, 인간의 성장과정과 비교하여서는 〈너〉가 주체가 되는 장년기에 비유되고 있다.

④ 정형시는 한시나 시조처럼 일정한 운율적 형식이 제약을 받는 시로서 외형률을 주축으로 한다. 정형시는 시행의 수, 율격, 압운 도식의 일정한 조건에 부합하는 시의 형식에 따라 구성된 시이다. 19세기 이후, 자유시와 산문시가 등장하면서부터 정형시라는 표현이 사용되기 시작하였다. 러시아 정형시는 대부분이 서구시의 형식을 차용한 것이기 때문에 그 종류나 활용도는 적은 편이다. 정형시의 형식에 의해 씌어진 가장 대표적인 러시아 시로는 소네트, 쩨르찌늬, 뜨리올레뜨, 론도, 오드 등이 있다.

ⓖ 소네트는 외국에서 도입한 정형시 형식 중에서 거의 유일하게 러시아 시에 확고하게 정착된 형식이라 할 수 있다. 소네트는 보통 약강 5보격의 14행으로 구성되는 서정시를 지칭하며, 몇 가지 다양한 압운 도식에 따라 각기 다른 명칭으로 불리우고 있다. 소네트는 정형성이 가장 높은 시 형식 중의 하나로, 엄격한 규칙 내에서 다양성을 추구해야 한다는 점 때문에 특히 새로운 시작법에 관심이 많은 러시아 시인들에게 자주 애용되었다.

소네트는 압운도식과 논리전개의 방식에 따라 크게 두 가지로 구분 된다. 우선 프로방스 지방에서 생겨난 형식으로, 압운 도식은 'abbaabba cdecde'이며 시의 의미는 8행시와 6행시로 나뉘어 전개되는 것을 '이탈리아식 소네트' 혹은 '페트라르카풍(風) 소네트'라고 한다. 이탈리아의 시인 페트라르카가 완성시켰기 때문에 일반적으로 '페트라르카풍 소네트'라고 부른다. 후반부, 즉 6행시의 압운 도식은 'ccdcdc', 'cdcdcd', 'ccdcdd', 'ccdede'도 가능하다. 시의 주제는 전반부 8행의 첫 4행에서 제시되고 나중 4행에서 발전된다. 후반부 6행의 첫 3행에서는 주제에 대한 반추 및 예시 등이 나오고, 나중 3행에서는 전체적인 의미의 마무리가 뒤따른다.

영시에서 보다 널리 사용되어 온 소네트는 '영국식 소네트' 혹은 '세익스피어풍(風) 소네트'라 불리는 것으로, 의미가 3개의 4행시와 마지막의 2행시를 단위로 전개되며 압운도식은 'abab cdcd efef gg'이다. 여기서 3개의 4행시는 연속적인 3개의 이미지, 혹은 체험, 혹은 관찰을 제시하고 있으며 마지막의 2행시는 그것들에 대한 하나의 결론을 제시한다. 한편, 스펜서가 영국식 소네트를 토대로 창조한 소네트 형식을 '스펜서풍 소네트'라 부르는데, 이것의 압운 도식은 'abab bcbc cdcd ee'이다.

러시아시의 소네트는 영국식보다는 이탈리아식 소네트를 토대로 창작되었다. 이런 이유로 논리의 전개 방식은 8행시(2개의 4

행시)와 6행시(2개의 3행시)를 단위로 이루어진다. 압운 도식은 네 가지 - 'abab abab ccd eed', 'abab abab ccd ede', 'abba abba ccd eed', 'abba abba ccd ede' - 중의 하나이다.

뿌쉬낀이 쓴 『예브게니 오네긴(Евгений Онегин)』 역시 소네트의 형식으로 씌어졌는데, 기존의 세 가지 형식과 다르기 때문에 '오네긴 연(Онегинская строфа)'이라고 부른다. 이 형식은 'abab ccdd effe gg'의 각운 형식을 가지고 있다.

ⓒ 쩨르찌늬(Терцины)는 이탈리아 시의 한 형식으로 단테의 『신곡』에 사용된 이후로, 영국과 프랑스 시에 도입되었으며, 나중에 러시아 시에도 알려지게 되었다. 러시아에서는 뿌쉬낀, A.똘스또이, 블록, 흘레브니꼬프, 이바노프, 브류소프 등이 쩨르찌늬 형식으로 시를 썼다. 일련의 약강 5보격 3행시가 연속되는 형식으로 전체 시행의 수는 제한이 없다. 압운도식은 'aba bcb cdc' 등이며, 각각의 3행시는 선행하는 3행시와 맞물리게 되기 때문에 의미의 연속성이 강조된다. 브류소프의 다음 시는 약강약의 율격으로 씌어진 쩨르찌늬 형식의 시이다.

Как ясно, как ласково небо!
Как радостно реют стрижи
Вкруг церкви Бориса и Глеба!

По горбику тесной межи
Иду и дышу ароматом
И мяты и зреющей ржи.

За полем усатым, несжатым,
Косами стучат косари.
День медлит пред ярким закатом...

(В. Брюсов)

ⓒ 뜨리올레뜨(Триолет)는 프랑스의 정형시 중에서 거의 유일하게 러시아 시에서 발견되는 형식이다. 그것은 보통 두 종류의 압운을 사용하는 4행시로 구성되며, 첫 번째 행이 4행과 7행에, 두 번째 행은 8행에 반복되는 형태를 취한다. 뜨리올레뜨는 13세기에 프랑스 시에서 시작되어 르네상스시기에 크게 유행했으나, 그 이후 거의 사용된 적이 없다가 18세기부터 다시 인기를 되찾았다.

러시아에서는 까람진, 발몬뜨, 솔로구쁘 등의 몇몇 실험적인 시에서 뜨리올레뜨의 형식이 발견된다. 발몬뜨의 다음 시는 뜨리올레뜨로 씌어진 예이다.

Ты промелькнула, как виденье,
О, юность быстрая моя,
Одно сплошное заблужденье!
Ты промелькнула, как виденье,
И мне осталось сожаленье,
И поздней мудрости змея.
Ты промелькнула, как виденье,
О, юность быстрая моя.

(К. Бальмонт)

정형시는 이 밖에도 세스티나, 빌라넬르, 론도, 가젤 등 몇 가지가 더 있으나 러시아시에서는 거의 발견되지 않으므로 상세한 언급은 생략하기로 한다.

⑤ 자유시(Вольный стих)는 정형시가 지닌 형식적 제약에서 벗어난 자유로운 형식의 시로써 행과 연의 구별이 있고, 전통적 율격이 갖추고 있는 규칙적인 음절 강세 패턴이 없는 시로 현대시의 주류를 이룬다. 자유시는 압운을 밟으며 행마다 포함된 운각의 수가 각각 다른 시를 말하거나 그 시행들을 의미한다. 따라서 자유시는 보통의 산

문보다는 통제된 리듬을 보여주고 있지만, 행의 길이가 일정하지 않으며, 일정한 운도 형성하지 않는다.

⑥ 산문시(散文詩, Прозаический стих)는 최근에 나타난 형태이고 자유시보다 형식상 더 자유로워진 시로서, 외형상 산문과 다름없는 시이다. 산문시는 연과 행의 구별은 없으며, 일정한 운율을 갖추지 않은 채 자유로운 형식으로 비유 언어와 이미저리를 광범위하게 사용하는 산문 형식의 서정시를 일컫는다. 다시 말해 산문시는 산문 형식으로 표현된 시적 내용을 말하며, 우리가 흔히 말하는 운문의 반복적인 운율 단위로 양식화 하지 않은 글 또는 말로 된 모든 서술을 지칭한다. 러시아 시인 중 네끄라소프와 뚜르게네프의 산문시는 매우 유명하다. 다음의 시는 뚜르게네프의 산문시의 예이다.

≪КАК ХОРОШИ, КАК СВЕЖИ БЫЛИ РОЗЫ...≫

Где-то, когда-то, давно-давно тому назад, я прочел одно стихо-творение. Оно скоро позабылось мною... но первый стих остался у меня в памяти:
      Как хороши, как свежи были розы...
Теперь зима; мороз запушил стекла окон; в темной комнате горит одна свеча. Я сижу, забившись в угол; а в голове все звенит да звенит:
      Как хороши, как свежи были розы...
И вижу я себя перед низким окном загородного русского дома. Летний вечер тихо тает и переходит в ночь, в теплом воздухе пахнет резедой и липой; а на окне, опершись на выпрямленную руку и склонив голову к плечу, сидит девушка - и безмолвно и пристально смотрит на небо, как бы выжидая появления первых звезд. Как простодушно-вдохновенны задумчивые глаза, как трогательно-невинны раскрытые, вопрошающие губы, как ровно дышит еще не вполне расцветшая, еще ничем не взволнованная грудь, как чист и нежен облик юного лица! Я не дерзаю загово-

рить с нею - но как она мне дорога, как бьется мое сердце!

Как хороши, как свежи были розы...

А в комнате все темней да темней... Нагоревшая свеча трещит, беглые тени колеблются на низком потолке, мороз скрипит и злится за стеною - и чудится скучный, старческий шепот...

Как хороши, как свежи были розы...

Встают передо мною другие образы... Слышится веселый шум семейной деревенской жизни. Две русые головки, прислонясь друг к дружке, бойко смотрят на меня своими светлыми глазками, алые щеки трепещут сдержанным смехом, руки ласково сплелись, вперебивку звучат молодые, добрые голоса; а немного подальше, в глубине уютной комнаты, другие, тоже молодые руки бегают, путаясь пальцами, по клавишам старенького пианино - и ланне-ровский вальс не может заглушить воркотню патриархального самовара...

Как хороши, как свежи были розы...

Свеча меркнет и гаснет... Кто это кашляет там так хрипло глухо? Свернувшись в калачик, жмется и вздрагивает у ног моих старый пес, мой единственный товарищ... Мне холодно... Я зябну... И все они умерли... умерли...

Как хороши, как свежи были розы...

Сентябрь, 1879

이 시의 제목은 먀뜨레프(И.П. Мятлев)의 시 ≪장미들(Розы)≫의 첫 행에서 따온 것이다.

⑦ 무운시(Белый стих)는 시에서 압운을 갖지 않는 시, 즉 각운이 없으므로 무운(無韻)이라는 명칭으로 불린다. 무운시는 독일이나 영국 작시법의 모방이거나 러시아 민속시에서 유래되었다. 러시아 문학에서 무운시로 씌어진 작품으로는 쥬꼬프스끼가 번역한 쉴러의 『오를레앙의 처녀』, 뿌쉬낀의 드라마 『보리스 고두노프』, ≪어부와 물고기 이야기≫ 그리고 구전 서사시의 영향을 받은 작품인 레르몬또프의

≪상인 깔라쉬니꼬프의 노래≫ 등이 있다. 블록이나 아흐마또바가 무운시를 썼지만, 러시아 현대시에서 무운시를 사용하는 경우는 매우 드물다. 러시아 작시법에서 압운이 없는 무운시는 특수한 효과를 위해 시인이 제한적으로 사용하였다. 다음의 시는 뿌쉬낀이 5음보 약강격으로 쓴 무운시의 예인 ≪모짜르트와 살리에르≫의 일부 인용이다.

Все говорят: нет правды на земле.
Но правды нет - и выше. Для меня
Так это ясно, как простая гамма.
Родился я с любовию к искусству...
(А. Пушкин, ≪Моцарт и Сальери≫)

⑧ 알렉산더 시(Александрийский стих)는 알렉산더 대왕을 노래한 옛날 프랑스의 로망스에서 유래한 것으로 고전주의 시기의 서사시나 비극 등의 고상한 장르에 관례적으로 사용되었던 시이다. 러시아시에서는 약강 6보격의 시행을 갖는 시를 '알렉산더 시'라고 부른다. 프랑스 고전시에서 씌어진 '알렉산더 시행(알렉상드렝)'은 12음절로 이루어지며, 행 중간에 1개 내지 2개의 휴지부가 오는 데, 주된 강세는 제 6음절과 마지막 음절에 온다. 러시아시에서 '알렉산더 시행'이란 주로 인접하는 2행시가 여성운과 남성운의 각운을 형성하는 시행으로, 약강 6보격의 율격과 제 6음절 뒤에는 남성운과 닥찔운의 휴지부를 갖는 것으로 특징지어진다. 뿌쉬낀의 다음의 시는 알렉산더 시행으로 이루어져 있다.

Зима. Что делать нам | в деревне? Я встречаю
Слугу, несущего | мне утром чашку чаю,
Вопросами: тепло ль? | Утихла ли метель?
Пороша есть иль нет? | И можно ли постель
Покинуть для седла, | иль лучше до обеда

Возиться с старыми | журналами соседа?..
                                    (А. Пушкин)

⑨ 아나크레온풍(風)의 시(Анакреонтическая поэзия)는 서정시의 일종으로 기원전 5-6세기에 살았던 그리스 시인 아나크레온의 시풍에 따라, 술과 여자와 노래, 그리고 일반적으로 인생의 달콤한 쾌락을 찬양하는 시를 일컫는다. 아나크레온풍의 시를 구성하는 연은 각운 형식이 'abab'인 4행으로 구성되는 특징이 있으며, 각 행의 행말은 일반적으로 남성운으로 끝나는 강약 4보격의 형태를 취한다. 러시아에서는 18세기부터 아나크레온풍의 시가 상당히 유행했는데, 로모노소프와 깐제미르(А.Катемир)는 아나크레온풍의 시들을 러시아어로 번역하였고, 제르좌빈(Г.Державин), 바쥬쉬꼬프(К.Батюшков), 젤비그(А.Дельвиг), 야즥꼬프(Н.Языков), 뿌쉬낀(А. Пушкин) 등이 아나크레온풍의 시를 많이 썼다. 다음에 인용된 시는 아나크레온풍의 시에 대한 특성을 판단할 수 있는 좋은 예이다.

Бросил шар свой пурпуровый
Златовласый Эрот в меня
И зовет позабавиться
        С девой пестробутой.

Но смеяся презрительно
Над седой головой моей,
Лесбиянка прекрасная
        На другого глазеет.
                    (В.Вересаев, ≪Фиал Анакреона≫)

⑩ 발라드(Баллада)는 일반적으로 저자 미상이거나 노래하기 위해 씌어진 민중 담시를 말하는데, 발라드는 민중 담시를 모방한 문학시로 전설적인 모티브와 스토리를 가지고 있는 구전 노래를 일컫는다.

러시아의 발라드는 영국과 독일의 낭만주의 발라드를 모방한 것으로, 일반적으로 강약격을 사용하며 홀수 시행은 4음보, 짝수 시행은 3음보로 구성되어 있다. 쥬꼬프스끼는 유럽의 낭만주의 시인(쉴러, 사우디, 괴테 등)들의 발라드 작품들을 번역 혹은 번안하는데 있어서 탁월한 재능을 발휘하였으며, 그 자신이 독창적인 발라드(≪Светлана≫, ≪Людмила≫)를 창작하기도 했다. 또한 뿌쉬낀(≪Песень о вещем Олеге≫)과 레르몬또프(≪Бородино≫, ≪Тамара≫) 등 낭만주의 시인들은 유럽의 발라드 작품 번역 외에도, 러시아적인 발라드를 창작함으로써 발라드의 러시아화를 완성하였다. 20세기에는 소비에트 민중의 용기를 찬양하고 민족의 영웅의 장렬한 죽음을 노래하고 있는 바그리쯔끼(Е.Багрицкий, ≪Арбуз≫, ≪Контрабандиты≫), 찌호노프 (Н.Тихонов, ≪Баллада о синем пакете≫, ≪Баллада о гвоздях≫) 등에 의해서 계승 발전되었다.

⑪ 비가(Элегия)는 서정시의 한 장르로, 고대 그리스 로마 시에서는 시의 분위기나 주제보다는 특정한 율격(6음보와 5음보 시행을 교대로 사용)을 지칭하는 개념이었으나, 18세기부터는 이러한 특정한 율격보다는 사랑에 대한 슬픔을 특별하게 암울한 분위기와 테마로 강조하는 시를 지칭하게 되었다. 러시아 시에서 비가(悲歌)는 수마르꼬프와 제르좌빈에 의해 18세기에 처음 소개되었고, 서정시의 한 장르로서 일정한 율격에 따라 창작되었으며, 철학적인 명상과 우울한 어조, 생의 무상, 죽음의 사색 등을 주된 주제로 다루었다. 러시아 비가는 쥬꼬프스끼, 바쮸쉬꼬프, 뿌쉬낀, 레르몬또프 등에 의해서 전성기를 구가하였다. 뿌쉬낀, 바라띈스끼, 레르몬또프의 비가는 낭만적 비가의 경향을 보여주고 있는데, 개인의 영혼에 대한 갈구의 순간들과 커다란 슬픔과 고통을 표현하고 있다. 이러한 경향의 전통은 페뜨를

거쳐 브류소프, 블록, 이바노프와 같은 상징주의 시인들과 아흐마또바와 만젤쉬땀 같은 아끄메이스트들에게도 계승되었다. 다음의 시는 블록의 ≪가을의 비가(Осенняя элегия)≫ 중의 일부이다.

I

Медлительной чредой нисходит день осенний,
Медлительно крутится желтый лист,
И день прозрачно свеж, и воздух дивно чист -
Душа не избежит невидимого тленья.

Так каждый день стараеется она,
И каждый год, как желтый лист, кружится,
Все кажется, и помнится, и мнится,
Что осень прошлых лет была не так грустна.
(А. Блок)

⑫ 시각시(視覺詩, Зрительный стих), 형상시(形象詩, Фигурный стих)는 시인이 사용한 단어들 이면에 깃들어 있는 아이디어를 나타내고, 도표 구조를 시각적으로 분명하게 드러내 보여주는 것이다. 이러한 시각시의 예는 회문(回文, Палиндром)과 같은 유형의 시로부터 다양한 수학적 기호나 도표 혹은 상형 문자를 연상하게 하는 시들의 예에서 확인할 수 있다. 다음의 시들을 러시아 시에서 발견할 수 있는 시각시의 예들이다.

Э.МАРТОВ

РОМБ

Мы–
Среди тьмы.
Глаз отдыхает.
Сумрак ночи живой.
Сердце жадно вдыхает.
Шепот звезд долетает порой,
И лазурные чувства теснятся толпой.
Все забылося в блеске росистом.
Поцелуем душистым!
Поскорее блесни!
Снова шепни,
Как тогда:
«Да!»

<1894>

ВИЛЕН БАРСКИЙ

ВНАЧАЛЕБЫЛОСЛОВО
НАЧАЛОБЫЛОВСЛОВЕ
БЫЛВСЛОВЕОНАЧАЛО
ОСЛОВЕЛОВБЫНАЧАЛ
ВЛЕСБЫНАЧАЛОЛОВА
ОЛОВБЫЛОСИНАЧАЛЕ
ВЛОБВЛЫСОЕНАЧАЛО
ОБЫЛОВЧАНВОЛАСЕЛ
ВОЛЫСОНЛОВЧЕБАЛА
АСОНВОЛАБЫЛЛОВЧЕ
ООСВЛАЧАОНЛЕВБЫЛ
АЛОВЧЕБЫСЛОНАЛОВ
НЕЧАЛВОЛАБЫВОЛОС
АВАЛВЧЕЛОБЫСОЛОН
ОНВЫЛВЧАСЛБАООЛЕ
АЛОНОЕЛВЧАСВОБЛЫ

ПЕСНЯ ЛЕТНЕЙ ПТИЦЫ

лето
лето
лето ли
то ли лето
то ли
то ли
ли ле
ли ле
ли лето
лето ли
ли лето ли
то ли лето ли
лето ли то ли
лето

СЕРГЕЙ СИГЕЙ

анартрический палиндромон

нользон
рогаммагаммарог
маганолелонагам
лебедрогамамагордебел
рогаммагонолелонсгаммагор

АЛЕКСЕЙ АПУХТИН

* * *

Проложен жизни путь бесплодными степями,
И глушь, и мрак... ни хаты, ни куста...
Спит сердце; скованы цепями
И разум, и уста,
И даль пред нами
Пуста.

И вдруг покажется не так тяжка дорога,
Захочется и петь, и мыслить вновь.
На небе звезд горит так много,
Так бурно льется кровь...
Мечты, тревога,
Любовь!

О, где же те мечты? Где радости, печали,
Светившие нам ярко столько лет?
От их огней в туманной дали
Чуть виден слабый свет...
И те пропали..
Их нет.

1888

ВИЗУАЛЬНОЕ

СИМЕОН ПОЛОЦКИЙ

Крест пречестный церкве слава,
На нем умре наша глава
Христос Господь, всех спаситель,
Кровию си искупитель.
Хотяй дело
си весело
Совершити,
должен быти
Креста чтитель
и любитель.
И от него все дела начинати в распятом на нем вину уповати.
Он бо обычае тех благословити, и же крест на ся тщася возложити.
В началех дел си и конец дарует, какова в делех кто благопотребует.
Крест на демона меч от бога даны и на вся, и же гонят христианы.
Сим враг Голиаф адский посечеся, и жало смерти грех в конец сотресе.
Сей царем верным
в бранех помогает,
нечестивыя
враги истребляет.
Он православным
есть защищение,
гонителем же
в водах топление.
Его зде знамя
впереде полагало,
его те силы,
царю наш, желаю.
Да тя ти вславит, яко Константина,
чтители суща присноделвы сына.
Да будет ти крест, яко столп огненный
в нощи, а во дни – облак божественный.
Щит твоим людем,
страх же враждующым,
на христианы
со мечем идущым.
Сим Христос враги
своя победил есть,
да христианы
от варвар спасени,
сам в силе его
много лет живеши.

ИВАН ВЕЛИЧКОВСКИЙ

ИВАН РУКАВИШНИКОВ

я
кто
придя
в твои
запретныя
где б не был до того никто
найдет безмолвныя твои
и тайны света низведя
в тьмы безответныя
родит тебе мечты
тот светлый ты
твоя звезда живая
твой гений двойника
его смиренно призывая
смутясь молись издалека
а ты а ты вечерняя звезда
тебе туда
глядеть
где я
я

НИКОЛАЙ ШУЛЬГОВСКИЙ

* * *

Для веселого поэта
Появилась книжка эта
Новый "Вуз"
Легких муз
Игр и умс
Буриме
Смеха
"Эхо"
Девы мифа
Логогрифа,
Эпиграмм, шарад и шуток
для незанятых минуток–
Кто ж на вещи смотрит строго, поучительного много
Обретет он в книжке этой, в плащ забавы приодетой.

1920-е годы

ЮРИЙ ИВАСК

Вождь
трезв бодр
щедр добр
вождь
трезв – чистый ключ
бодр – белый день
щедр – ясный луч
добр – дуба сень
вождь
трезв бодр
щедр добр
вождь

<1938>

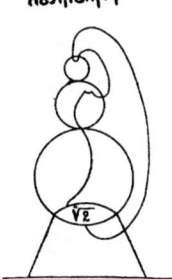

Чародейская песня ведьм

```
А.
А.Б.
А.Б.Р.
А.Б.Р.А.
А.Б.Р.А.К.
А.Б.Р.А.К.А.
А.Б.Р.А.К.А.Д.
А.Б.Р.А.К.А.Д.А.
А.Б.Р.А.К.А.Д.А.Б.
А.Б.Р.А.К.А.Д.А.Б.Р.
А.Б.Р.А.К.А.Д.А.Б.Р.А.
А.Б.Р.А.К.А.Д.А.Б.Р.
А.Б.Р.А.К.А.Д.А.Б.
А.Б.Р.А.К.А.Д.А.
А.Б.Р.А.К.А.Д.
А.Б.Р.А.К.А.
А.Б.Р.А.К.
А.Б.Р.А.
А.Б.Р.
А.Б.
А.
```

ВИЛЕН БАРСКИЙ

ГАВРИЛА ДЕРЖАВИН

ПИРАМИДА

Зрю
Зарю,
Лучами,
Как свещами,
Во мрак блестящу.
В восторге все души прямщущу.
Но что? – от солнца ль в ней толь милое блистанье?
Нет! – Пирамида – дел благих воспоминанье.

ИГОРЬ ТЕРЕНТЬЕВ

Я завтра так умою
Что меня и парикмахер не узнает
Такія потащу за собой Прозархіи
Каменные нарывы с вязанкой бу-
бликов

На квартиру
Цыркорі
Козьим узлом вознесусь
На самый просторный дом
ПРаМАТеРи
ПРОБЕЛ
Я

НИРВАНА

ВАЛЕРИЙ БРЮСОВ

ТРЕУГОЛЬНИК

Я,
еле
качая
веревки,
в синели
не различая
синих тонов
и милой головки,
летаю в просторе,
крылатый как птица,
меж лиловых кустов!
Но в заманчивом взоре,
знаю, блещет, алея, зарница!
и я счастлив ею без слов!

СЕРГЕЙ ТРЕТЬЯКОВ

ВЕЕР

ЛЕОНИД АРОНЗОН

ПУСТОЙ СОНЕТ

1969

10. 시의 표현기교

1) 비유(比喻, Способ метафор, аллегорий) : 비유는 어떤 언어의 화자가 특정한 의미나 효과를 얻기 위해서 일상적이고 보편적인 단어의 의미, 또는 그 단어의 연결체로부터 벗어나는 표현 형태를 말한다.

① 비유란 말하고자 하는 사물이나 의미를 다른 사물에 빗대어서 표현하는 방법이다.

② 비유에는 표현하고자 하는 것(원관념)과 비유되는 사물(보조관념)의 상관관계가 성립된다. 즉 원관념과 보조 관념 사이에 유추가 이루어질 수 있는 유사성이 있어야 한다.

③ 대개의 경우 비유는 표현의 구체성, 직접성, 선명성을 높이는 수단이 되며, 일상어에도 존재하지만 시에서 특히 많이 쓰인다.

④ 비유의 종류는 의미의 비유와 말의 비유로 크게 구분할 수 있다. 의미의 비유로는 직유, 은유, 상징, 활유, 인유, 제유, 환유, 풍유, 성유법 등이 있고, 말의 비유로는 도치, 과장, 대조와 모순어법, 반복과 열거, 반어와 역설, 영탄과 돈호, 수사 의문법, 완곡어법 등이 있다.

가) 의미의 비유 : 단어 자체 속에서 뚜렷한 문자적 의미의 변화를 일으키는 비유이다.

① 직유법(直喻法, Сравнение)은 하나의 관념이나 사물을 다른 관념이나 사물과 직접 비교하는 것이 직유이다. ≪как, точно, будто, как будто, подобно, похож на(~같이, ~처럼, ~듯이, ~인양)≫ 등과 같은 관계사에 의해 원관념과 보조 관념이 직접 연결되기 때문에 그만큼 명시적인 양상을 갖게 된다.

직유와 은유의 차이는 비유의 효과적인 구분이다. 따라서 직유가 축적된 것이 은유이고, 그와 반대로 은유가 부연된 것이 직유라고 말할 수 있다. 직유가 두 사물을 직접 비교해서 설명하고 있는데 반해,

은유는 두 사물 중 하나를 다른 것과 순간적으로 동일시하거나, 한 사물을 통해서 말하거나 하는 것이다.

> Я одинок, *как* последний глаз
> У идущего к слепым человека.
> (В. Маяковский)

> Он был *похож на* вечер ясный:
> Ни день, ни ночь, - ни мрак, ни свет!
> (М. Лермонтов)

② 은유법(隱喻法, Метафора)은 직유법과는 달리 원관념과 보조 관념이 관계사 없이 직접 연결되는 형식을 취한다. 직유와 은유의 차이는 그러나 외형에 의한 것이라기보다는 좀 더 본질적인 데 있다. 직유가 원관념과 보조관념의 관계 형성에 만족을 느끼는 듯 보이는 비유라면, 은유는 그 관계가 분리 상태를 유지하지 못하고 양자의 상관관계가 일치 부합한 국면을 갖는다. 은유는 직유에 비해 구조적인 밀도가 강하고 그만큼 응축과 압축력이 강한 비유인 것이다.

> Не мужчина, а облако в штанах.
> (В. Маяковский)

③ 상징법(象徵法, Символ)은 직유나 은유에서 원관념이 숨어있고 보조 관념이 나타나 있는 형태이다. 상징(symbol)의 어원은 '짝 맞추다(to put together)'라는 뜻을 가진 희랍어 'symballein'이고, 이 단어의 명사형은 'symbolon'으로 '신표, 증표, 표상(sign, token, mark)'등의 뜻을 가지고 있다. 가장 기본적이고 일반적인 의미에 있어서 상징은 기호로써 어떤 다른 것을 표상하며, 또 그것은 무엇에 대한 신표이고 두 개의 나누어진 요소를 전제로 하는 증표이다. 따라서 상징은 다음

과 같은 특징이 있다.

　　㉠ 어느 대상이 다른 대상을 표시하거나, 본래의 고요한 의미 외에
　　　 다른 의미를 나타내는 표현 기법이다.

　　㉡ 상징은 의미와 암시성과 다의성을 지닌다.

　　㉢ 비유에서는 '원관념 : 보조 관념 = 1 : 1'의 유추적 관계를 보이지
　　　 만, 상징에서는 '1 : 다수'의 다의적 관계이다.

　　㉣ 상징의 종류

　　　　ⓐ 관습적 상징(고정적·사회적·제도적 상징) : 일정한 세월을 두고
　　　　　 사회적 관습에 의해 공인되고 널리 보편화된 상징.
　　　　　　십자가 ⇒ 기독교, 비둘기 ⇒ 평화

　　　　ⓑ 개인적 상징(창조적·문화적 상징) : 관습적 상징을 시인의 독창
　　　　　 적 의미로 변용시켜 문화적 효과를 얻는 상징.
　　　　　　윤동주의 〈십자가〉에서 '십자가'의 의미 ⇒ 윤동주 자신의 희
　　　　　　생정신을 나타냄.

　시에서의 상징은 단순한 사물에도 정신적 깊이와 함축적인 의미를
부여하지만 그만큼 판독이 쉽지 않아 시의 난해성을 유발할 가능성을
가지고 있다. 상징은 항상 작품 전체의 구조를 통해서 제시되기 때문
에 그 원관념은 전적으로 작품 자체의 문맥 속에서 해석해야만 한다.

상 징(Символ)	기 호(Знак)
① 본질을 나타냄.	① 현상을 나타냄
② 복합적 관념을 함축함.	② 단일한 관념을 지시함
③ 개인적 상상력을 필요로 함.	③ 관습적 상상력을 필요로 함.
④ 예) 유치환의 '깃발'	④ 예) 적신호 ⇒ 정지
이상의 '날개'	청신호 ⇒ 보행

◆ 상징과 은유

은유는 두 대상간의 유사성을 통한 유추적 결합을 추구하는 데 반하여, 상징은 상관성이 먼 상징어를 연결함으로써 의미가 확대, 심화되는 언어 사용의 방법이다. 원관념이 생략된 은유의 형태로 나타나는 상징은 반복과 희귀의 속성을 갖는다는 점에서, 전이의 성격보다는 표상성이 강조되는 은유와 구분된다. 보조 관념은 최대한의 구체성을 띠고 있으나, 원관념은 언어 이전의 상태로 있기 때문에 상징은 '계시와 은폐'의 이중성을 지닌다. 상징의 의미는 늘 보이지 않는 세계와 연계되어 있어서, 그것은 유한성(구체성)과 무한성(추상성)을 동시에 함축한다. 그래서 그것은 '유한 속에 담긴 무한', 실재하지 않거나 지각할 수 없는 그 어떤 것을 환기시켜 주는 구체적인 기호로 존재하면서, 경험할 수 없는 세계나 형이상학적 세계를 자주 구현한다. 상징 역시 다른 비유와 같이 그 형식 속에 유추의 원리를 지니고 있으며, 그 기능은 두 개의 세계를 결합시키는데 있다.

상 징	은 유
① 암시적, 다의적임.	① 비교 유추적임.
② 한편의 작품에서 반복적으로 나타남.	② 한 편의 작품에서 1회적으로 나타남.
- 작품 전체를 지배	- 특정 부분과 관계
③ 상징 의미가 상징 뒤에 숨어 있음.	③ 원관념과 보조 관념의 관계가 명확함.

④ 의인법(擬人法, Олицетворение, персонификация)은 사물이나 사람이 아닌 생물에서 사람과 같은 성질을 부여해서 표현하는 비유로서, 활유(活喩)라고도 부른다. 의인법이 사용될 때 대상(사물이나 추상 개념)은 감정 이입이 되어 생동감을 갖는다. 즉, '성난 파도', '시냇물이 소근댄다', '구름이 달린다' 등 자연을 인간화해서 그 성질과 동작을 표현하고 있는 이러한 의인법은 얼마든지 우리 주변에서 사용되고 있다.

다음의 시는 동사 사용에 의한 의인화의 전형적인 예를 보여준다.

> Устало все кругом: устал и цвет небес,
> И ветер, и река, и месяц, что родился,
> И ночь, и в зелени потусклой спящий лес,
> И желтый тот листок, что наконец свалился.
> (А. Фет)

⑤ 인유법(引喩法, Намёк)은 고대의 신화, 전설, 또는 고전, 역사, 성서, 고사 등에서 널리 알려진 인물, 스토리, 시구 등을 인용하여 쓰는 비유를 말한다. 인유는 이러한 역사적 문화적 자산을 끌어 들임으로써 과거의 의미와 새로운 의미를 중첩시켜 독특한 의미론적 문맥을 형성하는 것이다. 동서고금을 통해서 널리 씌어진 표현법으로서 인유는, 동양에서 고대 중국의 문헌이라든지 서양에서 고대 그리스와 로마의 신화 및 성경 등을 인용하고 있는 시와 산문을 통해서 널리 사용되어 왔다.

⑥ 환유법(換喩法, Метонимия)은 사물의 일부로서 그 사물과 관계가 깊은 다른 특징을 나타내는 비유이다. 이와는 달리 제유법(提喩法, Синекдоха)은 사물의 일부분으로 그 사물 전체를 나타내는 비유이다. 제유와 환유는 모두 보조관념만 나타나 있고 원관념이 숨어 있다는 점에서 상징과 유사한 속성을 지니고 있다. 이 두 가지(환유, 제유) 비유법이 상징과 다른 점이 있다면 숨어있는 원관념을 쉽게 알 수 있고, 상징과는 달리 원관념이 여럿일 수가 없다는 점이다. 즉, 상징의 원관념과 보조관념이 '다수 : 1'이라면, 제유와 환유는 '1 : 1'의 관계이다. 다른 또 하나의 특성은 제유와 환유의 경우 인접성의 비유라는 점이다. 다른 비유들은 유사성의 비유, 즉 차이성 속의 유사성이 비유의 발생 근거가 되지만, 제유와 환유의 경우에는 일종의 인접 상태가 비

유의 근거가 되고 있다. 예를 들면, "노래하리라 비 오는 밤마다 / 우리들 서울의 빵과 사랑..."이라는 시어에서 빵은 음식물과 다른 존재를 나타내는 것이 아니라 음식물 그 자체를 의미한다. 즉 빵은 음식물(유개념)의 하나(종개념)이다. 다른 많은 종류의 음식물들과 마찬가지로 음식물이라는 유개념을 둘러싸고 있는 인접 사물의 하나이다.

Я три тарелки съел...
(И. Крылов)

Табун коней, войной одетый.
(В. Хлебников)

Только слышно, на улице где-то
Одинокая бродит гармонь.
(М. Исаковский)

⑦ 풍유법(諷諭法, Аллегория)은 본래의 의미는 숨기고 다른 말 또는 이야기를 내세워 본래의 의미를 암시하는 비유법이다. 이런 이유로 풍유는 다음과 같은 특징이 있다. 첫째, 풍유는 표면적으로 전개되는 구체적 사실 또는 정황과 이면에 숨겨진 추상적 의미의 층이 일반적으로 존재하며, 둘째 원관념(추상적 의미)이 숨어 있고 보조관념(구체적 사실 사건)만 나타나 있으므로 상징과 유사한 형태를 보여주지만 풍자, 비판, 교훈성을 강하게 나타내고 있다는 점이 다르다.

Прекрасный Царскосельский сад,
Где *льва(=Швеция)* сразив, почил *орел* России мощной
На лоне мира и отрад...
(А. Пушкин)

⑧ 성유법(聲喻法, Ономатопея, звукоподражание)은 표현하려는

대상의 소리, 동작, 상태, 의미 등을 음성으로 모사하는 비유이다. 어떤 음(音)이 그 언어가 지시하는 대상, 소리, 뜻을 함께 드러내 주기 때문이다. 일반적으로 성유라고 할 때는 사물(대상)의 소리로 표현하는 의성과 사물의 동작, 상태, 모양 등을 본 따서 하는 의태를 모두 지칭하지만 둘은 약간의 차이가 있다. 즉 의성어(Ономатопея)라든지 의태어(Миметизм, мимикрия)는 곧 음성을 되풀이 하여 효과를 내는 표현법이다. 전자는 자연이나 인간의 소리 등을 흉내 내어 묘사하는 표현법이다.

> Вечером пеночка нежно поет,
> Словно как в бочку пустую удод
> *Ухает!* Сыч разлетается к ночи.
> (Н. Некрасов)

> Волны скачут *лата - тах!*
> Волны скачут *а - ца - ца!*
> (В. Хлебников)

나) 말의 비유 : 단어를 잘 배열함으로써 특별한 효과를 얻는 수사적 표현들이다.

① 도치법(倒置法, Инверсия)은 문장의 정상적인 배열 순서를 바꾸어 어떤 부분을 강조하거나 또는 정서적인 반응(감정)의 강도를 적절히 드러내는 수사법이다. 도치법으로 씌어진 시의 예를 살펴보자.

> И долго милой Мариулы
> Я имя нежное твердил.
> (А. Пушкин)

이 시의 산문체 어순 구조로는 ≪И я долго твердил нежное имя

милой Мариулы.≫가 올바르다.

② 과장법(誇張法, Гипербола)은 의미나 인상을 강조하기 위하여 사실이나 현상을 실제보다 더 보태거나 더 줄여서 하는 수사법이다.

> Сидит лодырь у ворот,
> Широко разинув рот,
> И никто не разберет,
> Где ворота, а где рот.
>
> (Русская частушка)

③ 대조법(對照法, Антитеза, противоположение)은 서로 상반되거나 모순되는 어구를 연결하여 대비의 느낌을 강조하는 동시에, "나라에 큰 슬픔이 있었고 / 나에게 눈물이 있었다..."의 표현처럼 그 대비와 대립 자체가 또 하나의 통일을 이루게 하는 수사법이다. 반면에 대구법(對句法, Параллелизм)은 어조(語調)가 비슷한 말을 병립시키는 수사법으로 "꽃은 피고 해는 지고"와 같은 표현이 전형적인 대구이다. 대조와 유사한 대립의 구조를 가지고 있지만, 모순되는 관념의 결합 상태를 모순 어법(矛盾語法, Оксиморон)이라고 한다. 그러나 이 모순은 외형적일 뿐이다. 대조법의 예를 살펴보자:

> Я - царь, я - раб, я - червь, я - бог.
> (Г. Державин)

> Полюбил богатый - бедную,
> Полюбил ученый - глупую,
> Полюбил румяный - бледную,
> Полюбил хороший - вредную:
> Золотой - полушку медную.
>
> (М. Цветаева)

Жить, храня *веселье го́ря*,
Помня радость прошлых весен...

(В. Брюсов)

Смотри, ей *весело грустить,*
Такой *нарядно обнаженной.*

(А. Ахматова)

④ 반복법(反復法, Повтор, повторение)은 동일하거나 유사한 어구를 반복하여 그 의미를 강조하고, 동시에 리듬을 살리는 수사법이다. 반면에 열거법(列擧法, Перечисление)은 동위(同位)의 어구를 적절히 살려 강조와 리듬을 표현하는 수사법이다.

⑤ 반어법(反語法, Ирония)은 작가가 의도와는 전혀 다른 표현을 하여 날카로운 멋과 예리한 감각을 발휘하는 기법으로, 의도적으로 실상 또는 진실을 숨기고 표면적으로는 다르게 말하는 수사법이다. 흔히 우리는 잘못한 사람에게 반대로 '잘했다'고 한다. 이런 경우가 바로 반어적 표현이다. 김소월의 시 《진달래꽃》은 반어적 구조를 통해 주제를 형상화하였다. 반면에 역설법(逆說法, Парадокс)은 표면적으로는 모순되는 것 같지만, 그 표면적인 진술 너머에서 진실을 드러내고 있는 수사법으로 작품에 재치와 문체론적인 색채를 더해준다. 이처럼 표현된 것과 은폐하고 있는 표현의 구조가 반어와 유사하므로, 역설을 반어의 한 종류로 보기도 한다.

Надо мной певала матушка,
Колыбель мою качаючи:
《Будешь счастлив, Калистратушка!
Будешь жить ты припеваючи!》

И сбылось, по воле Божией,

Предсказанье моей матушки:
Нет богаче, нет пригожее,
Нет нарядней Калистратушки!

В ключевой воде купаюся,
Пятерней чешу волосыньки,
Урожаю дожидаюся
С непосеянной полосыньки!

А хозяйка занимается
На нагих детишек стиркою,
Пуще мужа наряжается,
Носит лапти с подковыркою!

(Н. Некрасов)

⑥ 영탄법(永嘆法, Восклицание)은 감정을 강조하기 위해서 '오, 아아...' 등등의 감탄사, 감탄조사, 감탄형 어미 등을 활용하는 수사법이다. 반면에 돈호법(頓呼法, Апострофа)은 시문(詩文)의 중간에 갑작스럽게 사물 또는 사람의 이름을 넣어 정서적 충격을 불러일으키는 수사법이다.

Чьи резче всех рисуются черты
Пред взорами моими? Как перуны
Сибирских гроз, его златые струны
Рокочут... Пушкин, Пушкин! Это ты!

(А. Пушкин)

Скажи мне, ветка Палестины,
Где ты росла, где ты цвела?
Каких холмов, какой долины
Ты украшением была?

(М. Лермонтов)

⑦ 수사 의문법(修辭 疑問法, Риторический вопрос)은 응답을 바라고 하는 질문의 형태가 아니다. 질문이라기보다 질문의 형식을 빈 주장이다. 따라서 주장 또는 느낌을 직접 진술하는 것보다 더 큰 효과를 얻기 위한 수사법이다.

> Куда ты скачешь, гордый конь,
> И где опустишь ты копыта?
> (А. Пушкин)

⑧ 완곡법(婉曲法, Эвфемизм, эвфимизм)은 그리스어 '좋게 말하다'에 해당하는 말로부터 연유한 것이다. 즉 불유쾌하거나 무섭거나 비위에 거슬리는 말을 직접 쓰는 대신에 이보다 모호하고 우회적인, 또는 덜 일반화된 말을 사용하는 수사법이다.

> Сам стоит с воронкой рядом
> И у хлопцев на виду,
> Обратясь к тому снаряду,
> *Справил малую нужду...*
> (А. Твардовский)

Ⅲ
러시아 시인과 작품 분석

가브릴라 로마노비치 제르좌빈
(Гаврила Романович Державин, 1743-1816)

가브릴라 제르좌빈은 1743년 까잔 지방에서 소지주의 아들로 태어났다. 까잔에서 김나지움을 마치고 뻬쩨르부르그로 갔고, 1762년에 근위대 사병으로 입대하였다. 1773년 뿌가쵸프의 난이 일어나자 그가 속해 있던 부대는 반란군 진압작전에 참여하였다. 그는 이 사건 이후 뻬쩨르부르그에서 내무부 관리로 근무하였고, 이 무렵부터 시를 쓰기 시작하였다. 그가 시인으로서 명성을 얻기 시작한 것은 예까쩨리나 여제에게 바치는 송시 ≪펠리짜(Фелица, 1782)≫를 발표하면서부터이다. 전체가 260행에 달하는 이 송시는 한편으로는 계몽군주로서 예까쩨리나 여제를 칭송하면서, 다른 한편으로는 신하들의 아첨과 위선을 신랄하게 풍자하고 있다. 이 시를 계기로 제르좌빈은 여제의 총애를 받게 되었고, 계관 시인이 되는 명예를 얻게 되었다. 제르좌빈은 러시아 고전주의의 대표적 시인으로서 주로 송시(Ода)를 많이 썼다. 그의 대표적인 송시로는 ≪펠리짜(Фелица)≫, ≪고관(Вельможа), 1744-94≫, ≪신(Бог),

1784≫, ≪폭포(Водопад), 1791-94≫ 등이 있다. 그의 송시들은 국가 이념으로 채색되어 있으며, 민중의 행복을 염려하는 고위 관료들에 대한 칭송과 그 반대의 경우 신랄한 비난을 내용으로 하고 있다. 시인의 서정시는 자연에 대한 섬세한 통찰력과 일상의 잔잔한 행복들을 주요 소재로 다루고 있다. 19세기에 활동한 러시아의 유명한 문학 평론가 벨린스끼(В.Белинский)는 제르좌빈을 '러시아 시의 아버지'라고 칭했다.

그의 작품은 거의 예외 없이 서정적이다. 시인의 인생관은 신의 존재를 믿고 있지만, 신을 아주 냉정하게 바라보면서 찬미하는 유쾌하고 발랄한 낙천주의자다. 그는 하루살이와 같이 덧없는 인생을 향유한 것을 감사하면서 죽음을 기꺼이 받아들이지만, 다른 한편으로 자신의 시작품을 통해서 사회에 대한 도덕적인 의무와 책임을 모두 수행하면서도, 인생을 철저히 즐기려는 확고한 의식을 보여주고 있다. 제르좌빈이 즐겨 창작한 시의 소재는 매우 다양한데, 종교적인 찬미의 송시, 아나크레온풍의 인생의 쾌락을 노래한 시, 호라티우스적인 서정시, 주신(酒神)에 대한 찬가 등을 썼으며, 말년에는 몇 편의 발라드도 썼다. 제르좌빈의 시 작품 중 가장 특이한 것은 말년의 아나크레온풍의 시이다. 그의 시들은 즐겁고 감각적인 관능성 뿐만 아니라 온갖 형태의 삶에 대한 건강하고도 담대한 사랑으로 고취되어 있다.

1815년 1월에 당시 가장 존경받던 시인 제르좌빈은 뿌쉬낀이 공부하고 있던 황제 마을 기숙학교(Царскосельский Лицей)에 시험 감독관으로 초대 되었다. 그때 학생이었던 뿌쉬낀은 자신의 시 ≪짜르 마을에서의 회상(Воспоминания в Царском Селе)≫을 낭송하였다. 제르좌빈은 뿌쉬낀의 시 낭송이 끝나자, 어린 천재 시인에게 매료된 나머지 그를 안아보기 위해 달려갔지만, 어린 뿌쉬낀은 당대의 가장 위대한 시인이던 그의 손을 뿌리치고 달아났다는 일화가 있다. 후에 뿌쉬낀은 이 사건에 대해 『예브게니 오네긴』에서 이렇게 기술하고 있

다: "늙은 제르좌빈이 우리를 알아보았고, 관에 들어가기 전에 우리를 축복해 주었다."

제르좌빈이 러시아 시 문학에 남긴 업적이라면, 로모노소프를 비롯한 러시아 고전주의 시인들이 추구해 왔지만 끝내 이루지 못했던, 고전주의 시인들의 자유분방한 영감 속에 자신의 시적 정신을 주체적으로 수용시키는 작업, 즉 개인적인 감정 표출을 통해 자연스럽게 나타내는 서정시를 그 자신이 몸소 체득하고 실현시켰다는 점이다. 이러한 그의 행보가 19세기의 러시아 서정시와 낭만주의 시의 개화를 위한 발판이 되었다.

1803년 제르좌빈은 궁정을 떠나 노브고로드 지방의 즈반까로 가서 생활하였다. 이 곳에서 그는 조용하고 자유롭게 시간을 보내면서 시와 산문, 드라마와 회고록 등을 쓰면서 만년을 지냈다.

제르자빈 앞에서 시를 읊는 뿌쉬낀

Разные вина

Вот красно-розово вино,
За здравье выпьем жён румяных.
Как сердцу сладостно оно
Нам с поцелуем уст багряных!
    Ты тож румяна, хороша, -
    Так поцелуй меня, душа!

Вот черно-тинтово вино,
За здравье выпьем чернобровых.
Как сердцу сладостно оно
Нам с поцелуем уст пунцовых!
    Ты тож, смуглянка, хороша, -
    Так поцелуй меня, душа!

Вот злато-кипрское вино,
За здравье выпьем светловласых.
Как сердцу сладостно оно
Нам с поцелуем уст прекрасных!
    Ты тож, белянка, хороша, -
    Так поцелуй меня, душа!

Вот слёзы ангельски вино,
За здравье выпьем жён мы нежных.
Как сердцу сладостно оно
Нам с поцелуем уст любезных!
    Ты тож нежна и хороша, -
    Так поцелуй меня, душа!

<1782>

이 시는 1782년 처음으로 세상에 발표되었다. 이 시는 인생의 향락을 주제로 하는 아나크레온풍의 시로서 술과 여자에 대한 소재를 다루고 있다. 시의 압운은 남성운과 여성운이 교체되는 'aBaB'에다 후렴구 'cc'가 덧붙여진 구성에 약강 4음보의 운율을 취하고 있다. 인생은 다양한 형태의 기쁨으로 가득 차 있으며, 그 중에서도 술과 여자와 키스가 있다면 인생에 있어서의 향락의 극치를 모두 누린다는 내용이다. 각 연의 형식은 하나의 동일한 형태만을 보여주고 있는데, 이것은 '인생(/삶)'이 단 한 번임을 상징하면서, '인생(/삶)'의 다양성은 다양한 포도주와 여성의 피부나 머릿결의 색채 그리고 연인의 입술 색의 변화를 통해서 보여주고 있다. 이 시가 발표된 시집에 대한 평이 잡지 [북방통보(Северный вестник)]에 실렸는데, 그 내용은 다음과 같다: "이 시집에는 71개의 주옥같은 노래가 실려 있다. 다시 말해 71개의 보석이 실려 있다고 할 수 있다. 그것은 동시대인들에게 뿐만 아니라 후세들에게도 암송 되어질 것이며, 먼 훗날에도 그의 천재성은 꺼지지 않는 불꽃으로 남을 것이다."

1. 이 시는 200년 전에 씌어진 아나크레온풍의 시이다. 따라서 인생을 향유하는 포도주와 연인에 대한 비유를 묘사하고 있는데, 시간적인 차이에 따라 이미 사멸되어 존재하지 않은 단어들을 발견할 수 있다. 또한 시인이 시를 창작하였던 시기에는 현대 러시아어와 구분되는 교회 슬라브어를 많이 사용하였다는 점에서, 이러한 단어의 의미를 정확하게 파악해야만 시를 분명하게 이해할 수 있다. 다시 한번 더 시를 읽어보고 그 예들을 찾아서 현대 러시아어로 바꾸어 보세요. 교회 슬라브어의 잔재는 어떤 단어에 남아 있나요?

☞ 1연의 ≪здравье≫, 3연의 ≪злато≫, ≪власы≫등이 이러한 단어의
  예이다. 교회 슬라브어에서는 비충음성(非充音性, неполногласие)

이 일반적이다. 따라서 "-оро, -оло, -ере, -оло" 대신 "-ра, -ла, -ре, -ле"가 일반적으로 사용되었다. 이러한 교회 슬라브어의 쓰임새는 경건하고 웅장한 글의 고상한 문체로 쓰인 것이다. 따라서 이 낱말들의 현대 러시아어 형태는 ≪здоровье≫, ≪золото≫, ≪волосы≫가 된다.

2. 여러 가지 포도주에 대해서 서술하고 있는 시이다. 포도주의 종류와 색깔을 특징적으로 묘사하면서 연인들에 비유하는 반복적인 형식을 취하고 있다. 이 시를 보다 잘 이해하기 위해서는 색감이 주는 느낌들을 분명하게 감지해야 할 것이다.

☞ 포도주를 서술하고 있는 단어를 통해서 색을 파악하고, 어떠한 포도주인지 살펴보아야 한다.

▸ красно-розово вино : 가장 일반적인 적포도주의 색인 붉은 장미 빛은 연상하기 어렵지 않은 색이다.

▸ черно-тинтово вино : 이것은 스페인어 'tinto(붉은)'에서 유래한 말로 자주 빛(темно-красный цвет)의 와인으로 스페인에서 만든 와인이다.

▸ злато-кипрское вино : 이것은 황금빛의 와인으로 키프로스 섬에서 만든 와인이다.

▸ слёзы ангельски вино : 이 와인은 지금은 맛 볼 수 없는 것으로 오래 전 ≪Слезы Христа≫라는 이름의 와인에서 유래한 것이다.

따라서 구체적인 색의 명시가 없더라도 그 내용상 연상되는 색조는 각자의 느낌과 영감에 맞게 해석될 수 있을 것이다.

3. 시에서 사용된 단어 ≪жены≫의 의미와 이 단어를 수식하는 형용사와 연결하여 누구를 의미하고 있는지 파악해 보자.

☞ 여기서 ≪жены≫는 ≪женщины≫의 동의어이다. 따라서 이 단어와 관계를 갖는 형용사인 ≪Румяные≫는 붉은 뺨을 가진 여인이

고, ≪Чернобровые≫는 검은 눈썹을 가진 여인이며, ≪Светловла-сые≫는 밝은 노란색 머리칼을 가진 여인이다. ≪Нежные≫는 상냥스럽고 인자한 여인을 의미한다. 이들 단어는 ≪жены≫를 수식할 뿐만 아니라, 각 연의 5행에 위치하고 있는 단어 - ≪румяна≫, ≪смуглянка≫, ≪белянка≫, ≪нежна≫ - 들과도 연계되고 있음에 주의해야한다.

4. 당신은 ≪любезный≫, ≪уста≫, ≪сладостно≫, ≪душа≫의 쓰임과 의미에 대해 알고 있나요?

☞ 단어 ≪уста≫는 ≪губы≫의 고어이자 시적인 표현이다. ≪любез-ный≫의 200년 전의 쓰임은 현대 러시아 어에서 사랑하는 연인을 '예의 바르고 기분 좋게 부르는 말'에 해당하는 ≪милый, дорогой, любимый≫의 의미를 갖는다. 여기에서 '입술'과 관련된 형용사들은 붉은 색의 뉘앙스를 전달해 주고 있다. 또한 ≪сладостно≫는 포도주에 입을 대고 마실 때의 달콤하고 기분 좋은 느낌을 전달해 주고 있다. 또한 ≪душа≫는 고상하고 시적인 단어로서, '사랑하는 연인'이나 '사랑에 빠진 사람'을 부를 때 사용하는 표현이다.

5. 당신은 단어 ≪багряный≫와 ≪пунцовый≫가 나타내는 색의 뉘앙스를 알고 있나요?

☞ 단어 ≪багряный≫는 '적자색'을 의미하고, ≪пунцовый≫는 '진홍색'을 표현한다.

6. 이 시의 의미를 파악하였다면, 어떤 장소에서 낭송하는 것이 가장 적당할까요?

☞ 이 시는 아나크레온풍의 시이다. 인생의 기쁨, 즐거움, 쾌락을 노래한 것으로 파티나 레스토랑에서 '여성을 위하여 건배'를 제안할 때, 매우 훌륭한 축배의 인사말로 적합한 것이다.

СНИГИРЬ

Что ты заволишь песню военну
Флейте подобно, милый снигирь?
С кем мы пойдем войной на Гиену?
Кто теперь вождь наш? Кто богатырь?
Сильный где, храбрый, быстрый Суворов?
Северны громы в гробе лежат.

Кто перед ратью будет, пылая,
Ездить на кляче, есть сухари;
В стуже и в зное меч закаляя,
Спать на соломе, бдеть до зари;
Тысячи воинств, стен и затворов,
С горстью россиян всё побеждать?

Быть везде первым в мужестве строгом,
Шутками зависть, злобу штыком,
Рок низлагать молитвой и богом,
Скиптры давая, зваться рабом,
Доблестей быв страдалец единых,
Жить для царей, себя изнурять?

Нет теперь мужа в свете столь славна:
Полно петь песню военну, снигирь!
Бранна музыка днесь не забавна,
Слышен отовсюду томный вой лир;
Львиного сердца, крыльев орлиных
Нет уже с нами! - что воевать?

<1800>

Tip

이 시의 제목인 ≪Снигирь≫는 현대 러시아어 'Снегирь(피리새)'의
고어형이다. 이 시는 제르좌빈이 수보로프(Суворов) 장군의 장례식

을 치루고 집으로 돌아온 후, 집에서 기르던 새의 노래 가락에서 시흥을 느꼈고, 그 새의 노래 가락을 즉석에서 시로 그대로 옮겨 놓은 작품이다. 따라서 시의 리듬은 새의 노래 가락을 토대로 한 군대의 행진곡과 같은 리듬을 구성하고 있다. 또한 이 시의 전체적인 분위기는 시인이 장례식 후의 슬픔이 채 가시지 않은 상태에서 창작했기 때문에 민속 음악의 한 형태인 장송곡의 가사와 군대 행진곡의 리듬이 조화롭게 어우러지고 있다. 이 시는 구성적인 특별한 특징이 있는데, 강약약격(1,4음보)과 강약격(2,3음보)이 혼재된 4음보로 구성되어 있으며 2음보 다음에 휴지부를 가지고 있다. 압운 도식은 'AbAbCd EfEfCd'와 같은 형태의 불완전한 압운을 형성하고 있다. 1연에서는 다섯 개의 수사학적 질문이 제기되고 있으며, 각 연의 마지막 행도 하나의 긴 문장으로 구성된 수사학적 질문으로 끝나고 있다는 점과 이 시 전체에서 은유적인 수사법이 많이 사용되고 있다는 사실에 주의를 기울일 필요가 있다.

바실리 안드레예비치 쥬꼬프스끼
(Василий Андреевич Жуковский, 1783-1852)

쥬꼬프스끼는 유명한 시인이자 번역가로 1783년 1월 29일 뚤라 근교의 시골 마을에서 출생하였다. 그는 지주 부닌(А.И.Бунин)과 포로가 된 터키 여자 살리하(Сальха) 사이에서 태어난 사생아였다. 가난한 귀족 쥬꼬프스끼(А.Г.Жуковский)가 그를 양자로 데려갔다.

쥬꼬프스끼는 처음에는 집에서 글을 배웠으나 나중에는 모스크바 대학 부속 기숙학교에서 공부를 하였고, 이때부터 시를 창작하여 출판하기 시작했다. 로모노소프와 제르좌빈의 고전주의 그리고 까람진의 감상주의와 서유럽의 낭만주의 시들이 그에게 큰 영향을 주었다.

1802-1807년에 쥬꼬프스끼는 시골에 머물면서 독학으로 외국어를 공부했으며 서유럽 시인들의 시를 번역했다. 그의 번역시들은 시인이 직접 창작한 작품에 버금갈 정도로 훌륭하다. 이 작품들에는 러시아인의 정서와 사상, 러시아의 자연이 잘 나타나 있으며 러시아 구비문학의 예술적 기법들이 이용되었다.

1807-1810년에 쥬꼬프스끼는 그 당시 러시아에서 가장 인기 있던 잡지인 [유럽통보(Вестник Европы)]의 편집장으로 근무하면서 그 잡지에 자신의 시와 시평도 게재하였다. 그는 예술과 문학을 사회와 인간의 교화 수단으로 여겼다.

쥬꼬프스끼의 초기 작품의 주요 장르는 애가, 낭만적 노래, 친구들에게 보낸 서한문이었다. 이 작품들에서 시인은 인간 정신의 다양한 측면, 인간과 자연에 대한 그의 생각, 삶과 죽음, 불행한 사랑 그리고 지나간 과거에 대한 애수를 노래하였다.

쥬꼬프스끼는 자신의 친척인 쁘로따소바(М.Протасова)를 사랑하였다. 그러나 그녀의 어머니는 1817년에 딸을 다른 사람에게 시집보냈다. 그리고 쁘로따소바는 1823년에 죽었다. 이런 일들이 쥬꼬프스끼의 시에 슬픈 음조를 더 짙게 하였다. 우울은 그의 서정시의 기본적인 성향이다. 동시대인들은 쥬꼬프스끼를 '고통의 시인'이라 불렀다.

1808년부터 쥬꼬프스끼는 낭만주의 시들을 많이 썼고, 이 시기의 그의 대표적 작품으로는 ≪류드밀라(Людмила)≫(1808), ≪스베뜰라나(Светлана)≫(1808-1812), ≪숲의 황제(Лесной царь)≫(1818) 등이 있으며, 발라드가 주요 장르였다. 발라드는 서사시적 주인공들이 등장하는 줄거리를 가진 시작품이다. 이들 주인공의 내적 세계는 시인의 감정과 기분에 매우 근접하다.

1808년부터 1833년까지 25년 동안 쥬꼬프스끼는 40개의 발라드를 썼다. 또한 그는 독일과 영국의 발라드(괴테, 쉴러 등)를 러시아어로 번역했다. 외국의 발라드를 번역하면서도 쥬꼬프스끼는 항상 러시아적 발라드를 창작하는 것을 지향했다.

1808년에 쥬꼬프스끼는 독일 시인 뷔르거(1747-1794)의 발라드를 개작했고 그것을 ≪류드밀라. 러시아 발라드≫라고 이름 붙였다. 결국 이 작품은 뷔르거의 ≪레노레 (Lenore)≫(1773)의 모방작인 셈이다. 쥬꼬프스끼의 작품에서 묘사되고 있는 사건은 독일이 아닌 고대 루시에서 시작된다. 1812년에 그는 뷔르거의 이 시작품을 다시 개작하여 발라드 ≪스베뜰라나≫(1808-1812)를 썼는데, 이 작품에서 러시아의 민속적 모티프와 이미지들(점술, 꿈, 눈보라, 길, 죽음)을 사용하였다.

1812년 조국전쟁 당시 쥬꼬프스끼는 장교로서 그리고 시인으로서 전쟁에 적극적으로 참여했다. 그는 영웅주의와 러시아 국민의 애국심을 노래한 장편시 ≪러시아군 진영의 가수(Певец во стане русских

ВОИНОВ)≫(1812) 를 썼다.

1810년부터 1820년까지 쥬꼬프스끼는 낭만주의 시를 썼다. 다른 낭만주의 시인들처럼 그는 개인의 완전한 자유와 휴머니즘을 옹호했다. 낭만주의 시인으로서 쥬꼬프스끼는 자연에 대해 많이 썼다. 그는 시에서 자연을 소생시켰을 뿐만 아니라 인격화하였다.

1815년부터 1841년까지 그는 궁전에서 근무하였는데, 그가 하는 일은 여제의 독서 지도, 공작 부인(미래의 황제 니꼴라이 I세의 부인)의 러시아어 지도, 미래의 황제 알렉산드르 II세를 교육시키는 것이었다. 이 때에 그는 수차례 독일, 프랑스, 이탈리아, 스위스 그리고 러시아의 이곳 저 곳을 여행하였다.

1830년대 그리고 1840년대에 쥬꼬프스끼는 그리스, 독일, 프랑스와 인도 작가들의 서사시를 번역했고 어린이들을 위한 시도 썼다. 1841년에 쥬꼬프스끼는 독일에서 친구의 어린 딸과 결혼했고 그곳에서 살았다. 1852년에 시인은 사망했으며 뻬쩨르부르그에 묻혔다.

쥬꼬프스끼는 뿌쉬낀, 레르몬또프, 고골, 쮸쩨프, 페뜨, 네끄라소프, 블록을 비롯해 많은 러시아 작가들에게 커다란 영향을 주었다. 비평가 벨린스끼는 '쥬꼬프스끼가 없었다면 우리는 뿌쉬낀을 얻을 수 없었다'라고 말했다. 쥬꼬프스끼는 러시아 문학에 있어서 초기 낭만주의의 대표적인 시인이다. 그의 시의 대부분은 번역이거나 번안 작품이다. 그는 자신의 작품에 대해서 이렇게 말한 적이 있다: "내 시의 거의 모든 것은 누군가 다른 사람의 것이거나, 혹은 다른 사람에 관한 것이다. 그렇지만 이것은 또한 오직 나만의 것이기도 하다."

쥬꼬프스끼의 즐겨 쓴 장르는 개인적이고 명상적인 엘레지이며 나중에는 짧은 비가도 썼다. 그의 엘레지의 특징은 시인의 내면세계를 시적으로 표현하려는데 역점을 두고 있으며, 자연은 명상을 위한 소재가 되었다. 그의 후기 장르에 속하는 짧은 비가의 주된 주제는 '후회/성찰'에 대한 동정적인 감각으로, 이 감각은 완전함과 이상을 추구하고 순진무구함에 대한 향수에 관한 것이다. 특히 1818년에 씌어진 ≪노래(Песня)≫와 ≪표현할 수 없는 것(Невыразимое)≫에서 그의 이러한 성향을 분명하게 확인할 수 있다. 시인으로서 쥬꼬프스끼의 업적은 새로운 시어의 창조와 번역 그리고 러시아 시를 유럽에 소개한 것이다.

К ней

Имя где для тебя?
Не сильно смертных искусство
Выразить прелесть твою!

Лиры нет для тебя!
Что песни? Отзыв неверный
Поздней молвы о тебе!

Если б сердце могло быть
Им слышно, каждое чувство
Было бы гимном тебе!

Прелесть жизни твоей,
Сей образ чистый, священный,
В сердце, как тайну, ношу.

Я могу лишь любить.
Сказать же, как ты любима,
Может лишь вечность одна!

<1810-1811>

이 시는 3음보 돌리닉(3-стопный дольник)으로 씌어진 강세시이
다. 이미 앞에서 상술한 것처럼 강세시는 각 시행마다 일정한 강세가
있는 음절의 수가 동일하면, 음절의 수와 상관없이 작시법의 형식을
갖춘 시이다. 총 5연으로 구성된 이 시는 각각의 연이 3행으로 이루
어졌고, 행말의 압운은 남성·여성·남성운을 형성하고 있다. 3연에는
'넘김(перенос)'이 1행과 2행에서 나타나고 있다. 이 시는 시인이 자신
의 이복 여동생 마리야 쁘로따소바와의 이루지 못한 사랑을 표현한
것으로, 이 시가 씌어진 당시까지는 누구에게서도 찾아 볼 수 없었던
개인의 진실 되고 섬세한 감정을 진솔하게 표현한 것이다.

1. 1연의 구성은 두 문장으로 이루어졌다. 그 중에서 첫 번째 문장은 의문문이다. "너를 위한 이름이 어디에 있는가?"라고 묻고 있다, 즉 '너'를 부르기에 적당한 이름이 없다는 것을 의미한다. 여기서 우리는 인칭 대명사 ≪ты≫에 주의를 기울여야 한다. 왜냐하면 이 질문을 하고 있는 시적 화자와 '너'와의 관계는 가족의 관계, 친구 혹은 연인의 관계임을 알 수 있다. 2행과 3행에 걸쳐 있는 두 번째 문장은 감탄문으로 끝나는데, 그 내용은 유한한 생명을 가진 인간의 예술은 '너'의 매력을 표현하기에 충분하지 않다는 것이다.

이 문장에서 '너'와 관련된 중요한 단어 ≪прелесть≫는 '매혹, 매혹적인 것, 매력, 좋은 점, 아름다운 점, 매혹적인 여성미' 등의 다양한 의미를 함축하고 있는데, 여기서는 '연인의 전체적인 아름다움'과 '정신적인 고상함' 그리고 '육체적인 매력'도 내포하고 있다.

2. 2연은 세 문장으로 이루어졌다. 첫 번째 문장은 1연의 1행과 동일한 구문론적인 형식을 취하고 있지만 감탄문으로 끝나고 있다. 두 번째 문장은 반(半)행으로 된 의문문이고, 세 번째 문장은 다시 감탄문이다. 1연에서는 인간의 예술 전체를 거론하고 있는데 반해, 2연에서는 인간의 예술 중 언어를 매체로 하는 노래(서정시)를 구체화하면서, '너'를 위해 창조되어진 현금(弦琴)과 노래가 존재하지 않음을 말하고 있다. 세 번째 문장은 '너'에 대한 최근의 소문은 근거가 없다는 것이다. 연인에 대한 세상 사람들의 풍문을 일축하는 내용이다.

3. 가정법(假定法)으로 씌어진 3연은 한 문장으로 구성되어 있는데, 만일 사람들이 마음의 소리를 들을 수 있다면, 모든 감정이 '너'에게는 찬가가 될 것이라는 내용이다. 즉 자신의 기원 및 희망을 나타내고 있는 가정이다. 이러한 기원 및 희망은 실현 불가능한 것으로 화

자는 이 실현 불가능한 희망을 이야기하면서 자신의 감정을 드러내고 있다. 시의 화자는 자신의 실현될 수 없는 희망을 피력하면서 한 행으로 마무리 짓지 못하고 '넘김'이라는 작시법의 기법을 통하여 다음 행에서까지 거론함으로써 자신의 안타까움을 표현하고 있다. 모든 섬세한 감정들이 있음에도 불구하고 '너'에게는 전달되지 않아 찬미가 될 수 없다는 것을 피력하고 있다.

4. 3연과 마찬가지로 4연도 한 문장으로 구성되어 있는데, 나는 '너'의 매력적인 다양한 이미지를 남몰래 소중하게 간직하겠다는 것이다. 시의 첫 부분을 구성하고 있는 1-3연에서는 '너'에 대한 것을 말하고 있으면서, 시의 화자인 '내(я)'가 등장하지는 않았다. 4연에 와서야 동사 일인칭 단수 현재 시제(ношу)가 나옴으로서 '나'가 직접 등장한다. 이것은 이 시의 마지막 5연에서 일인칭 대명사 ≪я≫로 시작하기 위한 준비라고 할 수 있다.

이 연에서 시의 화자인 '내'가 간직하고자 하는 이미지는 연인의 성스럽고 청순한 아름다움이다. 연인의 이미지들은 1연에서 언급하고 있는 ≪прелесть≫와 관계가 있다. 즉 정신적, 육체적 아름다움 모두를 포함하고 있는 것이다. 또한 이 연에서 화자가 사용하고 있는 비유에 관심을 기울일 필요가 있다. 시의 화자는 연인의 이미지를 '비밀을 간직하는 것처럼(как тайну)' 마음속에 담아 두겠다고 말한다. 즉 이루어질 수 없는 사랑이라면, 더 이상 미련을 두지 않고, 가슴속에 소중히 간직하겠다는 것을 의미한다.

5. 5연은 두 문장으로 구성되어 있는데, 첫 문장은 시의 화자가 직접 '나'라고 말하면서 등장한다. 이것은 시의 화자가 자신의 주장을 아주 강하게 표현하고 있는 것으로, 그 내용은 내가 할 수 있는 것은

단지 너를 사랑하는 것뿐임을 말하고 있는 것이다. 이것은 내가 할 수 있는 것이 오직 사랑하는 것 밖에 없는 상황이라는 뜻이다. 마지막 2행으로 구성된 두 번째 문장에서는 연인에 대한 가치 평가와 그것을 표현할 수 있는 것에 대해서 말하고 있다. 즉 당신이 얼마나 사랑스러운 여자인가를 말해줄 수 있는 것은, 오직 영원성 밖에 없다는 것으로 이 문장은 감탄문으로 되어있다. 이것은 1연에서 '유한 생명의 인간들'의 예술로는 '연인의 아름다움'을 표현할 수 없다는 내용을 다시 확인시켜 주는 것이다.

А.С.ПУШКИН

Он лежал без движенья, как будто по тяжкой работе
Руки свои опустив. Голову тихо склоня,
Долго стоял я над ним, один, смотря со вниманьем
Мертвому прямо в глаза; были закрыты глаза.
Было лицо его мне так знакомо, и было заметно,
Что выражалось на нем, - в жизни такого
Мы не видали на этом лице. Не горел вдохновенья
Пламень на нем; не сиял острый ум;
Нет! Но какою-то мыслью, глубокой, высокою мыслью
Было объято оно: мнилося мне, что ему
В этот миг предстояло как будто какое виденье,
Что-то сбывалось над ним, и спросить мне хотелось: что видишь?

<1837>

Tip

이 시가 씌어진 연도(1837)에서 확인할 수 있듯이 시의 주된 내용
은 뿌쉬낀이 단테스와의 결투로 인해 치명적인 상처를 입고 사경(死
境)을 헤매고 있는 상황과 분위기의 묘사이다. 궁정시인이자 뿌쉬낀
과 친밀한 관계를 맺고 있던 쥬꼬프스끼는 황제의 명령 - 〈시인의 가
족에 대한 보살핌을 약속한 명령〉- 을 전달하기 위해서 임종을 앞두
고 있던 시인의 집을 방문하였는데, 이때에 그가 목격했던 상황을 시
로 표현한 것이다.

이반 안드레예비치 끄릴로프
(Иван Андреевич Крылов, 1769~1844)

러시아의 대표적인 우화작가이자 뻬쩨르부르그 과학 아카데미 회원(1841)이다. 이반 끄릴로프는 1769년 가난한 하급 장교의 아들로 모스크바에서 태어났다. 그는 풍족하지 못한 가정환경으로 인해 정규 교육을 제대로 받지 못했지만, 특별한 재능을 가진 시인은 아버지에게서 읽기와 쓰기를 배웠다. 끄릴로프는 아버지를 일찍 여의었고, 어머니는 연금을 받지 못했다. 이런 사정으로 인해 그는 어린 나이(10세)임에도 불구하고 가족의 생계를 돌보는 가장의 역할을 수행하기 위해서 뜨베리 재판소의 서기로 일하기 시작했다. 14세가 되자 그는 어머니와 동생을 데리고 뻬쩨르부르그로 가서 세무국 서기로 취직을 하였다. 그는 이때부터 문학에 뜻을 두고 당시 유행하던 희극을 쓰기 시작하였다. 처음에 그는 하급 관리 생활과 극작가 일을 겸하다가, 20세가 되던 해부터는 관직에서 물러나 전업 작가로 일하기 시작했다. 당시 유행하던 계몽주의 사상에 동참하였고, 노비꼬프나 라지쉐프와 같은 러시아 계몽주의자임을 자처하면서 주로 풍자적인 에세이의 형태로 급진적인 작품들을 발표하였다. 그는 당국의 탄압으로 운영하던 잡지 [관객(Зритель)]이 폐간 처분을 받게 되자, 한동안 창작 활동을 중단하였고, 예까쩨리나 여제가 죽을 때까지 침묵으로 몇 해를 보내면서 러시아의 여러 도시들을 여행하였다. 알렉산드르 1세가 즉위한 이후에 다시 창작 활동을 재개하였고, 1809년에는 23편의 우화가 수록된 첫 번째 책『우화집』을 출판하였는데, 이 책은 그에게 우화작가로서의 확고부동한 명성을 가져다주었고, 이후에 그가 우화 장르에만 전념하게 하는 계기가 되었다. 끄릴로프의 재능을 매우 높이 평가하고 있던 귀족 오레닌(А. Оренин)의 주선으로 1812년부터 상트-뻬쩨르부르그 국립도서관의 사서로 근무하게 되었고, 30여 년 동안 이 직책에 있으면서 창작활동을 하였다. 도서관에서 근무하면서 운문으로 씌어진 8권의 우화집을 발표했다. 그가 다룬 주제 중 일부는 이솝과 라퐁텐에게서 빌려온 것이지만 나름대로 이를 변모시켰다. 끄릴로프의 우화에 등장하는 여우와 까마귀, 늑대와 양은 교활하든 어리석든 간에 항상 분명하게 러시아적인 특징을 보여주고 있다. 그는 상식, 근면, 정의를 강조하는 신랄하면서도 진솔한 우화를 통해 광범위한 독자층을 확보한 최초의 러시아 작가이다. 그는 외견상으로는 순진한 동물들이 펼치는 이야기를 통해 당대 사회의 인물들을 풍자했으며, 압축된 문체와 구어체 관용구를 사용함으로써 러시아 고전주의 문학에 사실주의의 색채를 더해 주었다. 또한 그의 우화는 사회적, 인간적인 결함들은 극명하게 폭로하였으며, 그가 묘사하고 있는 우화의 결론과 교훈들은 이후 러시아 속담과 경구로 자주 사용되었다.

끄릴로프는 1844년 11월 9일 생을 마쳤으며, 뻬쩨르부르그의 알렉산드로 넵스끼 수도원 예술가 묘역에 안장되었다.

ЛЕБЕДЬ, ЩУКА И РАК

Когда в товарищах согласья нет,
На лад их дело не пойдет
И выйдет из него не дело, только мука.

Однажды Лебедь, Рак, да Щука
Везти с поклажей воз взялись,
И вместе трое все в него впряглись;
Из кожи лезут вон, а возу всё нет ходу!
Поклажа бы для них казалась и легка:
Да Лебедь рвётся в облака,
Рак пятится назад, а Щука тянет в воду.
Кто виноват из них, кто прав - судить не нам:
Да только воз и ныне там.

<1816>

1. 만약 당신이 끄릴로프의 우화집을 읽었다면, 그의 우화들의 많은 주제들이 이미 잘 알고 있는 내용임을 인식하였을 것이다. 그는 자신의 독창적인 우화뿐만 아니라, 이솝, 라퐁텐 그리고 다른 작가들의 우화들도 번역하였다. 그의 번역들은 매우 자유스러웠는데, 이는 고전주의적 소재들을 러시아인의 심리, 러시아의 특성, 그리고 러시아의 생활, 관습 등에 따라 변화시켰기 때문이다.

2. 일반적으로 러시아 학생들은 끄릴로프의 우화 하나 정도는 외우고 있을 뿐만 아니라, 성인들도 자주 그의 우화의 행들을 인용한다. 이를 테면, 러시아 신문에서는 민감한 사안들에 대해서 끄릴로프의 우화에서 나오는 표현들을 인용하여 제목으로 뽑는 경우가 매우 많다. 당신은 어떤 것들이 이러한 예로 사용되었는지 읽어 본 적이 있나요? 인터넷을 통하여 검색해 보세요. 당신이 읽고 있는 우화에도 이런 표현이 들어 있다. 끄릴로프의 우화 중에서 이 작품은 가장 유

명하고, 자주 인용되고 있는 주제 중의 하나이다.

3. 단어의 의미들을 생각해 보고, 그 필요에 따라 사전을 이용하세요. 이러한 제목을 가진 우화가 무엇에 대해 말하는지 추측해 보고, 제목의 단어들이 왜 대문자로 씌어져 있는지 생각해 보세요. 위의 우화가 2부분으로 나뉘어져 구성되어 있는 것에 주의하세요.

4. 우화의 첫 번째 부분(1-3행)을 읽어 보세요. 2행을 단어의 순서에 맞춰 정렬해 보세요. 당신은 1행의 ≪в товарищах согласья нет≫, 2행의 ≪пойти на лад≫, 3행의 ≪мука≫라는 표현을 어떻게 이해했나요? 러시아어의 동의어를 골라보고, 모국어로 옮겨보세요. 이 행들의 공통적인 의미를 어떻게 이해했나요? 러시아 시에서 이러한 도덕적 격언은 우화에서 교훈이라 하고, 이러한 격언은 대부분 우화의 첫 부분이나 끝 부분에 자리하고 있다.

☞ ≪в товарищах согласья нет≫는 '친구들이 합의(/동의)할 수 없다면, 일치하여 행동할 수 없다.'

▶ ≪дело идёт на лад≫는 '결과가 되다, 얻어지다, 잘 진행 되다, 희망하는 결과의 방향으로 움직이다.'

▶ ≪мука≫는 '고난, 괴로움, 아픔'을 뜻한다.

5. 4행부터 7행까지 읽어 보세요. ≪везти с поклажей воз... *впряглись*≫라는 표현에서 당신은 어떠한 비교가 떠오르나요? 당신의 상상(想像)에서 어떠한 시적인 이미지(러시아 구비문학의 전통에 따른 이미지)가 떠오르며, 4행에서 나오는 이 셋은 무엇을 닮았나요? 이것은 진지한 비교인가요 아니면 아이러니한 비교인가요? 7행의 ≪из кожи лезут≫는 무슨 의미이며, 다른 말로 어떻게 말할 수 있나요? 이 행의

일반적인 의미는 어떤 것인가요?

☞ 이러한 동사들은 직접적인 의미에서 ≪кони≫, ≪лошади≫라는 명
사로 표현 되어지는 주체를 시사하고 있다. 이 삼위일체는 마치 러
시아 뜨로이까의 ≪птицу-тройку≫의 패러디와 같다. ≪из кожи
лезут≫는 '있는 힘을 다해서, 매우 노력하다. 애쓰다'의 의미이다.

6. 8행부터 10행까지 읽어 보세요. '실패'의 이유는 무엇인가요? 그
리고 마지막 행의 의미를 자신의 언어로 옮겨보세요.

☞ 일은 힘들지 않다. 그러나 ≪в товарищах согласья нет(동료들 사이
의 합의가 없어서)≫ 그들의 노력은 여러 방향으로 분산되고 있다.
따라서 '일은 진행되지 않고, 수레는 제자리에서 움직이지 않는다.'

7. 첫째 부분(1-3행)과 둘째 부분(4-12행)간에는 어떤 연관이 있나
요? 이 우화의 몇몇 행들은 속담이 되었다. 당신은 어떤 행들이 속담
이 되었다고 생각하나요? 어떤 상황에서 이 표현들을 사용할 수 있나
요? 당신은 누구를 백조, 게, 물고기라고 칭할 것인가요?

☞ 두 번째 부분은 첫 번째 부분의 교훈을 예를 들어 설명하고 있다.
당신은 일상적인 대화와 글로 씌어진 본문에서 속담으로 사용되는
다음의 행들을 만날 수 있다.

≪Когда в товарищах согласья нет,
На лад их дело не пойдет...≫
≪Однажды Лебедь, Рак да Щука
Звезти с поклажей воз взялись...≫
≪...Лебедь рвётся в облака,
Рак пятится назад, а Щука тянет в воду...≫
≪Да ... воз и ныне там≫.

ВОЛК И ЯГНЕНОК

У сильного всегда бессильный виноват:
Тому в Истории мы тьму примеров слышим,
         Но мы Истории не пишем;
А вот о том как в Баснях говорят.
Ягненок в жаркий день зашел к ручью напиться;
         И надобно ж беде случиться,
Что около тех мест голодный рыскал Волк.
Ягненка видит он, на добычу стремится;
Но, делу дать хотя законный вид и толк,
Кричит: «Как смеешь ты, наглец, нечистым рылом
         Здесь чистое мутить питье

                  Мое

              С песком и с илом?

              За дерзость такову

         Я голову с тебя сорву». -
«Когда светлейший Волк позволит,
Осмелюсь я донесть, что ниже по ручью
От Светлости его шагов я на сто пью:
         И гневаться напрасно он изволит:
Питья мутить ему никак я не могу». -
«Поэтому я лгу!
Негодный! Слыхана ль такая дерзость в свете!
Да помнится, что ты еще в запрошлом лете
         Мне здесь же как-то нагрубил:
         Я этого, приятель, не забыл!» -
«Помилуй, мне еще и отроду нет году», -
Ягненок говорит. «Так это был твой брат». -
«Нет братьев у меня». - «Так это кум иль сват
И, словом, кто-нибудь из вашего же роду.
Вы сами, ваши псы и ваши пастухи,
         Вы все мне зла хотите
И, если можете, то мне всегда вредите,
Но я с тобой за их разведаюсь грехи». -
«Ах, я чем виноват?» - «Молчи! устал я слушать,

Досуг мне разбирать вины твои, щенок!
Ты виноват уж тем, что хочется мне кушать≫.
Сказал и в темный лес Ягненка поволок.

Tip

이 우화는 민중의 현실 인식의 지혜를 보여주는 것으로, 역사는 항상 강자의 논리에 따라 정립된다는 사실을 직시하고 있다. 일반적인 우화와 마찬가지로 이 우화의 첫 번째 행에서 이에 대한 논리를 분명하게 명시하고 있다. 내용은 늑대는 여느 때처럼 악한 강자의 전형이며, 약한 토끼는 영리함에도 불구하고 강자의 힘의 논리에 밀려서, 결국에는 늑대에게 잡혀 먹히는 운명을 타고 났다는 사실을 작가는 보여주고 있다.

끄릴로프 동상

예브게니 아브라모비치 바라띤스끼
(Евгений Абрамович Баратынский, 1800-1844)

　시인은 1800년 2월 19일 땀보프현(懸)의 가난한 귀족 가정에서 태어났다. 1812년에 바라띤스끼는 뻬쩨르부르그의 중앙 유년학교에 입학했다. 그러나 1819년 시인은 군복무를 제외하고, 다른 어떤 곳에도 들어갈 수 없는 상태로 학교에서 퇴학당했다. 1819년에 그는 뻬쩨르부르그의 총기병 근위연대에 사병으로 입대했다. 그 당시 바라띤스끼는 자신의 시적 재능을 높이 평가했던 시인 젤비그와 가까이 지냈으며, 뿌쉬낀과 뀨헬베께르와 친분을 쌓게 되었다. 바라띤스끼의 첫 작품들은 간행물을 통해 발표되었다. 발표된 작품들로는 "끄레니쩐", "젤비그", "뀨헬베께르"에게 보낸 편지, 엘레지, 마드리갈, 에피그람(경구/짧은 풍자시) 등이 있다. 1820년에 시인은 서사시 ≪향연(Пиры)≫을 출판하였고, 이 시는 큰 성공을 거두었다.

　1820년에서 1826년까지 바라띤스끼는 핀란드에서 복무하면서 많은 작품을 썼다. 이 당시에 썼던 ≪핀란드(Финляндия)≫, ≪환멸(Разуверение)≫, ≪폭포(Водопад)≫, ≪두 가지 운명(Две доли)≫, ≪진리(Истина)≫, ≪고백(Признание)≫ 등은 그의 작품 활동에서 커다란 의미를 가지고 있다. 한편, 바라띤스끼가 장교 직위를 받을 수 있도록 그의 친구들이 많은 노력을 기울였지만, 항상 황제의 반대에 직면하고는 했다. 황제가 바라띤스끼의 승진을 반대한 이유는 그의 작품의 특징이 독립적이고, 그가 권력에 반대되는 발언을 자주 했기 때문이다. 시인의 이런 정치적 입장은 엘레지≪폭풍우(Буря, 1825)≫와 아락체예바(Аракчеева)에 대한 짧은 풍자시들과 후에 발표된 ≪4행시들(Стансах, 1828)≫에서 엿볼 수 있다.

1825년 4월에 바라띤스끼는 결국 장교가 되었고, 이로써 자신의 운명을 스스로 판가름 지을 수 있게 되었다. 그는 퇴역을 한 후, 결혼을 했고 모스크바에 살았다. 1827년 바라띤스끼는 자신의 작품들 중에서 생의 전반기에 씌어진 시들을 엮어 선집으로 출판했다.

제까브리스트의 봉기가 실패로 끝나면서 러시아의 사회는 급격히 변했는데, 바라띤스끼의 시에도 그런 흔적들이 남아있다. 이 사건 이후 그가 주로 다루었던 주제는 철학적 근원, 위대한 슬픔, 고독, 죽음의 찬미였다(≪마지막 죽음(Последняя смерть)≫, ≪죽음(Смерть)≫, ≪조산아(Недоносок)≫등이 그러한 예이다.)

1832년부터 잡지 [유럽인(Европеец)]이 출간되기 시작했고, 이 잡지의 출판을 위해서 바라띤스끼는 가장 적극적으로 활동하는 작가들 중의 한 명이었다. 시인은 산문과 희곡에 관심을 기울였으나, 잡지가 2호 발행을 끝으로 폐간되자 끝없는 우수에 빠져 생활했다.

1835년에 시인의 창작 과정의 결산이라고 볼 수 있는 두 번째 시집이 발간되었다. 바라띤스끼의 마지막 작품은 시집 ≪황혼(Сумерки, 1842)≫이다. 이 시집에는 시인의 생의 후반기인 1830년대에서 1840년대 초 사이에 씌어진 시의 나머지 반이 실려 있다.

1843년에 시인은 러시아를 떠나 파리에서 반(半)년 동안 체류하면서, 프랑스의 작가들과 사회 활동가들을 만났다. 이 당시 바라띤스끼의 시(≪화륜선(Пироскаф, 1844)≫)에는 활기가 넘쳤고 미래에 대한 신념이 나타나 있었는데, 그의 갑작스러운 죽음으로 인해 새로운 창작의 단계로 들어설 수는 없었다. 바라띤스끼는 네오폴에서 앓기 시작했고 1844년 6월 29일에 갑자기 생을 마감했다.

УВЕРЕНЬЕ

Нет, обманула вас молва,
По прежнему дышу я вами,
И надо мной свои права
Вы не утратили с годами.
Другим курил я фимиам,
Но вас носил в святыне сердца;
Молился новым образом,
Но с беспокойством староверца.

<1824>

1. 당신이 읽고 있는 시는 ≪고백(Уверенье)≫이다. 이 단어가 만들어진 동사를 생각하며, 이 단어의 의미에 대해 생각해 보세요.

☞ 동사 ≪уверить/уверять≫는 '누군가에게 무엇인가 혹은 어떤 것을 믿도록 강요하다'의 의미로 무엇인가를 믿게 하는 것이다.

2. 이 시는 시인이 "당신(Вы)"이라고 부르는 누군가에게 보낸 시인의 독백이라는 사실에 주목하세요. 시인이 말하는 "당신"은 남자일까요, 아니면 여자일까요?

☞ 여기서 지칭하는 "당신(Вы)"은 시에서 사용된 동사의 과거형으로 미루어 보아 시인이 사랑했던 '여자'이다.

3. 왜 시는 ≪Нет(아니요)≫라는 부정어로 시작할까요? 이것은 대화의 시작일까요? 대화자의 말에 대한 대답일까요?

☞ 시는 부정문으로 시작하며, 시인은 그에게 이야기된 것을 반박하는 것으로, 그 말에 대한 시인의 대답이다.

4. 현대어 ≪сказать≫의 비슷한 말로서 고어형 동사 ≪молвить≫가 사용되었다. 그렇다면 1행에서 사용된 단어 ≪молва≫의 의미를

어떻게 정의할 수 있나요? ≪обманула... молва≫가 어떤 의미인지 설명해 보세요.

☞ ≪молва≫는 고어형의 단어로 '거짓 소문, 풍문, 사람들이 말하는 것, 어떤 사실에 대한 세간의 의견'을 뜻한다. 따라서 ≪обманула... молва≫는 '사람들이 당신에게 거짓을 말했다'의 의미이다.

5. 2-4행을 읽어 보세요. 2행의 ≪дышу я вами≫를 어떻게 이해했나요? ≪...надо мной свои права / Вы не утратили...≫는 어떤 권리에 대해 이야기하는 걸까요? 시인은 어떤 감정을 느끼고 있나요?

☞ 시인이 사랑을 고백하고 있는 표현이다: "당신을 호흡한다"라는 표현은 당신은 나에게 있어서 공기 같은 존재이며, 당신이 없다면 나는 죽을 수 밖에 없다는 의미이다. 여기서 사용된 '권리'라는 단어는 누군가를 사랑하고 있는 사람이 사랑하는 사람에게 가지고 있는 권리를 의미한다.

6. 6-7행을 읽어 보세요. 당신은 5행에 사용된 ≪курить фимиам≫이라는 표현을 알고 있나요? 7행의 의미를 다른 말로 표현해 보세요.

☞ ≪фимиам≫은 '향, 향료를 피우다'를 뜻한다. ≪курить фимиам≫은 전의된 의미로 '누군가를 찬양하다' 또는 '누군가의 환심을 얻기 위해서 아부하다, 칭찬하다'의 의미이다.

7. 시를 끝까지 읽어 보세요. 이 문맥에서 7행에 사용된 ≪образ≫라는 단어의 의미를 어떻게 이해하고 있나요? 동의어를 생각해 보세요. ≪молиться≫는 여기에서는 직접적인 의미로 사용되었나요? 8행에 사용된 ≪старовер≫의 의미를 생각해 보세요.

☞ ≪образ≫는 '성상(икон)'을 의미한다. 여기에서 사용된 ≪образ≫와 ≪молиться≫가 전의된 의미로 사용되고 있음을 문맥을 통해서

알 수 있다. 다른 말로 표현하면, '새로운 우상을 숭배하고, 다른 사람에게 매력을 느꼈다'는 의미이다. ≪старовер≫는 옛날 믿음(구교도)에서 유래한 단어이며, 전의된 표현으로 '예전의 믿음을 따랐던 사람'이나 '보수주의자'를 의미한다.

8. 시를 다시 읽어 보세요. 시인이 누구에게 그리고 무엇에 대해 호소하고 있나요? 왜 시의 제목이 ≪고백(Уверенье)≫일까요?

☞ 시인은 사랑하는 여인에게 호소하면서, 자신의 사랑에 대해 설명한다. 아마도 그녀는 그가 자신을 사랑하지 않는다고 질책한 듯 하다. 이 연애시에서는 '사랑하다'나 '사랑'이라는 단어가 사용되지 않았다는 것에 주의해야 한다. 감정의 뉘앙스가 매우 조심스럽고 순수하게 표현되어 전해지고 있다.

ЗВЕЗДЫ

Мою звезду я знаю, знаю,
  И мой бокал
Я наливаю, наливаю,
  Как наливал.
Гоненьям рока, злобе света
  Смеюся я:
Живет не здесь - в звездах Моэта
  Душа моя!
Когда ж коснутся уст прелестных
  Уста мои,
Не нужно мне ни звезд небесных,
  Ни звезд Аи!

<1839>

Tip

 이 시는 운율상의 특징은 4음보 약강격과 2음보 약강격이 교체하
여 나오는 형식을 취하고 있으며 압운 도식은 'AbAb'의 교체 압운을
구성하고 있다.

알렉산드르 세르게예비치 뿌쉬낀
(Александр Сергеевич Пушкин, 1799-1837)

뿌쉬낀은 1799년 5월 26일 모스크바의 교양 있는 귀족 집안에서 태어났다. 처음에 그는 집에서 교육을 받았고, 나중에는 뻬쩨르부르그에서 멀지 않은 황제 마을의 귀족학교에서 공부하였다. 뿌쉬낀은 일찍부터 시를 쓰기 시작하였고, 1814년 7월 14일에 [유럽통보(Вестник Европы)]에 시를 출판하기 위해 보냈다. 이 시의 제목은 ≪시인 친구에게(Другу стихотворцу)≫이었고, 시인의 서명은 "Н.К.Ш.П"였는데, 이것은 그의 성(Пушкин)을 반대로 쓰면서 모음을 제거한 것이다. 1814년에 같은 잡지에 시 몇 편을 더 발표했는데, 이때의 서명은 숫자 1-14-16이었다. 이것은 러시아어의 알파벳 순서 중 첫 번째인 А(лек-сандр), 열 네 번째인 Н과 열여섯 번째인 П로 자신의 성의 마지막 자와 첫 번째 자를 나타낸 것이다. 1815년 1월 8일 리쩨이 시험에는 황제를 비롯하여 학부모 등 많은 사람들이 참석하였다. 여기에 당대 최고의 시인이었던 제르좌빈도 시험관으로 참가하였는데, 뿌쉬낀은 갈리치(Галич) 교수의 권유에 따라 자신이 지은 ≪짜르스꼬예 셀로에서의 회상(Воспоминание в Царском Селе)≫을 낭송하였다. 이 시는 뿌쉬낀을 유명 시인으로 만들었으며 러시아 전역에 널리 알려졌다.

그는 유명한 시인 쥬꼬프스끼와 작가 까람진과도 친분이 있었다. 또한 그의 귀족학교 친구들 대다수도 시인이 되었다. 1817년 그는 귀족학교를 마치고 뻬쩨르부르그에서 생활하였는데, 이미 가장 인기 있는 시인들 중의 한 명이었다. 1820년에 뿌쉬낀은 러시아 구비 문학의 특성과 요소들을 활용한 자신의 첫 번째 서사시 ≪루슬란과 류드밀라 (Руслан и Людмила)≫를 발표했는데, 이로 인해 그의 이름은 더욱 널리 알려지게 되었다.

뿌쉬낀은 당시의 진보적인 귀족들처럼 농노제와 전제정치를 반대하였다. 그의 많은 친구들이 뻬쩨르부르그의 비밀 결사 조직의 구성원이었다. 그 당시 뿌쉬낀이 쓴 자유를 사랑하는 시들은 출판될 수 없었다. 이 정치적인 시들은 필사본으로 널리 퍼져 나갔고, 진보적 젊은이들은 그의 시를 암송했다. 1820년 황제 알렉산드르 I세는 시인의 자유 애호 사상의 시들에 대해서 알게 되었고, 그를 남쪽 지방으로 유형보냈다.

뿌쉬낀은 1820년부터 1824년까지 4년 동안 남부지방의 유배지에서 생활하였다. 그는 까프까즈와 끄림 지방을 여행하였고, 끼쉬뇨프와 오데사에 머물렀다. 이 유형 기간이 그의 창작생활 중에서 가장 낭만적인 시기였다. 그는 많은 짧은 시들과 더불어 ≪까프까즈의 포로≫, ≪바흐치사라이의 분수≫, ≪집시들≫과 같은 유명한 서사시들을 썼다. 1823년에 그는 당시 귀족 사회의 현실을 묘사한 운문소설 『예브게니 오네긴』을 창작하기 시작했다.

1824년 황제 알렉산드르 I세는 뿌쉬낀을 프스꼬프시 가까이에 자리한 미하일롭스꼬예에 있는 시인의 부모 영지로 보냈다. 뿌쉬낀은 이곳에서 『예브게니 오네긴』을 계속 집필했다. 또한 뿌쉬낀은 러시아의 구비문학과 역사를 공부하였다. 1825년 그는 역사 비극 『보리스 고두노프』를 집필하기 시작했다. 이 작품은 16세기 말과 17세기 초의 사건들을 배경으로 러시아 역사 속에서 민중의 역할과 권력 투쟁에 관한 이야기를 서술하고 있다. 『보리스 고두노프』는 러시아 문학사에서 최초의 사실주의적 작품 중의 하나이다.

미하일롭스꼬예에서 머무는 동안 뿌쉬낀은 알렉산드르 I세의 죽음과 1825년 12월 14일 뻬쩨르부르그에서 일어난 제까브리스뜨 봉기에 대해 알게 되었다. 봉기는 젊은 귀족들과 장교들로 구성된 북방 비밀 결사 단원들이 조직한 것이었다. 그들은 전제정치와 농노제에 반대하여 봉기했다. 새로운 황제 니꼴라이 I세는 봉기를 잔혹하게 진압했는데, 5명의 봉기 주도자가 교수형에 처해졌고, 120명이 시베리아로 유배당했다. 제까브리스뜨들 중에는 뿌쉬낀의 친구들도 많이 포함되어 있었으며, 그들은 모두 뿌쉬낀이 쓴 자유를 사랑하는 시들을 간직하고 있었다. 따라서 뿌쉬낀도 체포를 기다렸다. 그러나 니꼴라이 I세는 뿌쉬낀이 비밀 결사의 구성원도 아니었고, 봉기에 관해서는 아무 것도 알지 못했기 때문에 미하일롭스꼬예에서 떠나는 것을 허락했다. 1826년 시인은 모스크바로 돌아왔다.

뿌쉬낀은 1830년 가을을 자신의 영지가 있는 볼지노(Болдино)에서 보냈다. 그곳에서 그는 운문소설 『예브게니 오네긴』을 완성하였고, 몇 편의 철학적 작품「작은 비극들」과 산문집 『벨낀 이야기』를 썼다. 이 선집들은 러시아의 지방 생활에 대해 말하고 있다.

1831년 뿌쉬낀은 나딸리아 니꼴라예브나 곤차로바와 결혼을 하여 뻬쩨르부르그에서 보냈다. 1830년대에 그는 많은 유명한 작품들을 저술했다.

이 시기에 뿌쉬낀은 18세기 러시아 역사를 공부하였다. 그는 뾰뜨르 대제 시대와 농민 반란의 지도자인 뿌가쵸프에 관심을 갖게 되었다. 소설 『대위의 딸』은 농민 반란기의 러시아 귀족의 삶에 대해서 이야기하고 있다. 이 작품에서 저자는 반란의 원인을 분석하고, 지도자의 비극적인 운명을 보여준다. 뿌쉬낀은 소설에서 뿌가쵸프가 보여주는 성격의 긍정적인 면과 부정적인 면을 함께 묘사했다. 뿌쉬낀은 서사시 ≪청동 기마상≫에서 뾰뜨르 대제와 그의 개혁정책의 의미, 국가와 개인 사이의 갈등에 대해 깊이 고찰했다.

  1835년 뿌쉬낀은 문학잡지 [동시대인(Современник)]을 발행하기 시작했다. 뿌쉬낀은 이 잡지에 자신의 작품들과 고골, 쥬꼬프스끼, 뱌젬스끼 등과 같은 유명한 작가들과 시인들의 작품을 게재하였다.

  1837년 1월 27일 뿌쉬낀은 장교 죠지 단테스와의 결투에서 치명적인 상처를 입게 되었고, 1837년 1월 29일 숨을 거두었으며, 그가 유배생활을 하였던 영지(領地) 미하일롭스꼬예에 묻혔다.

Я вас любил: любовь еще, быть может, ∪ − ∪ − ∪ − ∪ − ∪ − ∪

В душе моей угасла не совсем; ∪ − ∪ − ∪ − ∪ − ∪ −

Но пусть она вас больше не тревожит; ∪ − ∪ − ∪ − ∪ − ∪ − ∪

Я не хочу печалить вас ничем. ∪ − ∪ − ∪ − ∪ − ∪ −

Я вас любил безмолвно, безнадежно, ∪ − ∪ − ∪ − ∪ − ∪ − ∪

То робостью, то ревностью томим; ∪ − ∪ − ∪ − ∪ − ∪ −

Я вас любил так искренно, так нежно, ∪ − ∪ − ∪ − ∪ − ∪ − ∪

Как дай вам бог любимой быть другим. ∪ − ∪ − ∪ − ∪ − ∪ −

<1829>

1. 당신은 이 시의 전체적인 의미를 이해했나요? 1행과 2행을 읽어 보세요. 당신은 시인이 지금 사랑을 경험하고 있다고 생각하나요? 아니면 지난날에 대하여 쓴 것이라고 생각하나요? 동사 ≪угаснуть≫에 관심을 가지고 그 의미를 문장의 문맥을 통해서 추측해 보세요. 다른 단어들로 이 행의 의미를 바꾸어 보세요.

☞ 동사 ≪гаснуть - угаснуть≫는 단어 ≪свет(빛)≫, ≪огонь(불)≫에 대해서 언급할 때 사용되는데, 여기서는 직접적인 의미로 사용되었다. 즉 '빛이 꺼지다', '타는 것이 중지되다(/꺼지다).'
시인은 과거형 ≪любил≫을 썼지만, 그의 사랑은 아직도 마음속에서 완전히 꺼지지 않고 살아있다. ≪угасла не совсем≫에서 동사는 전이된 의미로 사용되었다.

2. 당신은 3행에 나오는 ≪тревожить≫라는 동사의 의미를 알고 있나요? 동사의 어근을 생각해 보세요. 그리고 비슷한 말을 찾아보세요.

☞ ≪тревожить (тревога, тревожный)≫는 ≪беспокоить, мешать, лишать покоя (спокойствия), мучить(괴롭히다, 방해하다, 평온을 잃다, 고통을 주다.)≫의 의미이다. 즉 시인은 사랑하는 여인에게 무엇으로도 괴롭히거나 고통주기를 원하지 않는다:

3. 4행의 ≪печалить≫라는 동사의 의미를 파악해보고, 그 어근을 생각해 보세요. 이 단어를 쓴 시인이 여인에게 어떤 태도를 취하고 있는지 생각해 보세요.

☞ ≪печалить(печаль)≫는 ≪огорчать, делать печальной, грустной (슬프게 하다, 괴롭히다.)≫의 의미이다. 시인에게 이 여인의 모든 것이 아직까지 소중하다. 그래서 시인은 자신의 감정에 대해서는 생각하지 않고, 그녀가 항상 평온하고 행복하기만을 생각한다.

4. 5행의 끝에 있는 두 개의 부사에 주의하세요. 접두사 ≪без-≫는 어떤 의미로 사용되었나요? 물론 당신은 단어 ≪надежда≫의 의미를 알 것이다. 그렇다면 ≪безнадежно≫의 의미는 무엇일까요? 만약에 단어 ≪молвить≫가 ≪сказать≫의 의미를 갖는다면, ≪безмолвно≫는 어떻게 이해할 수 있나요? 6행에 사용되고 있는 ≪томим≫은 동사 ≪томить - (мучить, заставлять страдать, причинять боль: "괴롭히다")≫로부터 만들어진 피동 형동사 현재 ≪томимый≫의 단어미 형이다. 당신은 시인이 6행에서 말한 것을 어떤 감정으로 이해했나요? 당신은 사랑이 상호작용적이고 행복한 것이라는 것에 대해 어떻게 생각하나요? 시인이 사랑하는 연인을 ≪вы≫로 표현한 것에 주의를 기울이세요. 왜 그렇게 표현했을까요?

☞ ≪безнадежно≫는 ≪без надежды(희망 없는, 가망 없는, 절망적인)≫의 의미이다. ≪безмолвно≫는 ≪без слов, молча (무언의, 침묵의)≫의 의미이다.
시인이 서술한 내용에 따라 판단하건데, 그녀는 시인의 사랑에 대해 알아차리지 못했다. 시인은 용감하지 못한 "소심한 사람"이었기 때문에 그녀에게 자신의 사랑에 관해 말하지 못했거나, 그녀가 알아차리는 것을 두려워했을 수 있으며, 혹은 그녀가 다른 사람을 사랑하고 있기(≪безнадежно≫)에 말하지 않았다(≪безмолвно≫).

여기서 ≪вы(당신)≫이라는 호칭은 존경의 높은 등급을 강조하며, 그들 사이에는 친밀함이 없다는 것을 말한다.

5. 시를 끝까지 읽고, 시인이 사랑하는 여인에게 무엇을 바라는지 파악해 보세요. 당신은 ≪Дай вам бог любимой быть другим≫이라는 표현을 정확하게 이해했나요? 여기서 말하는 ≪другой≫는 누구일까요?

☞ ≪другой≫는 ≪другой мужчина(다른 남성)≫을 뜻한다. 아마도 이 여인은 다른 누군가를 사랑했을 가능성이 있다.

♣ 이 시는 총 8행으로 각각 4행씩 하나의 연을 구성하고 있는 5음 보 약강격(ямб)으로 씌어진 서정시이다. 각 연은 'AbAb'의 교체 각운을 형성하고 있다. 이 시는 시적 이미지를 갖지 않는 시의 분명한 예로 자주 인용되고 있다. 이 시에 사용된 어휘를 살펴보면 생생한 비유가 하나도 없다는 사실을 통해서 알 수 있으며, 다만 생명력이 결여된 은유로는 ≪любовь угасла≫ 정도를 꼽을 수 있다. 그러나 이 시는 문법적인 구성의 면에서 놀라울 정도로 의미 있는 내용을 많이 함유하고 있다. 이 시에 사용된 단어는 총 47개인데, 그 중에서 어형 변화를 하는 단어가 29개이고, 이 어형 변화를 하고 있는 단어 중에서 거의 절반에 가까운 14개가 대명사이며, 10개가 동사, 나머지 5개가 추상적인 성격을 나타내 주는 명사이다. 또한 부사의 수가 10개나 되는데 반해, 형용사는 하나도 사용되지 않았다.

이 시에는 모두 3명의 인물이 언급되는데, 모두 대명사 - ≪я, вы, другой≫ - 로 기술되고 있다. 이 시에서 1인칭 대명사는 항상 시행의 첫 부분에 자리하고 있으며, 각기 2행에 걸쳐 한번씩 나타나 모두 4차례 사용되었다. 여기서 특기할 점은 1인칭 대명사 ≪Я≫는 주어의 역할을 하는 주격의 형태로만 나타나며, 항상 대격 형태인 ≪вас≫와 결합되는 형식을 취하고 있다. 시에서 대격과 여격의 형태로만 나타나는 ≪Вы≫는 모두 6번 사용되었고, 각 연의 두 번째 행을 제외한 모든 행에서 한 차례씩 보이는데, 매번 다른 대명사와의 결합으로 나타났다. 직접 목적어 ≪вас≫는 직접적으로든 간접적으로든 대명사 주어에 종속해서 자리하고 있다. 즉 ≪Я≫가 있는 4개의 행과 1행의 ≪любовь≫를 대신하는 3행의 대명사 ≪она≫는 직접적인 대상인 ≪вас≫, 그리고 마지막 8행에 나타나는 ≪вам≫은 새로운 대명사 형태인 ≪другой≫와 관계가 있다.

이 서정시의 작가는 6차례에 걸쳐서 여주인공에게 호소를 하고 있으며, 주요한 표현 형태인 ≪Я вас любил≫을 세 차례나 반복하는데, 4행시를 시작하는 첫 번째 연의 첫 1행이 이 표현으로 시작되고 있으며, 결론을 짓은 두 번째 연의 각각의 2행의 첫 행들이 이 표현들의 반복을 보여주고 있다. 따라서 이러한 반복을 통해서 이 시가 "4+2+2"라는 도식이 형성됨을 보여주면서, 다양한 형태를 통해 세 차례의 발전이 진행됨을 알 수 있다. 여기에서 우리가 주목해야 할 사항은, 이 시의 마지막을 구성하고 있는 7-8행의 대비적인 표현이다. ≪Я вас любил...≫과 ≪Как дай вам бог любимой быть другим.≫은 이 시에서 처음으로 극적인 반전의 두 순간 사이의 진정한 대비가 이루어지고 있으며, 그 대상에 관심을 기울이고 있다는 점이다. 서로 각운을 형성하고 있는 5-7행과 6-8행은 문체론적으로 유사하며, 조격을 수반하고 있는 피동형동사의 결합(≪ревностью томим - любимой быть другим≫)으로 끝을 맺고 있다는 점에서도 유사하다. 그러나 다른 사람(другой)에 대한 인정은 과거 질투에 대한 반박이다. 또한 3행과 8행에 나타나는 두 개의 명령법은 마치 서로를 보충해 주는 것 같다. 게다가 8행의 해석에 있어서 상반된 두 가지의 해석이 가능하도록 의

도적으로 개봉되어 있어서, 이 행이 마치 메시지의 주문을 거는 듯한 종말로 이해될 수도 있으나, 다른 한편으로는 명령법이면서도 완고한 성구인 ≪дай вам бог≫를 사용하여 기묘하게 종속문에 접근시키면서, 초자연적인 간섭 없이는 자신의 사랑과 같은 수준의 그런 다른 사랑이 여주인공에게는 더 이상 찾아 올 수 없다는 의미가 담긴 '비현실적 어법'으로도 해석될 수 있다. 이 마지막 결론은 '암시적인 부정'의 문장의 분명한 실례이다. 이 시에서 어형 변화하는 단어의 수에 대해 살펴보면 명사의 수가 적으면서, 추상적인 개념을 나타내 주고 있는데 반해, 대명사는 매우 많이 어형 변화를 수행하고 있다. 텍스트에서 가장 자주 나타나고 반복적으로 사용되는 단어는 ≪вы≫로 단지 대격과 여격의 형태로 사용된 유일한 단어이다. 전체적인 주어로 나타난 ≪я≫는 밀접하게 이 대명사와 연결되고 있으며 두 번째로 많이 사용되었다. 이 주어와 결합되는 술어는 부사와 조격 보어로 나뉘어져 있다. 일반적으로 명사를 수식하는 품사들인 형용사와 수사는 이 시에서 전혀 나타나지 않고 있다.

이 시의 내용적인 면에서 살펴보면, 이 시에서 언급하고 있는 여성이 누구인지는 분명치 않다. 뿌쉬낀이 1821년에 처음으로 만나기 시작해서, 유형지에서 돌아온 후에 다시 만나기 시작한 까롤리나 소반쓰까야(Каролина Собанская)를 지칭할 가능성이 많지만, 뿌쉬낀이 청혼까지 했다가 거절당한 올레니나(Оленина)라는 여자의 개인 앨범 속에 시인 자신이 직접 써넣어 주었다는 점에서 시인이 어떤 여인을 대상으로 말하는 것인지를 확인할 수 없다.

К***

Я помню чудное мгновенье:
Передо мной явилась ты,
Как мимолетное виденье,
Как гений чистой красоты.

В томленьях грусти безнадежной,
В тревогах шумной суеты,
Звучал мне долго голос нежный
И снились милые черты.

Шли годы. Бурь порыв мятежный
Рассеял прежние мечты,
И я забыл твой голос нежный,
Твои небесные черты.

В глуши, во мраке заточенья
Тянулись тихо дни мои
Без божества, без вдохновенья,
Без слез, без жизни, без любви.

Душе настало пробужденье:
И вот опять явилась ты,
Как мимолетное виденье,
Как гений чистой красоты

И сердце бьется в упоенье,
И для него воскресли вновь
И божество, и вдохновенье,
И жизнь, и слезы, и любовь.

<1825>

이 시는 안나 께른(Анна Керн)에게 바친 시로 모두 4행 1연의 형식으로 총 6연 24행으로 구성되어 있다. 각 연은 'AbAb' 압운을 맞추

고 있어 여성운과 남성운이 교체각운을 이루고 있다. 모두 12개의 동사 중에서 1행과 21행의 ≪помню, бьется≫만 현재형이고, 나머지는 모두 과거형이다. 즉 과거에 대한 회상이 주된 내용을 이루고 있고, 1연과 6연에 동사 현재형이 자리하고 있으면서 전체 텍스트를 닫힌 구조로 만들어 준다. 또한 3행과 4행 그리고 19행과 20행이 동일하게 반복되고, 15, 16행과 23, 24행이 대조됨으로써 시 전체의 안정감을 더욱 보강해 준다. 아울러서 약강격의 운율이 지켜지고 있고, 동일한 운 혹은 유사한 소리들이 반복되고 있어 비교적 단순한 이미지들을 시의 음악성에 편입시켜 주고 있다. 각 연은 하나의 문장으로 이루어져 있지만 3연만은 2개의 문장으로 이루어져 있다.

전체 시는 의미상으로 세 부분으로 나누어진다. 1, 2연과 3, 4연 그리고 5, 6연이 각각 '당신(사랑)의 나타남 ― 당신의 사라짐(잊혀짐) ― 당신이 나타남'이라는 전개 구도에 대응한다. 여기서 2연을 구성하고 있는 4행을 주목할 필요가 있는데, 5, 6행과 7, 8행으로 나누어 살펴보면 각각 당신이 부재와 현존으로 대응하고 있기 때문이다. 다시 말해서 시 전체의 의미구도를 2연이 반복하고 있는 것이다. 그리고 1연과 5연, 4연과 6연이 반복 대조되면서, 시의 전체적인 짜임새를 강화시켜 줌과 동시에 주제를 더욱 강조하고 있다. 일반적인 연애시와 마찬가지로 이 시에서도 '시적화자(나)' 보다는 '대상(당신)'이 존재론적으로 우월한 위치를 점하고 있다. 이것은 '내(Я)'가 '기억하다', '꿈꾸다', '잊다' 등의 소극적인 의미를 가진 동사들의 주체인 반면에 '당신'은 '나타나다', '부르다' 등의 적극적인 의미의 주체이기 때문이다. 이는 압운에서도 ≪ты≫에 강세가 오는 것으로도 확인할 수 있다. 전체적인 압운 도식은 다음과 같다.

```
AbAb CbCb        CbCb AdAd        AbAb AeAe
  1    2           3    4           5    6          ·
첫 만남과           이별             새로운 만남
옛 사랑                              새로운 사랑
```

   시의 주제에 접근하기 위하여 각 연의 남성운과 여성운을 맞추는
단어들의 배열을 살펴볼 필요가 있다. 우선 여성운을 이루고 있는 연
들의 특징을 살펴보면, 두 단어의 관계가 1, 5, 6 연에서는 의미적인
유사성과 호응성을 보여주고 있고, 2, 3, 4 연에서는 서로 대립되고
있다. 앞에서 세 부분으로 나눈 의미 구도에 연결되는 것이다. 특히
1, 5, 6 연의 의미관계는 점층적이다. 즉 '순간—영상(환영), 각성—영
상(환영)'에서 '환희—영감'이라는 주객 합일의 단계로 발전해 간다.
   다음으로 남성운을 이루고 있는 연의 특징을 살펴보면, '당신'과 '미
(아름다움)'의 연결을 발견할 수 있다. 리듬이 반복되는 자리에 유사
하거나 서로 대립되는 단어가 배열됨으로 해서, 그 단어들의 의미가
보강되고 증폭된다는 것이 이 시의 중요한 특징이다. 여기서도 마찬
가지로 1, 5 연에서는 '당신-아름다움'이 리듬에 의해서, 평범한 수식
관계 보다는 강한 결속을 보여주고 있다. 그리고 2, 3 연에서는 '무상
-(당신의) 모습', '꿈-모습'이 서로 대비되어 연인의 자태가 더욱 강조
되고 있다. 마지막으로 이 시에서 가장 중요한 것은 4연과 6연이다.
그 두 연의 연결은 시의 전체적인 주제인 사랑의 회생(부활)에 직접
대응하는 것이기 때문이다.
   이 시에서 보여주는 사랑은 창작의 근원이다. "네가 나타나고 영혼
이 각성한 것"이 아니다. 즉 사랑이 영감을 소생시킨 것이 아니라, 창
조에 대한 각성이 사랑의 힘을 부활시켰다.

   Душе настало пробужденье:
   И вот опять явилась ты,

≪НА ХОЛМАХ ГРУЗИИ ЛЕЖИТ НОЧНАЯ МГЛА...≫

На холмах Грузии лежит ночная мгла;
    Шумит Арагва предо мною.

Мне грустно и легко; печаль моя светла;
    Печаль моя полна тобою,

Тобой, одной тобой... Унынья моего
    Ничто не мучит, не тревожит,

И сердце вновь горит и любит - оттого,
    Что не любить оно не может.

                    \<1829\>

         *   *   *

Все тихо. На Кавказ идет ночная мгла.
    Восходят звезды надо мною.

Мне грустно и легко. Печаль моя светла;
    Печаль моя полна тобою.

Тобой, одной тобой. Унынья моего
    Ничто не мучит, не тревожит,

И сердце вновь горит и любит - оттого
    Что не любить оно не может.

[Прошли за днями дни. Сокрылось много лет.
    Где вы, бесценные созданья?

Иные далеко, иных уж в мире нет -
    Со мной одни воспоминанья.]

Я твой по-прежнему, тебя люблю я вновь.
    И без надежд, и без желаний,

Как пламень жертвенный, чиста моя любовь
    И нежность девственных мечтаний.

위에 주어진 두 편의 시를 비교해 보시오. 아래의 시는 위에 있는
시 ≪На холмах Грузии лежит ночная мгла...≫의 최초의 형태로
씌어진 시이다. 물론 두 번째 시의 3연 [ ]부분은 시가 완성된 후 곧바
로 삭제되었고, 두 번째 연도 나중에 삭제되었기 때문에, 그 나머지
부분(1, 4연)이 첫 번째 시의 모태가 된 것이다. 이처럼 시의 수정을
통해서 새로이 개작된 시가 씌어지게 된 배경에 대해서 고찰해 보는
것이 여기에 인용한 두 편의 시를 감상하는 포인트이다. 이 시는 뿌
쉬낀이 1829년에 까프까즈의 아르즈룸을 여행하면서 쓴 대표적인 연
애시 중의 하나로 시에서 구체적으로 이름을 밝히지 않은 연인에 대
한 옛 감정의 복구 및 전환을 보여주는 것이 주된 내용이다. 앞에 언
급하고 있는 시의 1 -2행은 풍경을 묘사하고 있으며, 3-4행은 주제의
시작을 언급하고, 7-8행은 주제의 완결을 보여주고 있다.

표도르 이바노비치 쮸쩨프
(Федор Иванович Тютчев, 1803-1873)

표도르 이바노비치 쮸쩨프는 1803년 11월 23일 오를로프 현(懸)에서 유서 깊은 귀족의 가문에서 태어났다. 쮸쩨프는 훌륭한 가정교육을 받은 후 모스크바 대학 문학부에서 배우고 오도예프스키 서클의 일원으로 활동하였지만, 대학을 졸업한 1년 후에 외교관의 길을 택하여 1822년부터 뮌헨 대사관 등에서 22년에 걸친 오랜 외국 생활을 했다. 그 때문에 러시아 문단과의 직접적인 접촉은 거의 없었다. 그러나 그는 유럽의 문학계를 대표하는 쉘링, 하이네, 괴테 등과 교유하였으며, 그의 지기의 범위는 매우 넓었다. 외교관을 그만두고 러시아로 돌아온 후에도 외국 문서 검열관의 직책에 있었다.

쮸쩨프의 시는 1836년에 뿌쉬낀이 발행하는 잡지인 [동시대인(Coвременник)]에 실렸다. 이것은 시인 생애에서 크나큰 사건이었으며, 이 일을 계기로 문학계는 그를 주목하기 시작했지만, 시인의 이름은 1840년대 후반에 가서야 독자들에게 널리 알려지게 되었다.

쮸쩨프는 낭만주의 시인 가운데서 가장 낭만파 시인이다. 쮸쩨프의 시의 대부분은 '자연'을 주제로 하고 있다. 쮸쩨프는 낭만주의자로서 자연을 바라보고 묘사하였다. 쮸쩨프의 서정시는 철학적인 정경을 담고 있다. 그의 시에서 자연의 모습은 '영원한' 문제들, 즉 삶과 죽음의 문제, 인간, 인류와 세계에 대한 문제들에 관한 시인의 깊은 생각들을 반영하고 있다. 따라서 시인의 시들에서 풍경들은 철학적 상징의 의미를 지닌다.

쮸쩨프의 시들에서 자연은 가변적이며 동적이다. 자연은 평온을 모르고 항상 반항하는 힘과 자연 현상의 투쟁이 진행되고, 낮과 밤 그리고 계절이 순환한다. 자연은 다면적이며 소리, 색채, 냄새로 가득차 있다. 또한 쮸쩨프의 시에서 자연은 의인화되고 영혼이 깃들어 있다. 자연은 내적으로 인간에 가깝고 서로 상응할 수 있으며 인간과 친밀한 관계에 있다. 그의 시들에서는 자연이 느끼고 숨쉬며 기뻐하고 슬퍼하기도 한다. 이를 테면, 봄의 뇌성은 하늘에서 사방으로 퍼지면서 '마치 장난치며 떠들어대는 것' 같고, 겨울은 봄에게 '화를 내며', '푸른 하늘의 감청색은 웃음을 머금고' 있으며, '반라(半裸)의 숲은 우울해하고' 하늘에서는 '동정심 많은 별들'이 바라보고 있다. 시인에게 있어서 이것은 평범한 의인화나 단순한 메타포가 아니다. 시인이자 철학자인 솔로비요프의 말을 빌려 표현하면, 그것은 '살아있는 자연의 아름다움을 자기만의 환상이 아닌 진리로서 그대로 받아들이고 이해하는 것'이다.

쮸쩨프의 서정시에서 자연과 인간은 단순히 가까운 것이 아니라 심오한 통합을 형성하는 것이다. 그러나 그의 시에서 보여 지는 아름다운 자연의 세상은 또한 인간과 인간의 행동에 대립되고 있다. 낭만주의자들에게서 공통적으로 나타나는 자연과 문명의 대립은 쮸쩨프의 시에서 특히 선명하게 표출된다. 시인에게 있어서 그 당시의 사회는 낯선 것이었으며, 전 인류의 운명은 비극적으로 생각되었다. 즉 역사와 문화, 문명을 기다리고 있는 것은 오직 파멸뿐이다. 그는 시들을 통해서 영원한 자연과 흔적 없이 사라지는 인간의 대비를 표현하고 있다.

쮸쩨프의 창작은 러시아 낭만주의의 마지막 단계이다. 19세기 초반의 낭만주의자들과 달리 그는 현실의 삶으로부터 공상의 세계로 떠나려하지 않았으며, 비록 그의 시작품에 이상향의 세계가 선명하게 반영되어 있음에도 불구하고, 그 곳에서 시인은 탈출구와 이상향의 구원을 추구하지도 않았다. 그렇지만 그 이상향의 세계는 바로 자연이라는 초월적 세계였다. 쮸쩨프의 시에서 나타난 비극적 파국에 대한 예감은 19세기 말과 20세기 초에 생겨난 새로운 시의 흐름들, 그 중에서도 상징주의의 경향과 가장 근접해 있다. 메레쥐꼬프스끼, 브류소프 등은 자신들의 선구자로서 쮸쩨프에게 뿌쉬낀에 견줄만한 지위를 부여하였고, 그의 시의 독자적 의의를 강조하기에 이르렀다.

쮸쩨프는 18세기의 시나 쥬꼬프스끼의 시에서 출발하여 자신만의 독자적인 시적 성숙의 완전한 경지에 이르렀지만, 예민한 감수성과 수치심 그리고 강한 자기 비평의식으로 인해서 많은 글을 남기지 않았다. 뿌쉬낀의 경우에서처럼 쮸쩨프의 시는 언어학적 관점에서 살펴보면 매우 흥미로운 현상들을 발견할 수 있다. 그는 공식적으로든 사적으로든 프랑스어만을 사용했으며, 사교계에서의 재담은 물론 정치적인 논평이나 명문으로 알려진 서한도 모두 프랑스어가 주된 표현 수단이었다. 쮸쩨프에게 있어서 러시아어는 민중과의 의사소통, 그리고 시를 쓰기 위한 용어로만 사용되었다. 그러나 흥미롭게도 그에게 '산문 용어'였던 프랑스어로 쓴 시들은 뛰어난 걸작이 거의 없다.

1860-1870년대 쮸쩨프의 시에는 정치적 색채가 농후한 작품들과 짧은 시들이 주류를 이루었다. 시인의 생의 말년(末年)에 장남과 딸 마리야가 죽었고, 형도 세상을 떠났기 때문에 매우 침울한 시간들의 연속이었다. 그는 1873년 7월 15일(신력 27일) 짜르스꼬예 셀로에서 영면하였다.

*　　*　　*

Умом Россию не понять,　　◡ – ◡ – ◡ – ◡ –
Аршином общим не измерить:　　◡ – ◡ – ◡ – ◡ – ◡
У ней особенная стать -　　◡ – ◡ – ◡ – ◡ –
В Россию можно только верить!　　◡ – ◡ – ◡ – ◡ – ◡
<1866>

♧ 쮸쩨프는 외교관으로 활동하면서 독일과 프랑스 등지에서 근무했다. 그는 자신의 작품 출판을 위해서 아무런 노력도 기울이지 않았을 정도로, 자신의 문학적 성공에 무관심하였다. 그의 첫 번째 작품들인 24편의 시들은 1836년에야 뿌쉬낀에 의해서 잡지 [동시대인]를 통해서 발표되었다. 그의 첫 번째 시집도 뚜르게네프의 강청(强請)에 따라 출판하게 되었다. 러시아에서 쮸쩨프는 사랑, 자연, 삶, 죽음에 관한 온화하면서도 현명하고 아름다운 시를 쓴 작가로 숭배되고 있다. 당신은 지금 매우 유명하면서도 역설적인 쮸쩨프의 시들 중의 하나를 읽고 있다.

1. 첫 번째 행을 읽고, 동사의 미정형의 상에 주의를 기울이면서 통사론적 구성을 고찰해 보세요. ≪НЕ + 동사 미정형 완료상≫이 어떤 의미를 가지고 있는지 생각해 보세요. ≪... умом ... не понять≫라는 표현을 다른 말로 설명해 보세요. 어떤 방식이나 수단으로 이해할 수 있을까요?

☞ ≪НЕ + 동사 미정형 완료상≫은 불가능성의 의미를 전달한다. '결코 이해하고 측량할 수 없다'(≪нельзя (невозможно) понять, измерить и др.≫). 그리고 러시아에서 일어난 사건이나, 러시아의 운명이나 삶은 결코 논리적인 방식이나 합리적인 방법을 통해서는 설명할 수 없다. 러시아어에서는 다음과 같은 일상적인 표현이 존재하는데, '마음으로, 영혼으로, 직관으로 이해해야 한다'는 것이다.

2. 두 번째 행이 통사론적으로 1행과 유사한 지 2행을 주의 깊게 읽어 보세요. 2행에서 표현하는 것이 선행한 1행에서 말했던 것을 발전시키고 있는지 아니면 대치되고 있는 것인지 생각해 보세요.

당신이 알고 있는 단어 ≪измерить(측량하다)≫라는 단어의 뜻에 기초하여 ≪аршин≫이라는 단어의 의미를 생각해 보세요. 만약 당신이 '일반적인 아르쉰'이라는 단어를 '일반적으로 통용되는 측량의 단위'라는 의미로 알고 있다면, 당신은 정확하게 파악한 것이다. 그리고 시행의 마지막에 콜론(:)이 있는 것에 주의하세요.

☞ 하나의 모델에 따라 구성된 두 문장은 서로를 보완해 주고 작가의 관념을 발전시키고 있다. 터키어에서 유래한 '아르쉰'은 여러 나라에서 '길이의 단위'를 나타내는 척도로서 사용되었는데, 러시아에서는 16세기부터 사용되었고, 16 베르쇼끄(1 вершок(= 4.445 cm) x 16 = 71.2 cm)와 동일하게 사용되었으나, 현재는 사용되지 않고 있다. 그리고 콜론 뒤에는 일반적으로 앞서 말했던 것에 대한 설명이 온다.

3. 세 번째 행을 읽어 보세요. 당신 생각에 이 행에서는 어떤 단어가 가장 중요한가요? ≪особенная стать≫라는 표현의 동의어를 생각해 보세요. 당신은 이 행의 전체적인 의미를 어떻게 생각하나요?

☞ 2행에서 '일반적인 아르쉰'이란 표현이 나오는데, 독자들은 이 단어에 대비되는 단어로서 3행에 나오는 '특별한'이라는 표현에 주의를 기울이게 된다. ≪Стать≫가 단수로 사용되는 경우에는 보통 '여성에 대한 신체적인 형상이나 체격'을 의미하며, 다른 의미로 사용되는 경우에는 '특성, 속성, 본성, 기질, 풍속' 등을 뜻한다. 여기에서는 이러한 두 가지 의미가 다 적용 될 수 있다. 즉 러시아에는 다른 나라의 속성과는 다른 특성이 있다. 이것은 특별한 형상으로 구성되어 있다.

4. 4행을 읽어 보세요. 앞의 3행이 '대시(—)'로 끝나는 것에 주의하세요. 이것은 마지막 행이 앞에서 말한 모든 것의 결론이라는 뜻이다. 당신은 이것을 어떻게 생각하나요?

☞ 러시아는 자신만의 독특한 법칙에 따라 발전하기 때문에 보편적인 이해의 수단이나 방식으로 접근해서는 안 된다. 따라서 러시아의 발전에 대한 정확한 예상은 과학적으로 불가능하고, 또한 예고하지도 않는다. 단지 기대하고 믿을 뿐이다.

◎ 위대한 러시아 철학가 니꼴라이 베르자예프는 자신의 저서『러시아의 운명(Судьба России)』(1918)에서 다음과 같이 기술하고 있다: "우리에게 있어서 러시아는 이해할 수 없는 비밀로 남아있다. 러시아는 모순적이고 이율배반적이다. 쮸쩨프는 자신의 러시아에 대해서 이야기했다. 솔직히 말해서, 러시아는 이성으로 파악할 수 없고, 그 어떤 학설이나 공론의 아르쉰(척도)으로도 측량할 수 없다. 각자가 자기 방식대로 러시아를 믿고 있으며, 각자는 러시아에 가득히 존재하는 모순들 속에서도 자신이 믿고 있는 확신을 위한 사실들을 찾고 있다."

Silentium

Молчи, скрывайся и таи
И чувства и мечты свои
Пускай в душевной глубине
И встают и заходят оне
Безмолвно, как звезды в ночи, -
Любуйся ими - и молчи.

Как сердцу высказать себя?
Другому как понять тебя?
Поймёт ли он, чем ты живёшь?
Мысль изреченная есть ложь.
Взрывая, возмутишь ключи, -
Питайся ими - и молчи.

Лишь жить в себе самом умей -
Есть целый мир в душе твоей
Таинственно-волшебных дум;
Их оглушит наружный шум,
Дневные ослепят лучи, -
Внимай их пенью - и молчи!..

<1830>

Tip

이 시 ≪Silentium!≫는 라틴어로 '침묵(молчание!)'을 뜻한다. 이 시
의 운율은 약강격 4음보로 씌어진 시이며, 압운 도식은 모든 행이 남
성운으로 'aabbcc'로 구성된 순수한 철학적 서정시이다. 4행에 쓰인
대명사 ≪оне≫는 현대 러시아어 ≪они≫의 고어형이다. 이 시에서
는 3개의 테마(1-6행, 7-10행, 11-15행)가 독립적으로 주된 내용을 언급
하고 있고, 또한 시 전체의 내용을 상호 연계시켜 주면서 하나의 주
제인 제목을 강조하고 있다.

미하일 유리예비치 레르몬또프
(Михаил Юрьевич Лермонтов, 1814-1841)

　미하일 레르몬또프는 1814년 10월 2일 자정 모스크바에서 퇴역 보병 유리 뻬뜨로비치와 부유한 명문 귀족 가문 출신의 마리야 미하일로브나 레르몬또바(/예르세니예바/(Мария Михайловна Лермонтова/Ерсеньева/)) 사이에서 태어났다. 그의 어머니 마리야 미하일로바는 19세에 레르몬또프를 낳고 22세가 되던 해 레르몬또프가 세 살이 아직 안된 1817년에 세상을 떠났다. 레르몬또프는 어린 시절을 부유한 지주인 할머니의 영지에서 주로 보냈다. 어린 시절부터 그는 조국 러시아의 자연과 민중을 사랑했고, 속요(俗謠)와 민담, 뿌가쵸프의 난과 조국 전쟁(1812)에 대해 농노들이 하는 이야기를 관심 있게 경청했다.

　처음에 레르몬또프는 뿌쉬낀처럼 외국인들에게 교습을 받았는데, 1828년 할머니와 함께 모스크바로 이사한 후 모스크바 대학교 부속 기숙학교에 입학하였다. 이 기숙학교는 당시 러시아의 교육기관 중에서 가장 좋은 학교였다. 이곳에서는 모스크바 대학 교수들이 직접 강의를 했고, 문학 서클이 매우 활발히 활동하였으며, 학생들이 직접 잡지들을 발행했다. 레르몬또프는 1829년에 ≪악마(Демон)≫의 집필에 착수하였다. 1830년에 그는 모스크바 대학에 입학을 하였다. 사교성이 없는 그였지만, 실력이 없는 교수로 평이 난 말로프 교수를 추방하는 공개적인 데모에 적극 가담하기도 하였다. 1830년에는 그의 나이 17세에 아버지 유리 뻬뜨로비치(Юрий Петрович)가 세상을 떠났다. 대학 교육에 염증을 느끼고 독학을 더 선호하였던 그는 1832년에는 모스크바 대학을 자퇴하고 뻬쩨르부르그로 옮겼다. 그는 뻬쩨르부르그에서 사관학교에 입학했고 졸업 후에 군에서 장교로 복무했다. 처음에 그는 사교계에 마음을 빼앗겨 파티, 가장무도회, 극장 등을 전전하였다. 그러나 곧바로 그는 사교계의 허무함을 깨달았고, 인생의 더 큰 흥미와 고상한 목표를 찾게 되면서 고독함을 느꼈다. 1835년에 레르몬또프는 희곡 『가장무도회(Маскарад)』를 저술했다. 낭만주의 드라마인 『가장무도회』에서 작가는 1830년대 러시아에서 설 자리를 잃고 고뇌하는 젊은이들의 비극적인 운명을 보여주었다.

뿌쉬낀이 1837년 결투로 인해 죽자, 레르몬또프는 뿌쉬낀을 죽음으로 몰아넣은 궁정을 비난하는 시 ≪시인의 죽음(Смерть поэта)≫을 썼다. 이 시로 인하여 시인은 명성을 얻었고, 사람들은 이 시를 옮겨 적고 암송했다. 니꼴라이 I세는 '혁명을 부르는 호소'란 메모와 함께 이 시를 받았다. 레르몬또프는 현역 군인으로 까프까즈로 유형을 갔지만, 이 첫 번째 유형의 시기에 전투에는 참여하지 않았다. 영향력 있는 할머니의 요청에 따라 얼마 후 뻬쩨르부르그에서 멀지 않은 '황제 마을'에 위치한 부대로 전근되었다.

첫 번째 유형에서 돌아온 레르몬또프는 여덟 차례에 걸쳐 교정을 본 낭만주의 서사시 ≪악마(Демон, 1839)≫를 완성하였고, 또한 자신의 이미지와 매우 닮은 ≪수도사(Мцыри)≫의 작업도 마쳤다. ≪수도사≫의 주인공은 강하고 용감하고 자유를 사랑하는 인물이다. 시의 주인공처럼 레르몬또프도 자유를 원했지만 수도사처럼 그것을 찾지 못했다.

1840년 레르몬또프와 프랑스 대사의 아들 드 바란트 사이에 결투가 벌어졌고, 그 결과로 다시 까프까즈 군부대로 유형을 가게 되었다. 그가 유배지에 있을 때, 1830년대 귀족 젊은이들의 비극적 운명을 다룬 그의 소설 『우리 시대의 영웅(Герой нашего времени, 1840)』이 출판되었다.

레르몬또프는 휴가를 마치고 까프까즈의 부대로 귀대하는 도중에 치료를 위해 **빠찌고르스끄**에 들르게 되었고, 이 곳에서 그는 **뻬쩨르부르그** 상류 사회의 사람들을 만났다. 레르몬또프는 그곳에서 만난 사람들 중에 사관학교에서 함께 공부한 장교 마르띠노프와 논쟁을 벌이게 되었다. 시인이 던진 농담에 대한 답으로 마르띠노프는 결투를 신청했다. 1841년 7월 15일 저녁 7시에서 8시 사이에 그들은 **빠찌고르스끄** 근교의 젤레즈노보드스끄의 마슈끄 산에서 결투를 벌였다. 먼저 레르몬또프가 권총을 들어 목표물 대신 허공에 대고 발사하였다. 그런 후에 마르띠노프는 천천히 권총을 들어 그에게 한 치의 오차도 없이 정조준 하여 발사했다. 레르몬또프는 쓰러졌고 더 이상 움직이지 않았다. 마르띠노프의 총알이 그의 심장을 관통하였다. 레르몬또프는 **빠찌고르스끄**에 묻혔다가, 1842년에 가족의 묘지가 있는 따르한으로 옮겨졌다.

ПАРУС

Белеет парус одинокой   ⌣ — ⌣ — ⌣ — ⌣ — ⌣

В тумане моря голубом!..   ⌣ — ⌣ — ⌣ — ⌣ —

Что ищет он в стране далекой?   ⌣ — ⌣ — ⌣ — ⌣ — ⌣

Что кинул он в краю родном?..   ⌣ — ⌣ — ⌣ — ⌣ —

Играют волны - ветер свищет,   ⌣ — ⌣ — ⌣ — ⌣ — ⌣

И мачта гнется и скрыпит...   ⌣ — ⌣ — ⌣ — ⌣ —

Увы, - он счастия не ищет   ⌣ — ⌣ — ⌣ — ⌣ — ⌣

И не от счастия бежит!   ⌣ — ⌣ — ⌣ — ⌣ —

Под ним струя светлей лазури,   ⌣ — ⌣ — ⌣ — ⌣ — ⌣

Над ним луч солнца золотой...   ⌣ — ⌣ — ⌣ — ⌣ —

А он, мятежный, просит бури,   ⌣ — ⌣ — ⌣ — ⌣ — ⌣

Как будто в бурях есть покой!   ⌣ — ⌣ — ⌣ — ⌣ —

<1832>

1. 당신은 이 시의 전체적인 의미를 이해했나요? 첫 번째 두 행을 읽어 보세요. 단어를 순서대로 재배열해 보세요. 형용사 ≪одинокой≫를 어떻게 이해하였나요? 현대 러시아어 ≪одинокий≫와는 어떻게 그 쓰임이 다른가요? 이 단어는 독자들에게 어떠한 연상을 주고 있나요?

☞ 이 시행의 올바른 어순은 ≪Одинокой парус белеет.≫이다. 형용사 ≪одинокой≫는 현대 러시아어 ≪одинокий≫의 고어(古語) 형태이다. 러시아어에서 ≪одинокий(외롭다)≫라는 단어는 사람의 심리 상태를 표현할 때에 쓴다. 따라서 이 표현은 의인법이 사용된 것이다.

2. 당신은 동사 ≪белеть≫의 의미를 이해했나요? 모국어에서 이 동사와 같은 뜻의 동사를 찾아보세요. 이 동사로 시작하는 시는 독자들에게 어떠한 인상을 주나요?

☞ ≪белеть≫ - '무엇인가가 하얗게 보이다.' 해변으로부터 바다의 먼 곳을 보는 사람의 인상을 전해준다. 즉 처음에는 무엇인가가 하얗게 보이고, 단지 그 후에서야 이것이 배라는 것을 추측하는 것이다.

3. 당신은 ≪голубой туман моря≫를 어떻게 이해하였나요?

☞ 바다 멀리에서 '파란 바다와 파란 하늘이 합쳐진 것'이다.

4. 2행 마지막 부분의 감탄부호와 다중점(...)에 주의하세요. 왜 이렇게 하였을까요?

☞ 감탄부호는 편지에서 화자의 강한 감정을 전해주는 것이다. 즉 환희, 놀람 등이고, 다중점은 이야기의 미종결성(未終結性)을 보여주는 것이다. 시인은 독자가 언젠가 본 것을 회상하면서 독자 자신이 그림을 완성하기를 원하고 무엇인가를 더 말하고 싶어 한 것을 보여주기 위해 사용한 것이다.

5. 1연을 끝까지 읽어 보세요. 당신은 동사 ≪кинуть≫를 어떻게 이해했나요? 시인은 자신의 질문에 대한 답을 기다리나요? 당신은 시인의 심리 상태에 대해 무엇을 말할 수 있나요? 4행의 끝에 있는 다중점에 주의하세요.

☞ 전이된 의미를 보여주는 동사 ≪кинуть≫는 '무엇인가를 남겨두고, 무엇인가를 포기하는 것'을 뜻한다. 수사학적인 질문들은 대답을 요구하는 것이 아니고, 시인 자신의 심리적인 상태를 드러내 보여주는 것이다. 시인은 조국을 떠나는 사람처럼 돛단배를 생각하고 있는데, 이러한 감정은 시인에게 매우 친밀한 것이다.

6. 5행과 6행을 읽어 보세요. 시인은 어떠한 자연 현상을 묘사하고 있나요? ≪Играют волны≫는 무슨 의미인가요? ≪свищет≫라는 동

사의 의미는 어떤 바람에 대해서 말하는 것인가요? 이 단어를 의성어라고 부를 수 있나요? 이 행에서 또 다른 의성어를 찾아보세요. 당신은 시인이 현실을 묘사했다고 생각하나요? 아니면 상상을 묘사했다고 생각하나요?

☞ 이것은 폭풍우이다. 폭풍이 몰아치는 바다로써 '파도가 일렁이고', 매우 강한 바람이 ≪свищет (쌩쌩 불고)≫(свист - 높고 강렬한 소리) 있는 상황이다. 동사 ≪свистеть(바람이 쌩쌩 불다)≫를 제외하고 다른 의성어로는 동사 ≪скрипеть(삐걱거리다)≫가 있다. 그러나 레르몬또프는 시에서 고어 형태인 ≪скрыпеть≫를 사용하고 있다. ≪скрип≫는 '삐그덕 소리, 마찰에 따라 나는 강렬한 소리'이다. 여기에서의 자연 묘사는 1연과는 차이가 있다. 즉 시인이 폭풍우를 상상하고 있는 것이다. 이것은 '외로운 순례'에 대한 시인의 체험이 발전되고 계속되고 있음을 표현한 것이다.

7. 2연 전체를 읽어 보세요. 여러분은 감탄사 ≪увы≫를 어떻게 이해했나요? 시인이 무엇에 대해 말하려고 하는 것 같나요? 돛단배에 대해서는 어떻게 생각하나요? 이 연에서도 구두점에 주의하고 그것을 설명해 보세요.

☞ ≪увы≫는 '애석함과 슬픔의 환성(외침, 절규)'이다. 여기에서 시인은 돛단배 안에 있는 누군가에 대해 생각한 것이다. 다중점은 독자의 의식 속에서 폭풍우의 풍경을 그릴 수 있는 가능성을 주는 휴지부이다. 감탄 부호는 시인의 흥분된 감정을 느낄 수 있도록 허용해 주는 것이다.

8. 3연을 읽어 보세요. 시인은 9, 10행에서 어떠한 날씨를 묘사하고 있나요? 이 묘사는 1연과 상응하나요, 아니면 2연과 상응하나요?

☞ 이 풍경의 묘사는 1연과 상응한다.

9. 당신은 ≪мятежный≫를 어떻게 이해했나요? ≪просит бури≫는 무슨 의미일까요? 이와 같은 의미를 다른 단어로 전달해 보세요.

☞ ≪мятежный≫는 ≪мятеж≫에서 나온 단어로 ≪бунт(폭동)≫을 의미한다. 다른 단어로는 '자유를 사랑하는, 독립적인'의 의미와 동일하다. ≪просит бури(폭풍을 청한다)≫의 의미는 '투쟁을 지향하는 것'이다.

10. 3연은 마치 두 부분으로 구성된 것처럼 보이는 점에 주의하세요. 즉 9, 10행과 11, 12행은 어떻게 연결되어 있나요? 접속사 ≪a≫의 의미를 설명하세요.

☞ 접속사 ≪A≫는 반의 접속사이다. 즉 접속사 ≪но≫의 의미이며, '그럼에도 불구하고'를 뜻한다.

♧ 이 시는 시인 레르몬또프가 18세 때인 1832년 9월 2일에 여자 친구 로뿌히나(М.А.Лопухина)에게 보낸 시로 작시법상으로 4음보 약강격(4-х Ст/Я)으로 씌어졌으며, 'AbAb CdCd EfEf'의 교체 각운(Пере-крёстная рифмовка)을 형성하고 있다. 행과 연 사이에는 어떠한 전이(앙장브망)도 없이 완료되고 있는 문장론적 구성을 보여주고 있다. 그러나 1, 2, 7, 8, 10 행의 세 번째 보격에서는 약약격(Пиррихий)이 나타나고 있다. 일반적으로 러시아 작시법에서 마지막 음보에는 반드시 강세 음절이 와야 한다. 그러나 나머지 음보에서는 오지 않아도 무방하다. 이런 이유로 8행에서는 2, 4번째 음보에만 강세가 위치하고 있다. 일반적으로 강세 분포의 통계를 살펴 볼 때, 4음보로 씌어진 러시아 시의 세 번째 음보에서 가장 많은 강세의 생략이 일어나고 있는데, 이는 운율의 리듬감을 최고로 살리기 위한 것에서 연유한 것이다.

이 시는 감성과 철학을 함유한 서정성과 풍경의 결합을 두드러지게 보여주는 전형적인 낭만주의 작품으로 각 연의 1, 2행은 자연 풍경을 묘사하고 있으며, 3, 4행은 시인의 감정과 철학적 사고의 관조를 보여주고 있다. 즉 1연의 1, 2행은 바다의 안정된 상태를 원거리의 조망을 통해서 보여주고 있고, 2연의 1, 2행은 아주 지근(至近)거리에 있으면서 묘사의 대상인 돛단배의 모습을 보여주지 않고 또한 나타내 주지도 않으면서 동적(動的)이고 격렬한 풍경을 다양한 동사의 사용을 통해서 묘사하고 있다. 마지막으로 3연의 1, 2행은 근거리의 조망으로 폭풍이 지나간 후에 다시 찾아온 평온한 상태의 바다 모습을 통해 조화로운 우주의 모습을 보여주고 있다. 이 시는 바다 풍경의 변화에 따른 시점의 통일성이 부재한 사실을 각 연의 분위기를 가장 잘 전달할 수 있도록 문법적인 수단, 이를테면 품사의 특성을 활용하여 적확하게 묘사하고 있다. 원거리 조망의 평온한 풍경을 묘사하고 있는 1연에서는 압운을 형성하는 마지막 단어의 구성적인 특징으로는 모든 단어가 명사의 상태를 수식하는 형용사이며, 격렬한 폭풍우가 일고 있는 상태를 보여주고 있는 2연은 돛단배에 승선한 주인공이 느끼는 그런 긴박한 움직임들을 동사들을 통해서 표현해 주고 있으며, 압운도 역시 동사로 형성하고 있다. 마지막 3연은 돛단배를 승선한 주인공이 다시 느끼는 평온한 상태와 조화로운 우주를 명사의 사용을 통해 보여 주면서, 압운도 명사(золотой 제외)를 가지고 형성하고 있다.

반면에 각 연의 3, 4행은 시인의 감정이나 서정적인 사고를 나타내고 있기 때문에 시간적인 변화가 전혀 나타나지 않고, 이런 모든 사유(思惟)가 거의 동시에 행해지는 것을 알 수 있다. 이를테면 1연의 3, 4행은 먼 나라 타국과 조국(≪далёкой - родном≫)의 대비를 통해서 세계의 양극성을 보여주고 있으며, 2연의 3, 4행에서는 행복과 도주(≪счастья - бегства≫)의 대비를 통해서 세속적인 딜레마를 나타내

주고 있다. 이 시의 절정을 이루고 있는 3연의 3, 4행은 폭풍우와 안정(≪буря - покой≫)의 대비를 통해서 자연과 인간 영혼의 상태를 표현하고 있다.

시의 내용적인 특성을 살펴보면 각 연의 1, 2행에서 나타나는 자연의 풍경은 실제 생활에서 우리가 경험하는 사실적인 자연의 모습이며, 여기에서 받은 인상으로 독자들은 풍경화를 본 것처럼 그 어떤 예술적인 평가를 줄 수 있을 것 같은 감정에 사로잡히게 하는 경치이다. 1연의 1, 2행에서는 객관적인 대상의 그림을 보여주면서 돛단배의 비유의 과정에서 의인화를 보여주고 있다. 즉 돛단배는 그 무엇인가를 찾을 수도 버릴 수도 없는 물체이며, 조국이나 머나먼 타국의 의미가 있을 수도 없는 대상물이다. 또한 어순의 도치를 통해서 고독한 감정을 느끼는 것을 보여 줄 그런 생명체도 아니다. 2행의 '안개(туман)'는 바다와 하늘을 연결시켜 주는 매개체이자, 이 시의 구체적인 대상인 돛단배의 윤곽을 포착하기 힘들게 하여 그 상징성을 강조해 주는 역할을 한다. 이러한 추론의 근거로는 이 시의 주체인 돛단배가 1연의 1행에서 구체적으로 한 번 언급될 뿐, 다른 행이나 연에서는 더 이상 '돛단배(Парус)'로 표기되지 않고, 대명사인 '그(Он)', '그 아래(Под ним)', '그 위에(Над ним)'로 표현되고 있다. 이러한 이유로는 처음부터 배나 보트는 바다에 없었으며, 시인의 경험적인 사실에 준해서 자연스럽게 사고의 관조로 연결되어 시인의 서정적인 감정과 추상적인 무명성(無明性)으로 발전되고 있다. 시인은 3, 4행에서 자신이 추구하는 목표를 왜 가깝거나 정다운 조국이 아닌 머나먼 타국으로 설정했을까? 이것은 시인이 느끼는 숙명적인 그 어떤 '거리'로써 비한정성, 즉 무한함을 보여주는 것이다. 따라서 2행의 안개는 그 무한하고 알려지지 않은 미지의 세계를 더욱 상징화시켜 주고 있다.

2연에서는 폭풍우의 분위기를 집중적으로 강조하여 묘사하고 있는데, 여기에서 중요한 것은 분명하지 않은 극적 효과와 폭풍우를 만난 돛단배의 어렵고 힘든 상황을 많은 동사의 사용을 통해 보여주면서, 시각적이고 청각적인 이미지의 수단들을 통해서 이것이 단순한 풍경의 그림이 아니라 끊임없이 계속되는 동적 행위임을 말해주고 있다.

3연에서는 '평온과 폭풍우'라는 극단적으로 상충되며 이해하기 힘든 결합을 통해서 낭만주의적 경향의 이상적 외형을 갖추고 있다. 즉 1, 2행의 풍경은 폭풍우 후의 고요한 바다의 풍경에 나타나는 상하·고저, 전후·좌우로 펼쳐지는 파노라마의 조망은, 전 우주의 조화에 눈을 고정시키게 하고 있다. 우주의 조화로움과 항상 격렬하고 불안한 영혼의 이상적 결합이 평온과 폭풍우 속에서 구체화되고 있다. 평온이 깃든 폭풍우의 모티브는 시인의 인생관을 발견할 수 있는 것으로, 천지창조 이전의 방종하고 격렬한 투쟁의 상태에서 찾아 볼 수 있는 것이다.

레르몬또프는 '돛단배'에서 강하고 독자적인 개성, 개인의 고독감과 그것을 추구하는 과정에서 부딪치는 어려운 난관, 개인의 지칠 줄 모르는 목적 추구와 삶의 의미를 상징적으로 말하고 있다. 또한 '돛단배'는 인간의 영혼 속에 존재하는 자유 의지와 폭동성, 영원한 불만감, 자연 재해와의 투쟁 그리고 기존의 관습에 대한 반항을 묘사한 작품이다.

*   *   *

1

Выхожу один я на дорогу;
Сквозь туман кремнистый путь блестит;
Ночь тиха. Пустыня внемлет богу,
И звезда с звездою говорит.

2

В небесах торжественно и чудно!
Спит земля в сиянье голубом...
Что же мне так больно и так трудно?
Жду ль чего? жалею ли о чем?

3

Уж не жду от жизни ничего я,
И не жаль мне прошлого ничуть;
Я ищу свободы и покоя!
Я б хотел забыться и заснуть!

4

Но не тем холодным сном могилы...
Я б желал навеки так заснуть,
Чтоб в груди дремали жизни силы,
Чтоб дыша вздымалась тихо грудь;

5

Чтоб всю ночь, весь день мой слух лелея,
Про любовь мне сладкий голос пел,
Надо мной чтоб вечно зеленея
Темный дуб склонялся и шумел.

<1841>

이 시는 레르몬또프가 결투로 인해 죽기 몇 일전에 까프까즈의 빠찌고르스끄(Пятигорск)에서 쓴 시로, 시인이 이 곳에서 휴양을 하면서 신(神)과의 친밀감 내지는 근접성을 느끼면서 쓴 시이다. 이 시는 강약격 5음보로 씌어졌으며, 여성운과 남성운이 교체되는 'AbAb'의 압운 형식을 취하고 있다. 이 시에는 많은 수사적 표현과 문법적 어휘적 지식을 요하는 단어의 쓰임이 보여지고 있으며, 작시법 상의 기법들이 나타나고 있음에 주의하고, 오직 자신만을 위해서 노래하는 음조로 씌어진 시(詩)라는 점을 주의해서 살펴보자.

아파나시 아파나시예비치 페뜨
(Афанасий Афанасьевич Фет, 1820-1892)

독일에서 요양 중이던 러시아의 지주이자 귀족인 아파나시 네오피
또비치 쉔신(Афанасий Неофитович Шеншин)은 1820년 독일인 고
급 관리 요한 페트의 아내로서 임신 중인 카롤리나를 사랑하게 되어
러시아로 데리고 왔다. 카롤리나는 그해 가을 쉔신의 영지에서 아이
를 낳았고, 2년 후 두 사람은 결혼했다. 아파나시 페뜨는 13살 되던
해에 베로(현재 에스토니아의 도시 - 비루)에 있는 독일의 기숙학교로
보내졌다. 그러나 1년 후 그의 인생 전부를 뒤바꾼 사건이 일어나게
된다. 아파나시는 이제부터 어머니의 성 포에트(Foeth)를 사용해야한
다는 내용의 편지를 아버지로부터 받는다. 이로 인해 그는 뒤늦게 '페
뜨'가 되었다. 페뜨의 시가 실린 잡지를 인쇄하던 곳에서 식자공이 'e'
위에 점을 찍어야하는 것을 잊었기 때문이다. 페뜨가 어머니의 성을
사용해야했던 이유는 양부인 쉔신이 그의 어머니와 결혼식을 올리기
전에 그가 태어났기 때문이다. 교회당국은 이러한 위조 사실을 밝혀
냈고, 교회법에 따라 페뜨로 하여금 아버지 '쉔신'의 성을 사용하지
못하게 하였다. 그에 따라 어머니의 성인 페뜨(Каролина Шарлотта
Фет)를 사용하게 되었다. 페뜨가 14살 때에 자신도 모르는 이러한 출
생의 비밀이 폭로되어 쉔신의 성과 더불어 귀족의 특권을 상실하게
된 것이다. 페뜨는 귀족이 아닌 잡계급 지식인(разночинцы)이 되었
고, 귀족의 상속자가 아닌 비합법적으로 태어난 아이였으며, 심지어
는 태생적으로 러시아인도 아니었다. 실제로 페뜨의 유대계 용모가

보여 주고 있듯이, 그의 친부(親父)는 카롤리나의 전 남편인 요한 페트였다.

1837년 양아버지인 쉔신은 페뜨를 대학교에 입학시키기 위해 모스크바로 보냈다. 페뜨는 우수한 성적으로 시험을 통과하여 어문학과 학생이 되었다. 페뜨는 기숙학교 수학 시기에 이미 시를 쓰기 시작해, 나이 스물에 첫 번째 시집을 출간했다. 1842년부터 그의 시는 정기적으로 문학잡지에 실렸다. 1850년대 중반부터 시인은 자신의 시를 [동시대인]에 실었는데, 1859년에는 네끄라소프나 체르늬쉡스끼, 도브로류보프의 혁명적 견해에 동의하지 않았기 때문에 잡지 [동시대인]에서 떠났다. 페뜨의 창작과 세계관에서는 '순수예술' 이론의 영향을 발견할 수 있다. 페뜨는 1860년대의 논쟁적인 문단의 분위기 속에서도 시종일관 '순수미'를 옹호하는 '예술지상주의'의 논진에 포함되었고, 농노 해방 후에는 문학으로의 전념을 포기하고 영지의 경영에 적극적으로 가담하여 개혁을 부정하는 보수파의 논객으로서 농노제를 지지할 수 밖에 없었는데, 그 이면에는 지주 귀족의 신분을 회복하려는 페뜨의 '평생의 꿈'이 있었기 때문이다.

자연을 주제로 한 페뜨의 시에는 뚜르게네프의 자연 묘사가 연상된다. 계절과 자연의 생명력의 전달, 하루의 흐름이나 날씨 등과 같이 그 어떤 시간의 특징이 한 순간의 움직임으로 포착되고, 거기에 시인의 기분이 곁들여진다. 따라서 묘사되는 세계는 서정적 감각의 표현 수단이 된다. 즉 시인은 스스로의 기분에 의해서 통일된 하나의 통합체로써 세계를 나타내려고 했다. 그의 시에서는 감정의 세계도 자연과 마찬가지로 미묘한 한 순간의 감각에 의해서 정착된다. 페뜨는 '완전하고 명백하게 성숙된' 감정에는 특별한 관심을 기울이지 않았다. 즉 태동하고 있는 느낌이나 불안, 감정의 변화 추이 등의 과정에 주목했다.

페뜨의 서정시에서는 인간의 정신적 세계가 심층적으로 해부되고 있다. 그러나 이 정신적 세계는 항상 자연과 결합되어 있다. 그의 시에서 풍경은 인간의 정신적인 상태를 표출한다. 자연은 인간의 정신이 미(美)의 세계로 몰입하는 것을 돕는다. 페뜨의 낭만주의적 주인공은 자연에 친밀한 만큼 자연의 영혼을 느낄 수 있으며, 정신적으로 자연과 결합할 수도 있다.

페뜨의 시는 매우 음악적이며, 다양한 리듬과 소리의 변조를 감지할 수 있다. 이 때문에 러시아의 위대한 작곡가 차이꼬프스끼는 그를 '진정한 천재 시인'이라고 칭했으며, 이런 이유로 위대한 러시아의 작곡가들이 그의 시를 원작으로 한 훌륭한 로망스들을 작곡했다.

페뜨의 창작은 러시아 낭만주의 시 발전의 새로운 단계를 의미한다. 그의 시작품 속에서 시적 영감은 실용주의와 결합되어 있다. 페뜨는 실용주의를 창작의 필수 조건으로 보았고, 실용주의는 자신에게 순수하고 자유로운 시가 숨쉴 수 있는 기회를 제공한다고 말했다. 페뜨의 견해에 따르면, 낭만주의 시인은 현실의 삶 속에서 보호받을 수 없기 때문에 시인 스스로 자신의 운명을 개척해야 하고, 세상에서 자기 자신을 지킬 수 있어야한다. 그런 경우에 한해서 시인은 창작의 자유를 획득하며 자립하게 되는 것이다. 그의 시에서 자립의 주제는 중요한 부분이다. 70년대에 들어와 페뜨는 다시 문학에 관심을 기울였다. 그는 또한 재능 있는 번역가였는데, 고대 그리스, 로마와 동양의 시인들의 시들과 괴테, 쉴러, 하이네, 바이런, 아담 미쯔께비치, 세익스피어의 비극을 번역하였으며, 거의 모든 고대 로마의 시들을 러시아어로 번역했다. 그는 이러한 공로를 인정받아 1886년에 과학 아카데미의 회원으로 선출되었다. 1873년 황제의 명령으로 그는 '쉔신'이라는 성을 다시 받고 귀족 칭호를 얻게 되었다. 페뜨는 1892년 11월 21일 우연한 사고로 사망했다.

Я пришел к тебе с приветом
Рассказать, что солнце встало,
Что оно горячим светом
По листам затрепетало;

Рассказать, что лес проснулся,
Весь проснулся, веткой каждой,
Каждой птицей встрепенулся
И весенней полон жаждой;

Рассказать, что стой же страстью,
Как вчера, пришел я снова,
Что душа все так же счастью
И тебе служить готова;

Рассказать, что отовсюду
На меня весельем веет,
Что не знаю сам, что буду
Петь, - но только песня зреет.

<1843>

♧ 당신은 **ФЕТ**의 시 중에서 가장 잘 알려진 시를 읽고 있다. 러시아인들이 일생을 살아가면서 ≪Я пришёл к тебе с приветом≫이라는 이 시를 한 번이라도 인용하지 않은 사람이 없을 정도로 유명한 작품이다.

1. 시의 1행을 읽고, 그 의미를 자신의 말로 전달해 보세요. 시인이 누구에게 말하고 있는 것이라고 생각하나요?

☞ 나는 너에게 "안녕!"이라는 인사를 하기 위해 왔다. 시인이 '너(Ты)'라고 부르는 호칭은 가까운 사람, 즉 친구에게 왔다는 사실을 독자들이 예측할 수 있는 가능성을 준다.

2. 1행과 2행을 읽어 보세요. ≪...пришёл... рассказать≫라는 표현에 쓰인 동사의 구조를 주의해서 보세요. 당신은 이것을 어떻게 이해했나요? 만일 당신이 시를 주의 깊게 읽었다면, 2, 3, 4연의 첫 행이 같은 동사 ≪рассказать≫로 시작된다는 것을 알아챘을 것이다. 당신은 시인의 방문 목적이 무엇이라고 생각하나요?

☞ '이야기해 주러 왔다는 것'은, 즉 방문의 목적이 무엇인가를 알려주는 것이다.

3. 1연을 전부 읽어 보세요. 시인은 하루 중 언제 손님으로 왔나요?

☞ 아침에 왔다. '태양이 떠올랐다'는 표현은 아침이 되었음을 말해 주고 있다.

4. 2연을 읽어 보세요. 당신은 이 시가 어떤 계절에 대하여 이야기하고 있다고 생각하나요? 당신이 생각하고 있는 답을 본문에서 찾아 보세요. 당신은 ≪лес проснулся≫라는 표현을 어떻게 이해하고 있나요?

☞ "봄날의 아침"에 관해 이야기하고 있다. 동사 ≪проснуться≫는 일반적으로 살아있는 인칭 주어와 함께 사용된다. 예를 들어, '사람이 깨어났다'와 같이 겨울 "잠"을 잔 후의 자연을 묘사하는 경우에는 전의된 의미로 사용된 것이다. 즉 자연이 깨어나고, 소생하여 되살아난다는 것을 의미한다.
≪Лес... весь проснулся≫라는 표현은, 즉 숲의 나무와 관목들이 소생을 했고, '각각의 가지들이' 푸르러지고 자라기 시작했다는 것이며, 새들이 둥지를 틀면서 노래를 부르기 시작했음('새들이 갑자기 활개 치기 시작하다')을 의미한다.
≪Весенняя жажда≫라는 표현은 여기서 '봄날의 자연에서 느끼는 힘과 에너지 그리고 생명의 열망'을 의미한다.

5. 앞의 두 연을 다시 읽은 후, 시인이 이러한 소식을 가지고 누구에게 갈 수 있을지에 대해서 말해 보세요.

☞ 시인이 말하는 것에 대해서 이것이 실제적인 정보라고 이야기해서는 안 된다. 시인은 새로운 날과 봄을 맞이하는 자신의 감정과 기쁨에 관하여 말하고 있지만, 이러한 것은 당신의 체험을 이해하고, 관심을 공유해야만 함께 느낄 수 있는 것으로 매우 친밀한 사람만이 함께 나눌 수 있다.

6. 3연을 읽어 보세요. 어떤 느낌들에 대해 이야기하는지 추측해 보세요. 그리고 ≪страсть≫의 동의어를 찾아보세요. 이 연의 3, 4 행을 구문론적인 어순에 맞게 고쳐보세요. 당신은 이 연의 의미를 어떻게 이해하고 있나요?

☞ ≪Страсть≫는 열정적이고 강한 사랑을 의미한다. 이 연에서 시인은 자신의 감정에 대해서 직접적으로 말하고 있다. '행복한 마음으로 너에게 봉사할 준비가 되어 있다'라는 표현은 사랑에 대한 고백이다.

7. 마지막 연에 나오는 ≪...отовсюду на меня весельем веет...≫이라는 표현을 어떻게 이해하고 있나요? 누가 즐거운가요, 주변 사람들인가요? 아니면 시인 자신인가요? 시의 마지막 행들에서 여러분의 의견을 확인시켜 줄 시구들을 찾아보세요. ≪песня зреет≫이라는 표현은 무엇을 의미하나요?

☞ 시인은 매우 행복하다. 그래서 시인에게는 주위의 모든 사람들과 모든 것들이 행복하고 즐겁다고 여겨진다. 러시아인들은 인간의 이러한 상태에 대해서 '마음(영혼)이 노래를 한다'라고 표현한다. 여기서 이 '노래'는 '시'이고, 시인의 마음속에서 여물고(/완성되고) 있다. ≪зреет≫은 '열매, 과일, 곡식이 성숙한다(여문다)'는 것을 의미한

다. '사과가 익고, 딸기가 익고, 알곡이 여문다'라는 표현은, 자연의
법칙에 따르는 생명의 순환 과정이다.

8. 시를 전체적으로 읽어 보세요. 당신은 이 시를 어떻게 이해했고,
어떤 상황에서 낭독되었을 거라고 생각하나요? 시인은 자신의 감정에
대해 직접적으로 이야기하고 있을 뿐만 아니라 자연 상태를 묘사하면
서 전달하는 것에 주의를 기울이세요.

Шепот, робкое дыханье,
    Трели соловья,
Серебро и колыханье
    Сонного ручья,

Свет ночной, ночные тени,
    Тени без конца,
Ряд волшебных изменений
    Милого лица,

В дымных тучках пурпур розы,
    Отблеск янтаря,
И лобзания, и слезы,
    И заря, и заря!..

        <1850>

Tip

   이 시는 러시아 서정시 가운데 가장 훌륭한 작품 중의 하나로 강약격 4음보와 3음보가 교체되면서 여성운과 남성운이 번갈아 오는 운율상의 특징이 있다. 또한 이 시에서는 하나의 동사도 찾아 볼 수 없기 때문에 서로서로 단편적으로 연결되고, 시형식이 체계 없이 독단적인 것처럼 보인다. 그러나 1연과 2연은 동일한 형식을 띄고 있으며, 운율상의 통사론적 평행을 이루고 있다. 3연은 하나의 문장으로 구성되어 있으며, 접속사 때문에 문장의 어휘 수가 증가되었지만 독특한 통사론적 이중성의 구조를 띄고 있다. 이 시의 주제는 '사랑(1, 7, 8행)과 자연(2-6행)'이다.

알렉세이 꼰스딴찌노비치 똘스또이
(Алексей Константинович Толстой, 1817-1875)

　1816년 11월 13일 뻬쩨르부르그의 시메오니예프 교회에서 러시아 두 명문가의 후손들이 결혼식을 올렸다. 신랑은 36세의 홀아비인 꼰스딴찐 똘스또이(Константин Толстой)였는데, 그는 군복무 중에 중상을 입고 육군 대령으로 퇴직했다. 그의 신부는 20세의 아름다운 여인 안나(Анна)였다. 안나는 부모님의 뜻에 따라 사랑하지도 않는 사람과 결혼했기 때문에, 결혼 초부터 부부 사이에는 서로에 대한 이해나 일치가 없었다.

　알렉세이 똘스또이는 1817년 8월24일 뻬쩨르부르그에서 태어났다. 그러나 이해에 그의 어머니 안나는 남편과 헤어졌고, 그녀는 곧바로 어린 아들 알렉세이(Алексей)를 데리고 체르니꼬프에 있는 오빠의 영지로 떠났다. 알렉세이 알렉세예비치 뻬로프스끼(Алексей Алексеевич Перовский)는 뿌쉬낀과 쥬꼬프스끼의 친구이며, 1820~30년대에 유명한 산문작가였다. 자신의 작품을 출판할 때 안또니 뽀고렐리스끼(Атоний Погорельский)라는 필명을 사용하였던 그가 조카를 양육해 주었다. 알렉세이 똘스또이가 10살 되던 해에 외삼촌과 함께 독일과 이탈리아로 여행을 떠났는데, 독일에서 그들은 괴테를 만났다. 괴테는 어린 알렉세이에게 자기 손으로 직접 그린 맘모스의 상아 조각 그림을 선물했다.

　1834년에 똘스또이는 외무부 산하 모스크바 고문서 보관소에 취직했고, 후에 그는 프랑크푸르트 나 마인(Франкфурт-на-Майне)의 러시아 대사관에서 근무했다. 그의 문학 부문의 첫 데뷔작은 환상 소설 『흡혈귀(упырь, 1841)』인데, 벨린스끼는 이 소설을 보고 '표현은 아직 서툴지만 훌륭한 재능이 보인다'라고 평했다.

똘스또이의 시들은 1854년에 네끄라소프의 [동시대인]에서 처음으로 출판되었다. 크림전쟁이 시작되자 똘스또이는 군대에 자원입대 하였다. 전쟁이 끝난 후 알렉산드르 II세는 그를 시종무관으로 임명했다. 그러나 가정을 돌보아야 했던 똘스또이는 1861년에 사직서를 제출했고 결국 받아들여졌다. 그는 뻬쩨르부르그를 떠나 근교에 있던 자신의 영지와 체르니고프현(Черниговская губерния)에서 살았다. 1867년에 시인은 일생 동안에 단 한 권의 시집만을 출판했다.

시인은 자연이 시에 대한 자신의 마음에 특별한 도움을 주었다고 여겼다. 그는 '공기와 거대한 숲의 전경은 나에게 깊은 감명을 주었으며, 그 감명은 나의 성격과 전 생애에 흔적을 남겼다'고 회상했다. 시인은 소생하며 활짝 피어나는 봄의 자연에 특히 매료되었다. 그는 자연의 강력한 영향력은 사람의 마음을 치료해준다고 생각했다.

똘스또이가 좋아하는 서정시들은 주인공들 사이의 상호관계에 대한 이야기를 전해주는 서정적인 일기장을 연상하게 하는데, 시인은 자신의 감정을 펼치고, 그 감정과 함께 아픔을 나눌 수 있기 때문에 행복했던 것이다. 시인에게 사랑이란 창조적 영감을 주는 주된 원천이었으며, 저속한 삶으로부터 구원받을 수 있는 유일한 수단이었다.

똘스또이의 민중에 대한 관심과 사랑은 그의 서정시, 영웅 서사시(былина), 발라드(баллада)에 잘 나타나 있다. 시인은 또한 러시아 역사에도 관심이 많았는데, 그의 대표적인 역사 소설 《세레브랸늬이 공후(Князь Серебряный, 1863)》, 3부작 드라마인 《이오안 그로즈늬이의 죽음(Смерть Иоанна Грозного, 1866)》과 《표도르 이오아노비치 황제(Царь Федор Иоаннович, 1868)》 그리고 《보리스 황제(Царь

Борис, 1870)≫ 등이 그의 역사관을 보여주는 작품에 속한다.

똘스또이의 희곡 작품에서 중요한 부분은 16세기 말부터 17세기 초 러시아 역사를 주제로 한 '운문 희곡(стихотворная пьеса)'들이 차지하고 있다. 시인은 정부가 민중들에게 어떻게 영향을 끼치며, 통치자의 인격이 국사에 어떻게 작용하는지에 대해 많은 관심을 가지고 있었다.

똘스또이는 세 조카들과 함께 시, 격언(афоризм), 우화(притча), 일화(анекдот), 희곡(пьеса) 등을 많이 썼는데, 이 작품들은 꼬지마 쁘루뜨꼬프(Козьма Прутков)라는 가명으로 출판되었다. 똘스또이의 풍자적인 시 『러시아 국가 역사(История государства Российского...)』는 러시아 독재자들의 행위에 대한 핵심을 찌르는 묘사로 유명하다.

똘스또이는 자신에 대해 이렇게 썼다. "나는 예술을 위한 예술을 지켜온 두 세 명의 작가들 중 한 사람이다. 시인은 사람들에게 직접적인 이익을 가져다주는 것이 아니라, 그들에게 아름다운 것들에 대한 사랑을 불어넣어 주면서 도덕적 수준을 고양시키는 사명을 가지고 있다."

60년대 중반부터 똘스또이는 심한 두통을 앓았고 천식으로 고생했으며, 참기 힘든 고통을 이겨내려고 많은 양의 모르핀을 복용하면서 자신을 지탱했다. 그는 1875년 9월 28일 체르니고프스끼 현에서 세상을 떠났다.

Коль любить, так без рассудку,
Коль грозить, так не на шутку,
Коль ругнуть, так сгоряча,
Коль рубнуть, так уж сплеча!
Коли спорить, так уж смело,
Коль карать, так уж за дело,
Коль простить, так всей душой,
Коли пир, так пир горой!

<1854>

♣ 지금 읽고 있는 시는 매우 평이하고 단순한 어휘들로 씌어진 것으로써, 똘스또이의 시 전체를 이해하는 단초로써 좋은 예가 될 것이다. 똘스또이의 시에서는 단순한 구어체의 어휘들이 많이 사용되었으며, 민중들의 언어가 녹아 있는 특성을 지니고 있다. 또한 누구나 쉽게 이해할 수 있는 어구들과 평범한 문구들이 그의 시의 주된 내용을 이루고 있다.

1. 이 시에서 가장 눈길을 끄는 것은 모든 행이 같은 단어(물론 두 개의 변형이지만)로 시작되고 있다는 것이다. 이 단어인 ≪коль≫는 고어(古語)형의 접속사로 현대 러시아어의 ≪если≫와 같은 의미와 기능을 가지고 있다.

2. 이 시를 구성하는 각 시행은 하나의 문장으로 이루어져 있다. 여기에는 생략된 문장 성분이 있다. 이를테면 ≪Коль (если) делать что-нибудь, так (то) надо делать таким образом≫의 형태로 '무엇인가를 하려거든 이런 식으로 해라'이다. 즉 첫 행에서는 사랑하려거든 사리·분별없이 해야 한다는 것이다. 러시아어의 전치사 ≪без≫는 생격을 요구하는데, 이 행의 ≪рассудку≫는 ≪рассудок≫의 생격

형태인 ≪рассудка≫의 고대 러시아어 형태의 격 어미를 사용하고 있다. 다음에 이어지는 시행들의 보다 명쾌한 이해를 위해 첫 행을 현대 러시아어 형태로 다르게 바꾸어 살펴본다면 ≪Не рассуждая, не думая, не взвешивая все ≪за≫ и ≪против≫, надо любить≫ ('〈찬성〉과 〈반대〉 그 어떤 것도 생각하지 말고 따지지 말고 사랑해야만 한다')가 된다.

3. 2행의 내용인 ≪грозить≫라는 내용에 대해서는 첫 행을 모델 삼아 좀 더 쉽게 이해할 수 있을 것이다. 그 의미를 살펴보면 누군가를 위협하거나 겁주어야 할 필요가 있다면, 그 필요나 원인에 따라 아주 현실감 있게 겁을 주라는 것이다. 즉 상대로 하여금 확실히 겁에 질리도록 만들라는 것이다.

4. 3행과 4행에 쓰인 동사의 의미에 대해 살펴보세요. 이 행들에서는 일회성(一回性) 동사의 어근인 ≪-ну≫가 사용된 공통성이 있다. ≪ругнуть≫는 누군가를 욕하는 행위이다. 그리고 ≪сгоряча≫는 마음이 가는 대로 드러내는 아주 솔직한 감정 표현의 상태를 의미한다. 즉 해야 할 필요가 있다면 할 수 있는 마음껏, 앞 뒤 사정 볼 것 없이 속 시원하게 욕을 해 주라는 의미이다. 4행의 ≪рубнуть≫는 '매우 예리한 도구로 무엇인가를 도려내거나 절단하는 행위'를 의미한다. 즉 '도끼로 나뭇가지를 자르다'의 의미이다. 그렇지만 여기서는 전의된 의미로써 거칠고 힘하게 대응한다는 뜻이다. 그리고 ≪сплеча≫는 '흥분된 상태에서 아주 힘 있는 동작으로 모든 힘을 손에 실어 내는 행위'를 의미한다. 따라서 이것은 적대적인 어떤 것에 대한 대응으로써 아주 강하게 응징해야 한다는 뜻이다.

5. 5행과 6행을 읽어 보세요. 5행은 논쟁이나 말다툼에 있어서는 아주 용감해야 한다는 것으로 이것은 거칠 것 없이 목청을 높여 싸우라는 뜻이다. 6행의 ≪карать ... за дело≫는 범죄나 나쁜 행위에 대한 처벌에서는 인정사정 볼 것 없이 엄해야 한다는 의미이다.

6. 7행에 나오는 ≪простить *всей душой*≫는 앞선 행의 내용과는 반전(反轉)되는 것으로 용서에 대한 방법에 대해서 새롭게 환기시켜 주고 있다. 용서를 하려거든 진심으로, 한 치의 거짓이나 가식, 위선 없이 용서하라는 것이다.

7. 8행의 ≪пир горой≫라는 표현은 '향연을 즐김에 있어서는 술과 산해진미가 넘쳐날 만큼 풍요롭게 해야 한다'는 것이다.

이 시를 통해 우리는 시적 화자가 추구하는 삶의 구체적인 인생관을 살펴 볼 수 있다. 시인은 평범하고 범속한 어휘를 사용하면서, 시의 내용 역시 아주 단순하고도 담백한 삶을 표현하고 있다. 형식적이고 가식적인 굴레에서 벗어나, 내면의 본질적인 지시에 순응하면서 직설적으로 표현된 삶의 방식에는 혼란과 분열이 존재하지 않는다. 또한 시적 화자가 추구하는 삶의 방식에 대해 옳고 그름에 대한 다른 사람들의 평가는 아무런 의미가 없다. 단지, 인간의 본원적인 심성을 감추고서 표현하는 사교적이고 정치적인 위선과 가식을 거부하는 진솔한 삶의 지혜를 터득하는 것이 중요할 뿐이다.

Средь шумного бала, случайно,
В тревоге мирской суеты,
Тебя я увидел, но тайна
Твои покрывала черты.

Лишь очи печально глядели,
А голос так дивно звучал,
Как звон отдаленной свирели,
Как моря играющий вал.

Мне стан твой понравился тонкий
И весь твой задумчивый вид,
А смех твой, и грустный и звонкий,
С тех пор в моем сердце звучит.

В часы одинокие ночи
Люблю я, усталый, прилечь -
Я вижу печальные очи,
Я слышу веселую речь;

И грустно я так засыпаю,
И в грезах неведомых сплю...
Люблю ли тебя - я не знаю,
Но кажется мне, что люблю!

<1851>

Tip

 이 시는 약강약격 3음보로 씌어진 시로 여성운과 남성운이 교체되는 'АbАb'의 압운 형식을 형성하고 있다. 이 시의 주된 내용은 여주인공의 외모에 대한 이중성을 보여주는 의혹과 불안의 감정을 보여주고 있다.

이반 세르게예비치 뚜르게네프
(Иван Сергеевич Тургенев, 1818~1883)

　뚜르게네프는 1818년 10월 28일 모스크바에서 남쪽으로 380Km 떨어진 중부 러시아의 오룔에서 몰락한 귀족 출신으로 퇴역 대령인 세르게이 뚜르게네프의 둘째 아들로 태어났다. 어머니인 바르바라 뻬뜨로브나(Варвара Петровна)는 광대한 영지의 상속인이었기 때문에 잘 생긴 청년 세르게이와 결혼을 할 수 있었다. 이반 뚜르게네프의 아버지인 22살의 세르게이는 몰락한 가문을 일으켜 세울 목적으로 사랑도 하지 않은 연상의 여인 바르바라와 결혼하였던 것이다. 이들의 결혼 생활은 행복하거나 순탄하지 않았다. 부모님의 평범하지 않은 가정생활이 어린 뚜르게네프에게 우유부단한 성격을 형성하게 했으며, 이러한 성격은 평생 동안 지속되었다. 어머니는 영지를 직접 경영하였고, 농노들을 매우 혹독하게 다루었는데, 이 곳에서 어린 뚜르게네프는 농노들의 고통스러운 삶을 목격하게 되었다. 뚜르게네프는 어머니의 새디즘 영향으로 어린 시절부터 폭력에 대한 두려움과 혐오를 평생동안 간직한 채 살았다. 작가의 폭력에 대한 이러한 두려움과 혐오가 그로 하여금 시대의 혁명적 흐름에서 언제나 한 발짝 물러나 있게 하였다.

　1827년 뚜르게네프의 집안은 모스크바로 이사했다. 전형적인 러시아 귀족의 교육, 즉 개인교수 및 기숙학교 등에서 교육을 받은 뚜르게네프는 열네 살 무렵에 프랑스, 독어, 영어를 유창하게 구사하였으며, 유럽과 러시아의 훌륭한 문학 작품들을 독파했다. 뚜르게네프는 열다섯 살(1833년)에 모스크바 대학에 입학하였고, 1년 뒤 뻬쩨르부르그 대학으로 옮겨 이 곳에서 철학 역사학을 전공하고 1937년에 학위를 받았다.

뚜르게네프는 뻬쩨르부르그 대학을 졸업한 후에 당시 헤겔 철학의 본산인 베를린 대학에서 공부를 계속 하였다. 베를린에서 그는 역사와 철학, 유럽 문학을 깊이 있게 공부했다. 뚜르게네프는 또한 음악, 회화, 연극에도 관심을 기울였다. 1841년 뚜르게네프는 러시아로 돌아왔다. 처음에 그는 철학을 가르치기를 원했고, 교수가 되어 대학에서 학생들을 지도하고 싶어 했다. 그러나 뚜르게네프의 계획은 바뀌었고, 문학 활동에 보다 심도 있게 전념하기 시작했다.

1843년 뚜르게네프는 평론가인 벨린스끼와 알게 되었고, 그의 가깝고도 소중한 친구가 되었다. 뚜르게네프에게 있어서 벨린스끼와의 교우는 매우 중요한 의미를 지닌다. 벨린스끼는 뚜르게네프로 하여금 자신의 재능과 능력을 확신하도록 도와 주었다. 이 시기 작가는 자신의 진로에 대해 진지하게 모색하고 있었다. 그는 서사시, 단편, 중편 소설, 희곡 등 다양한 장르의 사실주의 작품을 썼다.

1843년 작가의 생애에 중요한 사건이 일어난다. 그는 재능 있는 프랑스 여가수 뽈리나 비아르도를 만나 사랑에 빠지게 되었다. 뚜르게네프는 비아르도에게 이렇게 썼다: '나는 이 세상에서 당신보다 더 좋은 사람을 본 적이 없소... 내 인생에서 당신을 만난 것이 가장 큰 행복이요.' 그는 생을 마감하는 날까지 그녀에 대한 이러한 감정을 지닌 채 살았다. 프랑스에 있는 비아르도의 집은 뚜르게네프에게 제 2의 집이 되었다. 뚜르게네프는 1860년대 초부터 줄곧 외국에서 지냈으며, 러시아에는 가끔 다녀갔다.

1852년 단편집『사냥꾼의 수기(Записки охотника)』가 출간되었다. 이 책은 농노제 하의 민중 삶에 대한 작품으로, 주된 이념은 농노제에 대한 항의였다. 이 작품은 러시아 사회와 문학 활동에서 커다란 전환점이 되었다. 또한 같은 해에 뚜르게네프와 절친하게 지냈던 위대한 풍자 작가 고골이 타계했다. 고골의 죽음은 뚜르게네프에게 커다란 슬픔이었다. 그는 고골이 위대한 작가로 불리어져야 한다는 것과 그를 향한 러시아인들의 사랑에 관한 논문을 썼다. 뚜르게네프는 검열 당국의 금지에도 불구하고 이 논문을 출간했다. 이로 인해 뚜르게네프는 체포되었고 그의 영지로 유배당했다. 그가 유배당한 주된 이유는 반(反)농노제, 반(反)전제의 성격을 띠고 있는 그의 창작 활동에 있었다.

뚜르게네프는 러시아 장편 소설의 발전에 커다란 역할을 했다. 그는 새로운 장편 소설의 전형인 사회 심리 소설을 창조했다. 뚜르게네프는 자신의 작품들을 통해 '누가 새로운 환경에서 사회적 투쟁에 주된 역할을 할 것인가?' '귀족 지식인인가?' 아니면 '〈새로운 사람들〉인 잡계급 출신의 민주적 지식인인가?' 하는 문제에 답하려 했다. 여기서 말하는 〈새로운 사람들〉은 바로 농민, 관료, 성직자, 상인 가정 출신의 '젊은 지식인'이었다.

뚜르게네프의 첫 장편소설인 『루진(Рудин, 1856)』과 『귀족의 둥지(Дворянское гнездо, 1859)』의 등장인물들은 귀족 지식인으로 적극적인 사회 활동에는 재능이 없었고, 새로운 환경에서 해방 투쟁을 주도할 수도 없었다. 작가는 잡계급 지식인에 대해 『전야(Накануне, 1860)』, 『아버지와 아들(Отцы и дети, 1862)』, 『처녀지(Новь, 1877)』와 같은 작품에서 다루고 있다. 1850년 뚜르게네프는 『시골에서의 한 달(Месяц в деревне)』를 발표하여 드라마 분야에서도 작가적 재능을 보였다. 이러한 작품들을 통해 뚜르게네프는 동시대의 극적인 삶의 모습들, 지배적 사유 패러다임의 변화 양상을 날카롭게 분석하여 러시아 사회사상의 발전에 지침과 예견을 주었다.

뚜르게네프는 만년에 ≪산문시(Стихотворения в прозе, 1877-82)≫

라는 새로운 장르를 창조해냈고, 러시아 작가들의 작품을 외국어로 번역하는 것을 도와 서구의 독자들에게 러시아 문학을 소개하였으며, 세계 문학의 발전에 막대한 영향을 끼쳤다. 뚜르게네프는 해외에 잘 알려진 최초의 러시아 작가였다.

В дороге

Утро туманное, утро седое,   — ◡ ◡ — ◡ ◡ — ◡ ◡ — ◡
Нивы печальные, снегом покрытые,   — ◡ ◡ — ◡ ◡ — ◡ ◡ — ◡ ◡
Нехотя вспомнишь и время былое,   — ◡ ◡ — ◡ — ◡ ◡ — ◡
Вспомнишь и лица, давно позабытые.   — ◡ ◡ — ◡ — ◡ ◡ — ◡ ◡

Вспомнишь обильные страстные речи,   — ◡ ◡ — ◡ ◡ — ◡ ◡ — ◡
Взгляды, так жадно, так робко ловимые, — ◡ ◡ — ◡ — ◡ ◡ — ◡ ◡
Первые встречи, последние встречи,   — ◡ ◡ — ◡ — ◡ ◡ — ◡
Тихого голоса звуки любимые.   — ◡ ◡ — ◡ ◡ — ◡ ◡ — ◡ ◡

Вспомнишь разлуку с улыбкою странной, — ◡ ◡ — ◡ ◡ — ◡ ◡ — ◡
Многое вспомнишь родное далекое,   — ◡ ◡ — ◡ ◡ — ◡ ◡ — ◡ ◡
Слушая ропот колес непрестанный,   — ◡ ◡ — ◡ ◡ — ◡ ◡ — ◡
Глядя задумчиво в небо широкое.   — ◡ ◡ — ◡ ◡ — ◡ ◡ — ◡ ◡

<1843>

Tip

이 시는 각각의 연이 4행씩으로 3연으로 구성된 총 12행의 시이다. 각 연은 여성운과 남성운이 교대로 나타나는 교체압운(перекрёстная рифма)의 형식을 띠고 있으며, 강약약(Дактиль)의 4음보로 운율을 갖춘 시이다. 이 시의 주제는 지나간 시간과 잊혀진 사랑 그리고 고국을 떠난 후 여정의 감회들을 회상하며 노래하고 있는 시이다.

≪О МОЯ МОЛОДОСТЬ! О МОЯ СВЕЖЕСТЬ!≫

≪О моя молодость! о моя свежесть!≫ - восклицал и я когда-то. Но когда я произносил это восклицание - я сам еще был молод и свеж.

Мне просто хотелось тогда побаловать самого себя грустным чувством - пожалеть о себе въявь, порадоваться втайне.

Теперь я молчу и не сокрушаюсь вслух о тех утратах... Они и так грызут меня постоянно, глухою грызью.

≪Эх! лучше не думать!≫ - уверяют мужики.

<Июнь, 1878>

Tip

이 시의 제목은 고골의 『죽은 혼(Мертвых душ)』 1권의 6장에 나오는 표현 - ≪О моя юность! О моя свежесть!≫ - 을 약간 바꾸어 인용한 것이다.

니꼴라이 알렉세예비치 네끄라소프
(Николай Алексеевич Некрасов, 1821-1878)

　　네끄라소프는 1821년 11월 28일 모스크바 북동쪽에 위치한 작은 도시 네미로프에 있는 아버지의 영지에서 태어나 이 곳에서 어린 시절을 보냈다. 어린 네끄라소프는 이 곳에서 민중들의 고통스럽고 음울한 삶을 보면서 자랐다. 그의 아버지는 러시아인이었으나 그의 어머니는 대부분의 전기(傳記) 연구자들이 인정하듯 폴란드 여인이었다. 네끄라소프에게 러시아 시에 눈을 뜨게 해 주고, 또한 러시아 농민들의 고통에 찬 삶에 대해 애정을 갖게 해준 사람이 바로 어머니였다. 네끄라소프의 아버지는 고압적이고 무자비한 지주로 농민들을 가혹하게 착취하였다. 그의 집 옆으로 시베리아로 유형 가는 사람들이 지나는 길이 있었다. 집에서 멀지 않은 곳에 볼가 강이 흐르고 있었는데 어린 작가는 이곳에서 처음으로 배를 끄는 노동자들의 모습을 지켜보았고 이들의 구슬픈 노래를 들었다. 이 모든 것들은 시인의 성격과 관점에 영향을 미쳤고, 그의 마음 속에 굴종과 강압에 항의하는 의지와 민중에 대한 사랑을 갖게 만들었다. 이러한 이유 때문에 고통스럽고 음울한 민중들의 삶의 주제가 그의 창작의 중심이 되었다.

　　네끄라소프는 중학교에 입학한 1832년부터 시를 쓰기 시작했으며, 중등교육을 마친 후 아버지의 만류에도 불구하고 뻬쩨르부르그로 가서 대학에 입학했다. 이러한 결정으로 인해 시인의 아버지는 아들에게 일체의 재정적인 도움을 제공하지 않았다. 이에 따라 뻬쩨르부르그에서 네끄라소프는 가난을 몸소 체험하게 되었고, 그의 삶은 빵 한 조각을 얻기 위한 끊임없는 투쟁의 연속이었다. 네끄라소프는 도시 빈민의 생활을 이 시기의 체험을 통해서 잘 알게 되었고, 도시 하층민의 이런 생활에 대해서 후에 자신의 많은 작품에서 이야기하였다. 네끄라소프는 시를 통해 가난한 사람들에 대한 애정과 부유하고 배부른 이들에 대한 항의를 표현했다.

1842년 네끄라소프는 위대한 러시아 비평가 벨린스끼와 친분을 갖게 된다. 벨린스끼는 젊은 네끄라소프의 재능을 알아보았고, 그가 대시인이 될 수 있도록 도왔다. 1840년대에 네끄라소프는 도시의 빈민들인 '작은 인간'의 삶에 관한 시들을 썼으며, 법의 보호를 받지 못하며 착취당하는 민중들을 옹호했다.

1847년 네끄라소프는 [동시대인(Современник)]지의 편집인이 되어 국내의 모든 훌륭한 문학적 역량들을 규합했고, 1850-60년대에 이 잡지를 통해 자신의 가장 훌륭한 작품들을 발표하였다.

네끄라소프 작품의 주인공은 러시아 농민이다. 시인은 러시아 문학이 아직 농민 주인공을 알지 못할 때, 농민들에 관해서 글을 쓰기 시작했다. 네끄라소프가 작품에서 농민들의 삶에 대해 이야기하지 않았다면, 이들의 삶은 문학에서 다루어지지 않았을 것이다. 그는 동정하는 마음으로 민중들을 묘사하였고, 민중들이 지닌 정신적 아름다움과 그 힘을 보여주었다.

네끄라소프는 또한 자신의 많은 작품들에서 러시아의 여자 농군이 겪는 고통스러운 삶을 이야기하였다. 이 작품들 중에서 가장 뛰어난 작품이 서사시 ≪동장군, 빨간 코(Мороз, Красный нос)≫(1863)이다.

1868년 네끄라소프는 잡지 [조국수기(Отечественные записки)]의 편집자가 되었다. 그는 자신이 만년에 집필하였던 자신의 가장 뛰어난 작품들인 서사시 ≪러시아 여인들(Русские женщины)≫(1871-73)과 ≪누구에게 루시는 살기 좋은가(Кому на Руси жить хорошо)≫

(1863-1878)를 이 잡지를 통해 출판하였다. 장시 ≪러시아 여인들≫에서 그는 시베리아로 유형을 떠나는 남편을 따라 가는 제까브리스뜨 부인들의 헌신적인 모습을 그리고 있다. 그러나 네끄라소프의 대표작은 서사시 ≪누구에게 루시는 살기 좋은가≫이다. 이 시는 농노해방 전후 시기의 러시아 삶의 백과사전이라고 할 수 있다. 어떤 러시아 문학작품도 이 서사시처럼 러시아 민중의 삶을 진실과 강한 힘을 가지고 반영해 보여주지 못하고 있다. 19세기 후반기 문학과 사회 생활에서 네끄라소프 창작의 의의는 위대한 것이다.

Не ветер бушует над бором,

Не с гор побежали ручьи -

Мороз-воевода дозором

Обходит владенья свои.

Глядит - хорошо ли метели

Лесные тропы занесли,

И нет ли где трещины, щели,

И нет ли где голой земли?

Пушисты ли сосен вершины,

Красив ли узор на дубах?

И крепко ли скованы льдины

В великах и малых водах?

Идет - по деревьям шагает,

Трещит по замёрзлой воде,

И яркое солнце играет

В косматой его бороде.

♣ Н.А. Некрасов의 서사시인 ≪동장군, 빨간 코(Мороз, Красный нос)≫의 일부이다. 이 서사시의 사건은 어떤 계절에 일어났는가? 아마도 당신은 이 이야기의 주인공을 무엇이라고 부르는지, 그리고 예로부터 어떻게 묘사하고 있는지 알 것이다. 물론 이 시의 주인공은 ≪Дед Мороз≫이다. 신년과 성탄절 카드에 묘사된 그림을 보고, 그의 모습을 묘사해 보세요.

1. 첫 번째 연을 읽으면서, 시인이 산타클로스를 어떻게 부르고 있는지 찾아보세요. ≪Воевода(군사령관)≫은 고대 루시(Русь)에서 군대의 우두머리를 부르는 단어이다. 당신은 ≪Дед Мороз≫가 군대의

우두머리와 닮았다고 생각하나요? 당신은 3행과 4행의 전체적인 의미를 어떻게 이해했나요? ≪Дед Мороз≫를 다른 단어로 표현하고 모국어로 번역해 보세요.

1연의 첫 부분을 다시 한번 읽어 보세요. 강한 바람이 숲 위에서 어떻게 소리를 내는지, 봄의 시냇물은 어떤 소리를 내는지 상상해 보세요. 1행과 2행이 부정으로 시작하는 것에 주의하세요. 이런 소음을 어떻게 불러 낼 수 있는지 생각해 보세요.

☞ ≪Дед Мороз≫는 산타클로스를 의미하며, 또한 '겨울의 동장군'이다. 1행과 2행이 부정으로 시작하고 있는 것은 행위의 주체가 봄이 오는 것을 알리는 바람 소리나 강물이 녹아서 흐르는 소리가 아니라, 한 겨울에 '동장군'이 숲을 따라 다니면서 내는 소리이기 때문이다. 동장군은 자신의 영지인 숲의 모든 것이 제대로 잘 준비되고 정돈되어 있는지를 검사하며 다니고 있다(≪Мороз-воевода... обходит владенья свои≫). 여기서 사용된 단어 ≪Дозор≫는 고어적인 표현으로 '시찰과 검사'를 위한 순회를 의미한다.

2. 2연을 읽어 보세요. 술어로 쓰인 ≪глядит(주시하다)≫는 어떤 주어와 관계가 있나요? 당신은 지금 누가 주시하고 있다고 생각하나요? 당신은 이미 첫 번째 행에 사용된 단어 ≪метель(눈보라)≫를 알고 있다. 단어 ≪Зимний(겨울의)≫가 당신이 이 단어를 추측하는데 도움을 줄 것이다. 또한 동사 ≪занести≫의 의미에 대해 추측해 보세요. 눈보라는 숲의 오솔길에 무엇을 할 수 있을까요? 다음의 동사들을 가지고 ≪занести≫, ≪замести≫, ≪засыпать≫ 추측해 보세요. 마지막 행에 사용된 표현 ≪голая земля(벌거벗은 땅)≫을 당신은 어떻게 이해했나요? 겨울에 대지 위에 눈이 없으면 왜 나쁜가요?

☞ ≪Глядит≫의 주어는 동장군이고, 그 뜻은 점검하는 것이다. 눈보라는 ≪занесли дорожки снегом(오솔길을 눈으로 덮었다)≫라는 표

현은, 눈보라와 바람이 눈을 오솔길로 '옮겨와서, 덮어 주고, 막아주었다'는 것이다. 그리고 ≪голая земля≫는 눈이 안 덮인 땅이다. 강한 추위에서 눈은 추위로부터 식물들을 보호해 주는 역할을 한다.

3. 3연은 2연의 연속인 것에 주의하세요. 따라서 제기되고 있는 질문들은 동사 ≪глядит≫에 종속되어 있으며, 여기서는 ≪проверяет (검사하다)≫의 의미를 갖는다. 즉 동장군은 숲의 소나무와 참나무들의 상태가 어떠한지 그리고 얼음이 단단하게 얼어 있는지를 점검하고 있다. 사실적인 표현인 ≪в великих и малых водах≫를 당신은 어떻게 이해했나요? 동의어를 찾아보세요.

☞ 여기에서 ≪в великих и малых водах≫는 '크고 작은 강들과 호수들'에 대하여 말하고 있다.

4. 4연을 읽어 보세요. 9행과 10행의 주어가 누구였는지 생각해 보세요. 동사 ≪шагать≫의 의미에 주의하세요. 이 동사와 연계해서 '동장군'의 행동을 어떻게 상상하고 있나요? 다시 한번 ≪Дед Мороз≫의 이미지를 상기하면서, ≪космая борода≫의 의미를 생각해 보세요. 그리고 ≪Мороз-воевод... обходит владенья≫가 하루 중 어느 때인지 생각해 보세요? 왜 태양은 그의 수염에서 아롱거리고 있나요.

☞ 9행과 10행의 주어는 동장군이며, 그가 걷는 모습을 ≪Шагает≫이라는 동사로 묘사하고 있다. 이는 '중요하고, 장엄하게 그리고 서두르지 않으면서 걷는 것'을 의미한다. ≪космая борода≫의 의미는 ≪Дед Мороз≫의 '길고 숱이 많으며, 덥수룩하고 엉클어진 수염'을 나타내고 있다. 시인은 영하의 맑은 날을 묘사하고 있다. 태양이 아롱거리자, 백발의 수염에서 얼음 성애가 반짝거리며 빛나고 있기 때문이다.

ЗЕЛЕНЫЙ ШУМ

Идет-гудет Зеленый Шум,
Зеленый Шум, весенний шум!

Играючи, расходится
Вдруг ветер верховой:
Качнет кусты ольховые,
Подымет пыль цветочную,
Как облако, - всё зелено,
И воздух, и вода!

Идет-гудет Зеленый Шум,
10   Зеленый Шум, весенний шум!

Скромна моя хозяюшка
Наталья Патрикеевна,
Водой не замутит!
Да с ней беда случилася,
Как лето жил я в Питере...
Сама сказала, глупая,
Типун ей на язык!

В избе сам-друг с обманщицей
Зима нас заперла,
20   В мои глаза суровые
Глядит, - молчит жена.
Молчу... а дума лютая
Покоя не дает:
Убить... так жаль сердечную!
Стерпеть - так силы нет!
А тут зима косматая
Ревет и день и ночь:
≪Убей, убей изменницу!
Злодея изведи!
30   Не то весь век промаешься,

Ни днем, ни долгой ноченькой
Покоя не найдешь.
В глаза твои бесстыжие
Соседи наплюют!..≫
Под песню-вьюгу зимнюю
Окрепла дума лютая -
Припас я вострый нож...
Да вдруг весна подкралася...

Идет-гудет Зеленый Шум,
40 Зеленый Шум, весенний шум!
Как молоком облитые,
Стоят сады вишневые,
Тихохонько шумят;
Пригреты теплым солнышком,
Шумят повеселелые
Сосновые леса;
А рядом новой зеленью
Лепечут песню новую
И лица бледнолистая,
50 И белая березонька
С зеленою косой!
Шумит тростинка малая,
Шумит высокий клен...
Шумит они по-новому,
По-новому, весеннему...

Идет-гудет Зеленый Шум,
Зеленый Шум, весенний шум!

Слабеет дума лютая,
Нож валится из рук,
60 И всё мне песня слышится
Одна - в лесу, в лугу:
≪Люби, покуда любится,
Терпи, покуда терпится,

Прощай, пока прощается,
И - бог тебе судья!≫

<1863>

≪Зеленый Шум≫은 봄에 자연이 깨어나는 모습을 일컫는 민중들의 표현이다. 이 시의 주인공은 평범한 러시아 농부이다. 그는 이기적인 질투심을 억제할 수 있고, 더 중요한 것은 주위 세계의 진부한 도덕조차 극복할 줄 아는 인물이다. 이 시는 슬라브의 구비문학 전통에 따라 창작된 것으로 우크라이나의 놀이 음악인 민요를 차용한 작품이다. 시인은 가족의 이야기에 대한 민중적 표현과 실제 시골 생활의 민중적인 감흥과 자연에 대한 민중의 독특한 감정을 담아 표현하고 있다. 이 시는 테마상으로 4부분으로 나눌 수 있다: 1) 개요 부분으로 봄의 부활을 그린 첫 장면(3-8행), 2) 주인공의 부인에 대한 개인적인 이야기(11-38행), 3) 두 번째 봄의 풍경(41-55행), 4) 에필로그(58-65행)로 구분할 수 있다. 여기서 특기할 만한 사항은 1-2행을 구성하고 있는 두 행이 시의 서두일 뿐만 아니라 각 부분의 끝에서 반복되면서(4번째 부분 제외) 각 부분을 결론짓고 다음 부분으로 연결해주는 역할을 하고 있다는 점이다.

꼰스딴찐 드미뜨리예비치 발몬뜨
(Константин Дмитриевич Бальмонт, 1867-1942)

발몬뜨는 1867년 6월 3일 그다지 부유하지 않은 귀족의 가정에서 태어나 성장했다. 그의 어머니는 지역 신문에 글을 쓰고 문학의 밤을 주도했으며 아마추어 공연 등을 조직했다. 그녀는 시인의 유년시절에 음악과 시 그리고 역사의 세계로 인도하였고, 아름다움을 인식하는 능력을 가르쳐 주었다. 1876-1884년에 슈이(Шуи) 시(市)의 김나지움을 다니던 발몬뜨는 "혁명적인" 동아리의 회원이었다는 이유로 학교에서 제적되었다. 후에 발몬뜨는 부모님의 지인들 도움으로 1886년에 블라지미르(Владимир)에 있는 김나지움을 졸업하였고, 모스크바 대학 법학부에 입학하였다. 그러나 여기서도 학생 소요에 참가했다는 이유로 학교에서 제적되었고 경찰의 비밀 감시하에 고향으로 돌아갔다. 1888년 그는 다시 대학에 들어갔으나, 이번에는 자신이 학업을 포기하였다. 시인은 1896년부터 전 유럽과 동양의 여러 나라들을 여행하였다. 그의 이 모든 여행은 그의 시 작품들과 산문 작품들에 나타나는 이국적인 정서의 근원이 되었다. 발몬뜨는 이교적(異敎的)이고 기독교적인 신화들에서 우주에 대한 지식을 얻었다. 그는 다양한 책들의 독서와 수차례의 세계 여행을 통해서 자신의 시적 혼(魂)과 환상적인 관념을 확립했다. 발몬뜨에게 있어서 세계에 대한 감정적 인식은 일반적인 특징으로, 특히 태초의 세계와 자연의 제현상(諸現象)에 대한 관심이 특별했다. 다양한 민족들의 문화와 생활 속에서 그에게 특히 친근했던 것은 불(태양), 물(바다), 대기(바람), 대지 등과 같은 자연이었으며, 우주의 기원과 관련이 있는 제민족의 고대 신앙, 신화와 민속학 등이 시인의 주된 관심의 대상이었다. 따라서 그는 동·서양의 여러 나라들을 수차례에 걸쳐 여행하였다.

발몬뜨의 초기 시집인『불타는 건물들(Горящие здания)』(1900)과 『태양처럼 존재하자(Будем как солнце)』(1903)는 그의 사상적인 변화와 특징을 잘 보여준다. 이 시집들은 시인에게 커다란 명성을 가져다주었으며, 이후에 등장하는 상징주의자들과 다른 시인들에게 큰 영향을 미쳤다. 이를테면 브류소프, 뱌체슬라프 이바노프, 블록, 벨르이, 세베랴닌, 쯔베따예바와 뽀쁠랍스끼와 같은 시인들에게서 발몬뜨의 영향을 발견할 수 있다. 발몬뜨의 가장 훌륭한 시들은 1900년에서 1917년 사이에 창작되었으며, 소비에트 정권이 들어선 이후 1920년 6월 25일에 그는 조국을 떠나 망명하였다. 발몬뜨가 망명지 파리에서 활동하면서 썼던 시들은 시집『떠밀려 온 먼 곳에서(В раздвинутой дали)』(1930)에 수록되어 있다.

발몬뜨는 매우 많은 시를 썼는데 일생동안 29권의 방대한 시집을 남겼으나, 그의 망명으로 인해 소비에트 통치시기 당국에 의해 출판이 금지된 이후 지금까지 러시아에서 재출판된 그의 시집은 극히 일부에 불과하다.

발몬뜨는 특별히 언어적인 재능이 뛰어난 사람으로 16개 이상의 외국어를 유창하게 구사하였다. 그는 특히 영어에 능통하여 쉘리의 전 작품을 러시아어로 번역하였으며, 휘트먼과 애드거 앨런 포우의 작품도 거의 다 러시아어로 번역하였다. 그는 영어를 매우 유창하게 잘 해서 영국 시인이 러시아어로 시를 쓴 것 같다는 평을 들을 정도였다. 그는 셰익스피어, 윌리엄 블레이크, 바이런, 테니슨, 스윈번과 오스카 와일드 등의 작품과 독일, 스페인, 프랑스와 동유럽 작가들의 작품을 번역하였고, 그루지야 작가들과 동양 작가들의 작품도 번역하였다.

발몬뜨는 1942년 12월 23일 파리 근교의 누아지 레 그랑(Нуази-Ле-Гран)에서 사망하였다.

СТРАНА СОВЕРШЕННАЯ

В Японии, где светят хризантемы,
Как светят в небе звезды в час ночей,
В Ниппоне, где объятья горячей,
Но где уста для поцелуя немы, -

Где все холмы, как части теоремы,
Размерены, - где, виясь в полях, ручей
Есть часть картины, - где поток лучей
Златыми явит и стальные шлемы, -

В Нихоне, в Корне Света, где и свет
Как будто не природно безучастен,
А с мыслью вместе и сердцам подвластен, -

Я видел сон, что каждый там поэт,
Что миг свиданья полноправно страстен,
За старостью же - раскаяния нет.

<1917>

    이 작품은 1917년에 모스크바에서 출간된 꼰스딴찐 발몬뜨의 시선집 『태양과 꿀과 달의 소네트. 세계의 노래(Сонеты Солнца, Меда и Луны. Песня миров)』에 실려 있는 254편의 소네트 중의 하나이다. 발몬뜨는 이 선집의 또 다른 별칭인 『세계의 노래』에서 자신이 직·간접적으로 체험한 여러 나라들과 다양한 민족들에게서 받았던 인상과 감흥을 반영하여, 자신의 원래 구상했던 세계의 여러 민족들의 지혜와 정신적 자아를 반영한 노래들을 지역별로 따로 구분하여 완성하였다.
    일본에 대한 작품 ≪완전한 나라(Страна совершенная)≫도 다른 작품들과 함께 이 책에 실려 있다. 이 시는 발몬뜨가 1916년 4월 말과 5월 초에 일본을 여행한 후 자신의 감흥과 인상을 반영하여 쓴 작품들 중의 하나이다.

소네트 ≪완전한 나라(Страна совершенная)≫는 전체 14행이 하나의 마침표만을 갖는 한 문장으로 묘사되고 있다. 시인은 한 문장으로 소네트 전체를 서술하면서, 자신이 일본의 자연과 사람들에게서 느꼈던 아름다움의 완벽한 총체로서 일본의 미에 황홀해하고 있는 것을 보여주고 있다. 시인의 관찰과 표현에 따르면, 모든 일본인은 시인이며, 세계의 미와 생활의 아름다움을 지각하는 재능을 가지고 있다.

이 소네트에서는 동일한 단어와 의미의 반복을 극명하게 보여주고 있다. 일본의 자연을 묘사하고 있는 1-3연에서 장소를 나타내는 관계사 ≪где≫가 무려 여섯 차례(1,3,5,6,7,8행)나 사용되고 있으며, 일본을 지칭하는 '빛'과 관련이 있는 단어도 여섯 차례나 반복해서 보여지고 있다. 시인은 같은 단어의 반복이나 동일한 의미를 갖는 단어의 반복을 통해서 보여준 완전한 나라 일본에 대한 자신의 견해를 4연에서 다시 강조해서 보여주고 있다. 이러한 동일 의미 단어의 반복은 시인의 시 창작 기법 중의 하나이다.

시인은 또한 ≪완전한 나라(Страна совершенная)≫에서 특징적인 묘사로 반복과 번역 방법의 변형을 보여주는데, 그는 "일본 (Япония)"이라는 단어를 두 가지의 일본식 표기 - ≪Ниппон≫과 ≪Нихон≫ - 를 사용하고 있다. 시인은 ≪Ниппон≫을 '승리의 외침소리'라는 의미로 사용하고 있는데, 이것은 일본인들이 이러한 변형의 단어를 공식적이거나 의식적인 경우, 특히 전쟁과 같은 경우에서 보다 자주 사용한다는 점에서 확인할 수 있다. 반면에 ≪Нихон≫은 보다 시학적인 단어이자 '가정적인 단어'로 사용된 것이다.

시인은 소네트 ≪완전한 나라(Страна совершенная)≫에서 아주 흥미로운 관찰과 함께 자신의 주장을 전개하면서 그는 ≪Нихон≫을 '빛의 나라'라고 말한다. 시인은 일본에서 '빛은 자연으로서는 무관심하지만, 사고와 함께 하는 마음에 예속 된다'는 사실을 지적하고 있다. 즉 일본에서는 빛이 인간의 감정과 생각에 중립적인 자연적 현상으로 인식이 되는 것이 아니라 인간의 이성과 마음의 창조물로서, 극단적인 경우에는 인간의 사고와 감정에 예속된 자연 현상으로서 인식되는 것이라고 시인은 느꼈던 것이다.

*   *   *

Я мечтою ловил уходящие тени,
Уходящие тени погасавшего дня,
Я на башню всходил, и дрожали ступени,
И дрожали ступени под ногой у меня.

И чем выше я шел, тем ясней рисовались,
Тем ясней рисовались очертанья вдали,
И какие-то звуки вдали раздавались,
Вкруг меня раздавались от Небес и Земли.

Чем я выше всходил, тем светлее сверкали,
Тем светлее сверкали выси дремлющих гор,
И сияньем прощальным как будто ласкали,
Словно нежно ласкали отуманенный взор,

И внизу подо мною уже ночь наступила,
Уже ночь наступила для уснувшей Земли,
Для меня же блистал дневное светило,
Огневое светило догорало вдали.

Я узнал, как ловить уходящие тени,
Уходящие тени потускневшего дня,
И все выше я шел, и дрожали ступени,
И дрожали ступени под ногой у меня.

<1894>

Tip

이 시는 시인이 지향하는 '세계(Небеса)'로 향하는 것을 표현한 시
이다. 시인은 서쪽으로 사라져가는 태양의 빛을 자신의 마음속에 담
아 두기 위해 탑의 계단을 따라 올라가면서, 시시각각으로 변하고 있
는 석양의 풍경을 묘사하고 있다. 그 내용은 '감추어진 것'이고 심오

하며 상징적이다. 인간의 영혼이 어둠으로부터 밝은 빛을 지향하면서 상승하는 것에 대한 칭송은 밤을 극복하기 위한 갈망이다. 이것이 이 시의 중요한 이미지이다. 각 행에 나타나는 전사반복(Анадиплосис) 어구는 일정한 계단의 간격을 상징하며, 시를 읽는 독자로 하여금 함께 동행(同行)하는 분위기를 조성하기 위한 시인의 작시 기법이다. 구성적인 관계에서 이 시는 시작부터 끝까지 내적 움직임의 동적인 단일성과 직선성이 주된 특징으로 나타나고 있다. 이 시에는 29개의 동사 형태가 사용되고 있는데 그 중 26개가 불완료상이며, 나머지 3개의 동사상은 이 움직이는 상황의 배경에서 일어나는 두 개의 사건을 인지하는 데 사용되고 있다. 따라서 주의가 모두 특정한 관점이나 결과에 집중된 것이 아니라 행위의 과정 자체에 집중되어 있다는 사실을 명심해야 한다.

발레리 야꼬블레비치 브류소프
(Валерий Яковлевич Брюсов, 1873-1924)

발레리 야코블레비치 브류소프는 1873년 12월 1일 모스크바에서 상인인 야꼬프 꾸즈미츠 브류소프(Яков Кузмич Брюсов)와 마뜨레나 알렉산드로브나 바꿀리나(Матрена Александровна Бакулина) 사이에서 태어났다. 브류소프는 매우 조심성이 있는 아이였으며, 아주 어려서 읽고 쓰는 법을 익혔다. 브류소프는 부유한 아버지 덕분에 어려서부터 훌륭한 교육을 받았는데, 특히 언어 전반에서 특별한 재능을 보였다. 그는 프랑스어, 독일어, 라틴어 등 8개 언어를 자유롭게 구사하였다. 그의 아버지는 전형적인 60년대 사람으로 아주 자유로운 사상을 소유한 사람이었다. 따라서 아들에게 충분한 자유를 주었으며, 아들이 무슨 일로 소일을 하는가에 대해서도 별로 주의를 기울이지 않았다. 그래서 브류소프는 아주 어렸을 때부터 집에 있는 장서들을 폭넓게 읽어 문학적인 배경을 공고히 다졌고, 1881년 그가 8세 때에는 첫 작품을 쓰기도 하였다.

1884년에 그는 김나지움에 입학하였는데, 다른 아이들과 많이 싸웠으며 그들과 어울리지 못했기 때문에 언제나 외톨이였다. 그는 또래의 다른 아이들과 잘 어울리지 못하면서 더욱 더 어른다운 지식을 습득하는데 열과 성을 다하였다.

1892년 브류소프는 모스크바 대학에 입학하였고, 역사-철학부를 1899년에 졸업하였다. 브류소프는 1893년에 이미 자신의 장래를 문학에 전적으로 바칠 것을 결심하였으며, 당시 새로운 조류였던 상징주의에 매료되었다. 러시아 상징주의는 브류소프의 주도하에 1894년 3월 첫 번째 주에 시작이 되었다고 할 수 있다. 브류소프는 자신의 친구인 랑그(А.А.Ланг)와 함께 상징주의 시 선집인 『러시아 상징주의자들(Русские символисты, 1894-1895)』을 출판하였다. 그는 러시아에서 상징주의 흐름이 활발하게 전개되던 수년 동안 상징주의 문학의 주도적인 이론가였다. 브류소프는 1904년부터 5년간 상징주의자의 주요 잡지인 [저울(Весы)]의 편집자로 활동했다. 그가 새로이 도입한 문학 사조는 문학계에 센세이션을 불러 일으켰다. 그렇지만 상징주의 사조에 대한 러시아 기성 문단의 부정적인 시각은 매우 가혹했었다. 1900년에 브류소프는 자신의 시집 『세 번째 호위병(Tertia vigilia (Третья стража))』를 출판한 후에야 비로소 정당하게 평가를 받았다.

1906년에 스꼴피온 출판사는 브류소프의 다섯 번째 시집인 ≪화관(Венок)≫을 출판하였다. 이 시집은 브류소프에게 완숙한 시인으로서의 명성을 가져다 주었으며, 젊은 시인들로 하여금 브류소프를 자신들의 스승으로 모시게 하였다.

1910년 이후부터 브류소프는 지속적으로 시의 참신한 형식적 개선을 모색했으며, 시 창작보다는 시 교육에 더 많은 관심을 쏟았다. 브류소프는 1905년부터 사회주의자의 입장을 견지하였고, 1920년에는 공산당에 입당하였다. 혁명 이전에 브류소프는 상징주의 문학 활동의 중심적인 인물이었지만, 혁명 이후에는 프롤레타리아 혁명을 위한 선동시를 쓰기 시작하였으며, 소비에트 정부의 문학 및 문화 관련 활동에 적극적으로 참여하였다. 그는 인민계몽 위원회에서 활동하였으며 모스크바 대학에서 강의하였고, 1921년에는 고등문예 전문학교를 설립하였다.

브류소프는 서구 문화와 역사에 대한 깊은 이해와 지식을 가지고 있었고, 이러한 지식을 자신의 작품에 즐겨 반영하였기 때문에 역사학이나 신화학에 기초한 고전적 모티브들이 그의 작품의 주된 테마가 되었다. 또한 브류소프의 작품은 장르와 테마 면에서 방대하고 다양하여 지금까지도 다 수집되지 않은 것이 많이 있다. 그는 장시, 서사시, 운율론과 운율학, 회상록, 희곡, 사회·정치적, 문학·비평적, 역사·문학적인 평론 등 다양한 작품 활동을 하였다. 다른 한편으로 브류소프는 번역가로서 로맹 롤랑, 괴테, 베르길리우스 및 다수의 아르메니아 문학을 러시아어로 옮겼다. 브류소프는 1924년 10월 9일 모스크바에서 사망하였고, 노보데비치(Новодевич) 묘지에 안장되었다.

КЛИНОПИСЬ

Царь, Бил-Ибус, я, это вырезал здесь,
Сын Ассура, я, был велик на земле.

Города разрушал, я, истреблял племена,
Города воздвигал, я, строил храмы богам.

Прекрасную Ниргал, я, сделал своею женой,
Алоустая Ниргал, ты, была как месяц меж звезд.

Черные кудри, Ниргал, твои, были темны, как ночь,
Соски грудей, Ниргал, твои, были алый цветок.

Белые бедра, Ниргал, твои, я в пурпур одел,
Благоуханные ноги, Ниргал, твои, я в злато обул.

Когда умерла ты, Ниргал, я сорок суток не ел.
Когда ушла ты, Ниргал, я десять тысяч казнил.

Царь, Бил-Ибус, я, был велик на земле,
Но, как звезда небес, исчезаешь ты, человек.

<1913>

이 시는 발레리 브류소프가 1909년 처음 구상하고 1913년에 집필을 끝낸 ≪인간의 꿈들(Сны человечества)≫에 실린 작품이다. 브류소프는 단행본 발간을 위해 준비했던 이 자료(25편의 시)들을 1913년에 문예 작품집 「시린(Сирин)」을 통해서 두 차례에 걸쳐 발표하였다. 시인은 또한 ≪인간의 꿈들≫의 출판을 위해 준비했던 자료의 일부를 자신이 1916-1917년에 준비하고 있던, 자신의 전집들 속에 포함시키려 했으나, 그의 생각대로 일이 진행되지 못했다. 여러 해가 지난 후에야 이 원고들은 그의 전집 속에 포함되어 비로소 세상의 빛을 보게 되었다.

≪인간의 꿈들≫에 포함된 ≪쐐기형 문자(Клинопись)≫는 고대 앗

시리아풍(風)의 2행연(行聯)으로 구성된 시 형식을 빌어 사랑을 주제로 쓴 서정시이다.

≪쐐기형 문자(Клинопись)≫는 빌-이부스 황제의 입장에서 1인칭으로 서술되고 있다. 황제 빌-이부스는 여러 민족들을 정복하였고 몰살하였으며, 도시들을 파괴하기도 하고 건설하기도 하였다. 그는 신들에게는 사원을 지어 주었으며, 자신을 지상에서 가장 위대한 절대자로 생각했다. 그러나 이 절대적인 권력을 가진 빌-이부스는 자신의 아내 니르갈이 죽자 자신의 아내에 대한 사랑의 내밀한 감정을 밝히고 있다. 빌-이부스의 사랑에 대한 감정을 표현한 바로 이러한 고백이 이 시를 사랑의 서정시로 간주하게 한다. 아마도 앗시리아 시풍(詩風)의 '쐐기형 문자' 속에 표현된 사랑에 대한 이 고백은 사랑을 주제로 한 고대적인 서정시의 형식을 취하고 있다. 빌-이부스 황제의 독특한 사랑 방식은 동양적 폭군의 사랑이었고, 그 잔인성은 아무런 죄도 없는 만 명의 백성을 살해함으로써, 자신의 슬픔을 죽은 아내 니르갈에게 보여주려는 것에서 살펴 볼 수 있다. 자신의 아내인 니르갈의 죽음은 분명히 빌-이부스로 하여금 자신의 권력의 힘과 위대함에 대해서 의구심을 갖게 하였다. 또한 그에게 죽음의 불가피성과 인간 삶의 유한성, 심지어는 짧은 인생과 지상의 강한 권력자(權力者)들에 대해서도 생각해 보게 하였다. 이를 계기로 빌-이부스는 자신의 위대함의 불멸성 및 절대성에 대한 확신(確信)을 가지지 못하게 되었다. 이런 이유로 그는 시에서 동사의 과거시제 형태를 빌어 이 위대함에 대해 이야기하고 있다. 또한 시의 서두에서 빌-이부스는 "나는 지상에서 위대했었다"라고 언급하고 있는데, 그는 니르갈의 죽음을 애도(哀悼)한 후에도 인생의 무상함에 관한 자신의 결론을 보충하면서, "황제, 빌-이부스인 나는 지상에서 위대했었다. // 그러나 하늘의 별처럼 인간인 너는 사라질 것이다"라는 표현을 시의 마지막에 다시 반복함으로써, 환상형(環狀型)의 시작구성(詩作構成)을 보여주고 있다.

Как царство белого снега,
Моя душа холодна.
Какая странная нега
В мире холодного сна!
Как царство белого снега,
Моя душа холодна.

Проходят бледные тени,
Подобны чарам волхва,
Звучат и клятвы, и пени,
Любви и победы слова...
Проходят бледные тени,
Подобны чарам волхва.

А я всегда, неизменно,
Молюсь неземной красоте;
Я чужд тревогам вселенной,
Отдавшись холодной мечте,
Отдавшись мечте - неизменно
Я молюсь неземной красоте.

<23 марта 1896>

Tip

　이 시는 예술가의 위치, 즉 예술의 목적과 창작의 의미에 대해서 이야기하는 작품으로 브류소프가 즐겨하는 논리적인 구성을 보여주고 있다. 1연의 마지막 행은 명제(Тезис)를 제시하고, 2연에서는 세상사에서 부딪치는 현상들을 열거(1-4행)하며 마지막 2행에서는 1연의 명제에 대한 반명제(Антитезис)를 보여주고 있고, 마지막 3연에서는 2연의 반명제에 대한 총합(Синтез)의 근거를 제시하면서 이 시의 결론인 "나는 영원한 비지상(неземная)의 아름다움을 기원한다"라고 끝을 맺고 있다. 이 시에서는 'Л', 'М', 'Н' 등의 자음을 활용한 활음조와 음성 반복 효과가 특징적으로 많이 사용되고 있다.

ЮНОМУ ПОЭТУ

Юноша бледный со взором горящим,
Ныне даю я тебе три завета :
Первый прими : не живи настоящим,
Только грядущее - область поэта.

Помни второй : никому не сочувствуй,
Сам же себя полюби беспредельно.
Третий храни : поклоняйся искуссву,
Только ему, безраздумно, бесцельно.

Юноша бледный со взором смущенным!
Если ты примешь моих три завета,
Молча паду я бойцом побежденным,
Зная, что в мире оставлю поэта.

<15 июля 1896>

Tip

이 시는 젊은 시인에게 시작(詩作)의 방법론에 대해 가르침을 주는
내용으로, 첫째 시인은 현재에 살지 말 것, 둘째 자신의 내면세계를
창조할 것, 셋째 예술가에게는 모든 대상이 예술이 될 수 있다는 사
실을 설파하고 있다. 이 시에서 시인은 '젊은이'와 '창백한'이라는 단
어의 사용을 통해서 아이러니를 보여주고 있는데, 이것은 시의 창작
을 위해서 정진하는 젊은 시인의 이미지를 가상하고 있는 표현이다.
또한 결론에서는 기존의 시 창작론과 달리 자신만의 세계를 창조해야
한다는 가르침은 전통적인 시 창작론에 대비되는 주장을 담고 있다.

표도르 꾸즈미치 솔로구쁘
(Федор Кузьмич Сологуб(Тетерников), 1863-1927)

표도르 솔로구쁘(본명 표도르 꾸즈미츠 쩨쩨르니꼬프)는 수많은 시와 소설을 발표한 러시아 상징주의의 대표적인 시인이자 작가이다.

표도르 솔로구쁘는 1863년 2월 17일 뻬쩨르부르그에서 가난한 농부의 자식으로 태어났다. 그는 4살 때 아버지를 여의었고 어머니는 뻬쩨르부르그에 있는 한 관리의 집에서 가정부로 일했다. 교구 부속 초등학교를 나와 지방학교를 다녔고, 1882년에 뻬쩨르부르그의 사범학교를 졸업했다.

1882년에서 1892년까지 지방 도시에서 수학 교사로 재직하였으며 그 후 1907년 퇴직할 때까지 뻬쩨르부르그에서 교사 생활을 계속했다.

1884년에 상징주의의 영향을 받은 그의 첫 번째 시들이 발표되었다. 이 후로 지방에서 지낸 10년은 작가에게 힘든 시기였다. 작가는 1882년에 쓰기 시작한 소설 ≪불안한 꿈(Тяжёлые сны)≫을 뻬쩨르부르그로 가져와 완성했다.

1893년부터 1897년까지 발간되었던 잡지 [북방통보]에 그의 시 17편과 단편소설 3편(≪유충(Червяк)≫, ≪그림자(Тени)≫, ≪별들에게(К звёздам)≫) 그리고 사회 문제를 주제로 한 5편의 평론 등 많은 비평들이 실렸다.

뻬쩨르부르그에서 표도르 솔로구쁘는 잡지 [북방통보]를 중심으로 결성된 상징주의 동아리(민스끼, 메레쥐꼬프스끼, 기삐우스, 발몬뜨 등)에 가입했다. 1895년에서 1896년에 작가의 첫 번째 시집(≪시. 첫 번째 책(Стихи. Книга первая)≫, ≪그림자. 단편소설과 시들(Тени. Рассказы и стихи)≫)들이 출간되었다.

표도르 솔로구쁘의 시(≪뱀. 시, 여섯 번째 책(Змий. Стихи. Книга шестая, 1807)≫, ≪정열적인 동아리(Пламенный круг, 1908)≫)와 단편 소설(≪이별의 책(Книга разлук, 1908)≫, ≪매혹의 책(Книга очарований, 1909)≫)을 엮은 작품집이 발표되었다. 이 시기에 그는 극작가로도 활발하게 활동하여, ≪지혜로운 꿀벌들의 선물(Дар мудрых пчёл, 1907)≫, ≪죽음의 승리(Победа смерти)≫, ≪밤의 춤(Ночные пляски)≫(1908)외 다수의 극작품을 창작했다.

솔로구쁘의 가장 유명한 대표작은 1902년에 집필하고 1907년에 발표된 『작은 악마(Мелкий бес)』이다. 『작은 악마』는 러시아 상징주의의 특징이 잘 나타난 장편 소설들 중 하나로 손꼽히고 있다. 이 소설에는 혁명전의 어느 한 마을에서 일어나는 사소하고도 쓸데없는 온갖 짜증나는 모습과 등장인물의 우둔한 모습 등이 상징적으로 그려지고 있으며, 이와 더불어 사실주의적인 경향도 나타나 있다. 소설이 발표되면서 솔로구쁘의 인생도 많은 변화가 있었다. 우선 그는 교사 생활을 그만두었고 문학 활동에만 전념할 수 있었다. 그는 본격적으로 자신의 소설 ≪저승사자의 술잔(Навьи чары)≫을 집필하기 시작했다. 소설가로서 솔로구쁘 작품의 모든 특징이나 성격은 이 소설에 잘 나타나 있다. 소설 ≪저승사자의 술잔(Навьи чары)≫은 솔로구쁘의 예술적 선언이기도 하다. "나는 조야하고 변변찮은 삶의 편린을 취하여, 그 속에서 달콤한 전설을 창조한다, 왜냐하면 나는 시인이기 때문이다." 1910년에서 1912년에 12권으로 이루어진 솔로구쁘의 작품 전집이 출판되었다.

솔로구쁘는 1927년 12월 5일 레닌그라드에서 생을 마감했다.

Я - бог таинственного мира,
Весь мир в одних моих мечтах.
Не сотворю себе кумира
Ни на земле, ни в небесах.

Моей божественной природы
Я не открою никому.
Тружусь, как раб, а для свободы
Зову я ночь, покой и тьму.

<28 октября 1896>

Tip

이 시는 제르좌빈의 ≪Я -царь, я - раб...≫을 연상하게 하는 시의
내용을 띄고 있는 작품이다. 시인은 자신만의 창작 세계인 상상과 꿈
의 세계, 즉 비밀의 세계에서 신(神)과 동등한 위치를 점하고 있다.
또한 인간으로서의 한계를 깨우칠 때는 '노예'처럼 이중적인 특징을
보여준다. 솔로구쁘는 자신의 작품에서 일반적으로 한낮의 밝은 태양
보다는 한밤중의 달을 더 예찬하는 특징을 보여주며, 죽음과 어둠에
대한 동경 등을 자신의 창작 소재로 많이 사용하였다. 이 시에서도
이와 같은 시인의 일반적인 특징들이 극명하게 나타나고 있다.

В поле не видно ни зги.
Кто-то зовет: ≪Помоги!≫
     Что я могу?
Сам я и беден и мал,
Сам я смертельно устал,
     Как помогу?

Кто-то зовет в тишине:
≪Брат мой, приблизься ко мне!
     Легче вдвоем.
Если не сможешь идти,
Вместе умрем на пути,
     Вместе умрем!≫

<18 мая 1897>

Tip

이 시는 대화적 구성의 경향을 보여주는 시로 일반적이고 전통적
인 러시아 시 형식과는 다른 형태를 취하고 있다. 시인 자신이 시대
나 인생의 행로에 대해서 방향을 가늠하지 못하는데 따른 무력감을
표현하고 있는 시이다. 이 시에서도 솔로구쁘는 자신의 시 세계의 특
징인 어둠과 죽음의 찬미를 보여주고 있다.

알렉산드르 알렉산드로비치 블록
(Александр Александрович Блок, 1880-1921)

   알렉산드르 블록은 시인이자 극작가이다. 그는 1880년 11월16일 뻬쩨르부르그에서 태어나 그 곳에서 삶의 대부분을 보냈다. 아버지는 법률가로 바르샤바 대학의 법학부 교수였고 또한 타고난 음악가였다. 어머니 베께또바(А.А. Бекетова) 역시 작가이자 통역사였다. 블록의 부모님들은 블록이 태어나자 곧 이혼을 하였기 때문에, 그는 뻬쩨르부르그 대학의 총장이자 유명한 식물학자였던 외할아버지 댁에 맡겨져 외가(外家)에서 성장하게 되었다. 어린 시절 블록은 연극에 깊은 관심을 가졌기 때문에 햄릿, 로미오, 차쯔끼 등의 배역을 맡아 연기를 했으며 연기자의 길을 가고자 하였다. 그러나 그가 18세 되던 해부터 그는 시를 본격적으로 쓰기 시작하였다. 1898년 김나지움을 졸업한 블록은 뻬쩨르부르그 대학의 법학부에 입학하였지만, 1901년에 역사-철학부로 옮겨 1906년 이 학부를 졸업하였다.

   1903년 블록은 유명한 화학자인 멘젤레예프(Д.И.Менделеев)의 딸인 류보비 드미뜨리예브나 멘젤레예바(Л.Д.Менделеева)와 결혼하였다. 일반적인 관점에서 보면 이 결혼은 성공적이지 못하였으나 블록에게는 이 결혼을 통하여 자신의 내적인 성숙을 다지는 아주 중요한 계기가 되었다. 왜냐하면 그의 아내는 블록의 초기 시에서부터 후기 시에 이르기까지 많은 영감을 주었기 때문이다. 그녀를 향한 시인의 사랑은 1904년에 발표된 그의 첫 번째 시 모음집 ≪아름다운 귀부인에 대한 시(Стихи о прекрасной даме)≫를 탄생시켰다. 이 시집에는 당시 러시아 상징주의의 정신적 지주로 추앙받던 시인이자 철학자 블라지미르 솔로비요프의 영향이 그대로 드러나 있다. 물론 이 시집에 수록된 작품들은 당시 약혼녀였던 멘젤레예바에게 바치는 시인의 사랑이 기본 주제였지만, 이런 서정적 주제는 솔로비요프의 이상주의와 결합하여 '영원한 여인'과의 성스러운 사랑이라는 대주제로 변형된다. ≪미지의 여인(Незнакомка)≫이 포함된 그의 두 번째 시집 ≪뜻밖의 기쁨(Нечаянная радость, 1907)≫과 1906년에 상연이 된 희곡 ≪발라간칙(Балаганчик)≫이 그에게 작가로서의 커다란 명성을 가져다주었다. 그러나 이 시기부터 블록의 시 주인공은 '아름다운 귀부인'과는 결별을 하였고, 대도시 주민으로서 현실을 직시하는 사람들로 대체되기 시작했다.

블록은 몇 차례 외국여행을 다녀왔다. 그는 1909년에 이탈리아를 여행하면서 이탈리아가 문화의 요람이라고 생각하게 되었고, 다시 한 번 더 예술을 통한 영원성과 이상을 갖게 되었으며, 찰라적이며 혼란스러운 현실을 극복할 수 있다고 생각하게 되었다. 그의 ≪이탈리아 시들(Итальянские стихи)≫에는 그의 이러한 변화와 생각들이 잘 반영되어 있다. 블록은 1909년에 아버지의 장례를 치르기 위해 바르샤바를 방문하게 되는데, 그는 이때 영웅 서사시인 ≪복수(Возмездие, 1910-21)≫의 창작을 위한 영감을 얻었다.

이 당시 그의 시에는 현실세계와 비현실세계의 상징주의적인 구분이 여전히 존재하고 있지만, 이것은 또한 혼돈과 혼란으로 대치되고 있다. 여명과 노을을 대신하여 위협적이고 불길한 눈보라의 징조와 대화재와 별이 떨어지는 재난의 세계 등으로 전환되었으며, 고양된 종교적인 언어도 일상적이며 구체적인 도시의 언어로 대체되었다. 그리고 전통적인 시 작법에서도 벗어나고 있다. 그러나 후기에 가면 그의 시는 다시 뿌쉬낀의 전통으로 복귀한다.

블록의 대표적인 시작품 중에서 가장 유명하고, 가장 논쟁적인 작품은 ≪열둘(Двенадцать, 1918)≫이다. 이 작품은 1917년 10월 혁명에 대한 러시아 시인의 첫 번째 예술적인 반응이었다. 블록은 혁명이 모든 것을 파괴하고 가치를 전복시키며 개인의 행복과 권리를 침탈하고 있지만, 인류가 이제까지 도달하지 못했던 미지의 세계와 고귀한 이상으로 인도하고 있음을 이

≪열둘(Двенадцать, 1918)≫의 삽화

시를 통해서 선포하였던 것이다. 소비에트 당국은 이 시를 혁명에 대한 정당화로 간주하였고, 다른 한편으로는 블록이 볼셰비즘을 받아들이는 것으로 해석하였다. 그러나 이 시는 혁명으로 인한 종교·도덕적인 비극을 표현한 작품이라고 하는 것이 가장 올바른 해석이다.

블록은 1917년 2월 혁명을 열렬히 환호하였으며, 10월 혁명에도 역시 많은 희망을 가졌었다. 그는 혁명 후 소비에트 공산정권을 위하여 문화 부흥을 위한 활발한 활동을 하였다. 고전문학 출판위원회에서 일하는가 하면, 고리끼가 설립한 출판사 「세계문학」에 참여하기도 했다. 10월 혁명 직후인 이 4년간을 제외하고, 블록은 사회 문학 논쟁을 비평하는 데 있어서 동료 상징주의자들이 원했던 것 보다 훨씬 더 소극적인 자세를 취하면서 자신의 내면에 은둔하는 폐거 생활을 하였다. 그는 1920년에 전소연방 시인협회 뻬쩨르부르그 지부 위원장으로 선출되기도 했으나, 그의 생애의 마지막 두 해는 혁명에 대한 실망으로 가득 찬 날들이었다. 무감정, 실망, 어려운 생활 여건 그리고 원인을 모르는 이상한 질병이 그의 정신을 파괴해 버렸고, 그 결과 그는 1921년에 세상을 떠났다.

Девушка пела в церковном хоре
О всех усталых в чужом краю,
О всех кораблях, ушедших в море,
О всех, забывших радость свою.

Так пел её голос, летящий в купол,
И луч сиял на белом плече,
И каждый из мрака смотрел и слушал,
Как белое платье пело в луне.

И всем казалось, что радость будет,
Что в тихой заводи все корабли,
Что на чужбине усталые люди
Светлую жизнь себе обрели.

И голос был сладок, и луч был тонок,
И только высоко, у царских врат,
Причастный тайнам, - плакал Ребенок
О том, что никто не придет назад.

<1906>

♣ 이 시는 '러-일 전쟁'에서 러시아군의 패전에 따른 결과로 황해
의 여순항과 제물포항 그리고 동해 앞바다에서 전사한 병사들을 추모
하기 위해 성당에 모인 가족 및 친지들의 추모미사의 분위기를 묘사
한 작품이다.

1. 당신이 러시아 정교 성당에서 집전되는 예배를 본적이 있다면,
이 시의 이해는 매우 쉬워진다. 러시아 정교의 예배에서 집전되는 기
도는 노래와 같이 유려하고 낭랑하다. 그러므로 1연의 '노래하다'의 의
미의 ≪пела≫는 성가대의 노래보다는 성직자가 집전하고 있는 '기도
하다'의 의미로 이해해야 할 것이다. 따라서 다음 시행은 누구를 위해

기도하는가에 대한 정보를 주고 있다. 즉 '타국의 먼 곳에서 지친 사람들', '먼 바다로 떠난 함대들', '모든 기쁨을 잊어버린 사람들'을 위한 기도가 된다. 시공간을 초월하여 시인의 독특한 영감이 시로 승화되어 묘사되는 경우도 있지만, 시를 이해하기 위해서는 시대적인 상황에 대해서 숙지하는 것 역시 시의 정확한 이해를 위한 정보를 얻는 것이다. 1906년의 러시아의 역사적 정치적 상황을 고려해 볼 때 조국을 떠나 기쁨을 모르고 지친 사람들은 누구를 연상시키는가요?

2. 정교회의 사원이나 성당의 특징적인 건축 양식으로 둥근 원형 '지붕(купол)'을 꼽을 수 있다. 이것은 성당 내부의 음향 효과를 뛰어나게 하는 역할을 하기도 한다. '노래하는 아가씨의 목소리가 둥근 지붕을 따라 날아다닌다'는 2연의 1행의 표현은 반향의 효과가 커서 모두에게 잘 들린다는 의미가 될 것이다. 다음 행에서 우리는 노래하는 아가씨 의상의 색에 대해서 알게 된다. 낮이어도 아스라한 어둠이 장중한 분위기를 더해 주는 성당 안, 창으로부터 들어오는 햇살은 하얀 옷을 입은 아가씨를 마치 천사처럼 더욱 돋보이게 한다. 세 번째 행의 ≪어둠(мрак)≫은 전의된 의미를 가지고 있다. 직역하면 '어둠'이지만, 여기서는 자연현상으로써의 어둠이 아니라, 아가씨의 기도를 듣는 각 사람들의 심리적 상태의 '암담함'을 표현하고 있다. 집을 떠나 지치고 어려운 상황에 놓인 사람들에 대한 그리움과 그들의 운명을 걱정하는 불안과 공포의 마음들을 표현하고 있는 단어이다. 마지막 시행은 이러한 두려움을 가지고 있는 사람들에게 성당의 창문을 통해 들어온 한 줄기 빛과 흰 옷은 희망과 믿음을 나타내는 상징적 의미를 보여준다.

3. ≪모든 사람들에게는 여겨진다(всем казалось)≫라는 세 번째

연의 1행에서 사용된 표현이 그 이후의 내용들이 모두 종속하고 있는데, 그 의미를 시적으로 묘사한다면 '모두가 꿈꾸고 있다'가 될 것이다. 그렇다면 모든 사람들은 무엇을 꿈꾸고 바라고 있는 것일까? 2행의 ≪в тихой заводи≫는 '조용한 작은 만(灣)'으로 아마도 멀리 떠난 배들이 전장의 참화로부터 벗어나 조그마한 항구나 만에서 무사히 생존해 있기를 희망하는 것이다. 이어서 3행과 4행은 한 문장으로 타국에서 지친 병사들이 행복한 삶을 찾을 수 있게 되기를 소망하고 있다. 1연의 2행에 있는 ≪в чужом краю≫와 ≪чужбина≫는 같은 의미의 단어이다. 3연은 모든 이들이 하나의 염원, 즉 전쟁에 참가한 모든 병사들이 무사하기를 기원하고 있음을 보여주고 있다.

4. 네 번째 연의 1행에 나오는 ≪сладкий≫ 역시 전의된 의미를 갖는 단어로, 모든 이들의 염원이 현실화 될 수 있게 하는 일종의 기적과 같은 힘을 암시하고 있다. 2행의 ≪царские врата≫는 성당 안의 중앙 부분을 의미하는 것으로써 아주 신성한 곳을 뜻한다. 그 의미는 ≪только высоко≫로 보충되고 있다. 이 곳은 3행의 ≪Причастный тайнам(비밀(/운명)을 아는 자)≫가 있는 장소이기도 하다. 성당의 아주 신성하고 높은 곳에 있으며 모든 비밀을, 즉 운명을 알고 있는 자는 누구일까? 이것은 3행의 ≪Ребенок≫이 대문자로 쓰여 있는 것과도 관련이 있다. 즉, 이는 '아기 예수', '하나님'을 의미한다. 그는 '아무도 돌아오지 못할 (≪Никто не придет назад≫)' 슬픈 운명에 처한 이들을 위해 눈물을 흘리고 있는 것이다.

1906년이라면 러·일 전쟁이 끝났던 시기이다. 여기서 조국을 떠나 타국에서 죽음에 직면한 이들은 러시아의 군인이며, 그들을 위한 기도가 이 시의 전반적 내용이다.

Из газет

Встала в сияньи. Крестила детей.
И дети увидели радостный сон.
Положила, до полу клонясь головой,
Последний земной поклон.

Коля проснулся. Радостно вздохнул,
Голубому сну еще рад наяву.
Прокатился и замер стеклянный гул:
Звенящая дверь хлопнула внизу.

Прошли часы. Приходил человек
С оловянной бляхой на теплой шапке.
Стучал и дожидался у двери человек.
Никто не открыл. Играли в прятки.

Были веселые морозные Святки.
Прятали мамин красный платок.
В платке уходила она по утрам.
Сегодня оставила дома платок:
Дети прятали его по углам.

Подкрались сумерки. Детские тени
Запрыгали на стене при свете фонарей.
Кто-то шел по лестнице, считая ступени.
Сосчитал. И заплакал. И постучал у дверей.

Дети прислушались. Отворили двери.
Толстая соседка принесла им щей.
Сказала : ≪Кушайте≫. Встала на колени
И, кланяясь, как мама, крестила детей.

Мамочке не больно, розовые детки.
Мамочка сама на рельсы легла.
Доброму человеку, толстой соседке,

Спасибо, спасибо. Мама не могла...

Мамочке хорошо. Мама умерла.

<27 декабря 1903>

Tip

이 시는 우리가 일상의 생활에서 볼 수 있는 내용을 시로 승화시킨 작품이다. 즉 시의 제목에서 알 수 있듯이 신문에 게재된 어머니의 자살 사건 기사의 내용을 보고서, 시인이 비극적인 사건이 일어나게 된 시간부터 과정 그리고 그 후의 결과에 대해서 시간 순으로 묘사하고 있다. 시인은 신문의 기사에서 읽은 내용, 각박하고 힘든 생활의 무게를 견디지 못하고 아이들에게 평소에 두르고 다니던 목도리만을 남겨 놓은 채 철로에 뛰어들어 자살을 택한 어머니가, 마음씨 좋은 이웃들이 자신의 아이들을 돌보아 주는 상황으로 해서, 행복해 질 수 있다는 슬픈 현실을 다양한 시각을 반영하여 아주 구체적으로 묘사하고 있다.

안드레이 니꼴라예비치 벨르이
(Андрей Николаевич Белый(Борис Бугаев), 1880-1934)

시인이자 소설가인 안드레이 벨르이는 1880년 10월 26일 모스크바 대학의 저명한 수학 교수 니꼴라이 바실리예비치 부가예프(Николай Василиевич Бугаев)의 외동아들로 태어났다. 어머니 알렉산드라 드 미뜨리예브나(Александра Дмитриевна)는 사교계를 주도하는 미인 이었으며 음악적 재능도 매우 뛰어났다. 벨르이는 재능 있는 부모로 부터 남다른 지적 능력과 예술적 재능을 물려받았지만, 그의 부모들 의 결혼 생활은 순탄하지 않았다. 가부장적이며 괴팍한 성격을 가진 아버지는 자연 과학과 자신의 전공인 수학에만 몰두하였고, 정서적으 로 불안정했던 어머니는 남편의 이성적인 원칙들과 선언들을 매우 싫 어했다. 벨르이는 뛰어난 지적 호기심과 높은 예술적 감성으로 일찍 부터 여러 학문 분야에 관심을 보이기 시작했다. 청소년기에 이미 문 학에 심취하여 도스또옙스끼, 괴테, 하이네, 입센 그리고 프랑스의 현 대 시문학을 두루 섭렵하였으며, 솔로비요프와 니체의 철학에 탐닉하 기도 하였다. 따라서 벨르이의 세계관에는 이분법적인 구분이 특징적 이다. 즉 이성주의와 감성주의, 조화로운 질서와 무질서, 창조와 파 괴, 사랑과 증오, 도덕과 비도덕, 통일과 분열 등이 그것이다.

1903년 벨르이는 모스크바 대학에서 자연과학 학위를 받았지만, 그 의 문학에 대한 열정과 관심은 매우 높았다. 벨르이는 아버지를 놀라 게 하지 않게 하기 위하여 필명으로 첫 산문인 ≪심포니(Симфонии, 1902-3)≫를 발표하였다. 이때 사용한 필명(筆名)이 바로 안드레이 벨르이(Андрей Белый)이다. 이 필명은 당시 유명한 철학자인 블라지미르 솔로비요프(Владимир Соловьев)의 동생이자 벨르이의 친구인 미하일 솔로비요프(Михаил Соловьев)가 지어준 것이다. 미하일 솔로비요프는 필명을 지어준 것에 그치지 않고 벨르이를 형에게 소개시켜 줌으로써 벨르이의 철학 세계의 영역을 확대시킬 수 있도록 직접적인 도움을 주었다.

1903년부터 1910년까지 벨르이는 200편 이상의 논문과 서평 그리고 에세이를 출판하였으며, 세 권의 시집을 출판하였다. 그러나 1905년 혁명의 실패로 인해 벨르이는 심각한 정신적인 위기를 겪게 된다. 특히 블록과 그의 아내인 류보비와의 관계가 벨르이에게 커다란 시련을 주었다. 그는 블록의 아내인 류보비 드미뜨리예브나를 영원한 여인인 '소피야'라고 여겼지만 그렇지 않은 것에 크게 실망했다. 그 후에 벨르이는 독일로 여행을 떠났다. 벨르이는 외국에서 4년 동안 체류하면서 아샤 뚜르게네바를 사귀게 되었고 그녀와 결혼하였다. 그녀의 도움으로 루돌프 슈타이너를 만나게 되었고 그에게서 인지학파의 신비적인 교리를 사사 받았다.

1916년 벨르이는 군복무를 위한 소집 명령을 받고 러시아로 돌아왔다. 그는 다음 해에 일어난 볼셰비키 혁명을 열렬히 환영하였다. 그는 혁명을 신화적으로 해석하면서, 이러한 역사적인 사건을 통해서 정신적 종교적 혁신이 가능한 새로운 러시아의 창조를 꿈꾸었다. 이런 이유로 그는 1918년에 ≪예수 부활하셨네(Христос воскрес)≫라는 서사시로 새로운 정치 체제의 출범을 기꺼이 찬양하였다. 공산 정권의 수립을 '예수의 부활' 사건으로 해석할 만큼 벨르이의 역사관은 개인적이며 철저히 종교적이었다.

그러나 그는 혁명 후에 전개되는 상황에 실망하고서 1921년에 독일 베를린으로 다시 갔지만, 슈타이너가 그를 냉담하게 맞이하였고, 첫 번째 부인 아샤도 이전의 관계회복을 거절하여 그들은 헤어졌다. 1923년 벨르이는 끌라브지예바 바실리예바(Клавдиева Василиева)와 함께 다시 러시아로 돌아왔으나, 소비에트 체제는 그에게 더 이상 호의적이 아니었다. 그는 새로이 문단을 장악한 러시아 프롤레타리아 작가 동맹의 공격대상이 되었고, 그 결과 그의 작품 발표는 제한이 가해졌다. 그럼에도 불구하고 그는 시와 소설, 여러 종류의 회상록과 문학 이론서를 집필하면서 고독한 말년을 보냈다. 벨르이는 생의 후반기를 1925년에 결혼한 끌라브지예바 바실리예바와 함께 지내면서 모든 정치적인 논쟁을 회피한 채 조용히 보냈다.

СОЛНЦЕ

Автору ≪Будем как солнце≫

Солнцем сердце зажжено.
Солнце - к вечному стремительность.
Солнце - вечное окно
в золотую ослепительность.

Роза в золоте кудрей
Роза нежно колыхается.
В розах золото лучей
красным жаром разливается.

В сердце бедном много зла
сожжено и перемолото.
Наши души - зеркала,
отражающие золото.

<1903>

Tip

이 시는 '태양'을 찬미한 시인 발몬뜨에게 시인이 시학과 미학 그리
고 철학에 대해서 내적으로 대화를 나누는 내용의 작품이다. 즉, 발몬
뜨의 "태양처럼 존재하자"에 대한 대답을 1연의 1행과 3연의 1-2행을
통해서 밝히면서, 태양은 영원성을 지향하는 자연의 상징이며, 우리
의 마음속에 있는 고통들을 태워 없애버리면서, 우리의 영혼을 선과
아름다움으로 가득 차게 하여 거울처럼 투명하게 한다는 시인 자신만
의 독자적인 시각과 도덕적인 평가를 보여주고 있다.

АСЕ

Опять - золотеющий волос,
Ласкающий взор голубой;
Опять - уплывающий голос;
Опять я: и - Твой, и - с Тобой.

Опять бирюзеешь напевно
В безгневно зареющем сне;
Приди же, моя королевна, -
Моя королевна, ко мне!

Плывут бирюзовые волны
На веющем ветре весны:
Я - этими волнами полный,
Одетая светами - Ты!

<Сентябрь 1916>

Tip

이 시는 시인이 독일에 체류하면서 결혼했던 아샤 뚜르게네바에
대해서 쓴 작품이다. 그는 1916년 8월에 군복무 명령을 받고 러시아
로 혼자 돌아온 후 모스크바에서 생활하던 중에 독일에 남아있는 자
신의 아내 아샤와의 새로운 만남을 기대하면서 쓴 시로, 여기에는 벨
르이와 블록의 초기시의 특징인 '영원한 여성성'이 반영되어 있으며,
'너'에 해당하는 대명사들을 모두 대문자로 표기함으로서, 아샤가 바
로 '영원한 여성'이기를 기대하는 시인 자신의 마음을 강조해 보여주
고 있다.

이반 알렉세예비치 부닌
(Иван Алексеевич Бунин, 1870-1953)

부닌은 1870년 10월 10일 중부 돈 강 지역의 보로네쉬(Боронеж)에서 몰락한 폴란드계(系) 귀족 가문에서 태어났다. 러시아의 급속한 산업화의 물결 속에서 경제적인 돌파구를 찾지 못한 부닌의 집안은 귀족의 신분에 걸맞지 않은 경제적 어려움을 겪었다. 부닌의 가족은 그가 네 살 때 오룔 지방의 옐레쯔로 이주하였고, 부닌은 이곳에서 유년기와 청소년기를 보냈는데, 이 곳은 훗날 그의 산문 작품들의 중요한 무대가 되었다. 학비를 지불하지 못해 김나지움에서 제적된 부닌은 가정교육과 독학을 하면서 매우 많은 책을 읽게 된다. 19세 때부터 지방 잡지사의 보조 편집원으로 취직해 일찍 생활 전선에 나섰다. 부닌은 1887년 첫 번째 시를 발표함으로써 시인으로 데뷔하였고, 1891년에는 오룔에서 첫 번째 시집이 출판되었다. 1893-1894년에 부닌은 똘스또이에게 경도되었고, 그의 영향을 많이 받았으며 똘스또이의 창작에 대해서 개인적으로 열렬한 호의를 가지게 되었다. 1897년 최초의 단편소설 『세상 끝으로(На край света)』를 발표할 때까지 그는 주로 시의 창작에 주안점을 두고 있었다. 그는 당시 비(非)상징주의 시인으로서 가장 유명한 시인이었다. 부닌은 1901년 두 번째 시집 『낙엽(Листопад)』으로 뿌쉬낀 문학상을 수상하여 시인으로서의 위치를 확고히 하였다. 그러나 그는 산문, 특히 단편과 중편 소설 분야에서 자신의 재능을 더욱 분명하게 보여주기 시작했다. 그의 작품들은 러시아의 아름다운 자연과 당시 러시아가 직면하고 있는 제반 사회

문제들을 즐겨 다루었다.

부닌은 여행을 많이 한 작가로 1907년에서 1914년 사이에 유럽 전역과 중·근동 아시아, 북 아프리카, 인도 그리고 실론을 여행하였다. 이와 같이 세계의 여러 나라들을 여행했음에도 그의 산문 세계의 배경은 대부분 러시아이며, 이러한 여행의 인상과 편린은 산문보다는 시 작품에 더 많은 자취를 남기고 있다. 그의 작품들에 나타나는 중요한 특징으로 러시아 혁명 이전에는 몰락해가는 러시아 시골의 삶에 대한 서정적인 비가 형태가 주종을 이루었고, 혁명 이후에는 좀더 명상적인 경향과 함께 성(性)과 죽음에 대한 주제가 보다 많이 보여진다.

부닌은 러시아 혁명에 매우 부정적인 태도를 취하였고, 오데사와 꼰스딴찌노플을 경유하여 파리로 떠났다. 그는 파리에 정착한 후, 외국 소재 러시아 저작 출판물 조직위원회에 적극 참여하여 고전 작품 간행 등의 사업을 하였다. 1924년부터 그는 다시 창작 활동을 재개하여 많은 단편소설들과 자전적인 소설 『아르세니예프의 생애(Жизнь Арсеньева)』등을 발표하였고, 국제적인 명성을 얻게 되어 마침내 1933년 러시아 작가로는 처음으로 노벨 문학상을 받았다.

부닌은 시인으로 문학 활동을 시작하였다. 그의 시의 주된 주제는 자연의 풍요로움과 더불어 슬픈 아름다움과 외로움 그리고 죽음이었다. 부닌의 시에 있어서 가장 선호하는 시간은 밤이다. 이것은 그의 시가 외계에 대한 주의 깊은 관찰을 보여주고 있기 때문이다. 부닌의 산문은 그의 시보다 더 시적이다. 그는 자신의 산문을 통해 러시아어의 활용 및 묘사에 있어서 탁월한 재능을 보여주었는데, 서정시와 같은 단조로움, 자연 현상에 대한 긴 묘사로 가득 차 있다.

부닌의 작품세계는 비록 사실주의에 속하지만, 이것이 러시아 전통의 도덕적 사실주의에 가깝다기보다는 플로베르 계통의 비인간적인 미학에 더 가까웠다. 혁명 이전의 그의 작품은 죽어 가는 시골의 자연에 대한 서정적 애가가 주된 것으로 대표적인 작품으로는 ≪안또노프의 사과(Антоновские яблоки, 1900)≫를 꼽을 수 있다. 그의 주요 작품으로는 ≪마을(Деревня, 1909-10)≫과 몰락한 귀족사회에 대한 기억을 메마른 골짜기에 비유하면서 회생의 가능성이 없음을 보여주고 있는 ≪마른 골짜기(Суходол)≫(1911)와 ≪형제(Братья)≫(1914), 부르주아 사회에 대한 풍자와 죽음 앞에서 인생의 덧없음을 보여주는 ≪샌 프란시스코에서 온 신사(Господин из Сан-Франциско)≫(1915)와 ≪구부러진 귀(Петлистые уши≫)(1916), 젊은이들의 사랑을 시적으로 다룬 ≪미짜의 사랑(Митина любовь)≫(1924), 그리고 갑작스런 죽음을 당한 인간들에 대한 이야기인 ≪어두운 가로수길(Темные аллеи)≫(1946)과 자전적인 소설 ≪아르세니예프의 생애(Жизнь Арсеньева)≫(1952) 등이 있다.

ОДИНОЧЕСТВО

И ветер, и дождик, и мгла
   Над холодной пустыней воды.
Здесь жизнь до весны умерла,
   До весны опустели сады.
Я. на даче один. Мне темно
За мольбертом, и дует в окно.

Вчера ты была у меня,
   Но тебе уж тоскливо со мной.
Под вечер ненастного дня
   Ты мне стала казаться женой...
Что ж, прощай! Как-нибудь до весны
Проживу и один - без жены...

Сегодня идут без конца
   Те же тучи - гряда за грядой
Твой след под дождем у крыльца
   Расплылся, налился водой
И мне больно глядеть одному
В предвечернюю серую тьму.

Мне крикнуть хотелось вослед:
   ≪Воротись, я сроднился с тобой!≫
Но для женщины прошлого нет:
   Разлюбила - и стал ей чужой.
Что ж! Камин затоплю, буду пить...
Хорошо бы собаку купить...

           <1903>

  이 시의 운율은 매우 복잡한 형태를 보여주고 있는데, 그 이유는 시인이 시의 제목이자 주제인 "외로움"에 대해 다양하게 묘사하고 있기 때문이다. 우선 이 시의 작법을 살펴보면 매우 흥미롭다. I-II연에서는 1, 3행이 약강약격이고 2, 4, 5, 6행은 강약약격의 형태를 보여주고 있

다. III연에서는 1, 3, 4행이 약강약격이고 2, 5, 6, 행이 강약약격이다. IV연에서는 1행만 약강약격이고 나머지 2, 3, 4, 5, 6행은 강약약격이다. 이는 I, II연이 동일한 구조를 가지고 있는 반면, III-IV연은 변화를 보여주고 있는데, III연에서는 잉여의 강약약격을 가지게 하고, IV연에서는 강약약격을 하나 뺌으로서, III연과 IV연이 동일한 구조를 갖지 않고 다른 형태를 갖도록 하고 있다. 이 시의 운율을 크게 구분하면 I-II연과 III-IV연으로 구분이 되지만, III연과 IV연이 다른 구조를 가지고 있기 때문에 엄밀하게 구분하자면 세 부분이라고 할 수 있다.

시의 내용과 이러한 다양한 운율 사이의 관계는 매우 밀접하다. I연에서는 '바람', '비', '어둠'이 핵심어로 사용되었고, 차갑고 황량한 물위의 자연이 묘사되고 있다. 이 자연 속에서는 봄이 도래했음에도 불구하고 생명은 여전히 죽어 있으며, 정원은 봄까지도 방치되어 있다. "삶이 죽었다"라는 표현은, 삶 그 자체가 죽은 것을 의미하기 보다는 다음 행에서 이야기하고 있는 "봄까지는 정원이 버려져 있다"라는 시적 화자의 진술로 추론해 볼 때, 이런 자연 상태에서는 "봄이 될 때까지는 사람이 아무도 없을 것이다"는 사실을 의미한다. 이런 의미에 따라 5행의 반행이 말하고 있는 "나는 별장에 혼자 있다"라는 표현이 훨씬 더 사실적이며 이 시의 제목인 "외로움"과 합치되는 해석이 될 수 있다. 그 다음 반행과 마지막 행에서 화자가 언급하는 내용을 분석해 보면, 시의 화자가 화가이거나 혹은 이 시를 들려주는 시인임을 짐작할 수 있다. 지금 화자는 그림을 그리기 위한 화가(畵架) 뒤에 자리하고 있고, 그가 방 혹은 작업실 안에서 밖을 보고 있는 것을 상상할 수 있다. 우리는 화자가 집안에서 밖을 내다보면서 보는 풍경 속에서 이 시의 두 번째 단어인 바람이 불고 있음을 확인할 수 있다. 이 연에서 화자는 별장 주변의 자연을 묘사함과 더불어 주위에 사람이 한 명도 없고 화자 혼자만이 별장에 남아 있는 상황을 묘사하고 있다.

Ⅱ연에서는 보다 구체적인 이야기가 전개되고 있는데, 우리는 Ⅰ연에서 ≪я один≫이라는 표현을 통해서 화자가 남자라는 사실을 알고 있다. 또한 그가 머물고 있는 별장으로 "어제 여자가 왔었다"는 사실도 확인할 수 있다. 그러나 이들의 관계가 매우 친밀하다고 말하기는 어렵다. 왜냐하면 여인은 화자에게 왔지만, 그와 함께 있는 것을 지루해 했고, 또한 ≪была≫라는 동사 과거가 내포하듯이 그녀는 이미 여기를 떠나버렸기 때문에 지금은 함께 있지 않는다는 것을 의미한다. 별장에 머물고 있는 화자를 방문한 여인이 단 하루 만에 떠나버린 사실로 추론해 볼 때 그들의 관계가 열렬히 사랑하는 사이라고 보기는 힘들다.

이런 상황에서도 화자는 자신이 느꼈던 감정을 직접적으로 보여주고 있다. 이를 테면, 잔뜩 찌푸린 날 저녁 무렵에 그녀가 이미 자신의 아내처럼 여겨졌다는 것이다. 서로가 열렬히 사랑하는 사이이며, 별장에 단 둘이서만 머물렀다는 설정이 그들이 서로의 사랑을 확인하기에 더 없이 좋은 상황이라고 한다면, '잔뜩 찌푸린 날'은 역설적이다. 그러나 우리는 이미 Ⅰ연에서 그 여인이 떠났음을 알고 있다. 즉, 바로 이별의 날이었기 때문에 날씨까지도 잔뜩 찌푸려 있었고, 저녁 무렵에 화자 혼자서 그녀에 대한 때늦은 친밀감을 느끼고 있는 것이다. 시인은 Ⅱ연의 서두에서 어제 그녀가 화자와 함께 있는 것을 지루해 했다는 사실을 밝히고 있다. 그리고 화자는 그녀가 자신의 아내처럼 여겨졌다는 말 다음에는 생략부호로 대체하고 있는데, 이것은 화자가 자신만의 느낌이었음을 고백하는 것이다.

그리고 '어찌하겠는가, 그래, 안녕!'이라고 말하고 있는 화자의 다음 행은 체념의 말이다. 화자는 계속해서 자신의 관점에 관해 이야기를 하고 있다. '나는 봄까지 혼자서, 아내 없이 어떻게든 살아갈 것이다'라고 말하고 있다. 이 표현 역시 화자 자신의 견해이기 때문에 생략부호로 끝을 맺으면서 더 이상의 증거나 확신을 보여주지 못하고 있다.

Ⅲ연에서는 그녀가 떠나간 사실을 구체적으로 회상하고 있다. 어제 그녀가 떠났고, 오늘은 산 너머에서 먹구름이 끝없이 몰려오고, 그 구름이 비가 되어 내릴 때, 화자는 비가 그녀의 식어버린 사랑의 흔적이 되어 자신이 머무는 별장 현관에 내리고 있음을 상징적으로 말하고 있다. 별장 현관에 내리고 있는 비를 실내에서 관찰하고 있는 화자의 눈에 눈물이 흐르고 있는 것을 우리는 추론할 수 있다. 화자는 또한 저녁 무렵 회색 빛 어두움을 바라보고 있는 것이 괴롭다는 심정을 토로하고 있다. 화자는 그녀의 식어 버린 사랑을 안타까워하고 있는 것이다.

Ⅳ연에서는 화자의 강한 열망과 함께 커다란 절망이 묘사되고 있는데, "돌아오라, 나와 너는 매우 친밀했었다"라고 화자는 외치고 싶어 한다. 이 외침은 화자 자신이 그저 외치고 싶어 했던 소리에 불과할 뿐이지만, 이 시를 읽고 있는 독자에게는 화자가 이미 외치고 있는 것처럼 느껴진다. 화자가 떠난 여인에 대한 사랑의 지극함을 수동적으로 표현하고 있지만, 그의 여인에 대한 사랑의 간절함은 절정에 달해 있음을 확인할 수 있다.

이처럼 절정에 달한 화자의 사랑 고백 다음의 문장이 역접 접속사인 ≪но≫로 시작하고 있다는 점에서 보다 명확해진다. 바로 이어서 화자는 앞에서 아내로 여겼던 연인을 ≪женщина≫라고 부르면서 자신의 체념을 시사하고 있다. Ⅳ연의 1행에서 화자가 그녀가 떠난 후 "돌아오라..."고 외치고 싶어 했던 사실에 반해, 여인에게는 과거의 사랑이 더 이상 없다는 것은 시사적이다. 즉, 그녀의 사랑은 이미 식어 버렸고 화자는 그녀에게 이미 낯선 사람이 되어 버렸다. 두 사람 사이의 사랑은 더 이상 존재하지 않는 것이다.

따라서 마지막 2행은 화자의 행동이 사실적이면서도 절망이나 외로움이 극에 달해 있음을 간접적으로 보여주고 있다. IV연의 5행은 그가 날이 저물면서 할 일을 말해 주고 있다. 즉, 그는 자신이 그녀의 식어버린 사랑에 대해 할 수 있는 것이 아무 것도 없음을 알고 있으며, 난로나 피우면서, 술이나 마실 것이라고 말한다. 여기서도 역시 생략 부호로 끝을 맺고 있다. 이는 화자의 완벽한 절망이자 체념의 표현임을 알 수 있다. '개나 한 마리 사는 것이 좋을 것'이라는 표현은 그녀와 함께 할 때 느끼지 못했던 외로움을 그녀 대신에 개와 함께 함으로써 외로움을 달래려고 하는 것으로, 이것은 화자가 여인의 사랑을 더 이상 기대하지 않는 다는 것을 의미한다. 또한 다른 한 편으로는 그녀를 대신하는 대상을 충실함의 상징인 '개'를 상정함으로써 그녀의 불성실한 사랑을 비난하는 의미를 가질 수도 있다.

결국 시인은 다양한 운율의 변화를 통해서 시의 내용에서 나타나는 화자의 안정적이지 못한 심경을 표현하고 있으며, 연인과의 사랑이 변해버렸다는 사실과, 변덕스럽고 충실하지 못한 연인의 사랑에 대한 태도를 표현하고 있다. 비교적 담담하게 이야기할 수 있는 자연에 대한 묘사는 약강약격으로 하고 있는 반면, 사념이나 외로움과 관련하여 화자 자신의 감정을 표현하고 있는 것은 느린 템포인 강약약격으로 하고 있음을 확인할 수 있다.

Вьется путь в снегах, в степи широкой.
Вот - луга и над оврагом мост,
Под горой - поселок одинокий,
На горе - заброшенный погост.

Ни души в поселке; не краснеют
Из-под крыш вечерние огни;
Слепо срубы в сумерках чернеют...
Знаю я - покинуты они.

Пахнет в них холодною золою,
В печку провалилася труба,
И давно уж смотрит нежилою,
Мертвой и холодною изба.

Под застрехи ветер жесткий дует,
Сыплет снегом... Только он один
О тебе, родимый край, тоскует
Посреди пустых твоих равнин!

Путь бежит, в степи метель играет,
Хмуро сходит долной ночи тень...
О, пускай скорее умирает
Этот жуткий, этот тусклый день!

<1897>

이 시는 부닌이 러시아에서 예상되는 혁명의 기운을 감지하고서, 멸망해가는 러시아의 현실을 안타까운 마음으로 지켜보면서 자신의 감정을 시로 승화시킨 작품이다. 시인은 자신이 느끼는 감정이 매우 '음울한' 상태임을 ≪жуткий, тусклый день≫과 같은 표현을 통해서

밝히고 있다. 이런 인상에 도달하는 수단으로 ≪поселок одинокий≫ 또는 '공동묘지'를 지칭하는 표현 ≪заброшенный погост≫, '아무도 없는'에 해당하는 ≪Ни души в поселке≫, 그리고 '나무로 만들어진 쓰러진 집'을 묘사하고 있는 표현 ≪Слепо срубы ... чернеют...≫와 ≪Мертвой и холодною изба≫을 통해서 확인할 수 있다. 그렇다면 이러한 조국을 부닌은 좋아했을까? 그에 대한 대답은 '그렇다' 이다. 부닌은 ≪родимый край≫라는 표현을 통해서 자신의 조국에 대한 애정을 表現하고 있고, 이러한 음울한 상황이 개선되는 밝은 날을 마지막 연의 3-4행을 통해 기대하고 있다.(≪О, пускай скорее умирает /... этот ... день!≫)

니꼴라이 스쩨빠노비치 구밀료프
(Николай Степанович Гумилев, 1886-1921)

니꼴라이 스쩨빠노비치 구밀료프는 1886년 4월3일 핀란드만의 군항인 끄론쉬땃뜨(Кронштадт)에서 해군 군의관 아들로 태어났다. 그는 12세 무렵부터 시를 쓰기 시작했고, 1902년 자신의 시를 처음 발표했다. 1903년에는 뿌쉬낀이 수학을 하였던 짜르스꼬예 셸로의 리쩨이로 전학하였고, 이 학교를 졸업한 후 뻬쩨르부르그 대학의 역사 문학부에서 철학을 공부하였다. 그는 뻬쩨르부르그 대학을 졸업하기 전인 1907-1908년에 파리의 소르본 대학에서도 철학 강의를 수강하였는데, 그곳에서 프랑스 시문학, 특히 테오필랴 고티에와 레꽁타 데 릴랴에 심취하게 된다. 그는 1908년에 최초로 아프리카 여행을 하였고, 1910년과 1913년 두 번에 걸쳐 아프리카를 다시 여행하였는데, 1913년의 경우에는 학술 탐험대를 이끌고 소말리아 원정을 하였다. 그의 이국풍의 시를 꾸며주고 있는 구체적인 표현들의 다양함과 명료성은 이러한 여행에서 받은 인상과 영감에 기인한 것이다.

구밀료프가 1910년에 발표한 시집 『진주(Жемчуга)』는 그에게 시인으로서의 확고한 명성을 가져다주었는데, 그의 이 세 번째 시집은 이전에 발표했던 첫 번째(『정복자의 길(Путь Конквистадоров, 1905)』)와 두 번째(『낭만적인 꽃(Романтические цветы, 1908)』) 시집들과는 차별되는 시인 자신만의 독자적인 문학 세계를 보여준 것이다. 바로 그의 이 세 번째 시집에서는 상징주의와 구별되는 미학적 원칙들이 발견되는데, 이 미학적 원칙들은 후에 아끄메이즘이라는 새로운 문학적 경향의 이론적 명제들이 되었다. 구밀료프는 상징주의 시인들이 보여주는 형상의 모호함과 음악성에 반기를 들고 시의 명료성과 회화성을 강조하였다.

상징주의의 '모호함'에 대한 거부는 꾸즈민, 만젤쉬땀, 아흐마또바와 같은 시인들도 공유하던 것으로서, 구밀료프는 이들과 함께 아끄메이즘 문학단체인 '시인조합(Цех поэтов)'을 결성하게 된다. 이후 1913년 구밀료프가 잡지 [아폴론(Аполлон)]에 발표한 「상징주의의 유산과 아끄메이즘(Наследие символизма и акмеизм)」이라는 논문은 아끄메이즘 문학의 선언서로 인정되었으며, 1912년 발표한 그의 네 번째 시집 『낯선 하늘(Чужое небо)』은 아끄메이즘적인 방향을 완벽하게 보여주는 형식미를 갖춘 시들을 수록하고 있으며, 그가 시의 장인임을 확인시켜 주고 있다. 1910년 구밀료프는 아흐마또바와 결혼하였으나, 1918년 이혼하였다.

제 1차 세계대전(1914-1917)이 발발하자 그는 자원 입대하여 전쟁에 직접 참여하였고, 전쟁을 두려워하지 않는 용감한 병사의 면모를 보여주었다. 전쟁에 대한 그의 이러한 태도는 시집 『화살통(Колчан, 1916)』에 잘 드러나 있다. 1917년 러시아 파견단의 일원으로 프랑스를 방문했던 구밀료프가 다시 러시아로 돌아왔을 때는 이미 10월 혁명이 성공한 뒤였다. 그는 1918년 초에 귀국하여 고리끼가 만든 출판사 「세계 문학(Всемирная литература)」의 편집위원으로 활동하였다. 1921년에는 블록을 대신하여 전소연방 시인 협회의 뻬쩨르부르그 지부 위원장을 맡기도 하였다. 그러나 혁명 후 러시아가 겪어야 했던 극심한 혼란은 구밀료프의 작품에도 커다란 영향을 끼쳤고, 그의 시집 『모닥불(Костер, 1918)』과 『천막(1921)』 그리고 사후에 출간된 『불기둥(Огненный столп, 1921)』 등에는 이전의 경향들이 여전히 나타나는 시들도 많이 있지만, 아끄메이즘의 방향에서 현저히 벗어나 변혁기 조국의 운명과 자신의 죽음과 같은 삶의 본질적인 문제를 다루고 있는 작품들도 적지 않게 수록되어 있다.

1921년에 구밀료프는 뻬뜨로그라드 테러 단체의 반혁명 음모에 가담하였다는 죄명으로 체포되어 얼마 후에 총살당했다.

ЖИРАФ

Сегодня, я вижу, особенно грустен твой взгляд,
И руки особенно тонки, колени обняв.
Послушай: делёко, далёко на озере Чад
Изысканный бродит жираф.

Ему грациозная стройность и нега дана,
И шкуру его украшает волшебный узор,
С которым равняться осмелится только луна,
Дробясь и качаясь на влаге широких озёр.

Вдали он подобен цветным парусам корабля,
И бег его плавен, как радостный птичий полет.
Я знаю, что много чудесного видит земля,
Когда на закате он прячется в мраморный грот.

Я знаю весёлые сказки таинственных стран
Про чёрную деву, про страсть молодого вождя,
Но ты слишком долго вдыхала холодный туман
И верить не хочешь во что-нибудь, кроме дождя.

И как я тебе расскажу про тропический сад,
Про стройные пальмы, про запах немыслимых трав...
Ты плачешь? Послушай... далёко, на озере Чад
Изысканный бродит жираф.

<1908>

1. 니꼴라이 구밀료프는 그에게 매우 강한 인상을 남긴 아프리카를 1908년에 처음으로 여행하였고, 그 후 1910년과 1913년에 또 다시 여행하였다. 당신이 읽고 있는 시에는 아프리카에 대한 이러한 인상이 남아 있다. 이 시의 제목은 ≪жираф≫이다. 당신은 이 단어를 알고 있나요?
≪жираф≫는 아프리카에 살고 있는 동물로, 매우 긴 목과 긴 다리 그리고 아름다운 반점이 있는 가죽으로 특징지어질 수 있다.

2. 시가 1인칭으로 씌어진 것에 주의하세요. 당신은 이 시의 서정적인 주인공을 어떻게 생각하나요? 그는 누구를 향해 말하고 있나요? 본문에서 2인칭 단수 대명사를 포함하고 있는 모든 형태의 단어들과 그에 상응하는 동사의 시제들이 있는 표현을 찾아보세요. 그리고 이 시의 주인공의 상대방을 묘사해 보세요. 이 사람은 남자일까요, 아니면 여자일까요? 그는 어떤 연령층이고, 그들은 어떤 관계일까요?

☞ 아마도 이 시의 주인공은 시인 자신, 혹은 그를 닮은 사람으로 아프리카를 여행한 남자이다. 2인칭 단수 대명사와 관련된 단어들로, 1행의 '너의 시선이 슬프다(грустен твой взгляд)', 3행에 나오는 '들어 봐(Послушай...)', 15행에 나오는 '너는...차가운 안개를 마셨다(ты ... вдыхала холодный туман)', 16행에 나오는 '믿는 것을 원하지 않는다(верить не хочешь...)', 17행에 나오는 '나는 너에게 이야기할 거다(я тебе расскажу)', 19행에 나오는 '너는 울고 있니? 들어봐(Ты плачешь? Послушай...)'가 있다. 이 사람은 여성이거나 아가씨이다(이는 15행의 '숨쉬다', 1행의 '매우 슬프다', 16행의 '환멸의 비애를 느끼다', 그리고 19행의 '그녀는 울었다'라는 표현을 통해서 확인할 수 있다. 시인은 그녀를 위로하고, 기분전환 시켜주기를 원했다. 이것은 3, 17, 19행을 통해서 확인할 수 있다. 그들의 관계는 매우 가까운 사이일 수 있다.

3. 이 시를 왜 ≪жираф≫라고 제목 붙였을까요? 본문에서 이 동물에 대한 묘사를 찾아보세요. 시인이 사용한 형용사와 비교에 주의하세요. 이것이 실제적인 묘사라고 생각하나요? 만약 아니라면, 어떤 것일까요?

☞ 시인은 아가씨에게 자신이 받은 아프리카의 인상에 대해서 이야기하고 있다. 그것들 중의 하나가 바로 '기린'이다. '기린'은 4행에 서술하고 있는 것처럼 '우아하고(изысканный)', 5행에 묘사되고 있는 것처럼 '정연한 균형성과 부드러움(грациозная стройность и нега)'

을 가지고 있으며, 6행에서 묘사하는 것처럼 '매혹적인 무늬(вол-шебный узор)'를 가진 '가죽'이 있으며, 7-8행에서 서술하고 있는 것처럼 '호수 표면에 반사되는 달'과 비교할 수 있다. 또한 기린은 9행에서 서술하는 것처럼 멀리서 항해하고 있는 '다양한 색채의 돛 단배의 항해'와 비교되며, 10행에서처럼 '그의 질주는 즐겁게 나는 새들의 비상과 같다'. 물론 이러한 것은 실제로 살아있는 동물이 아니라, 시인에 의해서 인식된 아프리카의 낭만적인 인상으로, 요술 같은 동화적 인상의 요소들이 반영된 표현이다.

4. 시인은 또 무엇에 대해 이야기하기를 원하나요? 13-14행을 주의하세요. 당신은 시인이 14행에서 상기시키고 있는 이야기가 무엇에 관한 것이라고 생각하나요?

☞ 이 행들에도 역시 시인의 아프리카에 대한 인상이 반영되었다. 즉 '즐거운 동화(веселые сказки)'를 이야기하는 '비밀스러운 나라(та-инственные страны)'가 그것이다. 이를테면, 매혹적인 흑인 아가씨에 대한 젊은 지도자의 열정적인 사랑 이야기를 꼽을 수 있다.

5. 시의 15-16행을 읽어 보세요. 그 행들을 어떻게 이해해야 하나요? 이 시행을 직접적인 의미, 아니면 전의된 의미 중 어떤 것으로 이해해야 할까요? 당신은 '그녀(она)'가 어느 도시에 사는지 추측할 수 있나요? 16행의 전의된 의미를 자신의 언어로 묘사해 보세요.

☞ 15행에 묘사된 ≪Ты слишком долго вдыжала холодный туман (너는 지나치게 오래 차가운 안개를 마셨다)≫는 직접적인 의미로도, 그리고 전의된 의미로도 이해할 수 있다. 햇빛이 적고 비와 차가운 안개가 많은 도시는 아무래도 ≪Петербург≫이다. 16행의 전의된 의미로는 '행복과 사랑, 그리고 심지어는 언젠가 좋은 날씨가 시작될 거라는 사실 조차도 믿지 못할 정도로 삶에 환멸을 느낀 사람'에 대해서 이야기하는 것이다.

6. 시를 끝까지 읽고, 이 시에서 아프리카를 어떻게 묘사하는지 서술해 보세요. ≪알 수 없는 풀의 향기(запах немыслимых трав)≫를 당신은 어떻게 상상하나요?

☞ 물론 이것은 시인의 상상에서만 존재하는 동화 같고 비밀스러운 아프리카이다. ≪немыслимые травы(알 수 없는 풀)≫은 현실에 존재하는 것이 아니기에 생각하거나 상상할 필요가 없다.

ДЕРЕВЬЯ

Я знаю, что деревьям, а не нам
Дано величье совершенной жизни:
На ласковой земле, сестре звезда́м,
Мы - на чужбине, а они - в отчизне.

Глубокой осенью в полях пустых
Закаты медно-красные, восходы
Янтарные окраске учат их -
Свободные, зеленые народы.

Есть Моисеи посреди дубов,
Марии между пальм... Их души, верно,
Друг другу посылают тихий зов
С водой, струящейся во тьме безмерной.

И в глубине земли, точа алмаз,
Дробя гранит, ключи лепечут скоро,
Ключи поют, кричат - где сломан вяз,
Где листьями оделась сикомора.

О, если бы и мне найти страну,
В которой мог не плакать и не петь я,
Безмолвно поднимаясь в вышину
Неисчислимые тысячелетья!

Tip

이 시에서 인간은 이 조화로운 세상에서 이방인에 불과하며, 잠시
머물다가는 존재로서 자연의 영원함에 비하면 인간의 존재는 극히 미
미한 것이라는 내용을 설파하고 있다. 1연에서는 이 시의 테제를 밝
히고 있는데, 인간은 완벽한 삶이 주어지지 않았기 때문에 이방인에
불과하고, 나무만이 그 역할을 할 수 있음을 말하고 있다. 2연에서는

'가을'이라는 계절을 언급하면서 나무의 단풍은 자연의 순리에 따른 것이 아니라 우주의 법칙을 반영한 것이라고 주장한다. 3-4연에서는 성경에 나오는 등장인물들을 언급하면서, 나무의 영혼이 뿌리를 통해서 물과의 관계를 유지하고 있음을 설명하고 있다. 물과의 교감은 하늘의 별과의 교감으로 연결되면서 조화로운 세계의 풍경을 묘사하고 있다. 5연에서는 이러한 조화로움이 가능한 것은 서두르지 않고 조용한 가운데서 삶을 관조하는 태도에서 찾을 수 있음을 말하고 있다.

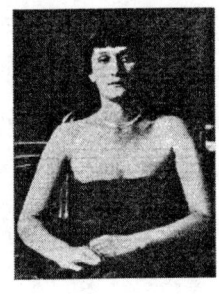

안나 안드레예브나 아흐마또바
(Анна Андреевна Ахматова (Анна Горенко), 1889-1966)

　안나 아흐마또바는 1889년 6월 11일 오데사(Одесса) 근교의 볼쇼이 폰탄(Большой Фонтан)에서 해군 기사(技士)의 딸로 태어났다. 그녀의 원래 이름은 안나 안드레예브나 고렌꼬이다. 시인은 그녀의 아버지가 실명(實名)으로 시들을 출판하여 가문에 먹칠을 하지 말라고 경고함으로써 안나 아흐마또바라는 이름을 가지게 되었는데, 자신의 따따르계(系) 증조모의 이름을 필명(筆名)으로 삼았던 것이다. 1890년 그녀의 아버지는 가족들과 함께 뻬쩨르부르그 근처의 짜르스꼬예 셀로로 이주하였다. 그러나 얼마 후인 1905년에 그녀의 부모들은 이혼을 하였고, 안나는 그의 어머니와 함께 가족내력인 결핵을 치유하기 위해서 끄림 반도 서해안에 자리하고 있는 작은 항구 도시 예브빠또리야(Евпатория)로 갔다. 병을 치료한 후 1907년에 끼예프에 있는 중등학교를 졸업하고, 1908-1910년까지 끼예프 여성 고등 법률학교에서 공부하였으며, 그 후 뻬쩨르부르그 대학에서 문학과 역사를 전공하였다. 1910년 아흐마또바는 구밀료프와 함께 '시인 조합(Цех поэтов)'을 결성했고, 상징주의와 미래주의 문학 운동에 배치되는 공식적인 활동을 시작하였다. 이 아끄메이즘 경향의 문학 활동에는 만젤쉬땀, 젠께비치, 나르부뜨 등이 참여하였다. 그녀는 1910년에 짜르스꼬예 셀로 김나지움의 선배이자 아끄메이즘의 창시자 중 한 명인 구밀료프와 결혼을 하였다. 아흐마또바는 남편 구밀료프와 함께 1910년과 1911년에 파리에 다녀왔고, 1912년에 이탈리아와 스위스를 다녀왔으며, 이 해에 아들 레프를 낳았다. 프랑스 신혼여행으로 시작되었던 두 사람의 결혼 생활은 그다지 행복하지 못했고, 결국 1918년 이혼의 파경을 맞이했다. 결혼 초기부터 구밀료프는 자신의 모험과 용기를 시험하기 위해 젊은 아내를 남겨두고 아프리카 여행을 떠났다. 또한 1914년 1차 세계 대전이 발발하자 구밀료프는 즉각 입대하였고, 그녀는 이후 몇 년 동안은 그를 거의 볼 수가 없었다. 1918년 구밀료프가 돌아왔을 때, 그녀는 이혼을 요구하였고, 같은 해에 동방학 학자이며 시인이고, 예술 서클의 회원인 블라지미르 쉴레이꼬(В.Шлейко)와 결혼하였다.

그녀의 첫 번째 시집인 『저녁(Вечер, 1912)』은 필명인 안나 아흐마또바라는 이름으로 출판되었으며, 이 시집의 주된 주제는 사랑과 고독이었다. 이 시집에 나타나는 사랑과 고독의 테마는 낭만주의적인 피안으로의 도피와 이상 속에서 묘사되었던 이전의 시들과는 달리 여성의 내면 심리에서 소박하게 응결되어 압축된 형상으로 제시되고 있다. 그녀는 첫 시집의 출판으로 매우 큰 인기를 얻게 되었고, 곧이어 수많은 아류 시인들의 숭배의 대상이 되었다.

아흐마또바는 볼셰비키 혁명 후 체제에 동조하지 않으면서도 조국을 떠나는 것도 끝내 거부하였다. 따라서 소비에트 정권하에서 시인으로서 아흐마또바의 삶은 매우 험난했다. 당시 그녀는 아직 30대 초반이었음에도 불구하고, 그녀는 많은 소비에트 비평가들에 의하여 구시대의 유물로 간주되었다. 1921년에는 시집 『질경이(Подорожник)』가 출판되었고, 1922년에는 『서기 1921년(Anno Domini MCMXXI)』이 출판되었지만, 1925년에 이르러서는 그녀의 작품은 더 이상 출간되지 못했다. 1930년대 이후부터 그녀는 시작 활동을 지속할 수가 없었고, 망명을 택하지도 않았기에 침묵을 강요당할 수밖에 없었다. 그러나 그녀는 도서관 직원 등의 일을 하며 이런 힘든 상황을 묵묵히 감내하는 한편, 계속해서 시를 썼고, 뿌쉬낀에 관한 논문을 계속 발표하여 마침내는 뿌쉬낀 연구자들의 높은 평가를 받았다. 아흐마또바는 1926부터 1941년까지 예전의 쉐르메찌예프 궁전 안에 있는 아파트에서 예술사가인 니꼴라이 뿌닌과 함께 살았다.

1935년 그녀의 아들 레프 구밀료프와 남편 뿌닌이 체포되었다가 얼마 후 풀려났으나, 얼마 후인 1938년에 다시 아들 레프가 체포되었는데, 17개월이 지나서야 풀려났다. 이 일을 계기로 하여 아흐마또프는 그녀의 위대한 작품 중 하나인 ≪레퀴엠(Реквием, 1935-1940)≫을 썼다.

1945년 전쟁기간 중에 그녀는 러시아 내 영국 외교단의 일원으로 주재했던 옥스퍼드 대학 교수인 이사야 벌린 경의 방문을 받았다. 당시 러시아에서는 외국인 경멸주의가 매우 팽배했던 시기였다. 그녀는 이 영국인 교수의 방문 사실로 인하여 1946년에 소비에트 작가 연맹에서 축출되었다. 이 박해의 시기에 아흐마또바는 프랑스어, 이탈리아어, 한국어, 중국어, 세르비아어로 된 시의 러시아어 번역과 뿌쉬낀에 대한 논문을 계속 발표함으로써 생계를 꾸려나갈 수 있었다. 그녀는 체포되어 갇혀있는 아들의 석방을 희망하면서 스탈린에게 일련의 시들을 써 보내기도 했다. 그러나 아무런 성과도 없었다. 그녀의 아들 레프는 스탈린의 사후인 1956년에야 자유의 몸이 되었다.

아흐마또바의 소비에트 문단으로의 복귀는 1956년 제 20차 전당대회 이후에야 비로소 이루어졌다. 1958년 이후 그녀의 작품집이 여러 차례에 걸쳐 간행되었고, 1965년 선집 『시간의 질주(Бег времени)』가 출간되었다. 그녀의 시는 소비에트 문학잡지와 시집에 다시 게재되기 시작했다. 말년에 아흐마또바는 자신이 흠모하는 훌륭한 시인들의 시 번역 작업에 종사했다. 그녀의 생애 말년에는 외국에서 주는 문학상의 수상에 직접 참여할 수도 있었는데, 1964년에 그녀는 타오르미나 문학상을 받았고, 이를 수상하기 위해 이탈리아로 갔다. 다음 해인 1965년에 그녀는 영국 옥스퍼드 대학이 자신에게 주는 명예박사 학위

아흐마또바의 묘지

수여식에도 참석하였다. 그녀는 1966년 3월 5일 모스크바 근처의 도모제도보(Домодедово) 요양소에서 죽었는데, 후에 그녀를 레닌그라드 근처에 있는 꼬마로보(Комарово)에 안장하였다. 그녀가 이 곳 꼬마로보에 있는 작은 오두막에서 생의 마지막 몇 년 동안을 거주하였기 때문이다.

아흐마또바는 20세기 러시아의 대표적인 시인들 중의 한 명이다. 그녀의 대부분의 시는 개인적인 테마로 시작하고 있으면서 동시에 이 테마들은 항상 개인적인 차원을 초월하는 의미들을 내재하고 있다. 그녀가 가장 선호하는 테마는 '사랑'인데, 이 사랑의 테마는 흔히 여인의 사랑에 대한 예감으로부터 출발하여 사랑의 성립, 사랑의 체험, 그리고 질투와 사랑의 소멸과 같은 과정을 묘사하는 경우가 많았다. 또한 종교적인 모티브와 고독에 관련된 테마도 그녀가 즐겨 다루는 작품의 소재였다. 그녀는 여자도 부드러운 감성 이상의 것에 대해서도 글을 쓸 수 있다는 것과 수세기 동안 대시인들을 고무시켰던 복잡한 테마들을 주제로 하여 여성도 글을 쓸 수 있음을 보여 주었으며, 여성도 또한 창조적인 예술을 위해서 여성으로서의 일상적인 삶을 포기할 수 있음을 자신의 작품 활동과 현실 생활을 통해 실천함으로써 입증하였다.

Смуглый отрок бродил по аллеям
У озерных глухих берегов.
И столетие мы лелеем
Еле слышный шелест шагов.

Иглы сосен густо и колко
Устилают низкие пни...
Здесь лежала его треуголка
И растрепанный том Парни.

<1911>

1. 당신은 혹시 아흐마또바의 시를 읽은 적이 있나요? 당신 나라에 그녀의 이름이 알려졌나요? 당신이 읽고 있는 시는 전체적인 제목이 ≪В Царском Селе≫라는 시에 들어있는 작품 중 하나이다. 당신은 이 제목을 어떻게 이해했나요? 왜 단어들이 대문자로 쓰여 있나요? '짜르스꼬예 셀로'가 어디 있는지 당신은 알고 있나요? 왜 이 곳은 그렇게 불려졌으며, 무엇으로 유명하나요? ≪Село≫라는 단어는 어떤 뜻을 가지고 있나요? 형용어인 ≪царское≫는 어떤 의미의 뉘앙스를 가지고 있나요? 어느 계절에 황제는 이 곳에서 살았나요? 다른 계절에는 황제가 어디에서 살았나요? 물론, 당신은 이런 사실들에 대해 알고 있을 것이다. ≪Царское Село≫가 러시아 황제의 여름 거주지이고, 이 곳은 러시아 제국의 옛 수도였던 뻬쩨르부르그에서 멀지 않은 곳에 위치해 있다는 것과 오늘날 우리가 이 장엄한 궁전과 화려한 공원을 보면서 감탄하고 있다는 사실 등을...

2. 시의 첫 2행을 읽어 보세요. 1행에서 아흐마또바가 시의 주인공을 어떻게 부르고 있는지에 주의하세요. 그녀가 주인공을 부른 단어 ≪отрок≫의 의미를 찾아보세요. 아마도 당신은 이 단어의 의미를 잘

모를 수도 있는데, 서둘러 사전을 찾아보지는 마세요. 똘스또이의 3
부작 『Детство, Отрочество, Юность』의 제목을 생각해 보세요. 이
단어들이 ≪отрок≫의 뜻을 당신이 추측할 수 있게 도와줄 것이다.
이 단어의 동의어를 찾아보고, ≪отрок≫의 문체상의 뉘앙스를 생각
해 보세요. 왜 시인은 자신의 주인공을 ≪отрок≫이라고 불렀다고 생
각하나요? 당신은 ≪смуглый≫의 뜻을 알고 있나요? ≪бродил≫이
라는 동사에 주의를 기울이고, 동의어를 찾아보세요. 이 단어들 사이
에는 어떤 차이가 있나요? ≪бродить≫를 좋아하는 사람에게는 어떤
성격상의 특징이 있나요? 당신에게는 ≪озёрные берега≫의 풍경이
어떻게 보이나요? 이곳은 시끄러운 곳인가요, 아니면 조용한 곳인가
요, 사람이 많은 곳인가요, 혹은 아무도 없는 곳인가요, 식물이 없는
곳인가요, 혹은 나무와 풀이 많은 곳인가요?

☞ 단어 ≪отрок≫은 '10-15세의 소년'을 의미한다. 고어형(古語形) 단
어의 사용은 일반적으로 '고급 시어' 혹은 '교회어'의 특징을 보여주는
것이다. 현대적인 동의어로는 ≪подросток≫이 있다. 시인은 다음과
같은 목적으로 '고급 시어'나 '고어체 단어'를 사용한다: a) 텍스트의
특별한 시간적인 색채를 창조하기 위해서, b) 주인공에 대한 자신의 특
별한 태도(존경, 사랑 등)를 전달하기 위해서, c) 그의 특성을 밝히기
위해서, 즉 ≪отрок≫은 매우 '특별한' 소년(≪подросток≫)이다.
≪Бродил≫의 동의어는 ≪ходил, гулял≫이다. 동사 ≪бродить≫
는 특별하게 어디로 향하는 목적지가 없으며 단순히 만족하기 위해
행하는 '움직임'을 표현한다. 사람들이 여유자적하면서 한가로이 걸
을 때, 자연에 도취될 수도, 생각에 잠길 수도, 상상을 할 수도, 시
를 지을 수도 있다. 이런 행위는 ≪подросток(일반적인 소년)≫에
게는 전혀 어울리지 않는 일이지만, ≪отрок≫에게는 아주 잘 어울
리는 행위이다. ≪озёрные берега≫는 일반적으로 '조용하고, 인적
이 드물며, 보통 풀과 관목이 무성한 장소'이다.

산책중인 리쩨이 학생들

3. 첫 번째 연을 끝까지 읽어 보세요. 아흐마또바는 《столетие》
에 대해 말하면서, 어떤 사건에 대해 회상하고 있나요? 언제 이 시가
씌어졌는지 주의해 보세요. '짜르스꼬예 셀로'에서는 1811년에 무슨
일이 일어났나요? 이 해에 뿌쉬낀이 공부했던 '짜르스꼬예 셀로 귀족
학교'가 개설되었다는 사실은 믿을 수 있나요? 거의 200년 전 '짜르스
꼬예 셀로' 공원의 가로수 길을 따라 첫 번째 리쩨이 학생들 중 한 명
인 《смуглый отрок》이 걷고 있었을까요? 당신은 그의 이름을 거명
할 수 있나요? 당신이 그를 '알렉산드르 뿌쉬낀'이라고 거명했다면,
당신은 정확하게 알고 있는 것이다. 그가 언제 태어났고, 1811년에 그
가 몇 살이었는지 생각해 보세요. 그 당시에 그를 《отрок》이라고
부를 수 있었는지, 그리고 그의 외모를 묘사할 때 《смуглый》라는
단어를 어떤 이유로 사용할 수 있나요? 누구로부터 그는 이런 '피부
색'을 물려받았나요? 시에서 동사 《лелеять》를 찾아보세요. 당신은

이 동사의 의미를 알고 있나요?

☞ 1811년에 귀족 자제들을 위한 새로운 교육기관인 '짜르스꼬예 셸로 귀족학교'가 개설되었다. 여기에서 황제의 아이들도 공부하게 될 것이라고 예상되었지만, 그런 일은 일어나지 않았다. 뿌쉬낀은 1799년에 태어났다. 그는 1811년부터 1817년까지 '짜르스꼬예 셸로'에서 생활하면서 공부했다. 동시대인들의 말에 따르면 그는 매우 특별한 소년이었다. 그는 거무스름한 피부색을 에티오피아 공후의 아들이자, 러시아 황제인 뾰뜨르 I세의 시종이며 비서였던 조상 아브람 뻬뜨로비치 간니발(Абрам Петрович Ганнибал)로부터 물려받았다. 동사 ≪Лелеять≫는 ≪беречь, хранить(간직하다, 보존하다)≫와 동의어이다.

4. 만일 당신이 주의를 기울였다면, 시인이 ≪шелест шагов≫에 대해 말하는 것을 인식했을 것이다. 일반적으로 어느 계절에 걸으면 '사각거리는 소리'를 내면서 걷게 되나요? 왜 아흐마또바는 바로 이 달을 독자들이 기억하기를 원하나요? 이 달은 무슨 일로 기억되고 있나요?

☞ 당신이 나무에서 떨어진 마른 낙엽들을 따라 걸을 때, 당신의 발걸음은 사각거리는 소리를 낸다. 낙엽이 떨어지는 계절은 10월이다. 이런 시적인 이미지는 리쩨이(귀족학교)의 개관일인 1811년 10월 19일에 대해 상기시킨다.

5. 두 번째 연을 읽어 보세요. 이 연에 대한 삽화가 당신에게 필요한지 생각해 보세요. 당신은 어떤 포즈로 있는 젊은 시인을 묘사할 수 있나요? 2연의 시행들은 당신에게 무엇에 대해 '암시'해 주나요? ≪треуголка и растрепанный том Парни≫라는 표현은 무엇에 대해 말하고 있나요?

☞ 그루터기와 땅에 깔려있는 침엽수 잎사귀에 대해 말하면서, 시인은 《густо и колко》라는 단어를 사용하고 있다. 《густо》는 양탄자처럼 보이는 것으로 많은 침엽이 있는 것을 표현한다. 《колко》는 만져보고 건드려 볼 필요가 있는 촉감을 나타내는 단어이다. 젊은 시인은 손을 땅에 짚고서 낮은 그루터기들 중의 한 곳에 앉아 있다. 리쩨이 학생들은 군청색 제복을 입었으며, 나폴레옹이 썼던 것과 같은 군인용 3각 모자를 쓰고 다녔다. 에바리스뜨 빠르니(Эварист Парни, 1753-1814)는 프랑스 시인이다. 《Растрепанный》는 '낡은, 잦은 사용으로 달아 헤진'의 뜻이며, 이 시인의 선집은 리쩨이 학생들의 독서 범위에 대해 말해주고 있다.

＊　　＊　　＊

Мне голос был. Он звал утешно,
Он говорил: Иди сюда,
Оставь свой край глухой и грешный,
Оставь Россию навсегда.
Я кровь от рук твоих отмою,
Из сердца выну черный стыд,
Я новым именем покрою
Боль поражений и обид.

Но равнодушно и спокойно
Руками я замкнула слух,
Чтоб этой речью недостойной
Не осквернился скорбный дух.

<Осень 1917>

Tip

　이 시는 시인의 자서전적인 작품으로, 그녀와 가깝게 지내다가
1917년 망명했던 안레쁘(B. Анреп)가 시인에게 영국으로의 망명을 권
유한 것에 대한 거절의 대답으로 쓴 시이다. 성서의 '태초에 말씀이
있었다'라는 표현을 상기시키는 분위기를 전하고 있는 ≪Мне голос
был...≫로 시작되고 있다. 이 시는 혁명 후에 소비에트를 떠나는 작
가 및 시인들의 대규모 망명에 대한 거부와 비난을 보여주는 내용을
담고 있어서 소비에트 당국의 선전용으로 악용되기도 했던 작품이다.

보리스 레오니도비치 빠스쩨르나끄
(Борис Леонидович Пастернак, 1890-1960)

보리스 레오니도비치 빠스쩨르나끄는 1890년 1월 29일 유명한 화가 레오니드 오시뽀비치(Леонид Осипович)와 당대에 이름을 날렸던 피아니스트 로잘리야 이시도로브나 까우프만(Розалия Исидоровна Кауфман)의 아들로 모스크바에서 출생하였다. 19세기말 러시아 사회에서 가장 교육 및 문화 수준이 높은 가정에서 태어난 그는 어린 시절부터 똘스또이(Л.Толстой), 스끄랴빈(А.Скрябин), 라흐마니노프(С.Рахманинов) 등과 같은 문화계의 저명인사들을 만날 수 있는 기회를 가졌었다. 보리스 빠스쩨르나끄가 처음에 관심을 가졌던 분야는 그림과 음악이었다. 그는 김나지움의 정규과정을 공부하는 외에 스끄랴빈의 인정을 받아 13세 때부터 6년 동안 모스크바 음악원을 다니면서 음악이론과 작곡을 공부했다. 그러던 어느 날 그는 갑자기 음악이 자신의 길이 아니라는 깨달음을 갖게 되었고, 스끄랴빈의 만류에도 불구하고 음악가의 길을 포기하였다. 1906년 김나지움을 졸업한 후 그는 모스크바 대학 법학부에 입학하여 공부하다가 철학에 심취하게 되어 철학부로 전과를 하였고, 본격적으로 철학 공부에 매진하였는데, 특히 신칸트 학파의 철학에 매료되었다. 1912년 4월에 빠스쩨르나끄는 신칸트 철학의 본거지인 독일의 마르브르크 대학으로 가서 이 학파의 거두인 게르만 코겐(Герман Коген) 교수의 문하에서 공부하였다. 여기서도 그는 철학자로서의 뛰어난 재질을 인정받았고, 코겐 교수로부터 장차 철학 교수가 되어 활동할 가능성에 대한 언질도 받았지만, 갑자기 철학 공부를 중단하고 독일을 떠나 러시아로 돌아왔다. 1913년에 모스크바 대학 역사언어학부의 철학과를 졸업한 후부터 그는 자신의 관심 분야를 문학 쪽으로 선회하였고, 자신의 생이 마감하는 날까지 문학을 자신의 소명의 길로 여기고 활동하였다.

빠스쩨르나끄는 1909년부터 시를 쓰기 시작해 1913년부터 출판하기 시작했는데, 문학 활동 50년 동안 30권 이상의 시집을 내놓았다. 빠스쩨르나끄의 시 세계에는 그의 모든 작품을 통해 형성되고 고정된 이미지와 모티브 그리고 테마들이 나타나는데, 이것은 자연과 시와 사랑에 대한 것이다. 그는 1913년 당시 열풍처럼 번지고 있던 중도미래파 그룹인 「쩬뜨리푸가(Центрифуга)」에 가입하였고, 20년대에는 좌익 예술전선에 접근하였으며, 실제로 상징주의와 미래주의의 기로에 서서 중도미래파의 입장을 고수하였다. 빠스쩨르나끄는 1922년 발표한 세 번째 시집『나의 누이 - 나의 삶(Сестра моя - жизнь)』으로 문단의 주목과 함께 평론가들의 긍정적인 평가를 받았다. 빠스쩨르나끄는 많은 시인과 평론가들로부터 러시아 시단의 미래지향적인 견인차라는 평가와 함께 통찰력이 뛰어난 시인이라고 주목받기 시작했다. 그러나 그의 시에는 고도의 메타포와 과감한 생략법의 구사 등으로 인해 일반 독자들이 접근하기에는 어려운 점들이 지적되었고, 그로 인해서 일반 대중을 위한 시인이라고 평가받기 보다는 '시인을 위한 시인'이라는 평가를 듣게 되었다. 이러한 평가들과는 달리 20년대 후반에 집필한 서사시 ≪9백 5년(Девятьсот пятый год, 1927)≫ 또는 ≪스미스 중위(Лейтенант Шмидт, 1927)≫라든가, 대조국전쟁 기간에 씌어진 서정시에서는 그가 소비에트 시학의 주요 흐름에 어느 정도 근접해 있음을 확인할 수 있다. 그렇지만 1930년대 중반에 이르러 소비에트 문단이 사회주의 리얼리즘 일색으로 경색되기 시작하면서, 예술과 정치적 목적성을 결부시키지 않고 활동하던 빠스쩨르나끄와 아흐마또바 그리고 만젤쉬땀 등은 혹독한 시련기를 겪게 되었다. 빠스쩨르나끄는 스탈린의 대숙청기의 개막과 더불어 '개인주의'와 '실내시'를 추구하는 시인이라는 비판을 받기 시작하면서 소련 내에서 작품 활동이 사실상 금지되는 상황에 처하게 되었다. 창작 활동을 할 수 없게 된 빠스쩨르나끄는 셰익스피어, 괴테, 쉴러, 클레이스트, 릴케, 베를렌과 그루지야 시인들의 시를 러시아어로 번역하면서 생계를 유지했다.

그의 후기 작품으로 가장 대표적인 작품은 『닥터 지바고(Доктор Живаго, 1945-1956)』이다. 이 작품은 자서전적인 요소가 매우 강한 것으로, '지바고'라는 인텔리겐치아가 볼셰비키 혁명과 내전을 겪으면서 체험하는 정신적 사회적 인생 역정을 그린 소설이다. 빠스쩨르나끄는 자신의 작품에서 일체의 정치적 접근을 배제하면서 인간을 감정과 창조력을 소유한 하나의 '개인'으로 조명하고자 하는 태도를 견지하였다. 이런 이유로 인해서 소련 내에서 출판이 허가되지 않은 『닥터 지바고』는 1957년 이탈리아 밀라노에서 이탈리아어 번역본으로 초판이 발행되었다. 이탈리아에서 『닥터 지바고』가 출간된 이후 이 작품은 세계적인 반향을 일으켰고, 빠스쩨르나끄가 1958년 이 소설로 노벨 문학상 수상자로 지명되는데 결정적인 역할을 하였다. 그러나 소련 당국의 견제로 빠스쩨르나끄는 수상을 거부하게 되었고, 노벨 문학상의 시상은 부재 수상으로 이루어졌다. 결국 이 사건으로 인해 빠스쩨르나끄는 소비에트 작가 동맹으로부터 제명 처분을 받게 되었고 일체의 출판 행위가 금지되었으며, 가혹한 비난의 표적이 되는 등 그의 생애에서 최후의 고난의 시기를 겪게 되었다. 그는 1960년 5월 30일 모스크바 근교 뻬레젤끼노(Переделкино)에서 죽을 때까지 강제적인 침묵과 고독 속에서 생활 해야만 했다. 그럼에도 불구하고 노벨 문학상의 수상자로 선정된 계기를 통해서 빠스쩨르나끄는 20세기 러시아 문학사를 대표하는 거장들 중의 한 사람으로 우뚝 서게 되었다.

ЗИМНЯЯ НОЧЬ

Мело, мело по всей земле
Во все пределы.
Свеча горела на столе,
Свеча горела.

Как летом роем мошкара
Летит на пламя,
Слетались хлопья со двора
К оконной раме.

Метель лепила на стекле
Кружки и стрелы.
Свеча́ горела на столе,
Свеча горела.

На озаренный потолок
Ложились тени:
Скрещенье рук, скрещенье ног,
Судьбы скрещенье.

И па́дали два башмачка
Со сту́ком на пол,
И воск слезами с ночника
На пла́тье ка́пал.

И всё теря́лось в снежной мгле,
Седой и белой.
Свеча горела на столе,
Свеча горела.

На свечку дуло из угла,
И жар соблазна
Вздымал, как ангел, два́ крыла
Кре́стообразно.

Мело весь месяц в феврале,
И то и дело
Свеча горела на столе,
Свеча горела.

<1946>

1. 당신은 빠스쩨르나끄라는 이름을 알고 있나요? 당신은 그의 시를 읽어 본 적이 있나요? 시인의 어떤 작품이 세계적으로 가장 유명하나요? 당신이 읽고 있는 시의 제목은 ≪Зимняя ночь(겨울밤)≫이다. 당신 나라의 시인이 이런 제목의 시에서 무엇을 쓸 수 있는지 생각해 보세요. 당신 나라에서는 사람들이 겨울을 좋아하나요? 러시아인들은 자신들의 겨울을 어떻게 말하나요?

2. 당신은 시를 읽으면서 어떤 행에 주의를 기울이게 되었나요? 물론 시에서 네 차례나 반복되고 있는 ≪Свеча горела на столе, Свеча горела≫일 것이다. 시인은 왜 이 행을 반복하고 있나요? 러시아 문화적 전통에서 타고 있는 초는 무엇의 상징인가요?

☞ 러시아의 문화적 전통에서 타고 있는 초는 '삶과 사랑'의 상징이다. 간혹 '사랑의 만남'을 상징하기도 한다.

3. 첫 3연을 읽어 보세요. 당신은 이 밤의 눈보라가 어떠하다고 생각하나요? 강한 눈인가요, 아니면 그렇지 않는가요. 창밖의 온도는 어떤가요? ≪Метель лепила...≫는 무슨 의미인가요?

☞ 특히 강한 눈보라이다. 동사 ≪мести≫가 두 차례 반복되고, 또한 '모든 땅을 따라 모든 경계에' 휘몰아치고 있는 상황이다. 만약에 눈이 ≪хлопья(눈송이)≫로 내린다면, 이것은 온도가 0도에 가깝다는 의미이다. 동사 ≪лепить≫는 '부드럽고 유연한 물체, 진흙이나 점토 혹은 눈 같은 것으로 무엇을 만들다'라는 의미를 가지고 있으며,

이 동사는 겨울과 관련된 텍스트에서 러시아 독자들에게는 어린 시절과 연계되고 있다. 즉 눈보라가 아이들처럼, '눈송이'를 만들며 놀고 있는 이미지이다.

4. 시의 4-5연을 읽어 보세요. 시인은 시에서 한 쌍의 동의어인 ≪освещённый-озарённый≫ 중에서 왜 후자를 선택하여 사용했을까요? ≪судьбы скрещенье≫라는 표현은 어떤 뜻을 가지고 있나요? 장화는 누구의 것인가요? 초가 타고 있는 방에는 누가 있나요?

☞ 형동사 ≪озарённый≫는 전이된 의미를 가지고 있다. 즉 '빛나는, 생기를 주는, 행복한, 행복과 사랑의 빛으로 충만한'이라는 의미를 갖는다. 이것은 동의어인 ≪освещённый≫에는 없는 의미이다. ≪судьбы скрещенье(운명의 교차)≫는 두 사람의 운명을 결합하는 '만남의 기본적이고 시적인 묘사'이다. 여기서 ≪башмачки(구두)≫라는 단어는 러시아 독자들에게 있어 '유리 구두'를 잃어버린 신데렐라에 관한 동화와 연결시켜 주고, 젊고 아름답고 행복한 아가씨의 발에서 벗겨진 '구두'를 연상시켜준다.

5. 6연을 읽어 보세요. ≪все терялось≫는 무슨 의미인지, 그리고 왜 '안개'를 ≪снежной, седой и белой≫라고 칭하고 있으며, 이 형용사들의 동시적인 사용이 수식어의 과장적인 표현은 아닌지 설명해 보세요.

☞ ≪все терялось≫는 '모습을 감추다', '사라지다'의 의미이다. 즉 눈보라는 노련한 무대감독처럼 제 시간에 막을 내린다. 눈보라는 눈 안개(≪снежная мгла≫)를 지칭하며, ≪седая≫는 '희고 오래되었으며 현명한 것'을 의미하고 있다. 반면에 ≪белая≫는 '젊고 소박하고 순결한' 것을 의미한다.

6. 7연을 읽어 보세요. 당신은 ≪На свечку дуло из угла...≫라는 표현을 어떻게 이해하나요? 다른 단어로 의미를 전달해 보세요. 왜

여기에서는 ≪свеча≫가 아니라, ≪свечка≫를 사용했을까요? 당신은 ≪жар соблазна≫가 무슨 의미라고 생각하나요? 필요하다면 사전을 찾아보세요. ≪вздымать≫의 의미와 문체적인 특성을 설명하고, 일반적인 동의어를 찾아보세요. ≪и жар соблазна вздымал, как ангел, два крыла≫라는 비교법에 주의하세요. 당신은 이 비교가 당신 마음에 드나요? 이것은 기독교의 어떤 이미지와 상응하나요?

☞ 이것은 '틈새'를 말하며 '구석으로부터 불어오는 바람'을 나타내고 있다. 시인은 이에 대해 말하면서 시적인 표현인 ≪свеча≫가 아니라, 일상의 회화적인 표현 ≪свечка≫를 사용하고 있다 ≪жар соблазна≫는 시적인 표현으로, 여기서는 '사랑과 열정의 불'이며 '여성과 남성의 강한 애착'이다. 동사 ≪вздымать≫는 시적인 표현이며, 일반적인 의미에서 ≪поднимать≫와 같다. 두 날개를 들어올리면서 불에 타고 있는 천사는 '열정(страсть)'에 대한 처벌로써 무서운 재판의 필연성을 상기시켜 주고 있다.

7. 시 전체를 읽어 보세요. 당신은 이런 밤이 하루였다고 생각하나요, 아니면 많이 있었다고 생각하나요?

☞ ≪то и дело≫라는 표현은 '자주, 규칙적으로, 드물지 않게'를 의미한다. 모든 동사가 행위의 계속성 만큼이나 반복성을 전달해 주는 불완료상이라는 사실에 주의할 필요가 있다.

8. 이 시는 『닥터 지바고』의 결론 부분에 해당하는 연작시 ≪Стихотворения Юрия Живаго≫에 포함된 시들 중 하나이다. 만일 당신이 이 시가 러시아에서 발생한 혁명과 내전 그리고 세계 대전을 배경으로 창작되었다는 사실을 알고서 읽었다면, 이 시에 대한 당신의 첫인상이 다르게 변화되었을까요? 소설에 들어있는 다른 시들도 읽어 보세요.

Февраль. Достать чернил и плакать!
Писать о феврале навзрыд,
Пока грохочущая слякоть
Весною черною горит.

Достать пролетку. За шесть гривен,
Чрез благовест, чрез клик колес,
Перенестись туда, где ливень
Еще шумней чернил и слез.

Где, как обугленные груши,
С деревьев тысячи грачей
Сорвутся в лужи и обрушат
Сухую грусть на дно очей.

Под ней проталины чернеют,
И ветер криками изрыт,
И чем случайней, тем вернее
Слагаются стихи навзрыд.

<1912>

Tip

이 시는 빠스쩨르나끄의 생일(1890.1.29(2.10))과 뿌쉬낀의 사망일 (1837.1.29(2.10))이 같은 2월 10일이라는 사실에 착안하여 탄생의 '기 쁨'과 위대한 시인의 사망에 따른 '슬픔'의 감정을 대비하면서 묘사되 고 있다. 또한 2월은 겨울의 끝이자 봄의 시작을 알리는 달이기도 하 다. 따라서 1연에서는 지붕의 눈이 녹아내리는 장면을 봄과 겨울의 투쟁으로 묘사하고 있으며, ≪чрез≫를 통해서 봄의 도래에 따른 동 적인 움직임을 보여주고 있다. 3연에서는 1-2행의 과장법의 사용이 돋보이며, 자연과 인간의 반향을 절묘하게 대조하여 보여주고 있다.

4연에서는 시인의 눈을 통해서 관찰한 세상을 그의 마음 속 깊은 곳에서 다시 재현해 내는 과정을 시로 승화시켜 표현한 것이다. 즉 시인이 '우연히' 본 사실들을 시인 자신의 인식을 통해서 신뢰할 수 있는 철학적 사유와 인식의 과정을 거쳐서 비로소 시로 표현하고 있음을 밝히고 있다.

오십 예밀리예비치 만젤쉬땀
(Осип Емилиевич Мандельштам, 1891-1938)

오시쁘 만젤쉬땀은 1891년 1월 3일에 바르샤바의 유태인 상인 가정에서 태어났다. 만젤쉬땀의 아버지는 피혁제품을 다루는 상인이었지만, 독일 철학에 대해 많은 관심을 가진 사람이었고 어머니는 피아노 선생님이었다. 시인은 폴란드의 바르샤바에서 태어났지만, 1897년에 그의 아버지가 가족들을 데리고 뻬쩨르부르그로 이주하였기 때문에 두 형제와 함께 뻬쩨르부르그의 부르조아 인텔리들이 형성하고 있던 문화의 중심지에서 자랐다. 만젤쉬땀은 1907년 쩨니쉡스끄(Тенишевск) 상업학교를 졸업하였고, 1907-1910년 사이에 그는 프랑스 이탈리아 스웨덴 독일 등 유럽의 여러 나라들을 따라 여행하면서, 여러 도시에서 체류하였다. 1907년에는 파리에서 머물렀는데, 이곳에서 그는 소르본 대학에서 문학 수업을 청강하였으며, 프랑스 상징주의자들에게 깊이 매료되었다. 1909년에서 1910년 사이에 그는 독일의 하이델베르그 대학에서 고대 프랑스 문학을 연구하였다.

김나지움 시절부터 시를 썼던 만젤쉬땀은 1907년부터 본격적으로 시 창작에 들어갔다. 1909년부터는 뱌체슬라프 이바노프와 친분을 쌓게 되었고, 1910년 그의 첫 시 작품들이 상징주의자들이 주축이 된 잡지 [아폴론(Аполлон)]에 게재되었다. 1911년에는 뻬쩨르부르그 대학의 역사 철학부에서 수학을 하였다. 만젤쉬땀은 1910년에 상징주의자들의 영향을 받아 문단에 데뷔하였지만, 얼마 후 구밀료프와 아흐마또바 부부와 친분을 맺으면서 아끄메이즘에서 새로운 문학 경향과 활동에 따른 인간 애수의 정확하고 명료한 형상과 구체적인 표현의 추구를 발견하게 되었고, 1912년부터는 아끄메이즘에 적극적으로 가담하였다.

1913년에는 그의 첫 시집 『돌(Камень)』이 출판되었는데, 이 시집은 아끄메이즘의 성향을 뚜렷이 보여주고 있으며, 만젤쉬땀에게 명성과 시인으로서의 가능성을 가져다주었다. 이 시집에서는 명료한 표현과 형상, 그림과 같은 묘사가 어우러진 매우 회화적인 시들이 실려 있는데, 상징주의자들의 낭만적 직관은 언어에 담긴 로고스를 이해하는 창조적 이성으로 대치되었으며, 엄격한 시적 형식 속에는 지상의 현실 세계를 조화롭고도 영원불멸한 구조물로 보고자하는 그의 시각이 반영되어 있었다. 초기 만젤쉬땀의 시 작품들은 기법적인 면에서 우아하며 독자적인 관념으로 가득 차 있으며, 묘사는 매우 자세하였다. 그의 작품은 송시의 추상성과 미래파의 현실성이 결합된 독특한 성격을 띠게 되었다. 만젤쉬땀의 천부적 재능은 비단 시 뿐만이 아니라 산문과 에세이, 문학 비평 분야에서도 나타났다.

만젤쉬땀의 시작 활동은 크게 두 부분으로 구분된다. 1908년에서 25년 사이의 출판된 시기와 1930년에서 37년 사이의 출판되지 않은 시기이다. 첫 번째 시기의 작품집들은 『돌(Камень, 1913)』, 『트리스티아(Tristia)』(1922, 1923년에 『두 번째 책(Вторая книга)』으로 재 출판되었음), 그리고 1928년에 출판된 『시(Стихотворения)』를 꼽을 수 있다. 두 번째 시집인 『트리스티아(Tristia)』에는 유럽의 건축 양식, 그 중에서도 고딕 문화에 대한 그의 관심이 나타나 있다. 이 책에서는 건축이나 조각 혹은 사원을 매우 정교하게 묘사하고 있는데, 이러한 묘사는 단지 사실적으로만 표현되는 것이 아니라 인류의 역사와 문화사적 유산으로서 현대에 대한 시인의 관점과 해석을 통해서 새롭게 재탄생되고 있다. 고대 그리스 로마 문화를 러시아 문명의 근원으로 이해했던 만젤쉬땀은 고전주의적 성향을 강하게 보여주고 있는데, 혁명과 내전을 거치면서 뻬쩨르부르그로 대변되는 고전적 세계가 파괴되는 종말론적 예감을 강하게 표현하였다. 그는 보다 상징적인 표현과 비유를 많이 사용하는가 하면 의미가 아닌 음성적 배열에 의한 효과를 나타내는 시어를 사용하기도 하였다. 이런 이유로 1920년대에 씌어진 그의 시는 초기의 서정시와는 의미와 형식 그리고 주제적인 측면에서 차이를 발견할 수 있다. 만젤쉬땀은 혁명에 대해 부정적인 태도를 취하였기 때문에 소비에트 비평가들의 공격의 대상이 되었다. 혁명 후 그는 산문에 관심을 갖게 되었고 1925년 산문집『시대의 소음(Шум времени)』과 시와 산문의 표현 방식을 하나로 결합한 자전적 기록 소설 『이집트 우표(Египетская марка)』를 출판했고, 1928년에는 「시에 대하여(О поэзии)」라는 논문을 발표하였다. 30년 이후 두 번째 시기에 해당되어 소련에서 출판되지 못한 작품들은 아내인 나제즈다 만젤쉬땀에 의해 보관되었다가 후에 1964년 미국에서 최초로 만젤쉬땀 전집에 포함되어 출판되었다.

1934년 5월에 스딸린에 반대하는 경구(≪Мы живем, под собою не чуя страны...≫)를 썼다는 이유로 만젤쉬땀은 체포되었고, 처음에는 체르딘-나-까마(Чердынь-на-Кама) 지방에서 유배생활을 하다가, 나중에 보로네쉬(Воронеж)로 보내졌다. 1937년 3년간의 혹독한 유배생활을 마치고 모스크바로 돌아온 만젤쉬땀은 1938년 재차 체포된 후 극동지방으로 보내졌다. 1938년 두 번째로 체포된 후로는 그의 종적에 대해 아는 사람이 없다. 만젤쉬땀의 죽음에 대한 공식적인 기록은 1938년 12월 27일 블라디보스톡 근처의 ≪두 번째 강(Вторая речка)≫이라는 수용소에서 사망한 것으로 되어 있다. 그러나 실제로 사망에 대한 여러 이설이 존재할 뿐이다. 그가 총살당했다는 사실 외에는 정확히 언제 어디에서 총살되었는지 조차도 알려진 바가 없다.

Бессонница. Гомер. Тугие паруса.
Я список кораблей прочёл до середины:
Сей длинный выводок, сей поезд журавлиный,
Что над Элладою когда-то поднялся.

Как журавлиный клин в чужие рубежи -
На головах царей божественная пена -
Куда плывете вы? Когда бы не Елена,
Что Троя вам одна, ахейские мужи?

И море, и Гомер - всё движется любовью.
Кого же слушать мне? И вот Гомер молчит,
И море черное, витийствуя, шумит,
И с тяжким грохотом подходит к изголовью.
<1915>

1. 당신은 러시아 시인 만젤쉬땀의 이름을 알고 있나요? 그의 시를 읽어 보았다면 번역본인가요? 원문인가요? 당신은 이 시가 마음에 드나요? 당신 나라에 그의 작품들이 많이 알려져 있나요?

2. 이 시에서 시인은 고대 그리스, 당시의 명칭인 엘라다(Эллада)에서 있었던 사건을 상기하고 있다. 아헤이쯔(Ахейцы)는 그리스 민족들 중 하나이며, 이 민족의 지도자는 전통적인 러시아식 번역에 따라 황제라고 부른다. 아마도 당신은 쉴리만(Шлиман)이 고대의 어떤 도시를 발굴하는데 종사했는지, 그리고 엘레나(Елена)가 누구인지 알고 있을 것이다. 고대 문학의 어떤 작품에서 이 사건을 다루고 있나요?

3. 첫 행의 정자법과 구두점에 주의하세요. 이것은 왜 그럴까요? 만일 당신이 이 첫 행이 세 문장으로 구성되었다고 생각한다면, 당신은

올바르게 파악한 것이다. 이 문장이 전달하는 상황을 좀 더 자세히 묘사해 보세요.

☞ 《Бессоница(불면)》. 이 상황은 다음과 같이 설명될 수 있다. 《Мне не спится. У меня бессоница. Я не могу спать.(나는 잠이 오지 않는다. 불면증이 있다. 잠을 잘 수 없다)》.
《Гомер(호머)》. 이 문장의 정보는 곧 다음과 같은 형태로 전개될 수 있다. 《Я читаю Гомера... (나는 호머를 읽는다...)》
《Тугие паруса(팽팽한 돛)》라는 이 문장은 시인이 독자로서 느끼는 인상을 전달한다. 《Я вижу тугие паруса...(나는 팽팽한 돛을 보고 있다)》. '팽팽한'이라는 의미는 '바람에 의해 탄력 있고, 긴장되고, 팽팽히 죄어져 부풀어 있는' 것을 뜻한다.

4. 2행부터 4행까지 읽어 보세요. 작가가 항해하는 배의 선단(船團)을 《выводком》과 《поездом журавлиным》라고 칭하는 것에 주의하세요. 이 표현들이 시인에게 어떤 감정을 불러일으키고 있나요?

☞ 《выводок》은 동사 《выводить》와 같은 의미의 어근을 가지고 있다. 이 어근의 의미 중 하나는 《выводить птенцов, детенышей(새끼 새와 새끼 동물을 세상에 나오게 하다)》로 이것은 《высиживать, растить(머물다, 기르다)》의 의미를 갖는다. 《выводок》은 아직 어미 새와 같이 살고 있는 새끼 새(혹은 동물)를 말한다. 전투함의 선단과 어미 뒤를 따라 헤엄치는 새끼 오리 무리와의 비교는 매우 이례적인 것이다 그러나 이 비교는 독자들로 하여금 아헤이쯔에 대한 태도에서 시인의 감정 - 연민, 애석함, 동정 - 을 이해하도록 도와준다. 다시 말해 시인의 이러한 감정은 우리 보다 더 약하고 의지할데 없는 사람들에게서 느끼는 그런 것이다. 시인은 자신이 절대적이고 현명한 예언자라고 여기고 있다. 그는 예언자처럼 무슨 일이 있을지 알고 있기 때문에, 아헤이쯔들처럼 완전한 무지의 세계로 그렇게 무분별하게 달려든다면, 그들이 곧바로 전멸할 수 있다는

것을 경고하고 있다. 단어 《поезд》는 현대 러시아어에서는 곧 바로 철도를 연상시키지만, 철도가 발명되기 오래전부터 이 단어는 사용되고 있었다. 옛날에는 꼬리에 꼬리를 물고 가는 일련의 '수레'나 '썰매' 행렬(예를 들면, 결혼 마차(свадебный поезд))을 그렇게 불렀고, 또한 마찬가지로 엄격하게 고정된 대오(隊伍)를 이루면서 날아가는 새의 무리(예를 들면, 학의 무리(журавлиный поезд))들을 그렇게 불렀다. 러시아 민속학과 문학(특히 시)에서 학의 이미지는 자주 하나의 상징으로서 사용되고 있다. 즉 조국과의 이별로 고통 받는 사람의 감정이 학에 이입되곤 하였다.(창공을 날아가는 학들의 외침소리는 러시아인들의 귀에 눈물이 가득 묻어나는 울음소리처럼 들린다.)

5. 두 번째 연을 읽어 보세요. 당신은 시인이 제기한 질문의 기본적인 의미가 무엇이라고 생각하나요? 그는 대답을 기다리고 있나요? 어떻게 그 의미를 다르게 표현할 수 있나요? 여기에서 시인은 또다시 학을 상기시키는 것에 주의하세요.

☞ 시인의 질문은 수사학적인 것이다. 시인의 목적은 사건에 대한 자신의 태도를 표현하는 것이다. - "당신은 어디로 향하나요? - 왜 당신은 항해를 떠나나요? 그 곳(트로이)에 갈 필요가 없습니다!" 9행에 있는 접속사 《когда》는 시간을 나타내는 것이 아니라, 조건의 의미를 전달하고 있기 때문에, 이 문장의 의미는 다음과 같다: "옐레나가 아니라면, 옐레나가 없었다면, 이 일에 옐레나가 연루되지 않았다면..." 또한 이 수사학적인 질문의 일부 의미는 다음과 같은 이미지로 전달된다. "왜 당신은 트로이에 가나요?" 이 문장의 일반적인 의미는 부정적인 의미를 나타낸다. "만약 트로이에 옐레나가 없었다면, 트로이는 당신에게 필요하지 않았을 텐데!" 시인은 이처럼 3행이라는 제한된 문맥 내에서 두 차례에 걸쳐서 그렇게 완고하게 학을 상기시키고 있는데, 이것은 학의 이미지 - '조국과의 강요된 이별, 고통, 죽음'을 상징 - 가 얼마나 중요한가에 대해 독자들에게 전달하기 위

해서이다.(러시아 문학에서 언급되고 있는 여러 이설들 중 하나에 따르면, 전쟁에서 죽은 병사의 영혼은 학에게 이입된다는 것이다.)

6. 9행을 읽어 보세요. 당신은 ≪все движется любовью≫라는 표현을 어떻게 이해했나요? 이 의미를 다른 말로 표현해 보세요. 당신은 이 확신에 동의하나요? ≪И море, и Гомер≫는 무엇을 뜻하나요?

☞ '사랑'은 모든 것의 원동력이다. 사랑이 모든 것을 움직이게 하며, 모든 것은 사랑 때문에 일어난다. 우선 문자 그대로의 의미이다. 호머의 『일리아드』에서, 바다는 옐레나에 대한 남편 메넬라이(Менелай)의 사랑을 적극적으로 지원해주는 여신(女神)의 의지에 따라 '움직인다'(출렁거리고, 흥분한다). 고대 그리스 신화이자 「호메로스(Гомер, 호머의 서사시)」의 내용에서 주요한 원동력은 옐레나에 대한 파리스(Парис)의 사랑이다. 그러나 이 말들은 철학적 대립의 상징으로 이해될 수도 있다. 어떤 면에서 이것은 자연이며 실제적인 삶이고, 다른 면에서 이것은 문학이며 예술이다. 이런 경우에 시행의 의미는 보다 보편적이 된다. 만젤쉬땀의 견해에 따르면, 사랑은 발전과 변화와 현실의 원천이며 예술의 근원이다.

7. 시를 끝까지 읽어 보세요. 동사 ≪слушать≫는 여기에서 어떤 의미로 사용되었나요? 이 질문을 다르게 제기해 보세요.

☞ ≪слушать≫의 의미 중 하나는 ≪следовать чьим-нибудь советом (어떤 충고에 따르다)≫이다. 이 질문의 다른 유형은 "누가 나를 도와줄 것인가?(Кто мне поможет?)" 혹은 "누가 어떻게 해야 한다고 말해줄 것인가?(Кто скажет, как быть?)"

8. 왜 바다가 ≪черное≫일까요? 만약에 당신이 11행에 사용된 단어 ≪витийствовать≫가 문어체이자 고어적인 표현으로 현대 러시아어에서는 ≪оратоствовать, красиво говорить, сочинять(논하다, 아

름답게 말하다, 저술하다)≫의 동의어라는 사실을 알고 있다면, 11행의 전체적인 의미를 이해할 수 있을 것이다.

☞ ≪Море черное≫는 1) 어두운 밤바다이며, 2) 격렬한 폭풍의 바다이고, 3) 비록 단어가 소문자로 씌어졌더라도, 러시아 독자들에게는 크림과 카프카스 연안을 씻겨 주는 남쪽 바다가 연상된다. 이 시행의 리듬은 바다의 어둠 속에서 보이지 않는 파도가 해안으로 밀려오는 듯한 소리를 상상하도록 만들고 있다. 이런 경우들은 러시아인들에게 자주 '바다가 무엇인가 이해되지 않는 언어로 이야기하고 있다'는 생각을 갖게 한다. 다른 의미도 생각할 수 있는데, 삶 자체의 상징적인 의미로 이해되는 바다는 또한 스스로 이야기하고 연설하며 저술하는 삶 그 자체이다.

9. ≪изголовье≫라는 단어를 어떻게 설명할 수 있을까요? 당신은 이 단어가 침대의 한 부분이라는 사실을 알고 있나요? 어떤 '무거운 꽝음(тяжкий грохот)'에 대해 이야기하고 있다고 생각하나요?

☞ ≪изголовье≫라는 단어의 어근은 (바로 ≪голова(머리)≫에서 파생한) ≪голов≫이다. 다시 말해, '누워서 자고 있는 사람의 머리와 베개가 놓여있는 침대의 일부'이다. 마지막 2행은 독자에게 바다와 아주 가까이 있다는 느낌을 전달해준다. 근처 어딘가 어둠 속에 끊임없이 소란스런 소리를 내는 바다가 있다. 해안가로 연이어 달려오는 파도는 돌들을 날라 와서는, 그것들을 들어올려 내던진다. 바로 여기에서 '꽝음(грохот)'소리가 나게 되고, 무거운 돌들이 두드리기 때문에 '꽝음'이 무거운 것이다. 이러한 상황은 해안가에 바로 면해 자리하고 있는 집 안에 있는 시인의 침대로 파도가 곧장 돌진하는 듯 하다. (사실 이 시는 만젤쉬땀이 크림의 바닷가에 바로 면해 자리하고 있는 시인 볼로쉰의 집에서 쓴 시이다.)
이 어휘적 이미지는 다음과 같은 전이된 의미를 내포할 수도 있다. '바다'는 삶 자체인데, 시인에게 짧은 여유조차 주지 않으며, 모든 종류의 새로운 문제들을 제기하면서 그를 짓누르고 있다. 이것들로 인한 '압박감(тяжесть)'이 시인에게는 이미 물리적인 '무게(вес)'가 아니라 도덕적이고 정신적인 '무게'로 느껴지는 것이다.

10. 이 시가 씌어진 해에 주의를 기울이세요. 유럽에서는 어떤 사건이 일어났나요? 당신은 이 시가 이 사건의 반향으로 씌어졌다고 생각하는 근거를 가지고 있나요?

На бледно-голубой эмали,
Какая мыслима в апреле,
Березы ветви поднимали
И незаметно вечерели.

Узор отточенный и мелкий,
Застыла тоненькая сетка,
Как на фарфоровой тарелке
Рисунок, вычерченный метко,

Когда его художник милый
Выводит на стеклянной тверди,
В сознании минутной силы,
В забвении печальной смерти.

<1909>

Tip

이 시는 아끄메이즘 미학이론에 따라 씌어진 작품으로 '생(生) - 성(成) - 사(死)'의 과정을 보여주고 있다. 저녁이 시작되는 순간에 자작나무 가지 뒤로 보이는 하늘을 배경으로 느끼는 시인의 영감을 시로 승화시키고 있다. 즉 하늘을 배경으로 한 자작나무의 가지가 마치 도자기 접시 위에 그려진 무늬를 연상시키고, 이를 포착한 예술가의 영감은 시로 창조해 내지만, 이는 순간적인 생명일 뿐 곧 잊혀지면서 사라지는 슬픈 운명을 표현하고 있다.

벨리미르 블라지미로비치 흘레브니꼬프
(Велимир(Виктор) Владимирович Хлебников, 1885-1922)

벨리미르(빅또르) 블라지미로비치 흘레브니꼬프는 아스뜨라한 지방 교육자의 아들로 1885년 10월 28일에 태어났다. 조류학자였던 그의 아버지는 아들에게 자연에 대한 사랑을 심어 주었고, 역사가였던 어머니는 역사와 문화에 대한 관심과 흥미를 일깨워 주었다. 그의 부친은 조류학자로서 아스뜨라한 사냥 금지구역을 기획해서 만든 주요 인물 중 한 사람이다. 그가 어린 시절을 보냈던 아스뜨라한 지방은 러시아 내에서 아시아와 유럽을 가르는 경계선에 위치하고 있는 곳으로, 마치 두 지역의 문화를 합쳐놓은 듯한 특별한 곳이었다.

1898년 흘레브니꼬프의 가족은 까잔으로 이주하였고, 그 곳의 김나지움에서 그는 학업을 계속하였는데, 이 시기에 조류학, 러시아 문학, 수학 등과 같은 그의 주요 관심분야가 형성되었다. 그의 집안 분위기는 상당한 지적 수준을 갖추고 있었기 때문에 일찍부터 외국어, 그림, 문학 등에 대한 그의 관심 분야를 확대할 수 있는 여건을 조성해 주었다. 김나지움을 졸업할 무렵 그는 시를 쓰기 시작했다.

1903년 까잔 대학의 물리-수학과에 입학하였고, 그는 대학에서 처음에는 수학과를 지망하였으나, 얼마 지나지 않아 자연 과학과로 옮겼다. 1908년 뻬쩨르부르그로 이주하면서 그는 인생의 전기를 맞이하게 되었다. 그는 뻬쩨르부르그 대학 자연 과학부에 입학하였으나, 곧 역사철학부로 옮겼고, 얼마 후에 대학을 그만두었다. 흘레브니꼬프의 수학과 물리학에 대한 관심은 훗날 그의 문학 활동에도 반영되었는데, 그는 예술과 과학의 연계성을 추구하였고, 우주의 생성 원리를 숫자로 표시하였다. 이것은 시간의 원리와 더불어 역사의 진행과정을 탐구하고자 했던 시인의 욕망이 표출된 것이다. 흘레브니꼬프는 매우 흥미로운 인물로 나이에 걸맞지 않는 독창적인 세계관과 독특한 성격을 가지고 있었고, 세계를 인식하는 방법이나 삶을 영위하는 방식에서도 매우 독특했으며, 예술가로서도 시대를 앞서가는 인물이었다.

그는 1908년부터 시를 발표하기 시작하였고, 1910년에 발표한 ≪웃음의 맹세(Заклятие смехом)≫는 그의 가장 유명한 시가 되었다. 마야꼬프스끼는 이 시에 대하여 "러시아어의 전통에서 벗어난 형태론적인 가능성에 대한 시적인 탐험"이라는 평을 하였다. 흘레브니꼬프는 무엇보다도 시어의 사용면에서 용감한 실험정신을 제시하였고 실천한 점에서 자신의 이름을 드높였다. 그는 자신의 시에서 의미가 아닌 음의 배열로 시어를 만들어 사용했으며, 슬라브어의 어근을 이용해 여러 신조어를 만들거나 전통에서 벗어나는 새로운 율격을 사용하는 등 실험적인 시도를 끊임없이 행하였다.

1910년에 흘레브니꼬프는 미래주의의 선도자가 되었고, "미래주의자(будетлянин)"라는 용어를 만들어 냈다. 그는 어떤 단어의 어원과 단순한 음성의 조합을 통해서 새로운 의미를 형성한다는 사실을 인식하였고, 이를 최대한으로 축약하여 시적인 표현으로 사용할 수 있다고 생각했다. 그는 이런 생각을 바탕으로 ≪초이성적 언어(заумный язык)≫의 창조에 이르게 되었다. 흘레브니꼬프는 언어와 진리 사이에는 유기적인 관계가 있다고 믿었다. 그리고 이러한 언어는 시인만이 창조하고 이해할 수 있다고 여겼다. 뻬쩨르부르그의 모더니즘 시인(그가 자신의 스승이라고 불렀던 꾸즈민과 구밀료프)들과 교류하였으며, 뱌체슬라프 이바노프가 중심이었던 뻬쩨르부르그의 문화서클 "탑(Башня)"을 자주 방문하였다. 이 당시 "탑"은 작가, 철학자, 화가,

음악가, 배우 등 모든 예술가들이 모여들던 곳이다. 흘레브니꼬프가 가지고 있던 철학과 신화학, 러시아 역사, 슬라브 구비문학에 대한 관심이 그를 후기 상징주의자들과 교감하도록 이끄는 원동력이 되었다. 흘레브니꼬프는 또한 젊은 화가들과도 돈독한 우정을 맺었는데, 그 자신도 역시 재능 있는 화가였다. 그러나 흘레브니꼬프와 상징주의 및 아끄메이즘 시인들과의 교류는 오래 지속되지 못했다. 왜냐하면 그는 당시 이미 자신만의 독창적인 시학의 틀을 형성하고 있었기 때문이다. 그는 1906년 상징주의 활동을 시작으로 문학에 입문하였지만, 1909년에 이르러서는 단호히 상징주의를 접었고, 이듬해부터 러시아 미래주의의 선도자 중의 한 사람이 되었다.

1908년 까멘스끼와 공동으로 자신의 첫 번째 작품인 산문시 《죄인의 유혹(Искушения грешника)》을 출간하였다. 까멘스끼, 부를류끄 형제, 꾸르쵸늬흐, 구로, 마쮸쉰 그리고 1912년 마야꼬프스끼 등과의 친교는 미래주의 그룹의 탄생으로 이어졌다. 흘레브니꼬프는 이들을 외국어로부터 러시아어를 보호해 주는 '미래인들(будетлянин)'이라고 명명하였다. 미래주의 선집 『심판자들의 덫(Садок судей)』, 『대중의 취향에 뺨을 때려라(Пощечина общественному вкусу)』, 『생기 없는 달(Дохлая луна)』에서 흘레브니꼬프의 작품이 차지하는 비중은 매우 컸다. 1910-1914년 사이에 당시 널리 읽혀졌던 작품들인 서사시 《백학(Журавль)》, 시집 『마리야 베초라』, 그리고 희곡 『마르끼자 데제스』 등을 포함한 일련의 작품들이 세상에 나왔다. 드네프르강 하구에 자리하고 있는 도시 헤르손(Херсон)에서 언어를 수학적으로 분석한 그의 최초의 팜플렛 「스승과 제자(Учитель и ученик)」가 출간되었다.

1916년 흘레브니꼬프는 군대에 소집 되었고, 10월 혁명 이후에는 정치 교육학교에 근무하면서, 또한 러시아 전보 통신사(Роста, 1918~35)의 업무를 맡아보기도 하였다. 그는 한 곳에 안정되게 정착하지 못하고 여러 곳을 떠돌면서 생활하였다. 그는 집이 없었으며, 직장도 돈도 없었다. 그는 하리꼬프, 로스또프 나 돈, 바꾸, 그리고 모스크바에서 친구나 지인의 집에 머물거나 아니면 우연히 알게 된 사람의 집에 머물렀다. 그는 학자이자 환상가로서, 그리고 시인이자 대중연설가로서 창조의 열정으로 똘똘 뭉친 사람이었다. 그는 자신이 어디에 있는 열심히 작품을 썼고 치열하게 사고했으며 연구에 몰두하였다.

1920년 하리꼬프에 머물면서도 많은 작품을 집필하였다. 이때 창작한 작품으로는 ≪쥐덫 속의 전쟁(Война в мышеловке)≫, ≪라도미르(Ладомир)≫, ≪세 자매(Три сестры)≫ 등이 있다. 1921년에는 빠찌고르스끄로 자리를 옮겨 로스타(Роста)의 야간 경비원으로 일했다. 그의 서사시 ≪소비에트 앞의 밤(Ночь перед Советами)≫, ≪현재(Настоящее)≫, ≪밤 수색(Ночной обыск)≫ 등이 신문에 실렸다. 1921년 말, 흘레브니꼬프는 긴 방랑 끝에 중병을 얻어 모스크바로 돌아왔다. 이 곳에서 그는 자신의 작품들을 출판할 희망을 가지고 있었다. 그는 자신의 작품들을 교정한 후 마야꼬프스끼와 까멘스끼 등을 만났다. 그는 이 우정어린 만남에서 자신의 초고들을 정리하고, ≪우스뜨루그 라지나≫ 등과 같은 시와 서사시를 다듬었으며, '시간의 법칙들'에 대한 수학 논문을 교정하였다.

전쟁과 혁명이 흘레브니꼬프로 하여금 일상적이고 전통적인 시를 쓰게 하기도 하였다. 그러나 그의 시 대부분은 자신의 생전에 출판되지 못했다. 그러나 마야꼬프스끼, 빠스쩨르나끄, 아세예프 같은 시인들은 흘레브니꼬프의 영향을 많이 받았다. 1922년 6월 28일 그는 러시아의 시골 병원에서 힘겨운 투병생활 끝에 짧은 생을 마감하였다. 1960년 그의 유해가 모스크바로 옮겨와 노보제비치 수도원에 안장되었다.

Бобэоби пелись губы
вээоми пелись взоры
Пиээо пелись брови
Лиэээй пелся облик
Гзи-гзи-гзэо пелась цепь.
Так на холсте каких-то соответствий
Вне протяжения жило Лицо.

<Дo 1912>

≪Бобэоби пелись губы...≫는 1900년도 후반기에 씌어져, 1912년 모스크바에서 미래주의 선집『대중의 취향에 뺨을 때려라(Пощечина общественному вкусу)』에 최초로 게재되었다. 이 시에서는 ≪Живописание звуком≫에 따라 각각의 자음이 특정하면서도 상응하는 색채감을 가지고 있다는 시인의 생각에 근거하여 창작되었다. 이를 테면, Б - красный, рдяный; В - небесно-голубой, голубо-зеленый; П - черный; Л - белый, слоновая кость, З - золотой 등이 그것이다.

ЗАКЛЯТИЕ СМЕХОМ

О, рассмейтесь, смехами!

О, засмейтесь, смехами!

Что смеются смехами, что смеянствуют смеяльно.

О, засмейтесь усмеяльно!

О, рассмешищ надсмеяльных - смех усмейных смехачей!

О, иссмейся рассмеяльно, смех надсмейных смеячей!

Смейево, смейево,

Усмей, осмей, смешики, смешики,

Смеюнчики, смеюнчинки,

О, рассмейтесь, смехачи!

О, засмейтесь, смехачи!

<1908-1910>

Tip

이 시는 ≪смех≫라는 하나의 어간에 14개의 접두사를 붙여서 독자로 하여금 '웃음'을 자아내게 하는 흘레브니꼬프의 독특한 창작관이 반영된 작품이다.

ПЕРЕВЕРТЕНЬ

(Кукси кум мук и скук)

Кони, топот, инок,
Но не речь, а черен он.
Идем молод, долом меди
Чин зван мечем навзничь.
Голод чем меч долог?
Пал а норов худ и дух ворона лап.
А что? я лов? Воля отча!
Яд, яд, дядя!
Иди, иди!
Мороз в узел, лезу взором.
Солов зов, воз волос.
Колесо. Жалко поклаж. Оселок.
Сани плот и воз, зов и толп и нас.
Горд дох, ход дрог.
И лежу. Ужели?
Зол гол лог лоз.
И к вам и трем с смерти мавки.

<до 1913>

Tip

이 시는 시 용어 부분에서 설명한 ≪палиндром(회문(回文))≫으로
씌어진 작품이다. 즉 주어진 단어, 어구, 문장을 왼쪽에서부터 읽거
나, 오른쪽에서부터 읽거나 동일한 형태를 구성하는 시행을 일컫는
다. 이러한 시는 진지한 의미나 사상을 전달하기에는 적당하지 않으
며, 단지 유희적 언어 예술의 표현 수단으로 사용되었다.

블라지미르 블라지미로비치 마야꼬프스끼
(Владимир Владимирович Маяковский, 1893-1930)

소비에트 사회주의 시의 거장 블라지미르 블라지미로비치 마야꼬프스끼는 그루지야의 꾸따이스끼 부근 바그다지(Багдади)에서 산림관의 아들로 1893년 7월 7일에 태어났다. 그의 아버지는 몰락한 귀족이었고, 어머니는 교사였다. 1906년 아버지가 사망하자, 그의 가족은 모스크바로 이주하여 생활의 터전을 바꾸게 된다. 마야꼬프스끼는 모스크바에서 중등과정을 마치기 위해서 다니고 있던 김나지야를 그만두고서 혁명을 도모하는 비밀활동에 참가하였다. 1908년 마야꼬프스끼는 15세의 나이에 러시아 사회주의 노동당에 들어가 선전운동을 하였다. 1909년 7월에 선동죄로 체포가 되어 부띄리 감옥에서 6개월간 독방에 수용되었다. 그는 1909년부터 시를 쓰기 시작했고, 1910년 1월에 감옥에서 나온 이후로 당분간은 혁명 운동을 그만두고 화가가 되고자 하였다. 1911년부터는 모스크바 미술 전문학교에서 수학하였으며 부를류끄와 친하게 지내게 되었다. 그는 이미 명성을 얻은 화가였던 다비드 브를류끄를 만나면서 시에 대해 더 많은 관심을 가지게 되었다. 마야꼬프스끼는 1910년 『심판자들의 뜰(Садок судей)』에 적극적으로 참여하였다. 마야꼬프스끼는 당시 새롭게 시작되어 기존의 모든 예술과 가치관을 전면 부정하고 전혀 새로운 예술 형태와 예술 개념을 추구하고자 표명했던 가장 첨단적인 아방가르드 시인들의 무리인 미래주의 운동에 참여한 것이다.

마야꼬프스끼는 입체 미래파 그룹에 가담한 후, 1912년 자신의 최초의 시 ≪밤(Ночь)≫과 ≪아침(Утро)≫을 미래파 시집 『대중 취향에 뺨을 때려라』에 발표했다. 마야꼬프스끼는 당시 새롭게 시작된, 기존의 모든 예술과 가치관을 모두 부정하고 전혀 새로운 예술 형태와 개념을 추구하고자 표방하였던 아방가르드 시인들의 무리 중에서 가장 첨예한 미래주의 문학 운동에 참여하였다. 그는 미래주의 시인들 중에서도 가장 전위성이 강한 입체파 미래주의 그룹에 속해 있었다. 따라서 1912-1914에 출판된 마야꼬프스끼의 작품들은 대부분이 미래주의 경향의 시이다. 혁명 이전에 출판된 네 편의 시가 그에게 시인으로서의 명성을 가져다주었다. 이 시들은 ≪바지를 입은 구름(Облако в штанах, 1915)≫, ≪등골의 플루트(Флейта позвоночник, 1915)≫, ≪전쟁과 세계(Война и мир, 1916)≫, ≪인간(Человек, 1917)≫이 그것이다.

마야꼬프스끼는 1917년의 혁명을 매우 열렬히 환영하였으며, 10월 혁명 이후 곧바로 소비에트 정부를 지지하면서 문학적인 활동과 20년대의 투쟁에 누구보다도 적극적으로 참여했다. 혁명 이후 그는 러시아 미래파 시의 창시자이자 리더로, 미래주의자들의 신문, [코뮌의 예술(Искусство коммуны)], [예술(Искусство)], [레프(ЛЕФ)], [새로운 레프(Новый ЛЕФ)] 등 전 잡지사와 신문사를 통틀어 가장 유력한 협력자이자 편집자로 두각을 나타내면서 20년대 러시아 아방가르드 문학의 중심이자 선두주자, 그리고 대가로 자리매김 되었다. 그는 거칠고 정열적인 태도로 귀족적인 감상주의, 또는 애매모호한 스타일의 상징주의 문학을 가차 없이 매도하면서, 철저히 반미학적이고 반전통적인 새로운 시의 형태를 창조할 것을 주장하였다. 그는 당시로서는 생소하기 이를 데 없는 기이한 변칙적인 운율, 기묘한 구성법, 이상한 마침법 따위를 거침없이 구사하는 특이한 작품들을 발표하였으며, 무절제한 비유법으로 충만한 그의 시들은 기존의 시의 우아함과 규칙성, 웅혼한 서정성 등을 모두 부정하는 파괴적인 시들을 창조하였다.

마야꼬프스끼의 혁신과 창조 정신, 즉 그의 공산주의적 미래주의는 거의 모든 장르에서 발휘되었다. 그의 정열적인 연설들과 논쟁에 대한 열정, 새로운 독자 및 청중과의 잦은 만남 등은 이미 주지의 사실이다. 그와 더불어 마야꼬프스끼의 서정시(≪이것에 대하여(Про это, 1923)≫와 같은 걸작들)에 나타난 수많은 폭로들은 레프의 협소한 미학 프로그램에 따라 정의된 게 아니라 문화 혁명 전선에서 척후병을 지향하면서 공산주의의 새로운 미래 세계에 다가서기 위해서 모든 것을 행하고자 했던 시인의 지속적인 노력의 행위였다. 즉 이러한 그의 활동은 마야꼬프스끼의 시를 소련 내에서 만이 아닌, 외국에서도 널리 인정받게 하는 역할을 하였다. 마야꼬프스끼의 시는 일상적인 대화체로 씌어져 있어 시어의 사용면에서 그리고 전통적인 러시아 시작법의 한계를 대폭 확장시켜 주었다. 그의 시행들은 정교한 구조를 이루고 있고 매우 복잡한 시적인 기법이 활용되고 있는데, 전통적인 입장에서 보면 아주 색다른 것이다. 주제로는 기존의 설정되어 있는 부르주아 사회로부터의 격리, 인류의 미래에 대한 긍정적인 기대와 견해 등이 있다. 마야꼬프스끼는 혁명에 대한 열광적인 바램을 문학의 다양한 장르를 통해 구현하고자 했다. 그의 이러한 활동과 관련된 시들로는 ≪150,000,000(1919)≫, ≪미스쩨리야 - 부프(Мистерия- Буфф, 1918)≫, ≪블라지미르 일리치 레닌(Владимир Ильч Ленин, 1924)≫, ≪좋아!(Хорошо!, 1927)≫ 등이 있다.

마야꼬프스끼는 열정의 시인으로서, 그의 시들은 언제나 웅변적이며 힘이 넘치는 위풍당당한 스타일을 보여주고 있다. 그는 시에서 청각적 시각적인 요소를 매우 중요시했고, 또한 현실과의 밀착을 항상 강조하였다. 음향과 리듬의 기교, 단속적이며 구어체적인 시행 구성, 자유로운 변칙 리듬과 운의 구성법 등은 마야꼬프스끼만의 독특한 시작법의 형태로, 이후의 시인들의 창작에 지대한 영향을 미쳤다. 그는 예술 작품을 하나의 사회 현상으로 파악하여 공리주의적 효용성 아래 창작되어야 하고, 사용되어야 한다는 소비에트 예술관의 정착에 분명한 방향을 제시하였던 인물이다.

20년대에 마야꼬프스끼는 소련 연방과 유럽 국가들, 그리고 미국 등을 방문하는 여행을 자주 하면서 소비에트의 대표 시인으로서의 명성을 떨쳤다. 그러나 1920년대 중반 이후 소비에트 문단의 성격이 일정한 방향으로 그 흐름을 좁혀가면서 경직성을 나타내기 시작하자, 마야꼬프스끼는 더 이상 이전에 자신이 보여주었던 혁명에 대한 열렬한 환호를 지속할 수 없었다. 또한 1920년대 후반에는 마야꼬프스끼가 그렇게 혁명 활동에 열과 성을 다해 매진하였음에도 불구하고, 라쁘(РАПП)로부터의 강도 높은 비판과 함께, 레닌을 비롯한 소비에트의 정치 지도자들이 그를 프롤레타리아 시인으로 인정하지 않은 사실들로 인해 그는 매우 곤혹스러워 했다. 결국 그는 자신이 10여 년 전 그토록 열렬히 환영하고 기대하였던 새로운 소비에트 체제에서 더 이상의 희망을 발견하지 못한 채, 1930년 4월 14일 권총으로 자신의 머리를 쏘아 자살로서 생을 마감했다.

                    *   *   *

Любит? Не любит? Я руки ломаю
и пальцы
            разбрасываю, разломавши,
так рвут, загадав, и пускают
                        по маю
вéнчики встречных ромашек.
Пускай седины обнаруживает стрижка
                        и бритье,
пусть серебро годов вызванивает уймою,
надеюсь, верую: вовеки не придёт
ко мне позорное благоразумие.
                    <1928-1930>

1. 이 시의 첫 부분을 읽어 보세요. ≪Любит? Не
любит?≫ 당신은 이 질문들을 어떻게 이해하나요?
당신에게 이 질문들은 어떤 연상을 불러일으키나요?
만약 당신이 노란 양국의 꽃잎을 뜯어내면서, 각각
의 잎에 '사랑하는가?' 아니면 '사랑하지 않는가?'라

노란양국

고 의미를 부여하면서 점을 치는 것을 생각했다면,
당신은 시의 내용을 올바로 이해한 것이다. 그 질문에 대한 대답은
'사랑하는가?', '사랑하지 않는가?'에 해당되는 마지막 잎에 달려있다.
   그 이후의 4-6행을 읽어 보세요. 당신은 ≪пускают по маю≫의 단
어를 어떻게 이해했나요? 표현의 비유적인 의미를 설명하고, 이 말을
모국어로 번역해 보세요.

☞ 러시아어에 ≪пускать по ветру≫라는 표현이 있다. 즉 '가벼운 것
   에 무엇인가를 주다'의 의미로, 종이, 직물, 꽃잎, 꽃부리, 꽃 등이
   바람에 날린다. 따라서 ≪пускают по маю≫라는 표현은 '5월의
   바람을 따라 흩날리다'의 의미이다.

2. 1-6행을 다시 읽어 보세요. 당신은 ≪руки ломаю≫라는 표현을 어떻게 이해했나요? 이 동사의 사용은 직접적인 의미인가요, 아니면 전의된 의미인가요? 그는 누구에 대해 생각하고 있나요? 누가 '사랑하고' 누가 '사랑하지 않나요?'

☞ 이 표현은 전의된 의미를 내포하고 있으며, 인간의 괴로움과 정신적인 고통을 전달하는 기본적인 표현이다. 시인은 사랑에 **빠졌지만**, 그가 사랑하는 그녀가 그를 사랑하고 있는지에 대해서는 모르고 있다. 그래서 시인은 매우 괴로워하면서, 노란 양국꽃 잎을 떼어내면서 점을 치듯이 손가락을 부러뜨려서라도 그녀가 자신을 ≪любит (사랑하는지)≫, 혹은 ≪не любит(사랑하지 않는지)≫에 대해서 알고 싶어 한다.

3. 7-9행을 읽어 보세요. 단어 ≪седины≫의 의미가 이해되나요? 이 단어를 다른 어결합(語結合)으로 바꿔보세요. 명사 ≪стрижка≫와 ≪бритье≫는 어떤 동사로부터 구성되었나요? 시행에서 어결합이 된 표현 ≪серебро годов≫에 주의하세요. 당신은 어떻게 이해를 했고, 왜 ≪серебро годов≫라고 불려졌나요? 동사의 사용과 이 행들의 기본적인 의미를 설명하고, 이것을 다른 단어로 표현하세요. ≪уйма≫는 '매우 많은 것'이라는 의미를 가지고 있다.

☞ 단어 ≪седины≫는 '백발의 머리카락'을 의미한다. ≪стрижка≫는 '≪стричь≫(머리카락)을 자르다', ≪бритье≫는 '≪брить≫(수염을, 콧수염) 을 면도하다'에서 파생된 명사이다. 이 표현은 '백발의 머리카락', '원숙한 연령'의 의미를 가지고 있다. 9행에 사용된 동사 ≪вызванить≫는 ≪звон, звонить, звонкий≫와 동일한 어근을 가지고 있다. 단어 ≪серебро≫는 ≪серебряные монеты, изделия≫이라는 뜻을 가지고 있다. 이 단어들은 서로서로 접촉하면서 소리를 낼 수 있다. 이 행들의 기본적인 의미는 다음과 같다 : ≪Пусть я стану седым, старым(비록 내가 백발이 되고 늙더라도)≫

4. 시를 끝까지 읽어 보세요. ≪верую≫를 형성하고 있는 형태의 '미정형'을 번역해 보세요. 이와 같은 어근을 갖는 다른 하나의 동사를 상기해 보세요. 당신은 이 단어들 사이에 어떤 차이가 있다고 생각하나요? 10행과 11행을 ≪вовеки≫로부터 시작하여 시의 끝까지 올바른 어순으로 복구시켜 보세요. 단어 ≪вовеки≫는 무슨 의미인가요? 또한 단어 ≪благоразумие≫는 어떤 의미를 가지고 있나요? 시인은 이 단어에 어떤 의미를 포함시켰으며, 왜 이것을 ≪позорным≫이라고 불렀나요?

☞ 동사 ≪Веровать≫와 ≪верить≫는 하나의 어휘적인 의미를 가지고 있으나, 문체상의 차이를 가지고 있다. ≪Веровать≫는 '고상하고 문헌적인 문체'이고, ≪верить≫는 '중립적인 문체'이다. 11행부터 시의 끝까지의 올바른 어순은 다음과 같다: ≪Позорное благоразумие не придет ко мне вовеки.≫ 단어 ≪вовеки≫는 '결코'라는 의미로 사용되었다. ≪благоразумие≫는 감정이나 기분, 그리고 열정에 휩쓸리지 않고서, '사건을 이성적으로 평가하는 능력'과 '신중함'을 의미한다. 시인은 이러한 행동을 부정적으로 평가하면서, 자신의 삶에 있어서 이러한 것을 원하지 않고 있다. 왜냐하면 시인은 젊은 낭만주의자들의 삶의 본성대로 그렇게 기분과 열정에 따라 살기를 항상 원하고 있기 때문이다. 시인은 영혼이 진부해지기를 원하지 않는다. 형용사 ≪позорный≫는 명사 ≪позор≫에서 파생된 것으로 경멸(멸시)의 감정을 불러일으키는 '명예훼손(능욕), 수치스러운, 모욕적인 상태'를 의미한다.

5. 7-11행을 다시 읽어 보세요. 당신은 이 행들을 어떻게 이해했는지 말하고, 단어 ≪серебро годов≫와 ≪благоразумие≫ 사이에는 어떤 관계가 있는지 설명해 보세요?

АДИЩЕ ГОРОДА

Адище города окна разбили
на крохотные, сосущие светами адки.
Рыжие дьяволы, вздымались автомобили,
над самым ухом взрывая гудки.

А там, под вывеской, где сельди из Керчи -
сбитый старикашка шарил очки
и заплакал, когда в вечереющем смерче
трамвай с разбега взметнул зрачки.

В дырах небоскребов, где корела руда
и железо поездов громоздило лаз,
крикнул аэроплан и упал туда,
где у раненого солнца вытекал глаз.

И тогда уже - скомкав фонарей одеяла -
ночь излюбилась, похабна и пьяна,
а за солнцами улиц где-то ковыляла
никому не нужная, дряблая луна.

<1913>

Tip

_____

　이 시는 마야꼬프스끼가 자주 다루는 주제인 도시에 대한 작품이
다. 시인은 산업화된 도시의 폐해에 대해서 이야기하고 있는데, 도시
에서 일상적으로 볼 수 있는 모든 대상 - 자동차, 전차, 기차, 비행기,
석양 등 -들에 생명체로서의 감정을 이입시켜 묘사하고 있다. 저녁이
시작되면서 도시의 모든 건물들에 불빛이 밝혀지기 시작하고, 움직이
는 자동차의 헤드라이트와 경적 소리는 길을 가는 노인이 사고를 당
한 순간을 묘사하고 있다. 도시의 높은 건물들 사이로 보이는 공간이
마치 커다란 구멍처럼 보이고, 그 사이로 기차와 비행기가 이동하는

풍경과 함께 석양이 물든 하늘에는 무기력한 달이 얼굴을 내밀고 있으나, 인공적이고 지옥 같은 도시에 살고 있는 사람들은 자연이 주는 달빛의 아름다움을 느낄 마음의 여유가 없음을 지적하고 있다.

마리나 이바노브나 쯔베따예바
(Марина Ивановна Цветаева, 1892-1941)

쯔베따예바는 1892년 9월 26일 모스크바 지식인 가정에서 태어났다. 그녀의 아버지, 이반 블라지미로비치(Иван Владимирович)는 모스크바 대학교 교수이면서, 유명한 문헌학자이자 예술학자이다. 류먄체프 박물관의 소장으로 일하다가 후에 예술박물관(現在 푸쉬킨 국립예술박물관)을 설립했다. 어머니 마리야 알렉산드로브나 메인(Мария Александровна Мейн)은 독일 폴란드 체코의 혼혈 태생으로 루빈 슈테인의 제자였으며 열정적이고 재능 있는 피아니스트였다. 그녀는 어머니로부터 음악성과 소리를 통한 세계 인식의 재능을 물려받았다. 쯔베따예바는 어린시절을 모스크바와 타루스의 다차에서 보냈다. 모스크바에서 공부를 시작했지만, 어머니의 요양 및 치료 때문에 유년시절의 일부를 외국에서 보내야 했다. 그녀는 어린 시절부터 훌륭한 외국어 교육을 받아서 독일어를 제 2의 모국어로 여길 정도였으며, 또한 프랑스의 로잔과 이탈리아 및 독일의 기숙학교에서 학업을 이어갔다. 어머니가 돌아가신 후인 1906년 가을부터 그녀는 모스크바 김나지움에서 학업을 계속했으나 그녀의 까다로운 성격으로 인해 선생님들과 불화를 겪고는 하였다. 그녀는 16세 때 프랑스 소르본 대학에서 고대 프랑스 문학사 수업을 듣기 위해 혼자 파리로 떠났다.

쯔베따예바는 6세 때부터 러시아어, 프랑스어 및 독일어로 시를 쓰기 시작하였고, 브류소프, 구밀료프, 볼로쉰 등이 인정한 첫 번째 시집 『저녁 앨범(Вечерний альбом)』을 1910년에 가족들 모르게 출판했다. 그녀의 이 시집은 시가 지닌 독창성과 개성이 풍부한 작품으로 관심을 끌었다. 이후 1912년에 두 번째 시집 『마법의 등불(Волшебный фонарь)』을 발표하였다. 이들 초기 시집들에는 그녀의 작품 세계의 주요 테마인 사랑, 러시아, 예술에 대한 열정과 함께 낭만적인 시각으로 세계를 바라보는 아이와 같은 시인의 심상이 분명하게 나타나 있으며, 모든 것으로부터 자유롭고 독립적이고자 하는 그녀의 자의식 강한 성향이 그대로 드러나 있다. 이런 개인적인 성향에 따라 쯔베따예바는 어떠한 문예 사조에도 가담하지 않고 독자적인 길을 걸었다.

1912년에 쯔베따예바는 가장 가까운 친구였던 세르게이 에프론과 결혼했다. 러시아 혁명과 내전, 그리고 남편 세르게이 에프론은 쯔베따예바의 인생에서 중요한 전환점이 되었다. 쯔베따예바는 볼셰비키 혁명을 '사탄의 부활'이라고 간주하면서 혁명에 매우 부정적이었고, 그녀의 남편인 에프론은 혁명에 대항하는 백군에 자발적으로 들어가 내전에 참가하였으며, 이후 3년 동안이나 소식을 알 수 없었다. 그는 후에 체코로 망명한 것으로 판명되었다. 이 시기에 그녀는 두 딸과 함께 어려운 생활을 꾸려가고 있었다. 기아에 허덕이던 그녀는 결국 두 딸을 고아원에 맡겼고, 어린 딸 이리나는 고아원에서 굶어 죽었다. 이런 힘겨운 삶으로 인해 1차 세계대전, 1917년 혁명과 내전 시기에 씌어진 쯔베따예바의 작품들은 문학적 깊이를 더해갔다. 시인은 모스크바에서 살면서 많은 작품을 썼지만 출판하지는 않았다. 이전과 마찬가지로 그녀는 문학계에서 독자적인 신념으로 자신을 지탱했다.

1922년 5월 시인과 그녀의 딸 아리아드나(Ариадна)는 남편이 있는 체코로 떠나기로 했다. 그녀의 남편은 프라하 대학을 다니던 중이었다. 프라하에서의 망명 기간은 시인에게 정신적으로나 물질적으로 힘든 시기였지만, 시인으로서 쯔베따예바의 재능이 최고로 발현된 시기이기도 했다. 쯔베따예바는 1925년 아들을 낳았고 그해에 가족과 함께 파리로 이사했다. 그녀의 삶은 계속되는 이주로 힘들었고 고단했다. 그러나 쯔베따예바의 창작 의지는 결코 약해지지 않았다. 1923년에 베를린에서 『직업(Ремесло)』이 출간되었고, 1924년에는 『산의 서사시(Поэма Горы)』, 『종말의 서사시(Поэма Конца)』가 발표되었다. 1926년 시인은 장시 ≪쥐잡이꾼(Крысолов)≫를 완성했으며, ≪바다로부터(С моря)≫, ≪계단의 서사시(Поэма Лестницы)≫, ≪공기의 서사시(Поэма Воздуха)≫ 등을 집필했다. 시인의 작품들 중 대부분이 그녀의 생전에 출판되지 못했다.

쯔베따예바의 마지막 시집 『러시아 이후(После России)』가 1928년에 발표되었다. 그러나 개성이 강한 쯔베따예바는 망명 그룹의 작가들과 원만한 관계를 유지하지 못했고, 그녀의 작품들은 망명사회의 영향력 있는 문학가들로부터 외면을 당했다. 이를 테면, 『러시아 이후(После России)』는 쯔베따예바 서정시의 최고봉을 이루고 있는 작품이지만, 고전주의적 완결성과 엄격함을 신봉하던 당시의 평론가들은 그녀의 시가 언어와 감정의 과잉에 빠져 있으며, 지나치게 격정적이고 자유분방하다는 비난을 가했다. 망명지에서의 고독과 고립, 자신의 작품에 대한 비난과 냉대는 경제적인 궁핍과 더불어 쯔베따예바의 생활을 더욱 고통스럽게 만들었다. 이런 여러 가지 이유로 쯔베따예바는 1930년 중반부터 망명생활에 환멸을 느꼈다. 이런 상황에서 그녀는 1939년 소련 시민권을 다시 발급받았고 남편과 딸에 이어 조국으로 돌아왔다. 그녀는 "고대하고 기다리던 손님"으로서 조국 러시아로 돌아가기를 꿈꾸었지만, 그런 일은 일어나지 않았다. 쯔베따예바의 남편과 딸은 소련에서 체포되어 감금되어 있었고 여동생 아나스타샤 마저도 수용소에 있었다. 1941년에 남편 에프론은 총살당했다. 망명지에서와 마찬가지로 소비에트의 문학계 역시 쯔베따예바를 받아들이지 않았기 때문에 그녀는 모스크바에서 외국시를 번역하며 혼자서 어려운 생활을 간신히 유지하며 생활하였다. 1941년에 시작된 독일과의 대조국전쟁으로 인해 쯔베따예바는 아들과 함께 따따르 공화국의 옐라부가(Елабуга)로 소개(疏開)되었다. 그 곳에서 특별히 하는 일도 없이 지치고 외로웠던 시인은 1941년 8월 31일 자살로 생을 마감했다.

*   *   *

Моим стихам, написанным так рано,
Что и не знала я, что я - поэт
Сорвавшимся, как брызги из фонтана,
Как искры из ракет,

Ворвавшимся, как маленькие черти
В святилище, где сон и фимиам,
Моим стихам о юности и смерти
- Нечитанным стихам! -

Разбросанным в пыли по магазинам
(Где их никто не брал и не берет!),
Моим стихам, как драгоценным винам,
Настанет свой черед.

<май 1913>

1. 시를 서두루지 말고 주의해서 읽어 보세요. 문맥을 토대로 단어를 추측하면서 시를 고찰해 보세요. 전체 시가 한 문장으로 되어있다는 점에 주의를 기울이세요. 이 시의 가장 중요한 요소를 찾아보세요. 이 문장에서 어떤 단어들이 주어와 서술어로 표현 되었나요?

2. 앞에서 제기된 질문에 대답하면서, 당신이 마지막 두 행에 관심을 기울였다면 정확하게 지적한 것이다. 당신은 《настанет черед》라는 표현을 어떻게 이해했나요? 비슷한 말을 찾아보세요. 다음에 표현된 기본적인 개념을 설명하시오.

☞ 11행의 《моим стихам》과 12행의 《настанет свой черед》는 이 시의 주된 요소이다. 쯔베따예바는 자신의 시들이 본래의 가치에 알맞게 평가받을 시간, 그런 순간이 도래할 것이라는 사실에 대해 말하고 있다.

3. 시에서 ≪моим стихам≫이라는 표현이 몇 차례 반복되고 있다는 점에 주의를 기울이세요. 왜 그렇게 반복했을까요?

4. 1-2행을 다시 한 번 읽어 보세요. 당신은 그것을 어떻게 이해했는지 설명해 보세요. 형동사 ≪написанным≫으로 수식되고 있는 ≪стихам≫이라는 단어에 대해서 주의를 기울이세요. 어떤 동사에서 이 단어가 형성되었나요?

5. 이 단어들에 대해서 형동사로 표현된 다른 수식어를 찾아보세요. 어떤 동사에서 이 단어들이 형성되었는지 설명해 보세요. 3행과 5행에서 설명하는 동사 ≪ворваться≫와 ≪сорваться≫는 하나의 동일한 어근에서 파생되었지만, 다른 접두사를 가지고 있는 동사로 구성되는 것에 주의를 기울이세요. 동의어를 찾아보세요. 3-4행과 5-6행의 기본적인 의미를 당신은 어떻게 이해하고 있나요? 이 시행들은 어떻게 되었나요? 자신의 단어로 서술해 보세요.

☞ 두 개의 형동사는 '예기치 않은(갑작스러운)', '드물게 일어나는 움직임'이라는 동사 어근의 의미를 가지고 있다.

♣ ≪сорваться≫는 '낮은 곳에서 위로' - 분수의 뿜어나오는 작은 물줄기(물방울)들처럼 '갑자기 나오다', '떨어져 나가다'.

♣ ≪ворваться≫는 '내부로' - 평안과 예의를 파괴하는(성스러운 장소에 있는 악마의 행위)것처럼 '불시에 들어가다', '돌입하다'.

6. 8-11행을 읽어 보세요. 시인의 견해에 따르면, 동시대인들은 그녀의 시에 대해 어떠한 태도를 취하고 있나요? 왜 여기서는 두 차례나 감탄 부호가 사용되었나요?

☞ 8-11행의 내용은 동시대인들이 그녀의 시집을 사서 읽지 않는(≪в

пыли по магазинам≫) 사실을 밝히고 있다. 감탄 부호는 '화자의 흥분된 감정'을 나타내며, 여기서는 '격분'을 보여주고 있다.

7. 시를 다시 읽어 보세요. 시인이 말하고자 하는 바가 무엇인지 그 행을 찾아보세요.

☞ 이 시의 가장 주된 내용은 8행이다. 시인은 읽혀지지 않는 자신의 시에 대한 것을 말하고 있다.

8. 시인의 견해 표명에 따라, 당신은 이미 동시대인들이 그녀의 시에 대해 어떠한 태도를 취하고 있는지 알고 있다. 쯔베따예바 자신은 그녀의 시를 어떻게 평가하고 있나요? 그녀가 언제 이 시를 썼나요?

☞ 젊은 시인(당시 21세)은 자신의 시작품들을 '값비싼 포도주'와 비교하면서 매우 높게 평가하고 있다.

По холмам - круглым и смуглым,
Под лучом - сильным и пыльным,
Сапожком - робким и кротким -
За плащом - рдяным и рваным.

По пескам - жадным и ржавым,
Под лучом - жгущим и пьющим,
Сапожком - робким и кротким -
За плащом - следом и слелом.

По волнам - лютым и вздутым,
Под лучом - гневным и древним,
Сапожком - робким и кротким -
За плащом - лгущим и лгущим.

<1921>

이 시는 매우 단조롭고 반복되는 동일한 구성을 보여주고 있는 작품으로, 전행은 전치사를 수반한 명사의 사용이 명백하게 나타나고, 시행의 뒷부분은 형용사의 조격의 사용이 뚜렷이 나타나고 있다. 이들 시어들은 거센 폐쇄음과 파찰음으로 이어지는 강한 소리와 끊어지는 리듬, 고양된 억양 등을 보여주고 있다.

세르게이 알렉산드로비치 예세닌
(Сергей Александрович Есенин, 1895-1925)

세르게이 알렉산드로비치 예세닌은 1895년 9월 21일 랴잔의 한 마을에서 농부의 아들로 태어났다. 두 살 때부터 외가에서 자라기 시작했는데, 외조부모는 상당히 부유하였고 매우 신앙심이 깊은 구교도였다. 그는 매우 엄격한 종교적 분위기에서 성장하였으며, 교회의 사범학교(1909-1912)를 다녔다. 그의 재능은 일찍부터 시를 쓰면서 발휘되었는데, 18세 때부터는 잡지에 글을 기고하기 시작했다.

1912년 8월 예세닌 집안은 모스크바로 이사를 했고, 처음에는 상인의 가게에서 점원으로 일하다가, 후에 싀찐(И.Д.Сытин)의 인쇄소에서 일하였으며, 수리꼬프(Суриков)의 이름을 딴 문학·음악 클럽에 가입하였다. 샤냐프스끼(А.Л.Шанявский)의 민중 대학(1913-1914)에서 역사·철학 강의를 듣기도 하였으나 학교를 끝마치지는 못했다.

1915년 3월 9일 뻬뜨로그라드로 가서 블록(А.Блок)과 끌류예프(Н.Клюев), 그리고 다른 시인(З.Гиппиус, С.Городецкий)들과도 교류하였다. 1916년에 첫 번째 시집 ≪초혼제(Радуница)≫가 세상에 나왔다. 여기에는 그가 16세 때 썼던 작품을 비롯하여 30여 편의 시가 수록되어 있다. 주로 자연에 대한 예찬을 읊은 서정시와 종교를 주제로 한 시들이었는데, 첫 시집의 긍정적인 반응은 시인을 매우 크게 고무시켰다.

예세닌은 1917년 10월 혁명을 적극적으로 지지하였다. 그는 이 혁명을 통해 농촌의 파라다이스 실현을 기대하면서 메시아를 맞는 것처럼 환영을 표했던 것이다. 그는 이때부터 농민을 혁명의 주체로 인식하면서 유토피아적인 농촌시를 쓰기 시작했다. 그러나 도시와 프롤레타리아 지향적인 소비에트 체제가 그 윤곽을 뚜렷이 확립할수록 시인은 혁명의 이념에 점점 더 실망하게 되었다.

예세닌은 1918년부터 다시 모스크바에서 거주하였고, 1919년 마리엔고프(А.Мариенгоф), 이브네프(Р.Ивнев), 셰르셰네비치(В.Шершеневич) 등과 함께 사상파(имажинизм) 그룹을 만들어 핵심적인 멤버로 활동하였다. 그의 초기 작품은 러시아 농촌의 삶과 종교적 전통에 대한 사랑과 동경이 주류를 이루었지만, 1920년대 이후 작품의 주제는 크게 변화를 겪었다. 그가 1920년대 이후 보여주었던 문학적 태도는 현저히 반소비에트적이었고, 그로 인해 당국으로부터 경계의 대상이 되었다. 그는 몇 차례 결혼을 했는데, 모두가 불행한 종말로 끝이 났다. 미국의 현대 무용가 이사도라 덩컨(Isadora Duncun, 1878-1927)과의 결혼은 이러한 예의 전형이다. 예세닌은 순회 공연차 소련에 들른 덩컨과 만나자 마자 결혼식을 올렸고, 시인은 곧바로 덩컨의 순회공연에 동행했으나 미국에 도착한 직후 곧바로 이혼을 하고 고국으로 다시 돌아왔다.

또한 그는 소연방을 수차례 여행하였으며, 1924-1925년에 걸쳐 자주 그루지야와 아제르바이잔을 방문하였고, 그곳에서 유명한 「페르시아의 모티브(Персидские мотивы)」와 ≪안나 스네기나(Анна Снегина)≫외 몇 편의 서사시를 집필하였다.

예세닌은 블록, 벨르이 등 상징주의 시인의 영향을 많이 받았지만 그 누구와도 변별이 되는 독자적인 작품 세계를 구축한 시인이다. 그는 20세기를 대표하는 농민시인으로서 확고한 위치를 점했고, 대중들로부터도 지속적인 인기를 얻었다. 예세닌은 1925년 12월 28일 레닌그라드에 있는 아스토리아 호텔에서 권총 자살로 생을 마감했다.

СОБАКЕ КАЧАЛОВА

Дай, Джим, на счастье ла́пу мне,
Такую лапу не видал я сроду.
Давай с тобой полаем при луне
На ти́хую, бесшу́мную погоду.
Дай, Джим, на счастье лапу мне.

Пожалуйста, голубчик, не лижись.
Пойми со мной хоть самое просто́е.
Ведь ты не знаешь, что такое жизнь,
Не знаешь ты, что жить на свете сто́ит.

Хозяин твой и мил, и знаменит,
И у него гостей бывает в доме много,
И каждый, улыбаясь, норовит
Тебя по шерсти бархатной потрогать.

Ты по-собачьи дьявольски краси́в,
С такою милою доверчивой приятцей.
И никого ни капли не спросив,
Как пьяный дру́г, ты ле́зешь целоваться.

Мой милый Джим, среди твоих гостей
Так много всяких и невсяких было.
Но та, что всех безмолвней и грустней,
Сю́да случа́йно вдруг не заходила?

Она придёт, даю тебе поруку.
И без меня, в её уставясь взгляд,
Ты за меня лизни ей не́жно ру́ку
За все, в чём был и не был виноват.

<1925>

1. 세르게이 예세닌은 러시아의 사랑받는 시인들 중 한 명이다. 그
는 당신 나라에서 유명하나요? 그의 시는 당신의 모국어로 번역되었

나요? 당신은 그의 시를 알고 있나요?

2. 이 시는 ≪까찰로프의 개에게(Собаке Качалова)≫이다. 이 시가 무엇에 대해 쓴 것인지 이야기해 보세요. 모스크바 예술 극장의 배우이며, 시인의 친구인 까찰로프(В.И.Качалов)는 이렇게 회상하고 있다: "...나는 집에 도착해... 계단을 따라 올라가면서, 짐(Джим)이 즐겁게 짓는 소리를 들었다. (여기에서 언급되는) '짐'은 나중에 예세닌이 시를 헌사했던 바로 그 개이다. 그때 '짐'은 4개월 된 강아지였다. 나는 들어가서 예세닌과 '짐'을 보았다. 그들은 이미 친해졌고, 소파에서 서로 달라붙어 앉아 있었다. 예세닌은 한 손으로 '짐'의 목을 감싸 안고 있었고, 다른 손으로는 그의 발을 잡고서, 쉰 목소리로 이렇게 말했다. '이런 발을 나는 전에 한 번도 본 적이 없다'".

3. 시인과 강아지가 대화하듯이 씌어진 시에 주의하세요. 그들은 서로 서로에게 어떤 관계인지 이야기해 보세요. 짐(Джим)은 어떤 감정을 보여주고 있나요?

☞ 개와 인간은 상호간에 매우 친밀한 관계이다. 시인은 '짐'을 '사랑스러운(милый)' 이라고 불렀고, '짐'은 '그를 핥고 있다(лижет)', 즉 '그에게 키스를 하고 있다(целуется)'.

4. 당신이 '짐'을 어떻게 상상하고 있는지 묘사해 보세요. 시인은 그의 외모와 성격에 대해 무엇을 말하고 있나요?

☞ 짐(Джим)은 매우 '예쁘고', 그에게는 '빌로드처럼 부드러운 털'과 특별한 발이 있다. "나는 전에 이러한 발을 본 적이 없다" - 즉, 결코 본 적이 없다. 그('짐')는 사람들에게 믿음직한 친구 같은 다정한 느낌을 준다. 그러나 '이 사랑스럽고 믿음직한 친구는, 어느 누구에 대해서도 전혀 묻지 않으며, 마치 술 취한 친구처럼 입 맞추기 위해

기어 올라온다.'

5. 당신은 개의 주인에 대해서 어떤 사실을 알고 있나요?

☞ '너의 주인은 사랑스럽고 유명하다. 그래서 그의 집에는 수많은 손님들이 모두 방문한다.' 실제로, 유명한 배우이면서 매력적인 사람인 까찰로프는 언제나 집을 개방하였고 손님들을 항상 환대하였다. 그는 밤에 공연을 마치고 집으로 돌아와서는 자신을 기다리고 있는 손님들을 만나고는 했다. 예세닌이 '짐'과 만난 날도 그랬었다. "나는 밤 12시경에 공연을 마치고서 집으로 돌아왔다. 몇몇의 내 친구들과 예세닌이 이미 내 집에 와 있었다..."

6. 시인은 개와 무엇에 대해 이야기하는지 주의하세요. 본문에서 그 예를 찾아보세요. 당신은 시인이 개와 왜 추상적인 이야기를 하고 있다고 생각하나요?

☞ 시인은 '짐'과 함께, 단순하지 않은 '대화'를 나누고 있다. "발을 다오, 잠시 함께 짖어보자, 핥지 마라..." 그는 자신의 생각과 감정을 믿고 있다(2연. 5-6행). 아마도 개는 가장 이상적인 대화 상대이며, 다툴 일도 없고, 자신들의 대화를 누구에게도 말하지 않는다. 아니면 시인 자신이 이 모든 것을 비밀로 하기를 원하는 것일 수도 있다.

7. 5-6연을 다시 읽어 보세요. 시인은 누구를 '그녀'라고 부르나요? 당신은 그녀를 어떻게 상상하고 있나요? 시인은 '짐'에게 무엇을 하라고 요구하고 있나요?

☞ 시인은 '짐'이 그를 대신해서 말없이 슬픈 모든 사람들에게 용서를 구하기를 부탁하고 있다. - 아마도 시인이 무례하게 대해서, '어떤 일에 대해서 잘못이 있든 없든' 간에 슬프고 조용한(말이 없는) 아가씨에게 용서를 구하고 있다.

*   *   *

Шаганэ ты моя, Шаганэ!
Потому, что я с севера, что ли,
Я готов рассказать тебе поле,
Про волнистую рожь при луне.
Шаганэ ты моя, Шаганэ.

Потому, что я с севера, что ли,
Что луна там огромней в сто раз,
Как бы ни был красив Шираз,
Он не лучше рязанских раздолий,
Потому, что я с севера, что ли.

Я готов рассказать тебе поле,
Эти волосы взял я у ржи,
Если хочешь, на палец вяжи -
Я нисколько не чувствую боли.
Я готов рассказать тебе поле.

Про волнистую рожь при луне
По кудрям ты моим догадайся.
Дорогая, шути, улыбайся,
Не буди только память во мне
Про волнистую рожь при луне.

Шаганэ ты моя, Шаганэ!
Там, на севере, девушка тоже,
На тебя она страшно похожа,
Может, думает обо мне...
Шаганэ ты моя, Шаганэ.

<1924>

이 시는 형식적인 구성에 주의를 기울일 필요가 있다. 1연과 5연이 고리형 구조로 이루어진 화관연을 구성하고 있으면서, 또한 동시에 1연의 2행은 2연의 1행과 마지막 행을 구성하고 있으며, 1연의 3행은 3연의 1행과 마지막 행을 구성하는 특별한 형태의 시이다.

알렉산드르 뜨리포노비치 뜨바르돕스끼
(АЛЕКСАНДР ТРИФОНОВИЧ ТВАРДОВСКИЙ, 1910-1971)

알렉산드르 뜨리포노비치 뜨바르돕스끼는 1910년 6월 8일 스몰렌스끄 현의 시골 마을에서 대장장이의 아들로 태어났다. 그의 아버지는 초등교육을 받아 읽고 쓸 줄 알았으며 적지 않은 책을 보유하고 있었다. 뜨바르돕스끼는 긴 겨울 저녁마다 집에 있는 뿌쉬낀, 고골, 레르몬또프, 네끄라소프 시들을 읽었으며, 이 시들을 소리 내어 외웠다. 그는 아주 이른 시기부터 시를 쓰기 시작했다. 그는 시골 마을학교에 입학하여 초등교육을 받고 있던 14살 무렵 자신이 쓴 짧은 기사를 스몰렌스끄 신문에 보냈는데, 그것들 중 몇 편이 신문 지면에 게재되었다. 당시 그는 자신의 시도 함께 보냈는데, 신문 [노동자의 길] 편집자인 시인 이사꼽스끼는 이 어린 시인을 친절하게 맞이하면서 그의 시가 출간되도록 도와주었을 뿐만 아니라, 자신이 직접 쓴 시를 보여 주면서 그가 시인으로서 자리를 잡을 수 있도록 조언을 해 주었다.

그는 학교를 졸업한 후 스몰렌스끄(1930-1936)에서 생활을 시작하였다. 그렇지만 그는 학업을 계속할 수도 없었고, 직업을 가질 수도 없었다. 따라서 이 시기에 그는 '보잘 것 없는 글을 쓰면서 문턱이 닳도록 편집실을 들락거리는' 힘든 시간을 보내야만 했다. 그는 스몰렌스끄에서 교육대학에 입학했다. 그러나 그는 3학년 때에 학교를 그만두었고, 모스크바로 가서 1936년 역사·철학·문학 대학(МИИФЛИ)에 입학하였다.

그는 1925년부터 작품을 출판하기 시작했고, 1931-1933년에도 그의 시들이 출간되었지만, 그 자신은 '집단화에 대한 서사시 『개미의 나라 (Страна Муравия,1936)』를 통해 비로소 문학가의 길에 들어섰다'라고 평가하고 있다. 서사시 『개미의 나라』는 독자들과 비평가들로부터 큰 반향을 불러일으켰다. 이 책의 출간은 그의 삶을 바꾸어 놓았다. 1939년 모스크바 역사 · 철학 · 문학 대학을 졸업하였다. 그리고 시선집 『마을 연대기(Сельская хроника)』를 내놓았다.

1939년 뜨바르돕스끼는 붉은 군대에 징집되어, 서부 백러시아 해방 전투에 종군 기자로 참여하였고, 핀란드와의 전쟁(1939-1940)에서도 또한 종군 장교로 임명되어 참전하였다. 제 2차 세계대전 기간 중에 서사시 『바실리 쬬르낀, 병사에 관한 책(Василий Теркин, Книга про бойца, 1941-1945)』을 집필하였다. 이 서사시는 애국심과 더불어 러시아인의 전형적인 특징을 훌륭하게 표현한 작품이다. 쬬르낀의 형상에 대해 뜨바르돕스끼는 이렇게 말하고 있다: "쬬르낀은 나의 서정시, 나의 글, 나의 노래, 나의 교훈이었으며, 전쟁에 대한 일화이자 영혼의 대화이며, 나의 답변이었다."

그는 전후 쬬르낀 및 『전선 연대기(Фронтовая хроника)』와 거의 동시에 서사시 『길가의 집(Дом у дороги, 1942-1946)』을 내놓았다. 1950-60년대에는 서사시 『머나 먼 곳(За далью - даль, 1950-1960)』의 창작에 몰두하였다. 뜨바르돕스끼는 서사시 『길가의 집(1946)』, 『머나 먼 곳』, 『저 세상의 쬬르낀(Теркин на том свете, 1954-1963)』에서 민중생활의 중요한 계기들을 작품에 반영한 독자적인 사실주의 원칙을 발전시켰을 뿐만 아니라, 제20회 소련 공산당 대회 이후까지 시인 자신의 생각 및 감정을 개발하였다. 뜨바르돕스끼 서사시의 예술 세계는 다면적이고 무한하다. 전쟁 이후의 그의 시들에서도 여전히 전쟁의 테마가 특별한 위치를 점하고 있는데, 그는 전쟁에서 죽은 사람들에 대해 자주 회상을 하면서 전쟁 테마에 보다 더 성숙한 철학적 접근을 보여주고 있다. 서사시적인 작품들과 비교할 때 충분히 평가 받지 못한 뜨바르돕스끼 서정시의 특징은 다정한 어조와 진실성이 담겨있으며, 모든 것에 대한 책임을 인식하고 넓은 독자층의 확보를 지향하고 있다. 그의 서정시는 평범하고 구체적인 형태를 보여주면서도 상징적인 의미가 충만하고 철학적이기 조차하다. 시인은 자신의 작품 속에서 '삶과 시' 그리고 '죽음과 불사'에 대해서도 깊이 성찰하고 있다. 뜨바르돕스끼는 또한 산문에도 많은 관심을 기울였는데 1947년에는 『조국과 이방인(Родина и чужбина, 1947)』이라는 제목으로 전쟁에 대한 후일담을 모아놓은 책을 출간하기도 했다.

뜨바르돕스끼는 소비에트 작가로서의 활동 이외에도 다른 많은 일을 하였다. 그는 또한 매우 통찰력 있는 비평가였다. 그의 문학적 통찰력은 『문학론(1961)』, 『미하일 이사꼽스끼의 시론(Поэзия Михаила Исаковского, 1967)』, 그리고 『부닌에 대하여(О Бунине, 1965)』를 통해 잘 드러난다.

뜨바르돕스끼는 오랜 기간동안 잡지 [신세계(Новый мир)]의 편집장으로 일하면서, 이 잡지를 소비에트 문학잡지로서 최고의 반석에 올려놓았고, 전통을 계승 발전시켜 나갔으며, 소비에트 예술 및 학술계 인텔리겐찌야의 진보적인 세력들을 지지하였다. 그는 새로이 등단하는 재능 있는 작가들의 작품이 편집 회의에 부쳐진 경우에, 이 작품들을 게재하기 위해서 항상 용기 있게 자신의 의견을 피력하여 관철시켰다. 그 예로 1962년 잡지 [신세계] No.11에는 솔제니찐의 『이반 데니소비치의 하루』가 발표되었다. 그의 도움과 지지로 아브라모프, 븨꼬프, 아이뜨마또프, 잘릐긴, 모자예프, 솔제니찐 등이 작가로서의 자신의 재능과 면모를 드러낼 수 있었다. 1971년 12월 18일 뜨바르돕스끼는 병으로 세상을 떠났다.

*   *   *

Я знаю, никакой моей вины
В том, что другие не пришли с войны,
В том, что они - кто старше, кто моложе -
Остались там, и не о том же речь,
Что я их мог, но не сумел сберечь, -
Речь не о том, но все же, все же, все же...

<1966>

1. 뜨바르돕스끼는 종군기자로서 직접 전쟁에 참가하면서 전쟁에 대한 많은 시를 썼고, 그의 시들은 전선 신문에 발표하였는데, 그의 이 작품들은 제 2차 세계대전 기간 동안에 소비에트 군대의 군인들이 즐겨 외웠다. 그의 대표적인 서사시 ≪Василий тёркин≫과 같이 분량이 긴 작품도 있고, 당신이 지금 읽고 있는 시처럼 아주 짧은 시들도 있다. 당신은 이 시인의 이름을 이미 알고 있나요? 당신은 이 시가 마음에 드나요?

2. 당신은 ≪...никакой моей вины в том...≫라는 표현을 어떻게 이해했나요? 이 시행에는 어떤 단어가 생략되었나요? 그 이유는 무엇인가요? 그 단어를 넣어 완전한 문장으로 복원해 보세요. 시인은 누구를 ≪другие≫라고 부르고 있나요?

☞ 부정사와 함께 사용된 ≪быть≫라는 현재 시제 동사형은 보통 문장에서 생략된다. 이 시행에는 이미 ≪никакой≫라고 표현된 단어가 부정어이기 때문에, 부정사 ≪нет≫라는 단어가 생략되었다. 여기서 ≪другие≫는 '다른 병사'들을 의미한다.

3. 당신은 이 시가 어떤 전쟁에 대하여 이야기하고 있다고 생각하나요? ≪...они...остались там≫은 무슨 의미인가요? '그들'은 어디에

324   러시아 시작법 강의

남아있나요? 이 의미를 다른 단어로 표현해 보세요.

☞ '그들'은 '대조국 전쟁(Великая Отечественная война)'의 전선(戰線)에서 전사(戰死)하였다.

4. 당신은 ≪...я их мог, но не сумел сберечь...≫라는 표현을 어떻게 이해했나요? 모국어로 번역해 보세요.

☞ 이 표현의 의미는 '가능성이 있었지만, 그 가능성을 사용하지 않았다(≪Имел возможность(был в силах), но не воспользовался ею (не получилось)≫'.

5. 시를 다시 읽어 보세요. 어떠한 잘못에 대해 이야기하고 있나요? 당신은 시의 마지막 단어들을 어떻게 이해했나요? 왜 그 단어를 3번씩이나 반복했을까요? 연속점은 무슨 의미를 갖나요?

☞ '죽은 병사'들 앞에 살아있다는 죄책감이다. 시인은 다른 병사들의 죽음과 관련해 어떠한 잘못도 없지만, 마치 자신의 잘못으로 그런 것처럼 괴로워하고 있다. 동일 단어의 반복은 시인의 정서 상태(흥분, 신경질적인 감정 등)를 전달해 주는 것으로, (시인은 자기 자신을 비난하고, 그 잘못에 대해 확신하고 있다.) 연속점은 이 비난의 무한성을 나타내주고 있다.

6. 당신은 이 시를 읽고서 시인의 인생에 대하여 무엇을 알게 되었나요? 당신은 시인이 자신을 비난하는 것이 옳다고 생각하나요? 러시아에서 '대조국 전쟁'이라고 불려지고 있는 전쟁에 관한 다른 러시아시인들의 시를 찾아보세요.

ЖУРАВЛИ

Расул Гамзатов

Мне кажется порою, что солдаты,
С кровавых не пришедшие полей,
Не в землю нашу полегли когда-то,
А превратились в белых журавлей.

Они до сей поры с времён тех дальних
Летят и подают нам голоса,
Не потому ль так часто и печально
Мы замолкаем, глядя в небеса...

Летит, летит по небу клин усталый,
Летит в тумане, на исходе дня.
И в том строю есть промежуток малый -
Быть может, это место для меня.

Настанет день, и с журавлиной стаей
Я поплыву в такой же сизой мгле,
Из-под небес по-птичьи откликая
Всех вас, кого оставил на земле.

Мне кажется порою, что солдат,
С кровавых не пришедшие полей,
Не в землю нашу полегли когда-то,
А превратились в белых журавлей.

Tip

이 시는 앞에서 설명하고 있는 시인 뜨바로돕스끼가 쓴 시가 아니
라, 다께스딴의 민족 시인인 라술 감자또프(Расул Газатов)가 쓴 시
이다. 여기에서 시 ≪Журавли≫를 다루는 주된 이유는 뜨바르돕스끼
의 시와 동일한 주제와 모티브를 다루고 있다는 점에서 두 시의 내용

과 의미를 비교하고, 대조하면서 고찰해 볼 필요가 있어서이다. 이 시는 이오시프 꼬브존(И. КОВЗОН)의 음성으로 드라마 '모래시계'의 주제곡으로 사용되었고, '백학'이라는 노래 제목으로 우리에게 잘 알려져 있다. 그러나 이 노래의 원작자는 라술 감자또프이고, 그가 자신의 시에 곡을 붙여 직접 노래를 불렀던 시이다. 그 후에 이오시프 꼬브존이 감자또프의 이 곡을 자신의 스타일로 리바이벌하여 더욱 유명하게 되었다. 다께스딴 출신 시인인 라술 감자또프가 대오(隊伍)를 지어 저녁 하늘을 날고 있는 '학'의 무리를 보면서 전쟁에서 돌아오지 못한 병사들의 영혼이 '학'이 되어, 매년 가을에 하늘을 날고 있다고 생각하면서 쓴 시이다. 계절의 변화와 함께 '학'들이 이동하는 대오 사이에서 발견되는 작은 간격, 바로 그 공간이 내가 전쟁터에서 죽어 그들과 함께 있었어야만 할 곳은 아니었을까 하는 시인의 애절한 마음이 표현되어 있다. 1950년대 소비에트의 시인들은 '대조국 전쟁'과 관련한 다양한 주제를 다루면서 이와 유사한 수많은 시들을 썼다. 따라서 이와 같은 주제의 대표적인 소비에트 시들을 찾아 음미해 보는 것은 어려운 일이 아니며, 나름대로 의미 있는 작업이 될 것이다.

불라프 샬보비치 아꾸드좌바
(Булат Шалвович Окуджава, 1923-1997)

불라프 아꾸드좌바는 1924년 5월 9일 모스크바에서 그루지야인 아버지와 아르메니아인 어머니 사이에서 태어났다. 1937년에 공산당 고위 간부였던 아버지는 스탈린의 숙청시기에 감금되었다가 총살당했고, 어머니는 수용소에 갇혔다가 유배지로 끌려갔다. 1942년 전쟁이 발발하자 9학년이던 아꾸드좌바는 자원 참전하여, 그는 박격포수, 기관총 사수, 무선 통신사로 근무하다가 부상당했다. 전쟁을 직접 겪은 그는 연령상으로도 '전선(戰線) 시인' 세대에 속하며, 전쟁의 테마는 그의 작품 세계에서 주된 내용 중의 하나이다. 아꾸드좌바는 전쟁의 비극과 잔인성을 슬픔이 깃든 서정적 정서로 표현했으며, 전쟁의 참상을 있는 그대로 드러내 묘사하고 있다. 아꾸드좌바의 노래와 시는 전체적으로 보아 서정적이며 낭만적인 정서를 통해 일상의 평범한 삶을 조망하면서 동시에 삶의 윤리적 원칙과 인간의 도덕성에 호소하고 있다. 그의 시는 전통적인 운율과 리듬 형식에서 크게 벗어나지 않고 있지만, 서술체로 씌어진 것이 많으며 러시아 민요에 나타나는 후렴구나 운을 사용하는 경우도 자주 감지된다.

1945년 아꾸드좌바는 트빌리시에서 선반공으로 일하면서 야간학교 10학년을 마쳤다. 1946-1950년에 트빌리시 대학교의 어문학부를 다녔고, 그 후 시골 학교에서 러시아어와 러시아 문학을 가르치는 선생님으로 재직했다. 1956년 모스크바로 이주한 아꾸드좌바는 「젊은 근위대(Молодая гвардия)」 출판사에서 편집장을 역임하였고, 「문학 신문

(Литератураня газета)」에서 '시' 부서를 담당하기도 했다. 그는 1962
년에 작가 협회에 가입하면서 창작 활동에 전념할 수 있었다. 1956년
그의 첫 번째 시집『서정시(Лирика)』가 출판되었고, 3년 후인 1959년
에 두 번째 시집인『섬(Острова)』과 전쟁에서의 경험을 쓴 자전적 소
설『건강하라, 학우들이여!(Будь здоров, школяр! 1960-1961)』를 발표
하였다. 1976년 그의 노래와 시를 모은 시집『아, 아르바뜨, 나의 아
르바뜨(Ах, Арбат мой, Арбат)』가 출판되었다.

아꾸드좌바는 소비에트 체제하에서 최초의 음유시인으로 인정받고
있다. 1946년 아꾸드좌바는 아직 학생 시절에 자신의 첫 번째 음유시
≪광란과 외고집(Неистов и упрям...)≫을 창작하였다. 1956년 아꾸
드좌바는 첫 시집을 낸 후 자신의 시를 기타 반주에 맞추어 직접 노
래하기 시작했고, 1950년대에 그는 ≪자정의 뜨롤리버스(Полночный
троллейбус)≫, ≪바니까 모로조프(Ванька Морозов)≫, ≪안녕, 소
년들아(До свидания, мальчики)≫, ≪왕(Король)≫, ≪검은 숫고양
이에 대한 노래(Песенка про Чёрного кота)≫ 등의 노래를 만들어
불렀으며, 이 노래들은 곧 널리 알려지게 되었다. 아꾸드좌바는 1960
년대부터 대중 앞에서 본격적으로 자신의 노래들을 기타 반주에 맞추
어 부르면서 '노래하는 음유 시인'이라 불리게 되었고, 대중들의 사랑
과 인기를 얻게 되었으며, 나중에는 이 노래의 녹음 테이프들이 전국
으로 퍼졌다. 아꾸드좌바는 '자작시(авторская песня)'라는 새로운 장
르를 창시하였으며, 이 장르의 노래들을 통해서 유명하게 되었다.

아꾸드좌바는 천성적으로 적극적인 정치 투사는 아니었지만 급진
성향의 인텔리겐치아의 생각과 사상을 자신의 많은 시와 노래를 통해
서 표현하였다. 또한 그는 역사산문에서 권력을 가진 자유사상가의
갈등에 대해 고찰하였다. 아꾸드좌바는 "페레스트로이카" 시대 이후
부터 사회와 문단에서 공식적으로 인정을 받기 시작했다. 그는 사회

활동에 적극적으로 참여했으며, 러시아 연방 대통령 산하 사면위원회에서 일하기도 했다. 그는 1991년에 소련방 국가 훈장을 받았고, 자전적 소설『폐쇄된 극장(Упразднённый театр, 1989-1993)』으로 부커상(Букеровская премия, 1994)을 수상했다. 1990년대에 아꾸드좌바는 러시아에서 일어나는 일들을 예의주시하였고, 러시아 민주주의의 운명에 대해 걱정하며 체첸에서 일어난 전쟁을 비난하였다.

.아꾸드좌바가 지은 소설로는 『자유의 한 모금(Глоток свободы, 1969)』, 『메르시 혹은 시쁘프의 모험(Мерси, или Похождения Шипова, 1971)』, 『구식의 보드빌(Старинный водевиль, 1969-1970)』, 『예술 애호가의 여행(Путешествие дилетантов, 1971-1977)』, 『보나파르트와의 만남(Свидание с Бонапартом, 1979-1983)』 등이 있다. 중편소설 및 이야기는 『일련의 성공들 가운데서 별개의 실패(Отдельные неудачи среди сплошных удач, 1978)』, 『비밀스런 침례교도의 모험(Похождения секретного баптиста, 1984)』, 『나의 이상의 아가씨(Девушка моей мечты, 1985)』, 『재단의 예술과 생활(Искусство кройки и житья, 1985)』 등이 있다. 그 외에도 잡지 [신세계(Новый мир, 1997, No 1)]에서 발표된 아꾸드좌바의 마지막 개인 산문집인 『자전적 일화들(Автобиографические анекдоты)』이 있다. 아꾸드좌바는 영화와 극장용 시나리오 몇 편과 노래들을 창작하기도 했다. 불라뜨 아꾸드좌바는 1997년 6월 12일 파리에서 생을 마감했고, 모스크바의 바가니꼽스끼 공동묘지에 안장되었다.

ПОЖЕЛАНИЕ ДРУЗЬЯМ

Давайте восклицать, друг другом восхищаться.
Высокопарных слов не стоит опасаться.
Давайте говорить друг другу комплименты -
ведь это всё любви счастливые моменты.

Давайте горевать и плакать откровенно,
то вместе, то поврозь, а то попеременно.
Не нужно придавать значения злословью -
поскольку грусть всегда соседствует с любовью.

Давайте понимать друг друга с полуслова,
чтоб, ошибившись раз, не ошибиться снова.
Давайте жить, во всём друг другу потакая, -
тем более, что жизнь короткая такая.

1. 불라뜨 아꾸드좌바는 자신을 '노래하는 시인'이라고 불렀다. 모든 노래는 시인 자신의 독자적인 것으로서, 그의 시와 음악 그리고 연주조차도 어느 한 세대에서만 사랑받고 애창되었던 것은 아니다. 그의 노래 중에 ≪친구들에게 호소(Пожелание друзьям)≫가 있다. 당신은 이 노래가 무엇에 대한 것이라고 생각하나요? 당신은 자신의 친구들에게 무엇을 요구할 수 있을까요?

2. 시의 전체적인 의미를 파악해 보세요. 시에서는 다섯 차례에 걸쳐 ≪давайте + инфинитив≫의 구조를 반복하고 있다는 것에 주의하세요. 이 구조의 의미를 설명하고 모국어로 번역해 보세요. 시인은 친구들에게 무엇을 제안하고 있나요?

☞ ≪давайте + инфинитив≫는 명령 구조로 '공동의 행동에 대한 요구'이다.

3. 첫 번째 연을 읽어 보세요. ≪говорить комплименты≫라는 표현을 이해했나요? 어떤 사람이 당신의 마음에 쏙 들어서 당신이 그를 좋아하고, 그래서 당신이 그에게 매혹되었을 때, 당신은 단지 겉치레로 칭찬의 말을 하고 있다고 할 수 있을까요? ≪восхищаться≫라는 동사의 의미를 어떻게 이해하고 있나요? 이것을 모국어로 번역해 보세요. 사람들은 지나치게 감정적으로 호소하거나(≪восклицать≫), 아름답고 과장된 단어를 사용하는 것에 대해 부끄러워하거나 수치스러워하고, 자신의 사랑에 대해 숨김없이 말하는 것을 종종 두려워한다. 시인은 무엇에 대해 자신의 친구들에게 호소하고 있나요?

☞ ≪восхищаться≫는 '무엇에 대해(누군가에 대해) 높이 평가하다', '감탄하다', '환희에 빠지다', '미칠 듯이 기뻐하다'의 의미를 가지고 있다. 시인은 친구들에게 자신의 감정과 자신의 사랑을 감추지 말고, 서로 서로에게 칭찬과 아름다운(화려하게 꾸민) 말을 할 것을 권유하고 있다. 왜냐하면 이런 것이 '사랑의 행복한 순간'을 제공하기 때문이다.

4. 두 번째 연을 읽어 보세요. 첫 번째 연에서는 시인이 사랑과 환희에 대해 말하고 있다. 그렇다면 여기에서 시인은 어떤 감정에 대해 말하고 있나요? 어떤 단어로부터 동사 ≪горевать≫가 형성되었나요? 이 단어를 번역해 보세요. 두 개의 어근으로 분리되는 ≪злословье≫의 의미를 추측해 보세요. 모국어에서 동의어를 찾아보세요. 당신은 ≪придавать значение≫라는 표현을 어떻게 이해했나요? 필요하다면 사전을 찾아보세요. 당신은 시인이 왜 친구들에게 자신의 슬픔을 감추지 말라고 권유한다고 생각하나요?

☞ 동사 ≪горевать≫는 ≪горе≫ '고통'(불행)에서 파생한 단어로 '고통으로 인해 슬퍼하다'라는 뜻이다. 두 어근의 합성어 ≪злословье≫는 ≪злые слова≫(сплетни, '험담', '악한 말')에서 파생되었다. 시인은 친구들에게 '행복'뿐만 아니라 '불행'과 '고통'들에 대해서도 숨

김없이 말하라고 권하고 있다. 왜냐하면 이것 역시 '사랑의 출현'이기 때문이다. ≪грусть всегда соседствует с любовью(슬픔은 항상 사랑과 이웃하고 있다)≫

5. 세 번째 연을 읽어 보세요. 당신은 9행에서 말하는 ≪понимать друг друга с полуслова≫라는 표현을 알고 있나요? 만약 모른다면 문맥의 의미를 통해서 추측해 보세요. 상대방의 말에 동의를 표하기 위해서, 러시아인들은 자주 ≪Так, Да, это так≫이라고 말한다. 당신은 이 짧은 단어로부터 동사 ≪потакать≫가 형성되었다는 사실을 알고 있나요. 이 동사는 무엇을 의미하나요? 물론 이 동사는 '누군가와 모든 것에서 동의하다'라는 뜻을 가지고 있지만 그 외에도 자주 부정적인 평가를 내포하기도 한다.(예를 들어, ≪нельзя во всём потакать ребёнку(아이에게 모든 것에 동의해서는 안 된다.≫) 왜 시인은 '서로서로에게 모든 것에 동의하며 살'고 권유할까요?

☞ ≪понимать с полуслова (한마디 말로 이해하다)≫라는 표현은 '다른 사람을 매우 잘 이해하고 있다'는 의미로, 이것은 당신이 다른 사람에게 매우 주의를 기울였을 때 가능한 일이다. 시인은 아마도 친구들에게 사소한 일로 싸우거나 다투지 말기를 호소하면서, 서로 서로에게 불쾌함이나 모멸감을 주지 않을 것을 당부하고 있다. 왜냐하면 우리의 인생은 매우 짧으며, 우리 스스로가 이 인생을 기쁨이나 고통으로 가득 채울 수 있기 때문이다.

6. 시를 다시 읽어 보세요. 시인이 권유한 것처럼 그렇게 친구들이 당신에게 대하는 것을 원하나요? 당신 스스로도 친구들에게 그렇게 대할 수 있나요? 시의 기본적인 의미에 대해 자신의 생각을 표현해 보세요. 시를 암송할 정도로 외우고, 작가가 연주한 노래를 들어보세요.

ПЕСЕНКА О ГОЛУБОМ ШАРИКЕ

Девочка плачет:
Шарик улетел.
Её утешают,
А шарик летит.

Девушка плачет:
Жениха всё нет.
Её утешают,
А шарик летит.

Женщина плачет:
Муж ушёл к другой.
Её утешают,
А шарик летит.

Плачет старуха:
Мало пожила.
А шарик вернулся,
А он голубой.

Tip

이 노래는 매우 단조로운 운율과 리듬 구조로 이루어진 시이다. 소녀와 아가씨, 아주머니와 노파의 푸념을 풍선의 존재 유무와 관련지어 표현하면서, 삶의 애환을 묘사하고 있는 시이다.

니꼴라이 미하일로비치 루브쪼프
(Николай Михайлович Рубцов, 1936-1971)

    니꼴라이 루브쪼프는 1936년 1월 3일 아르한겔스끄(Архангельск) 주(州)의 예메쯔끄(Емецк) 마을의 평범한 가정에서 다섯 번째 아이로 출생하였다. 루브쪼프의 조상들은 볼로그다(Вологда)에서 농부로 생활해 왔었으나, 가난에 허덕이던 그들은 예메쯔끄로 이주했었다. 루브쪼프가 가장 어렸을 때 살았던 집은 아르한겔스끄주의 오래된 대로 옆에 있었다. 이곳에서 루브쪼프 가족은 단지 1년 정도만 산 후, 냔돔(Няндом)으로 이주했다가 다시 볼로그다로 돌아갔다. 대조국 전쟁으로 인해 루브쪼프는 고아가 되었다. 아버지는 1942년부터 1944년까지 군대에 소집되어 전선에서 근무하였지만, 그 이후로 소식이 끊겼다. 1942년에 어머니가 돌아가셨고, 그 이전에 여동생 둘도 세상을 떠났다. 루브쪼프의 고모가 큰 아이만 데려 갔고, 나머지 아이들은 돌보아 주는 친척이 없어서 여러 고아원에 맡겨졌고, 끝내 생사를 알 수 없게 되었다. 1943년 루브쪼프도 또쩸(Тотем) 지역에 있는 고아원에서 생활했다. 그는 공부를 매우 잘했지만, 혼자 남겨졌다는 외로움이 그를 매우 힘들게 했다. 1950년 루브쪼프는 항해 학교에 입학하기 위해 리가로 떠났으나, 그가 아직 15살이라는 이유만으로 입학을 허가받지 못했다. 그는 또쩸의 산림기술학교에 진학했지만 중도에 포기하고, 1954년부터는 아르한겔스끄에서 기관사 보조로 일하면서 시를 쓰기 시작했다. 이 시기에 씌어진 그의 초기 작품들은 거의 유실되었다. 1953년 9월에 루브쪼프는 무르만스끄(Мурманск)주에 있는 끼로프스끄(Кировск)로 가서 광산 기술학교에서 공부를 시작했다. 1955년에 그는 다시 레닌그라드로 갔고, 이곳에서 징집 명령을 받았다. 루브쪼프는 세베로모르스끄(Североморск)에서 군복무(1955-1956)를 하던 중에 잡지 [북극의 경비(На страже Заполярья)]와 문예작품집 [극광(極光, Полярное сияние)]에 작품을 게재하였다. 그러나 전문 작가로서의 길을 걸으려는 그의 희망은 문학대학에 어렵사리 입학했을 때에야 비로소 이루어졌다. 1960년 그는 레닌그라드에 위치한 끼로프스끄 공장에서 일했고, 문학 연합회 「나르프의 관문(Нарвская засвета)」에서 활동했다. 1961년 루브쪼프의 시들이 포함된 합동 시선집 『첫 번째 용해(Первая плавка)』가 세상에 나온 이후로, 그는 자신감을 가지고 강의실이나 문화의 집 등의 강연 활동에 나섰다. 그러나 그는 타고난 방랑자였고, 그의 인생은 제멋대로였고 자유분방 그 자체였다. 1962년은 그에게 있어서 행운의 한 해였는데, 시인 따이긴(Б.Тайгин)의 도움으로 자신의 첫 번째 책 『파도와 암초(Волны и скалы)』가 발간되었으며, 8월에는 그가 그렇게 원했던 모스크바 고리끼 문학대학 입학시험에 합격했고, 사랑하는 연인 멘쉬꼬바(Г.М.Меньшикова)를 만나 결혼을 하게 되었으며, 그 다음 해인 1963년에는 딸을 낳았다. 이시기에 그는 블라지미르 소꼴로프(Владимир Соколов), 스따니슬라프 꾸냐예프(Станислав Куняев), 아나똘리 뻬레드레예프(Анатолий Передреев)와 같은 시인들과 가깝게 지냈다. 루브쪼프는 자신만의 시적 기교와 독창성을 가지고 있었다. 그러나 그의 운명은 항상 평탄하지 않았다. 루브쪼프는 취한 상태에서 싸움을 하여 규율을 어겼다는 이유로 문학 대학에서 재적되었고, 후에 다시 복학되었다. 1963년부터 1964년까지 그는 〈경계의 별(Звезда полей)〉, 〈나의 조용한 고향이여…(Тихая моя родина…)〉, 〈나는 졸고 있는 조국의 언덕을 따라 뛰어다닐 것이다(Я буду скакать по холмам задремавшей отчизны...)〉 등과 같은 훌륭한 시 작품들을 발표했다. 루브쪼프는 문학 대학에서 졸업 논문으로 나중에 유명하게 된 ≪경계의 별(Звезда полей (1967))≫를 썼다.

루브쪼프가 문단에 등단했을 당시는 '농촌의 시'와 '도시의 시', '조용한 시'와 '큰소리의 시'에 관한 첨예한 논쟁이 있었다. 루브쪼프는 크지 않은 시적 목소리와 영감을 불러일으키는 풍경화적인 주제를 다루고 있었기 때문에, 비록 그가 농촌과 농촌 생활에 대해서 전혀 모르는 도시 사람, 즉 룸펜에 더 가까웠음에도 불구하고, 특별한 이유 없이 '농촌 시인'으로 간주 되었다. 바로 이런 이유 때문에 루브쪼프는 러시아의 들과 강 그리고 하늘의 찬미자였던 예세닌에 대해 깊은 애정을 갖게 되었다. 루브쪼프는 예세닌을 모방하지 않았지만, 그는 모든 시적 영혼을 담아 가슴으로 러시아 대지를 감싸 안았고, 이렇듯 고요하면서도 열렬한 마음으로 바라보는 러시아의 자연은 예세닌과 루브쪼프 이후 누구에게서도 감지되지 않고 있다. 루브쪼프 시의 운율은 마치 강한 소리들이 조용히 흐르는 선율에 자리를 양보하면서 어디론가 사라지는 것처럼 항상 약하고 힘이 없는 특징이 있다. 또한 루브쪼프는 색채와 색을 나타내는 형용어구를 전혀 사용하지 않았다. 그의 시에서는 빛의 미동과 번쩍임, 그리고 물결이 자주 묘사된다. 이 것은 백야와 떠오르는 투명한 새벽노을을 볼 수 있었던 그의 고향인 북쪽 지방이 그가 이러한 독특한 시적 인상주의를 발전시키는데 있어서 커다란 영향을 미쳤다.

스꼬보로다(Г. Сковорода)와 흘레브니꼬프(В. Хлебников)처럼 루브쪼프의 운명도 거의 일생을 방 한 칸 없이 전국을 떠돌며 이 마을에서 저 마을로 방랑하면서 별 보이는 들판의 건초더미에서 지냈다.

1967년 루브쪼프에게 시인으로서의 커다란 명성을 가져다 준 그의 유일한 시집인 ≪경계의 별(Звезда полей)≫이 출판되었다. 1969년 니꼴라이 루브쪼프의 운명에서 숙명적인 역할을 하는 여성, 류드밀라 제르비나(Людмила Дербина)를 문학 대학에서 만나게 되었고, 루브쪼프는 볼로그다에서 생활하던 중 1971년 1월 19일 일상적인 다툼 과정에서 그녀에 의해 살해되었다. 시인으로서 명성이 그가 죽은 후에야 서서히 뒤따랐고, 그를 축복해 주었다. 1985년 또쩸에 루브쪼프 기념비가 세워졌다.

ЛЕВИТАН

(По мотивам картины ≪Вечерний звон≫)

В глаза бревенчатым лачугам
Глядит алеющая мгла,
Над колокольчиковым лугом
Собор звонит в колокола!

Звон заокольный и окольный,
У окон, около колонн,
Я слышу звон и колокольный,
И колокольчиковый звон.

И колокольцем каждым в душу
До новых радостей и сил
Твои луга звонят не глуше
Колоколов твоей Руси...

1. 아마도 당신은 이 시인의 이름을 한번도 들어보지 못했을 것이
다. 사실 이 시인의 이름은 그의 동시대인들의 이름 - 당신이 이미 읽
었거나, 읽게 될 시인들 - 처럼 그렇게 명성이 자자하지는 않았다. 그
러나 루브쪼프의 시들에 대한 고찰을 제외할 경우 현대 러시아 시에
대한 당신의 이해는 충분하지 않을 것이다. 그의 시집에 게재된 서두
에는 이렇게 기술되어 있다: "니꼴라이 루브쪼프(Н.Рубцов)는 러시아
영혼의 신비를 통찰 할 수 있는 예세닌과 같은 시인이다." 당신은 이
말이 이해가 되나요?

2. 당신이 읽고 있는 시는 ≪Левитан≫이라는 제목을 가지고 있다.
백과사전에서 러시아 화가 이삭 레비딴(Исаак Левитан)에 대해 씌어
진 글을 찾아서 읽어 보고, 그 글에서 얻은 흥미로운 정보를 다른 사
람들과 공유해 보세요. 그리고 당신이 보았던 이삭 레비딴의 그림을

회상해 보세요.

3. 당신이 읽고 있는 시는 레비딴의 ≪Вечерний звон≫이라는 그림의 모티브에 따라 씌어진 시라는 부제가 있다. 당신은 ≪Вечерний звон≫이라는 이 표현을 알고 있나요? 무엇에 대하여 말하고 있나요? 만약 당신이 '교회의 저녁예배 시간에 울려 퍼지는 종소리'를 회상 했다면, 당신은 이 표현을 정확하게 알고 있는 것이다.

4. 서두르지 말고, 주의 깊게 시를 읽어 보세요. 모든 음성들을 세심하고 정확하게 발음하면서 소리 내어 읽어 보세요. ≪око, около, околь≫ 등과 같은 음성들의 결합이 자주 되풀이 되는 것에 주의를 기울이세요. 이것은 무슨 소리와 유사하나요? 만일 당신이 언제인가 러시아 교회에서 울리는 종소리를 들어 보았다면, 종소리의 음향 표현을 감지하는 것은 어렵지 않을 것이다.

5. 1행과 2행을 다시 읽어 보세요. 당신은 ≪алеющая мгла≫라는 표현을 어떻게 이해하고 있나요? 보리스 빠스쩨르나끄(Б.Пастернак)의 시에서 ≪мгла≫라는 단어를 이미 접했다는 사실을 상기해 보세요. 이 시에서는 하루 중 어느 시간을 묘사하고 있나요? ≪алеет≫라는 의미는 무엇이지요? 단어 ≪Лачуга≫의 뜻은 '작고 오래된 낡은 집'이다. 시인은 '도시' 또는 '시골'의 풍경 중 어떤 풍경을 묘사하고 있나요? 당신은 1행과 2행의 전체적인 의미를 어떻게 이해하고 있나요? 어떤 그림을 상상하고 있나요?

☞ 시인은 저녁을 묘사하고 있다: '저녁의 어둠(вечерняя мгла)', '저녁의 황혼(вечерние сумерки)'이 그러한 예이다. 동사 ≪алеет≫은 '저녁노을'과 '지는 태양'이 붉게 물들고 있는 장면을 나타내고 있다.

≪бревенчатые≫는 '통나무로 만든 집' 즉, '통나무로 된 오두막집'을 나타내며, 이것은 시골 풍경을 보여준다. ≪В глаза... лачугам глядит алеющая мгла≫라는 표현은 '저녁노을이 창가에 반사되고 있는' 장면을 묘사하고 있다.

6. 1연을 끝까지 읽어 보세요. ≪собор≫의 동의어를 찾아보세요. 당신은 ≪колокольчиковый луг≫라는 표현을 어떻게 상상하고 있나요? 당신 나라에도 이 꽃들이 자라고 있나요? 그리고 이 꽃들은 어떻게 불리고 있나요?

☞ ≪собор≫의 동의어는 '교회(церковь)'와 '사원(храм)'이다. ≪колокольчики(초롱꽃)≫은 러시아에서 가장 사랑받고 귀여움 받는 들꽃이며, 이 꽃들은 실제로 작은 종과 아주 닮았다.

7. 2연을 읽어 보세요. 이 연은 종소리의 화려한 음향 표현법을 보여주고 있다. 여기(특히 연의 1-2행에서)에서 단어들은 무엇보다도 소리의 전달을 위해서 선택되었다. ≪Заокольный≫는 '마을 울타리 밖에서'라는 뜻으로, 여기서는 '마을의 경계 밖에서'의 의미이다. 단어 ≪окольный≫는 '멀다(дальний)'는 의미를 가지고 있다. 시골에서 ≪Колонны≫는 하나의 건물에서만 볼 수 있는데, 이 건물이 바로 교회이다. 실제로 ≪колокольчиковый звон(초롱꽃의 소리)≫를 들을 수 있나요? 그것은 어떤 소리를 내나요?

☞ 아마도 ≪колокольчиковый звон(초롱꽃의 소리)≫는 '바람의 소리', '풀과 꽃들의 사각거리는 소리'일 것이다. 즉 자연의 소리이다.

8. 3연을 읽어 보세요. ≪...колокольцем каждым в душу... Твои

луга звонят...≫라는 표현을 당신은 어떻게 이해하고 있나요? 직접적인 어순으로 단어들을 복원시켜 보세요. ≪...луга звонят *не глуше колоколов*...≫라는 표현을 당신은 어떻게 이해하고 있나요? 이탤릭체로 된 단어들의 동의어를 찾아보세요. 당신은 시인이 누구에게 호소하고 있다고 생각하나요?

☞ 아마도 고향에서 느끼는 자연의 '소리'와 '목소리'가 인간의 마음속에 직접적으로 스며들고 있는 것으로 ≪не глуше≫는 '조용하지 않은(не тише)'을 의미하고 있다. 이 소리는 종소리처럼 들린다. 아마도 이것은 시를 헌사(獻辭)한 화가에게 향한 호소일 것이다. 이삭 레비딴은 러시아 중부 지방의 많은 풍경화를 그렸는데, 이런 이유로 그를 '러시아 자연의 가수'라고 불렀다.

9. 시를 다시 읽어 보세요. 인터넷을 통해 이삭 레비딴(И.Левитан)의 그림 ≪Вечерний звон≫의 사진이나 복사본(複寫本)을 찾아보세요. 그림에서 받은 자신의 인상과 시에 반영된 시인의 감흥을 비교해 보세요.

Исаак Левитан ≪Вечерний звон, 1892≫

ПИСЬМО

Дорогая! Любимая! Где ты теперь?
Что с тобой? Почему ты
                              не пишешь?
Телеграммы не шлешь...
                    Оттого лишь - поверь -
Провода приуныли над крышей.
Оттого лишь - поверь -
                          не бывало и дня
Без тоски, не бывало и ночи!
Неужели - откликнись -
                        забыла меня?
Я люблю, я люблю тебя очень!
Как мне хочется крикнуть:
                      Поверь мне! Поверь!
Но боюсь: ты меня не услышишь...
Дорогая! Любимая! Где ты теперь?
Что с тобой? Почему ты не пишешь?

Tip

이 시는 사랑하는 연인에 대해서 편지와 소식을 전하지 않는 것에
대한 원망과 나름대로의 이유, 그럼에도 불구하고 자신이 얼마나 그
녀를 사랑하고 있는지에 대해 이야기하고 있는 작품이다.

벨라(이자벨라) 아하또브나 아흐마둘리나
(Белла(Изабелла) Ахатовна Ахмадулина, 1937-)

벨라(이자벨라) 아흐마둘리나 아하또브나(Белла(Изабелла) Ахма-
дулина Ахатовна))는 1937년 4월 10일 모스크바에서 태어났다. 아흐
마둘리나는 1950년대 중반부터 1960년 초반 소비에트 문단에 나타난
새로운 시의 경향이었던 '젊은 시'를 대변하며 활동을 시작하였고, 이
시기를 주도한 대표자들 중 한 사람이다. 그녀는 '해빙기'시기에 보즈
네센스끼(А.Вознесенский), 옙뚜쉔꼬(Е.Евтушенко), 로줴스뜨벤스
끼(Р.Рождественский), 아꾸드좌바(Б.Окуджава)와 함께 사회적인
자아의식의 부흥운동 과정에서 커다란 역할을 하였다. 아흐마둘리나
는 1960년에 고리끼 문학 대학을 졸업했고, 첫 번째 시집인 『현악기
(Струна)』가 1962년에 발간되었다. 비정치적이며 개인주의적인 주제
를 표현한 초기 서정시는 그녀에게 커다란 문학적 명성을 가져다주었
지만, 동시에 보수적인 비평가들에게서 혹독한 비판을 받는 단초를
제공하였다. 그들은 그녀가 인생의 보편적인 문제를 외면한다고 질책
했다. 아흐마둘리나의 시집으로는 『음악 수업(Уроки музыки, 1969)』,
『시(Стихи, 1977)』, 『초(Свеча, 1977)』, 『눈보라(Метель, 1977)』, 『비
밀(Тайна, 1983)』, 『정원(Сад, 1987)』, 『해안(Побережье, 1991)』, 『돌
의 맥(Гряда камней, 1995)』 등이 있다. 옙뚜쉔꼬의 아내이기도 했던
아흐마둘리나는 남편만큼이나 대중적인 인기를 누리며 청중 앞에서
시 낭송회를 개최한 것으로 유명하다. '큰 소리 시'를 지향했던 60년
대 젊은 시인 그룹에서 그녀의 위치는 특별했다. 그녀는 나름대로 내

적인 역동성과 시간의 흐름에 대한 감각이 있었고, 새로운 것에 대한 강한 집착을 가지고 있었다.

아흐마둘리나에게 시는 자신의 내면의 솔직한 고백이며, 내면과 외면 세계의 언어를 통한 만남이다. 아흐마둘리나가 사용하는 시어의 범위는 매우 광범위하여 거의 모든 일상어들이 사용되고 있다. 그녀의 시는 매우 역동적인 리듬을 보여주고 있으며, 대범한 은유의 사용에도 불구하고 시작법에서는 어떠한 실험성도 보여주지 않으며 오히려 전통에서 벗어나지 않는 세련된 형식미를 보여주고 있다. 따라서 그녀의 시집 『현악기』에서의 억양구조는 시인이 강한 호흡과 잠재된 깊은 호흡을 완전히 드러내지 않는 듯한 느낌을 준다. 아흐마둘리나에게는 문학과 일상적인 관습 그리고 자연 사이의 조화로운 상호 작용을 추구하는 특징이 있다. 그녀의 서정시는 뿌쉬낀의 문체와 운율형식 및 어조 영향을 크게 받았다.

그러나 아흐마둘리나의 모든 문학의 과정은 독창적이고 독립적인 예술가 세계의 창조이다. 아흐마둘리나는 자신을 둘러쌓고 있는 모든 일상성에 관해 썼다. 그러나 이 일상성은 희망도 즐거움도 없는 평범한 것이 아니라, 공허한 것 위로 끌어 올리고, 높은 정신적인 것들로 가득 차 있어 그녀의 시를 더욱 고상하게 만들고 있다.

아흐마둘리나는 40년 이상의 작품 활동을 하면서 다양한 민족의 문학에 접근하기 위해 많은 일을 했다. 그녀의 번역본들은 고전주의와 소비에트 시기 동시대의 민족 시인들, 그리고 유럽(영어, 프랑스어, 이탈리아어, 폴란드어, 체코어, 세르보크로아티아어)과 미국 시인들의 작품을 번역한 것으로 매우 높은 평가를 받았다. 또한 아흐마둘리나의 작품도 역시 여러나라의 언어로 번역되어 전 세계에 많이 알려졌다. 현재 아흐마둘리나는 세 번째 남편인 보리스 메세르와 함께 모스크바에서 생활하면서 작품 활동을 하고 있다.

*   *   *

Бьют часы, возвестившие осень:
Тяжелее, чем в прошлом году,
Ударяется яблоко оземь -
Столько раз, сколько яблок в саду.

Этой музыкой внятной и важной,
Кто твердит, что часы не стоят?
Совершает поступок отважный,
Но как будто бездействует сад.

Все заметней в природе печальной
Выраженье любви и родства,
Словно ты - не свидетель случайный,
А виновник её торжества.

<1973>

1. 20세기 러시아 시에서 아흐마둘리나의 서정시는 매우 중요한 위치를 차지하고 있다. 특히 여성 시인들을 열거하다 보면, 우리는 가장 먼저 그녀의 이름을 거명하게 된다. 아흐마둘리나라는 이름을 들으면, 당신은 무엇이 생각나나요? 그녀의 이름을 들어 본 적이 있나요?

2. 1행을 읽어 보세요. ≪бьют часы≫라는 표현은 무엇을 의미하나요? 당신은 이 행의 전체적인 의미를 어떻게 이해하고 있나요? 어떤 시계에 대해서 이야기하고 있나요?

☞ 어떤 시계의 기계장치(자명 장치가 있는 시계)에는 특수한 음향 신호를 가진 구조를 가지고 있어서, 어느 시간의 '정각', '30분' 때로는 '15분'을 인식시키기 위해서 "타격"을 가한다. 물론 여기서는 일반적인 시계에 대해서 이야기하는 것이 아니다. 일반적인 시계는 결코 '계절의 시작을 알려주지(возвещают)' 않는다. 이것은 비유이고, 이 비유는 2-4행에서 발전되고 있다.

3. 첫 번째 연을 끝까지 읽어 보세요. 당신은 작가가 사용하고 있는 비유를 이해했나요? 고어형이며 시어인 부사 ≪оземь≫의 의미를 전치사를 결합한 어결합의 형태로 바꾸어 전달해 보세요.

☞ 정원에서 사과가 떨어지는 소리는 시인에게 시계가 타격하며 울리는 소리, 즉 '시간의 흐름'을 연상시켜주고 있다. 부사 ≪оземь≫는 의미상으로 ≪о землю≫로 바꾸어 쓸 수 있다.

4. 5-6행을 읽어 보세요. 당신은 이 행들에 포함된 질문의 일반적인 의미를 이해했나요? 당신은 시인이 자신의 질문에 대한 답을 알고 있다고 생각하나요?

☞ 사과 떨어지는 소리가 시인의 상상 속에서 멜로디로 구성된다. 이 음악은 명료하며(≪внятная - 잘 들리는≫) 분명하고 리듬적이다. 이것은 시간이 흐르고 있음을 의미한다. 이 수사학적인 질문에 대한 답은 다양해 질 수 있다. 즉 자연이나 신이 그 대답을 줄 수 있다.

5. 2연을 끝까지 읽어 보세요. 이미 읽은 행을 근거로 하여, 정원에서 어떠한 ≪поступок(행위)≫가 일어나고 있는지, 그리고 어디에서 이러한 대담성(≪отвага(과감, 용감성)≫이 나타나고 있는지 설명해 보세요.

☞ 아마도 시인은 정원에서 일어나고 있는 변화를 '계절의 교체'이자, '세월의 흐름'이며 '시간의 진행'이라고 보고 있다. 실제로 '시간을 움직이게 하기' 위해서는 과감함이 필요하다. 그렇지만 시간의 흐름이라는 것은 눈에 띄는 것이 아니기 때문에, 정원에서는 아무 일도 일어나지 않는 것처럼 보인다.

6. 세 번째 연을 읽어 보세요. 당신은 왜 자연이 ≪печальной≫라는 표현으로 서술되었으며, 10행에서 언급하고 있는 감정을 누가 체

험했다고 생각하나요? 시인은 대명사 ≪ты≫로 누구를 지칭하고 있을까요? 당신은 ≪виновник торжества≫라는 표현을 어떻게 이해하나요?

☞ 이것은 러시아 서정시의 전형적인 이미지이다. 즉 가을의 자연은 항상 슬프다. 가을의 자연은 봄까지 동면을 하면서 "죽어 있는" 것이다. 우리는 일반적으로 아주 친밀하고 소중한 그 어떤 것과의 이별을 앞두게 되면, 이별의 전야에는 평소보다 더 날카롭고 강한 감정을 경험하게 된다. 물론 사랑과 연인은 자연에 속한 것이 아니라 시인의 마음속에 자리하고 있는 것이다. 대명사 ≪ты≫의 사용은 문체상의 기법으로 일반 인칭문의 의미를 전달하기 위해서이다. 시인은 자신에 대해서 말하고 있으며, 동시에 사랑하는 친구에 대해서, 그리고 일반적인 모든 사람에 대해서 이야기하고 있다. 여기에서 사용된 ≪виновник торжества(축제의 주인공)≫이라는 표현은 '축제를 구성하고 있는 사람들'을 일컫고 있다.

7. 시를 전부 읽어 보세요. 사과들이 떨어지는 정원에 당신이 자리하고 있다고 상상해 보세요. 시인이 이 시에서 묘사하고 있는 감정들이 당신의 마음속에서도 일어나고 있나요? 당신은 이 시를 철학적인 내용을 담은 서정시로 보나요, 아니면 풍경을 묘사한 서정시로 보나요?

ДРУГОЕ

Что сделалось? Зачем я не могу,
уж целый год не знаю, не умею
сделать стихи и только немоту
тяжелую в моих губах имею?

Вы скажете - но вот уже строфа,
четыре строчки в ней, она готова.
Я не о том. Во мне уже стара
привычка ставить слово после слова.

Порядок этот ведает рука.
Я не о том. Как это прежде было?
Когда происходило - не строка -
другое что-то. Только что? - забыла.

Да, то, другое, разве знало страх,
когда шалило голосом так смело,
само, как смех, смеялось на устах
и плакало, как плач, если хотело?

<1966>

Tip

이 시는 시인이 자신의 창작 의욕의 상실에 따른 고통을 표현하고
있는 것으로, 그러한 슬럼프가 자신에게 왜 닥쳤는지를 파악하지 못
하는 가운데, 무엇인가 새로운 것을 시도해 보고자 해도 이미 자신의
고정된 문체에서 벗어나지 못하는 정체성에 대해서 이야기하고 있다.
시인은 이러한 한계를 극복하는 방법으로 진정으로 원하는 것이라면
거리낌 없이 웃고 행동하는 것처럼, 시를 쓰는 데 있어서도 용감하게
모든 것을 행할 수 있어야만 된다는 것을 설파하고 있다.

이오시프 알렉산드로비치 브로드스끼
(Иосиф Александрович Бродский, 1940~1996)

이오시프 알렉산드로비치 브로드스끼는 1940년 5월 24일 레닌그라드에서 유태계 사진사의 아들로 태어났다. 15세 무렵 학교를 중퇴한 후 독학으로 공부를 했고, 여러 직업을 전전하면서 일을 했다. 그는 영어와 폴란드어 등 외국어를 공부하는 한편, 세계 여러 나라의 문학 작품을 두루 섭렵하였다. 특히 그리스 신화와 러시아 종교 철학은 그가 매우 관심을 가졌던 분야이다. 브로드스끼 자신의 증언에 따르면, 그는 16살 때부터 시를 쓰기 시작했다. 브로드스끼의 첫 번째 작품 발표는 1959년 [통사론(Синтаксис)]이라는 지하 출판 잡지에 몇 편의 시를 게재함으로서 이루어졌다. 그 다음해인 1960년 안나 아흐마또바와 교류할 기회를 갖게 되었는데, 아흐마또바는 이제 막 문학에 입문한 브로드스끼의 작품에서 풍요로운 미래의 시 세계를 발견하고서 칭찬을 아끼지 않았다. 브로드스끼는 종교적이고 비정치적인 시들을 지하출판을 통해서 간간히 발표하였다. 1963년 무렵에 그는 이미 비공식적인 문학 동아리와 젊은이들 사이에서 시인으로서 아주 유명했으며 가치를 인정받고 있었다. ≪언덕(Холмы)≫, ≪크리스마스의 로맨스(Рождественский романс≫, ≪4행시들(Стансы)≫ 그리고 ≪소네트(Сонет)≫와 같은 대중적인 시들이 그의 시집의 일부를 구성하고 있었다.

브로드스끼는 '작가 동맹'에 정식으로 등록을 하지 않았고, 문화부 산하 '작가 조합'에만 소속되어 있었다. 따라서 소비에트 공식문단은 그에게 출판할 기회를 주지 않았으며 그를 배척하였다. 그는 작품의 원고료 대신에 시 번역에 따른 비고정적인 수입으로 생활했다. 1963년 그는 '사회에 무책임한 무위도식자'라는 죄목으로 체포되어, 5년의 강제노동형을 선고받았다. 소련에서 진행되었던 광범위한 탄압의 시기에 아흐마또바를 비롯한 마르샥, 쇼스따꼬비치 등과 같은 유명한 예술가들과 언론 기관의 구명운동으로 그는 1964년 조기 석방되었다. 이 사건으로 인해 그는 서방에서 조차도 큰 관심의 대상이 되었다. 그는 유형지에서 계속해서 시를 썼는데 ≪노래(Песня)≫, ≪폭우소리(Шум ливня...)≫, ≪겨울의 편지(Зимняя почта)≫, ≪어느 여류시인에게(Одной поэтессе)≫가 이 시기에 씌어진 것이다. 1963년 체포 이후 브로드스끼는 소비에트내에서 작품 활동이 금지되었기 때문에 이로 어느 잡지사나 출판사도 감히 그의 시를 출판하려고 하지 않았다. 그는 이 무렵에 단지 선집 ≪시의 날(День поэзии)≫에 4편의 시와 몇 편의 어린이를 위한 동시 그리고 번역물들만을 게재할 수 있었다.

1972년 시인은 '유태인의 해외 이주 허가'라는 형식으로 조국을 떠날 것을 강요당했다. 브로드스끼는 이에 대해 브레쥐네프에게 편지를 보내 '이러한 추방은 소련 관료체제에 의한 소련 문학의 말살행위'라고 강력하게 항의하였으나 무위로 끝났다. 결국 그는 1972년 6월 문학 활동을 위한 정상적인 환경이 제공되고, 작가로서 인정을 받고 있던 미국으로 떠났다. 그는 미국으로 가서 뉴욕에 정착했고, 빠른 속도로 새로운 생활에 적응했다. 그는 미국의 대학 강단에서 러시아 문학을 강의했으며, 러시아어로는 시를, 영어로는 산문을 쓰는 작업을 수행했다. 그는 서방, 주로 미국에서 러시아어로 씌어진 8권의 시집을 출판하였는데 ≪시와 서사시(Стихотворения и поэмы, 1965)≫, ≪황야의 정거장(Остановка в пустыне, 1970)≫, ≪영국에서(В Англии, 1977)≫, ≪아름다운 시대의 최후(Конец прекрасной эпохи, 1977)≫,

≪대화의 일부(Часть речи, 1977)≫, ≪로마의 비가(Римские элегии, 1982)≫, ≪오거스트에 바치는 새로운 4행시들(Новые стансы к Ав-густе, 1983)≫, ≪우라니야(Урания, 1987)≫, 희곡 ≪대리석(Мрамор (러), 1984)≫, 에세이집 ≪1보다 작은(Меньше, чем единица(영), 1986)≫이 그것이다.

브로드스끼는 1977년 미국 국적을 취득하였고, 1978년에는 예일 대학에서 명예 문학박사 학위를 수여 받았으며, 1979년에는 이탈리아의 몬델로 문학상을 수상하면서 국제적인 명성을 얻게 되었다. 그는 마침내 1987년에 러시아 작가로서 노벨 문학상을 수상하였다. 그는 결혼해서 딸을 낳았고, 생의 말년을 뉴욕에서 살았다. 그는 1996년 1월 28일 뉴욕에서 심장병으로 사망했다. 그의 유언에 따라 그의 시신은 베네치아에 안장되었다.

РОЖДЕСТВО 1963

Волхвы пришли. Младенец крепко спал.
Звезда светила ярко с небосвода.
Холодный ветер снег в сугроб сгребал.
Шуршал песок. Костёр трещал у входа.
Дым шёл свечой. Огонь вился крючком.
И тени становились то короче,
то вдруг длинней. Никто не знал кругом,
что жизни счёт начнётся с этой но́чи.
Волхвы пришли. Младенец крепко спал.
Крутые своды ясли окружали.
Кружился снег. Клубился белый пар.
Лежал младенец, и дары лежали.

<январь 1964>

1. 당신은 브로드스끼의 이름을 들어본 적이 있나요? 시인의 회고에 따르면, 성탄절 테마는 항상 그를 흥분시켰고, 매년 성탄절에 탄생의 축하로서 그는 시를 창작했다고 한다. 이런 이유로 그의 시 작품 중에는 성탄절 테마가 모두 다해 20여 편이나 있는데, 그 중에는 복음서 내용을 해석한 것도 있고, 단순히 달력의 날짜와 관련된 시도 있다.

2. 시 ≪Рождество 1963≫을 읽어 보세요. 당신은 이 시가 무엇에 대해 쓴 것이라고 생각하나요? 마리아와 요셉이 동굴로 피해 갓 태어난 아기 예수를 양의 구유에 뉘어 놓았을 때, 동방박사들이 그에게 선물을 가지고 왔다는 사실을 상기해 보세요.

3. 예수 그리스도의 탄생은 복음서부터 시작하여, 셀 수없을 정도로 많이 산문과 시들에서 묘사되었다. 이 사건의 기록에는 모든 텍스트에서 반복되는 상세한 부분들이 있다. 이 시에서 그 부분들을 찾아 보세요.

☞ 1행, 2행, 9행, 12행의 내용이 그것이다.

4. 시를 다시 읽어 보세요. 브로드스끼의 묘사에서만 찾아 볼 수 있는 부분들을 찾아보세요. 어떠한 형태로 그것들이 연계되었고, 무엇을 묘사하고 있나요? 그 날 밤에 어떤 일이 있었나요?

☞ 시인은 춥고 바람 부는 밤과 일상의 상세한 부분들(연기, 모닥불, 증기 등등)을 많이 묘사하고 있다.

5. 5행에서 의성어 동사들을 찾고, 모국어에서 그것들의 동의어를 찾아보세요.

☞ 의성어 동사는 ≪шуршать≫로 이것의 뜻은 '가벼운 소음이 일어나다'이며, '사락사락하는 소리', '사각 사각 나는 소리', '쏟아지는 모래소리' 등을 표현한다. ≪трещать≫는 '불에서 나무가 탈 때 나는 소리'를 말하며 '불 속에서 나무가 타면서 내는 탁탁 튀는 소리'를 표현하고 있다.

6. 당신은 6행에서 묘사된 것을 어떻게 상상하고 있나요? 왜 그림자가 변했나요?

☞ 연기는 곧바로 위로 올라가고, 타오르는 불길은 소용돌이치고 있다.

7. 당신은 ≪Никто не знал кругом, что жизни счет начнется с этой ночи≫라는 문구를 어떻게 이해했나요? 이 표현은 누구에 대해 이야기하고 있나요? 주지하다시피 마리아와 요셉에게는 '예수의 탄생'이 사전에 미리 예고되었지만, 동방박사들도 이 사실을 알고 있었기 때문에 선물을 들고 찾아 왔을까요?

☞ 그리스도의 탄생 순간에 구세주가 올 것이라는 사실은 성직자들을 제외

하고는 그 누구에게도 알려지지 않았다. 이 시행은 베들레헴과 유대 그리고 다른 도시들에서 그날 밤에 자고 있던 사람들에 관한 것이다.

8. 10행을 읽어 보세요. 왜 여기에서 '둥근 아치'에 대해 말하고 있나요?

☞ 요셉의 가족은 동굴로 몸을 숨겼다. 이런 이유로 해서 벽의 위쪽으로 모이는 둥근 아치에 대해서 언급하고 있다.

9. 11행에 있는 동사 ≪кружился≫와 ≪клубился≫의 의미를 비교해 보세요.

☞ ≪кружиться≫는 '둥글게 도는 순환운동'을 의미하고, ≪клубиться≫는 '먼지, 증기, 연기처럼 소용돌이치며 올라가는 것'을 의미한다.

10. 시 전체를 다시 읽어 보세요. 문장이 어떻게 구성되었는지 시의 구문론에 주의하세요. 당신은 시인이 이 날 밤을 왜 그렇게 상세하게 묘사하고 있다고 생각하나요? 당신은 이 사건의 목격자가 되었다는 느낌이 들지 않나요?

☞ 문장의 구문은 매우 간결하다. 시인은 그것에 대한 자신의 설명을 덧붙이지 않고 사실만을 기술하고 있다. 이렇게 상세한 묘사 덕분에 독자는 마치 실제로 일어난 일을 보는 것 같다. 주위의 모든 것이 매우 평범하고, 그 어떤 비밀스러움이나, 동화적인 것도 없다. 그럼에도 거룩한 밤이기도 하다. 상황의 간결함과 사건의 윤곽 사이의 대비는 독자에게 강한 인상을 불러일으키고 있다.

11. 성서에 있는 이 사건의 기록을 읽어 보세요. 아마도 당신은 작가들 중에서 누가 또 성탄절을 묘사하였는지 알고 있을 것이다. 그런 예들을 찾아보고, 브로드스끼의 시와 비교해 보세요.

Дни бегут надо мной,
Словно тучи над лесом,
У него за спиной
Сбиваясь стадом белесым.
И, застыв над ручьем,
без мычанья и звона,
налегают плечом
на ограду загона.

Горизонт на бугре
не проронит о бегстве ни слова.
И порой на заре
ни клочка от былого.

Предъявляя транзит,
только вечер вчерашний
торопливо скользит
над скворешней, над пашней.

<1964>

참 · 고 · 문 · 헌

국내

석영중. 러시아 시의 리듬. 서울 : 고려대학교 출판부, 1993.

안기수 외. 문학의 이해. 서울 : 보고사, 1999.

오규원. 현대 시작법. 서울 : 문학과 지성사, 2004.

이승훈. 문학 상징 사전. 서울 : 고려원, 1996.

정명자. 인물로 읽는 러시아 문학. 서울 : 한길사, 2001.

조주관. 러시아 시 강의. 서울 : 열린책들, 1993.

홍기순. 러시아 문학사 I. 서울 : 보고사, 2005.

국외

Баевский В.С. История русской поэзии 1730-1980. М., 2004.

Бирюков С.Е. Зевгма: Русская поэзия от маньеризма до постмодернизма. М., 1994.

Гаспаров М.Л. Русский стих начала XX века в комментариях. М., 2004.

Русские стихи 1890-х - 1925-го годов в комментариях. М., 1993.

Очерк истории русского стиха. М., 1984.

Современный русский стих. Метрика и ритмика. М., 1974.

Гинзбург Л.Я. О лирике. Л., 1974.

Жирмунский В.М. Теория стиха. Л., 1975.

Калачева С.В. Эволюция русского стиха. М., 1986.

Квятковский А.П. Школьный поэтический словарь. М., 2000.

Поэтический словарь. М., 1966.

Крылов Ю.И. Русские поэты XVII - XIX веков. Челябинск, 2001.

Кулибина Н.В. Читаем стихи русских поэтов. СПб., 1998.

Магомедова Д.М. Филологический анализ лирического стихотворения. М.,
    2004.

Николаев П.А. Русские писатели XIX век. Биобиблиографический словарь
    в двух частях. М., 1996.

Скадов Н.Н. Русские писатели XX век. Биобиблиографический словарь в
    двух частях. М., 1998.

Скрипов Г.С. О русском стихосложении. М., 1979.

Соколов А.Г. Поэтические течения в русской литературе конца XIX -
    начала XX века. М., 1988.

Тимофеев Л.И. Очерки теории и истории русского стиха. М., 1958.

Тодоров Л.В. Русское стихосложение в школьном изучении. М., 2002.

Томашевский Б.В. Стих и язык. М.-Л., 1959.

                О стихе. Л., 1929.

                Русское стихосложение. Пг., 1923.

Тынянов Ю.Н. Проблема стихотворного языка. М., 1965.

Хворостьянова Е.В. Онтология стиха. СПб., 2000.

Холшевников В.Е. Анализ одного стихотворения. Л., 1985.

                Мысль, вооруженная рифмами. Л., 1984.

                Стиховедения и поэзия. Л., 1991.

                Основы стиховедения. СПб., 1996.

Шенгели Г. Техника стиха. М., 1960.

Шервинский С.В. Ритм и смысл. М., 1961.

Эйхенбаум Б.М. Мелодика русского лирического стиха. Пг., 1920.

Эткинд Е. Проза о стихах. СПб., 2001.

Barry P. Scherr, Russian Poetry Meter, Rhythm, and Rhyme. Univ. of California
    Press, 1986.

Unbegaun, B.O., Russian Versification. London : Oxford Press. 1956.

▌ 홍기순(洪基淳)

한국외국어대학교 노어과 졸업
상트-뻬쩨르부르그 국립대학교 노문학 석사
러시아 국립 사범대학교 노문학 박사
현 선문대학교 노어러시아학과 교수

논문 : 〈A.C.뿌쉬낀의 시 "코란의 모방"에 대한 일고〉
        〈꼰스딴찐 발몬트의 소네트에 나타난 동양적 모티브〉외 다수
저서 : 현대 러시아어 강독 외 다수
역서 : 바닷가재(장편소설)
        누구에게 러시아는 살기 좋은가?

러시아 시작법 강의
2006년 2월 28일 초판 1쇄 발행

엮은이   홍기순
펴낸이   김흥국
펴낸곳   도서출판 **보고사**

등록   1990년 12월(제6-0429)
주소   서울시 성북구 보문동 7가 11번지
전화   922-5120~1(편집), 922-2246(영업)
팩스   922-6990
홈페이지   www.bogosabooks.co.kr
메일   kanapub3@chol.com

ⓒ 홍기순

ISBN 89-8433-386-7 (93890)

정가 15,000원